"一带一路"与中华文化国际传播丛书　　　　孙宜学　主编

"一带一路"
与中国当代文学走出去

孙宜学　摆贵勤　著

同济大学出版社
TONGJI UNIVERSITY PRESS

图书在版编目（CIP）数据

"一带一路"与中国当代文学走出去 / 孙宜学，摆贵勤著. —上海：同济大学出版社，2019.9
（"一带一路"与中华文化国际传播丛书 / 孙宜学主编）
ISBN 978-7-5608-8722-7

Ⅰ.①一… Ⅱ.①孙… ②摆… Ⅲ.①中国文学—当代文学—文学翻译—研究 Ⅳ.①I046 ②I206.7

中国版本图书馆 CIP 数据核字（2019）第 185619 号

"一带一路"与中华文化国际传播丛书　孙宜学　主编

"一带一路"与中国当代文学走出去

孙宜学　摆贵勤　著

责任编辑：丁会欣
责任校对：徐春莲
封面设计：陈益平

出版发行　同济大学出版社　www.tongjipress.com.cn
　　　　　（地址：上海市四平路1239号　邮编：200092　电话：021-65985622）
经　　销　全国各地新华书店
印　　刷　大丰科星印刷有限责任公司
成品规格　170mm×240mm　1/16
印　　张　25.25
字　　数　505 000
版　　次　2019年9月第1版　2019年9月第1次印刷
书　　号　ISBN 978-7-5608-8722-7
定　　价　88.00元

序 "一带一路文化共同体"研究任重道远

汉传天下!

"一带一路"倡议在推动中国经济、文化走向沿线国家、走向世界的过程中,文化与经济不同步的问题日益明显,不但表现为中华文化与中国经济的步伐无法一致,而且中国与沿线国家、沿线国家之间经济与文化不同步的现象也日益明显,且对"一带一路"建设产生了一定的阻碍。不解决这个问题,民心相通之路就会艰难很多。披荆斩棘,方能阡陌相通;心心交流,才能同一律动。

路多艰,事才大!筚路蓝缕,中华民族为了实现"世界大同",已不知把多少无人走过的路变成了通途。

要实现中华文化在沿线国家"日用而不觉"的传播目标,需要聚全国之力、全民之力,需要每个中国人都自觉"我是一枚小小的中华人民共和国国旗",自觉做中华文化的使者、文化传播的志愿者。当前世界文化多元并存,交流为主流,但碰撞和摩擦不断。中华文化在沿线国家的传播所面对的阻力和障碍显然是客观的,也是复杂多变的,其中既有文化的因素、经济的因素,也有政治的因素。我们对世界"中国热"的判断与世界对"中国热"的直接感知并不一致,还有较大的落差。"万丈高楼平地起",中华文化在沿线国家的传播首先要找到这些落差,并推动消除这些落差,包括因我们长期疏于向世界主动表达而形成的误解,进而加大加深中华文化在所在国的融入广度和深度,加快世界了解中国的进程。

优秀文化都具有一个共同特征，就是包容、兼容、易容，即都能以开放的胸怀不断汲取异质文化的精髓而不断创新、创造、延续自身的文化。"一带一路"沿线所能见到的不是一条条冷冰冰的铁轨，而是一条条以温暖的文化作轨的"心灵高铁"，是中国与沿线国家之间自觉的经济、文化双向运输、交流。中国作为运输总站的总调度，有责任保证条条运输线都通畅、高效。为此，就需要加强对"一带一路"沿线国家的国情、舆情、民情、政体、经济、文化等事关运输软硬环境的基础条件进行详细、差别化的调研和理解，基于科学规划、种子落地的原则，为中华文化国际传播的政策制定提供理论指导和实践依据，并找到"一带一路"中外文化相互交流的最佳路径，全面推动中国和沿线国家文化之间的多轨多向交流与传播。

"一带一路"属于中国，也属于世界。"一带一路"倡议的目标之一是中国主导、广泛借力以推动中华文化走向世界，并助力沿线国家文化的世界化。因此，"一带一路"倡议与中华文化国际传播的关系，是新时代中国面对沿线国家和世界必须说清楚的一个重大课题，是国际国内大势要求我们必须正视并科学解决的重大现实问题，不但是中国走向世界的战略需求，而且是世界对中国智慧走向世界的主动诉求。解决了这个问题，不但可以破解"一带一路"谁为，为谁；何为，为何；独行，众行；短行，长行；暂行，久行等核心问题，而且才能确保"一带一路"的方向正确、路线正确、目标准确，既为中国，更为世界。

志合者，不以山海为远。中国的发展离不开世界，世界的发展也需要中国。毫无疑问，中国积极倡导"一带一路"宏伟设想和合作倡议，顺应了世界多极化、经济全球化、文化多样化的大潮流，秉承了开放包容的新理念，旨在为共绘互利合作、共享发展美好蓝图创造新的历史机遇。作为积极促进新型经济全球化的重要实践方案，"一带一路"倡议与实践迫切需要中国与沿线国家做深做细工作，共同付出努力，推动在人类命运共同体的新平台上共创可持续繁荣发展的新世界。因此，随着中国与沿线国家的人文交流和友好往来不断增强，我们必须高度重视中华文化的暖化功能、通心功能，因地制宜，像毛细血管一般做细基础工作，在尊重文化多样性的前提下，共同维护不同文化的独立与发展，加强文化交流与合作的现实任务，肩负起中国与沿线国家语言文化交流的重要使命，在"一带一路"发展实践中提供更加丰富的文化公共产品，切实促进中华文化与世界文化的交融、共生与共兴。

本丛书基于同济大学在"一带一路"、汉语与中华文化国际传播、海外华文教育领域已经取得的成果和广泛的学术资源，围绕"'一带一路'与中华文化国际传播"的历史、现状与愿景，以及目前存在的问题及对策，系统分析"一带一路"倡议实施前后沿线国家的语言文化政策、语言生态、中华文化传播的经验和教训，并基于"一带一路"倡议的未来发展规划，探索"一带一路"背景下汉语与中华文化国际传播的困境及应对策略，重新设定汉语与中华文化传播的内涵与目标、途径与方法、问题与对策、机制保障，整合各类优秀文化资源，创造和创新"一带一路"沿线国家汉语学习者和民众接触、了解和融入中华文化的入口，进而形成中华文化本土化传播的相关理论，推动形成"一带一路"沿线国家中华文化国际传播的"地方模式"，为中华优秀文化国际化传播的政策制定提供理论依据。

在写作过程中，本丛书先后被列入2017年教育部高校出版社主题出版选题和上海市新闻出版局2018年重点图书出版计划，这对我们是积极的鞭策和鼓励，也是各书得以顺利按计划完成的精神动力。

"一带一路"，永远在路上！

"一带一路"文化共同体研究，也永远在路上！

"一带一路"会越来越宽，我们的研究也会越来越宽，越深。

"一带一路"在动态发展中，我们的研究也将在不断开放中动态完善和扩充。

我们的路上，相信会有越来越多志同道合者同行。

孙宜学
2018年12月

目　录

序

导言 …………………………………………………………………… 1

上篇　中国当代文学与"一带一路"：现状与问题 …………………… 9

第一章　中国当代文学在日本 ……………………………………… 11
　　第一节　日本与"一带一路" …………………………………… 12
　　第二节　"一带一路"背景下日本的中国当代文学译介 ……… 14
　　第三节　结语 …………………………………………………… 19

第二章　中国当代文学在韩国 ……………………………………… 22
　　第一节　韩国与"一带一路" …………………………………… 23
　　第二节　"一带一路"背景下韩国的中国当代文学译介 ……… 26
　　第三节　结语 …………………………………………………… 30

第三章　中国当代文学在印度 ……………………………………… 32
　　第一节　印度与"一带一路" …………………………………… 33

第二节　"一带一路"背景下印度的中国当代文学译介 …………… 36
　　第三节　结语 ……………………………………………………………… 37

第四章　中国当代文学在蒙古国 ……………………………………… 41
　　第一节　蒙古国与"一带一路" ………………………………………… 42
　　第二节　"一带一路"背景下蒙古国的中国当代文学译介 ………… 44
　　第三节　结语 ……………………………………………………………… 45

第五章　中国当代文学在俄罗斯 ……………………………………… 47
　　第一节　俄罗斯与"一带一路" ………………………………………… 48
　　第二节　"一带一路"背景下俄罗斯的中国当代文学译介 ………… 51
　　第三节　结语 ……………………………………………………………… 54

第六章　中国当代文学在瑞典 ………………………………………… 56
　　第一节　瑞典与"一带一路" …………………………………………… 57
　　第二节　"一带一路"背景下瑞典的中国当代文学译介 …………… 60
　　第三节　结语 ……………………………………………………………… 63

第七章　中国当代文学在波兰 ………………………………………… 65
　　第一节　波兰与"一带一路" …………………………………………… 66
　　第二节　"一带一路"背景下波兰的中国当代文学译介 …………… 68
　　第三节　结语 ……………………………………………………………… 69

第八章　中国当代文学在匈牙利 ……………………………………… 71
　　第一节　匈牙利与"一带一路" ………………………………………… 72
　　第二节　"一带一路"背景下匈牙利的中国当代文学译介 ………… 74

第三节　结语⋯⋯⋯⋯⋯⋯⋯⋯⋯⋯⋯⋯⋯⋯⋯⋯⋯⋯⋯⋯⋯⋯⋯75

第九章　中国当代文学在保加利亚⋯⋯⋯⋯⋯⋯⋯⋯⋯⋯⋯⋯⋯78
　　第一节　保加利亚与"一带一路"⋯⋯⋯⋯⋯⋯⋯⋯⋯⋯⋯⋯⋯79
　　第二节　"一带一路"背景下保加利亚的中国当代文学译介⋯⋯⋯81
　　第三节　结语⋯⋯⋯⋯⋯⋯⋯⋯⋯⋯⋯⋯⋯⋯⋯⋯⋯⋯⋯⋯⋯⋯82

第十章　中国当代文学在塞尔维亚⋯⋯⋯⋯⋯⋯⋯⋯⋯⋯⋯⋯⋯83
　　第一节　塞尔维亚与"一带一路"⋯⋯⋯⋯⋯⋯⋯⋯⋯⋯⋯⋯⋯84
　　第二节　"一带一路"背景下塞尔维亚的中国当代文学译介⋯⋯⋯86
　　第三节　结语⋯⋯⋯⋯⋯⋯⋯⋯⋯⋯⋯⋯⋯⋯⋯⋯⋯⋯⋯⋯⋯⋯87

第十一章　中国当代文学在德国⋯⋯⋯⋯⋯⋯⋯⋯⋯⋯⋯⋯⋯⋯89
　　第一节　德国与"一带一路"⋯⋯⋯⋯⋯⋯⋯⋯⋯⋯⋯⋯⋯⋯⋯90
　　第二节　"一带一路"背景下德国的中国当代文学译介⋯⋯⋯⋯94
　　第三节　结语⋯⋯⋯⋯⋯⋯⋯⋯⋯⋯⋯⋯⋯⋯⋯⋯⋯⋯⋯⋯⋯⋯99

第十二章　中国当代文学在意大利⋯⋯⋯⋯⋯⋯⋯⋯⋯⋯⋯⋯⋯101
　　第一节　意大利与"一带一路"⋯⋯⋯⋯⋯⋯⋯⋯⋯⋯⋯⋯⋯102
　　第二节　"一带一路"背景下意大利的中国当代文学译介⋯⋯⋯104
　　第三节　结语⋯⋯⋯⋯⋯⋯⋯⋯⋯⋯⋯⋯⋯⋯⋯⋯⋯⋯⋯⋯⋯107

第十三章　中国当代文学在荷兰⋯⋯⋯⋯⋯⋯⋯⋯⋯⋯⋯⋯⋯⋯109
　　第一节　荷兰与"一带一路"⋯⋯⋯⋯⋯⋯⋯⋯⋯⋯⋯⋯⋯⋯110
　　第二节　"一带一路"背景下荷兰的中国当代文学译介⋯⋯⋯⋯113
　　第三节　结语⋯⋯⋯⋯⋯⋯⋯⋯⋯⋯⋯⋯⋯⋯⋯⋯⋯⋯⋯⋯⋯115

第十四章　中国当代文学在英国 ····· 117

　　第一节　英国与"一带一路" ····· 118

　　第二节　"一带一路"背景下英国的中国当代文学译介 ····· 120

　　第三节　结语 ····· 124

第十五章　中国当代文学在法国 ····· 126

　　第一节　法国与"一带一路" ····· 127

　　第二节　"一带一路"背景下法国的中国当代文学译介 ····· 129

　　第三节　结语 ····· 137

第十六章　中国当代文学在西班牙 ····· 139

　　第一节　西班牙与"一带一路" ····· 140

　　第二节　"一带一路"背景下西班牙语世界的中国当代文学译介 ····· 142

　　第三节　结语 ····· 145

第十七章　中国当代文学在澳大利亚 ····· 148

　　第一节　澳大利亚与"一带一路" ····· 149

　　第二节　"一带一路"背景下澳大利亚的中国当代文学译介 ····· 151

　　第三节　结语 ····· 153

第十八章　中国当代文学在美国 ····· 155

　　第一节　美国与"一带一路" ····· 156

　　第二节　"一带一路"背景下美国的中国当代文学译介 ····· 158

　　第三节　结语 ····· 173

下篇　中国当代文学与"一带一路":对策与愿景 …… 175

第十九章　主导与主动:共助互动 …… 177
第一节　"中国主题"下各项目初见成效 …… 178
第二节　专业人才是桥梁 …… 197

第二十章　"造船"与"借船"皆为出海 …… 209
第一节　中外期刊译介 …… 210
第二节　中外文学会议、文学节助波造势 …… 221

第二十一章　"自力"与"合力":皆能助力 …… 234
第一节　国外媒体与中国作家有效互动 …… 237
第二节　借力国外翻译家、评论家"接生" …… 243
第三节　中外出版机构搭桥通车 …… 245
第四节　网站和网上书城无碍阅读 …… 248

第二十二章　书媒与心桥:建立中外出版社合作机制 …… 251
第一节　中国出版社当仁不让 …… 253
第二节　沿线国家出版社遥相呼应 …… 259
第三节　中外出版社精诚合作 …… 268
第四节　建构版权经纪人、文学代理人和编辑的沟通机制 …… 271

第二十三章　自拍与合拍:构建影视国际合作共同体 …… 275
第一节　"丝路"题材纪录片:精神源头 …… 276
第二节　"一带一路"助力建设影视"华莱坞" …… 278
第三节　国际范与制度化:中外合拍影视作品日渐规范 …… 279

第四节　中国的国际电影节……281
　　第五节　"中国剧场"……285

第二十四章　借地与开窗：当下途径与未来方法……288
　　第一节　科学设定融入路径、阶段和阶段性目标……289
　　第二节　共建文学信息共享走廊……291
　　第三节　品牌效应的态度与温度……293
　　第四节　形成中国主题出版国际面貌……295
　　第五节　智库联盟预测与预警……299
　　第六节　创新中国当代文学翻译机制……301

第二十五章　感性与理性：体系创新与质量优先……307
　　第一节　继承与创新中国古典文学的当代价值……309
　　第二节　爱、美与光明：文学应关注人类共同的命运……311
　　第三节　外译质量评估体系是依据……314
　　第四节　外译质量监管机制是保障……316
　　第五节　建立效果动态跟踪监测机制与大数据库……318

附录一　部分译者中外文名字对照表……321
附录二　部分中外合拍影视作品（2013—2018）……329
附录三　中国当代小说获奖情况（2013—2018）……331
附录四　版权输出的中国当代文学作品（2014—2018）……335
附录五　中国科幻文学在海外……350

后记……389

导　言

中国当代文学是构建"人类命运共同体"的精神桥梁

文学与民族的忧患和欢欣血肉相连，是民族精神的载体、文化之水的泉源，是跨国界的人类精神寄托之所。

随着中国综合国力的增强，中华文化国际影响力大幅提升，世界各国对中华文化了解的需求日益迫切。中国当代文学作为中华文化的重要组成部分，可以向世界传递中华民族的文化尊严和中国精神，传达积极的中华民族文化内涵，体现中华民族对历史和现实的思考，是世界认识中国和了解中国的重要途径，对建构世界中国形象至关重要。

"欲知大道，必先为史。"欲把握社会规律，建构民族文化，树立民族自信，增强民族认同，必先尊重民族历史，以史为鉴，观照现实。文学既是全人类观照现实的艺术形式，又具钩沉历史积淀、丰盈人类灵魂的功用。不同历史时期的文学积淀凝聚的灵光，流光溢彩。

中国当代文学作为智慧和知识的载体，作为人类认识世界的特殊方式之一，作为中国文化的世界名片之一，是当代世界认识中国、了解中国和理解中国的最主要途径之一。因此，如何让中国当代文学中所蕴含的中国思想和中国精神走向世界，让中国思想和中国精神在走向世界的过程中找到海外知音，进而推动世界所了解和理解的中国文学更接近中国思想的实质,并借以消除世界上负面的中国形象,是中国当代文学海外之旅的神圣使命。

继承与传承"丝绸之路"精神

"丝绸之路"是世界文明和谐交流的象征,"一带一路"倡议推动中华文化在沿线国家的传播,是对"丝绸之路"精神的传承和弘扬。习近平总书记2018年4月11日在集体会见博鳌亚洲论坛现任和候任理事时指出:"'一带一路'建设秉持的是共商共建共享,把……民心相通落到实处,打造国际合作新平台,增添共同发展新动力,使'一带一路'惠及更多的国家和人民。"❶"一带一路"倡议实施5年多来,至2018年9月,已得到全球123个国家和国际组织的响应和支持,105个国家和国际组织与中国签署了合作协议,联合国大会、联合国安理会等重要决议也纳入"一带一路"倡议内容。"一带一路"倡议顺应时代潮流、造福各国人民、具有旺盛的生命力和光明的发展前景,已成为迄今最受欢迎的国际产品之一。❷

共建多元文化交流平台

中国"经济强国"蓝图的实现之路离不开"文化强国"和中华文化国际化战略的基石。2014—2017年,习近平总书记、李克强总理共计43次踏出国门,足迹遍布亚、非、欧、美等洲70余个国家。中国的"主场外交"活动已成为新时期中国外交的亮丽名片,中国举办的主场重要外交活动共计11场。在2017年5月北京举行的"一带一路"国际合作高峰论坛开幕式上,习近平总书记提议中国同相关国家已有的国际合作项目相互协调,如俄罗斯提出的欧亚经济联盟、东盟提出的互联互通总体规划、哈萨克斯坦提出的"光明之路"、土耳其提出的"中间走廊"、蒙古提出的"发展之路"、越南提出的"两廊一圈"、英国提出的"英格兰北方经济中心"、波兰提出的"琥珀之路"等。中国同老挝、柬埔寨、缅甸、匈牙利等国的规划对接

---

❶ 习近平:《"一带一路"没有阴谋》,环球网2018年4月11日。
❷ 中国一带一路网(www.yidaiyilu.gov.cn)。

工作也在全面展开。●中国与沿线国家在诸多经济领域的顺利合作，离不开中华文化在沿线国家文化融通过程中的桥梁作用。而国家领导人的成功出访及中国"主场外交"活动的顺利举办，也为中国文学在沿线国家的传播搭建了深层次、多维度的服务平台，营造了良好的担当氛围，创建了融洽的文化生态，中国与"一带一路"沿线国家的中外文学对话和交流面貌也借此出现积极改观。

中外经典文学走出去经验共享

文化无形而又有形，中国文学就是传承和发扬中华优秀文化的有形载体之一。

中国古代文学精炼、含蓄，是中国文学遗产中璀璨的明珠，不仅呈现中国元素且能读出中国精神的灵魂，经翻译已成为丰富世界文学宝库的重要部分，如《诗经》《道德经》、唐诗、四大名著等，其世界性使其成为世界读者的共同财富，其宇宙观、哲学观所体现的民族美学精神、东方生存智慧与世界其他民族精神已深度契合。

中国古典文学已经影响、并且仍将继续影响世界，中国当代文学应继承、延续数千年的中国古典文学精神，正本溯源，清澈如许，从精神源头了解中华文学的历史和美学坐标。"橘生淮南则为橘，生于淮北则为枳，叶徒相似，其实味不同。所以然者何？水土异也。"中外文化交流之谜，中国早就解了。中国当代文学要成功走出去，首先要梳理中国古典文学融入海外的成功经验，为中国文学与世界文学对话和交流共搭台、同唱戏，在传播中国价值观的同时，汲取其他优秀文化的营养，同时要借鉴世界其他国家文学国际化的成功经验和教训，尽量克服水土不服的文化交流惯性，使橘到淮北亦为橘，枳到淮南亦为枳，实现传承与移植的和融共生，使中国文学成为世界文学的一部分，世界文学成为中国文学的一部分。

● 习近平：《携手推进"一带一路"建设》，新华网 2017 年 5 月 14 日。

中国作家应成为中华文化国际传播的使者

"文化强国"和中华文化国际化已成为国家发展战略重点之一,是社会主义核心价值体系建设的重要组成部分。在经济全球化的浪潮中,中华文化传播是时代所需,中国当代作家都是中华文化国际传播的使者。

文学自带温度。对大时代、大事件,作家既不能回避,更不能失语。历史证明,中国作家始终在为时代、为大地、为中国、为人类写作,这才使作品成为中国的一面镜子,甚至代表世界的某一方面缩影。中国文学创作应当与时代、国家和世界的命运联系起来,只有这样的文学才能获得永恒的价值,并和时代的脉搏同律动、碰撞、孕育出具有时代精神高度、成为时代见证的经典作品,成为中华文化对外传播大格局中一个敢担当、能担当的重要组成部分。

中国当代文学可培育世界的"中国情怀"

中国文学属于世界,是世界文学体系的重要组成部分,中国当代文学对世界文学体系的健康发展具有直接的滋养作用。当今世界早已不再是"邻国相望,鸡犬之声相闻,民至老死不相往来"。中国当代文学的世界化能够吸引世界更多地关注中国,在建设人类命运共同体的今天,在不同的文学世界间建立起链接,不但可培育中华民族子孙的天下情怀,还可通过主动走出去,培育世界人民的"中国情怀",在促使世界更深刻理解中国的历史和当代的同时,实现不同民族文化的和谐相处、共生共进。

"民族性"与"世界性"的有机融合

中国当代文学是吸收了中国各民族文化滋养后结出的硕果,蕴含着中国传统文化和当代文化的精华,文学中的中国智慧可以影响世界对个体自我、对生命、对自然、对世界、对历史、对未来的看法,加深对中国的了解和理解,共同构建人类命运共同体。

中国勇于担当构建人类命运共同体的责任。中国当代文学走出去的最终目的是立足中国当代文学所蕴含的中国精神，寻找世界不同民族精神的共鸣，从而形成人类精神的共鸣，这是中国当代文学之于人类命运共同体建设的价值所在，是中国的世界担当的生动体现。

中国当代文学走出去也是为了更好地将世界优秀文学"引进来"以进行互动交流。我们要努力展示出中国当代文学中与世界密切相关且历久弥新的元素，与世界优秀多元文化同放异彩。只有多元文化共存才能实现中华文化推动世界文化和谐，更好发挥中华文化在构建人类命运共同体中的积极作用，最终实现不同文化的共同发展。

文学，是人类自由安放灵魂的栖息地，是世界不同国家、不同民族，乃至全人类心灵的吟唱，表现人类最真挚、永恒的情感，满足人类对美好生活的追求，为人类提供语言的韵律之美，揭示普遍人性中真、善、美、诚、信、义等高贵品质。这些思想不指涉任何具体国家和民族，因而赋予文学天然的世界性。然而，不同民族的文学表现这种世界性的方式和方法各有不同，中国当代文学要承担人类命运共同体建设的责任，把握世界的脉动，推动实现中华文化的世界化。

中国当代文学"走出去"更具有主动性

中国当代文学真情所致、自然流露，更能体现中国当代的世界观、价值观，但目前尚未引起世界的足够重视。我们要充分利用和发挥中国各种媒体、出版机构的主动性，有选择、有步骤地根据不同国家的民族文学特点，选择既能有效体现中国当代精神又能与所在国文学精神相通相融的中国当代文学作品，通过适当的国际化途径，让中国文学精神成为所在国文学精神的有机组成部分。

与中国古代文学走出去之路不同，在全球化浪潮的推动下，中国当代文学走出去的主动性更加明显。中国当代作家越来越主动发挥自身的海外推介主体性作用，如参加国际性的文学创作合作活动，参与文学译介，或主动联系海外翻译家和出版机构、赞助人等。让东方民族精神的韵律跨越语言障碍，在世界民族语境中更广泛地被认知、被推崇，建构并扩大中国当代文学的国际传播和影响力，是中国当代作家义不容辞的历史责任，是与当今中国日益提升的文化影响力相匹配的文化格局的重要组成部分。

内外生态和谐是基础

中国当代文学走出去的外部生态环境复杂。世界各国对中国当代文学的解读会受诗学、意识形态和赞助人等多元体系和多重利益主体间性的互动和博弈的操纵，容易脱离文学本身而解读文学，脱离中国实际而解读中国，从而导致对中国当代文学的误读、偏读。

在"一带一路"建设进程中，我们要勇于直面沿线国家的不同文化文学生态，挖掘沿线国家深厚的文化底蕴，以胸怀世界的勇气和能力，包容文化差异、彰显大国情怀，通过中国文化文学的国际传播，推动沿线国家借助中国的发展实现自身的自主性发展。

中国当代文学一方面要基于对中华文化的深刻理解，找到与世界民族文化的相通之处，以对中华文化的自信，推动中华文化精髓惠泽世界；另一方面，中华文化对外来文化历来具有包容的态度和胸怀，并以自身的开放，推动其他文化的开放，并在更高层次上丰富自己，反哺自身，发展自己。这是文化交流之美，也是优秀文化之所以越来越优秀的根本原因。中国当代文学中蕴含的中华文化基因助推着中国在建设人类命运共同体过程中的担当和责任。

我们应加强对所在国政治、经济、文化环境的深入全面了解，并采取适当的方式改善不利于中国文学落地的环境，为中国文学走向世界营造良性生存环境。

中国文学以中华精神助力世界文化多元共生

文化多元是世界文化生存发展的常态。中国文学一方面要找到与世界不同民族文化的相通之处，同时要基于对中华文化的深刻理解，坐拥中华文化自信的强大底气，推动中华文化精髓惠及世界。

中国文学蕴含着丰富的中华文化基因，可以助推中国在建设人类命运共同体过程中实现更大的担当和责任，并以中国文学中的中国智慧、中国立场和中国价值观改变世界文学生态，基于中国文学的民族性、地域性和世界性开展丰富而诗意充沛的中国言说，是中国文学走向世界时应具有的内涵和应有的姿态，也可借此形成中国文学在沿线国家传播的"中国模式"。

翻译促使民族精神相通

翻译有助于消除不同语言文化表达形式造成的障碍，探求中国文学的内在中国精神与其他民族文学的内在民族精神之间的相互沟通和理解，即实现民族精神相通。对象国受众借助翻译对中国当代文学的审美欣赏，能提升受众了解中国文化的积极性并实现深度融入、不自觉融入，从而激发其对自身民族文化独特之美的认知和自豪，以更好地借助中国智慧发展自己的文化，实现自主性发展。中华文化在传播自己的同时，也会不断汲取对象国的文化，丰富和发展自己。

"文学是为全世界创造美的艺术。"中国当代文学的审美功能能否实现取决于译者及其选择的翻译策略，以及能否实现"文化异化，语言归化"二者的辩证统一。

平衡视角是基本态度

设计和实施中国当代文学走出去计划时，我们要充分认识到不同民族的思维方式是有差异的，表达感情的方式和角度也是不同的，所以要心平气和地找到相对平衡的视角，客观选择合适的传播内容和角度，尽量避免或减少重复性的阐释和简单的歧义性理解，不但要直面文化差异和文化冲突，而且要善于利用文化差异找到中国当代文学可以生存之地，然后实现与所在地文学语境的由浅入深的融合，使中国当代文学成为世界文学大家庭中自然的存在，促使实现不同民族文学和谐共生的"文化大同"理想。

变"散点多元"为"集中发力"

"一带一路"倡议为中国当代文学的世界之路提供了新的、更加有效的传播途径，从以前的"散"而归于"聚"，从"多元"转为相对"集中"，即可以围绕"一带一路"的民心相通目标，规划相对具体的传播路径，同时根据中国当代文学在沿线国家的翻译传播现状和需求，集中资源和精力，更精准地引进优秀的文学作品。

"天下同归而殊途，一致而百虑"，只要秉承"一带一路"的世界性胸怀和情怀，努力展示中国当代文学与世界文学共同拥有的人类美好情感和希望，就一定能逐渐推动中国当代文学的世界之路从点到面，从星星之火渐成燎原之势，最终实现从中国到沿线国家再到全世界的多元文化共存共生共荣目标，让文学，真正沟通世界人心。

上篇

中国当代文学与"一带一路":现状与问题

梳理"一带一路"倡议提出以来由"一带一路"沿线国家出版机构出版发行的中国当代文学作品,对中国当代文学在海外的译介情况进行初步考察,便于更好掌握中国当代文学作品的海外译介情况和出版成果,有利于作家与译者、出版机构的沟通,有利于学者了解、把握和研究中国当代文学在沿线国家的译介动向和出版走势,进而创新中国当代文学走出去的译介和传播路径,为推动中国当代文学外译提供有益的启示,具有积极的社会意义和现实意义。

第一章 中国当代文学在日本

第一节　日本与"一带一路"

日本文化历史悠长，民族特征复杂。日本文化可上溯到公元前数千年的绳纹时代，并经历弥生和古坟时代，形成历史漫长。日本是一个善于学习的国家，其文化谱系中处处可见其他民族文化的影子，无论是古代对中国文化的汲取，还是近代以来向西方文化学习，都是如此。日本学者因此也称自己的文化是"杂交文化"，即日本在长期学习、模仿、吸收、融合外来文化基础上形成的具有岛国色彩的特色文化。

日本文化的复杂性体现在其内部结构的二元性，最典型的是极端性的统一，即"菊与刀"特性的对立和谐。日本学者江上波夫将之描述为：一方面表现为"乡土的、固守传统的、保守的、信命运的、迷信权威和崇尚中庸、简朴和勤勉的性格"，另一方面又强烈地表现为"好奇的、进取的、开放性的、功利主义的、现实主义的性格"。在文化模式、文化性格与文化行为等层面，日本人都表现出一种既对立又和谐的特征。

中日两国一衣带水，文化也紧密相连。早在秦汉时期，日本便派遣使臣前往中国学习。在6世纪末至9世纪的隋唐时期，日本先后多次向中国派出遣隋使和遣唐使，并有大量的日本留学生和留学僧来到中国学习中华文化。而随着大量的中华文化及典章制度传入，日本进行了推古朝改革和大化改新，从政治、经济、军事以及文字、哲学、宗教、法律、教育、文学、艺术等方面全面学习中国，形成了日本的"唐风文化"。近代以来，日本接受西方文化的影响，开始明治维新，逐步走向现代化，中日文化交流的格局与双方的地位也发生了转变，中国开始向日本学习，主要是通过日本学习西方的科技与思想文化，以推动中国的救亡启蒙，快速走向现代化。期间，文学交流尤为活跃，鲁迅、周作人、郁达夫、郭沫若等中国现代作家都曾前往日本学习，日本文化对他们的思想形成乃至人生经历都产生了重大影响。

1972年9月，中日民间文化交流不断发展，民众呼声日益高涨，双方政府共同努力，日本侵华战争给中国造成的苦难虽然难以抹去，但从中日友好与世界和平的大局考虑，中日邦交实现了正常化。自此以后，中日之间虽摩擦不断，但并未从根本上影响两国关系，两国政治、经济、文化交往始终在稳步推进，惠泽两国人民。

"一带一路"倡议提出之初，日本整体态度消极，最初认为只是"纸上谈兵"的空想，随着中国实质性推动以及加入国家的增多，日本开始紧张，甚至抵制。但随着"一带一路"的和平目的越来越得到世界认知，以及日本发展的内在需要，日本也开始客观认识到"一带一路"对日本经济的积极影响，并且肯定了加入"一带一路"朋友圈对日本国际影响力的扩展也有帮助，是日本全面发展的新机遇。

简单地说，日本对"一带一路"的态度从消极观望到积极参与，一共经历了五个阶段，即忽略与轻视期（2013年下半年到2014年上半年）、关注与消极抗拒期（2014年下半年到2015年上半年）、局外观望与对策布局期（2015年下半年至2017年春）、积极参与期（2017年春至2017年冬）、进一步探讨合作期（2017年冬至今）。2017年11月，日本学者在东京发起成立了"一带一路"日本研究中心（BRIJC），研究探讨中日共建"一带一路"合作模式。2018年9月，全球化智库（CCG）与日本"一带一路"研究中心共同举办了"中日合作发展研讨会"，中日学者、日本企业界代表围绕"一带一路"坦诚对话，日本学者认为，日本处在丝绸之路最东端，中日应携手推动"一带一路"建设。2018年5月，在李克强总理访日期间，中日签署了《关于中日第三方市场合作的备忘录》，中日将在基础设施、流通和能源环境三个主要领域加强合作共建，而这三个领域就是"一带一路"建设的重点区域。显然，这为中日未来的"一带一路"合作奠定了基础，而事实上，中日源远流长的企业文化合作已为双方共建"一带一路"积累了大量的人才和经验。只要中日双方平等相待，取长补短，借势助力，不但双方可以共赢，而且与"一带一路"沿线国家也可开展更多合作，推动多国共赢。

"功不唐捐，玉汝于成。"在"一带一路"大框架下，中日文化交流可以搭乘"一带一路"快车，政府与民间力量互动，孔子学院与文化协会资源共享，文学文化典籍互译互鉴，当代中国与当代日本无时差同步互通，让两国文化在传统友谊的基础上再发新芽，生新枝。

第二节 "一带一路"背景下日本的中国当代文学译介

一、中国当代诗歌

2014年，由日本中国现代文学翻译会编辑的日语版文学刊物《中国现代文学》❶第13号于2014年9月刊登于坚诗作《尚义街六号》(尚義街六号)、《参观纪念堂》(紀念堂参観)和《参观故宫》(故宮参観)❷。

2015年，《中国现代文学》第14号于6月刊登翟永明诗作《上书房、下书房》(上書房、下書房)、《给仙台给小野绫子》(仙台へ小野綾子へ)和《行间距：一首序诗》(行間の距離・ひとつの序詩)。此外，中国台湾诗人唐捐日语版诗集《我被赶出家门》(誰かが家から吐きすてられた—唐捐詩集)出版，译者及川茜，系"台湾当代诗人"系列。

2016年，日语版日、中、韩三国诗人作品集《一双破鞋留在屋顶》(屋根に残つた破れ靴)收入西川诗作，并以西川诗句为诗集名。

2017年，《中国现代文学》第17号于6月刊登韩东诗作《天气真好》(いい天気だ)、《在世一天》(この世での一日)和《季节颂》(季節の讃歌)；第18号于12月刊登多多诗作(いまもなお)和林白诗作《过程》(過程)。

---

❶ 本章下文中提到的《中国现代文学》刊物均由日本中国现代文学翻译会（中国現代文学翻訳会）编辑，日本羊书房（ひつじ書房）出版。
❷ 本书所列译作中，译者信息不详或未得到核实之处，均不列出。

2018 年，中国台湾诗人鲸向海日语版诗集《A 梦》(*A な夢——鯨向海詩集*) 出版，译者及川茜，系"台湾当代诗人"系列；此外，日本诗刊《舟》总第 170 期刊登王家新诗作《诗 3 首》，译者秋吉收；杨克日语版《杨克诗集》(*楊克詩選*)，日本诗人译者竹内新编译。

二、中国当代小说

2014 年

中国台湾作家陈柔缙《人人身上都是一个时代》(*日本統治時代の台湾*) 出版，译者天野健太郎。此外，"现代华文推理系列"第一集的 Kindle 版单行本和合辑陆续与读者见面，包括：中国台湾作家宠物先生推理小说《犯罪红线》(*犯罪の赤い糸*) 和林斯谚《羽球场的亡灵》(*バドミントンコートの亡霊*)；大陆推理作家水天一色《我这样的人》(*おれみたいな奴が*) 和御手洗熊猫《人体博物馆谋杀案》(*人体博物館殺人事件*)，4 部短篇小说的译者均为稻村文吾。

迟子建《额尔古纳河右岸》(*アルグン川の右岸*) 出版，竹内良雄和土屋肇枝合作翻译；劳马《海对面的狂想曲》(*海のむこうの狂想曲*) 出版，译者谷川毅；莫言《莫言中短篇小说选》(*莫言傑作中短編集 疫病神*) 出版，译者立松昇一；阎连科《受活》(*愉楽*) 出版，译者谷川毅；余华《第七天》(*死者たちの七日間*)，译者饭塚容。

《中国现代文学》第 13 号于 9 月刊登短篇故事鲍十《冼阿芳的事》(*冼阿芳の物語*)、残雪《旧居》(*旧宅*) 和梁晓声散文《鹿心血》(*鹿心血*)。

2015 年

中国台湾作家甘耀明《神秘列车》(*神秘列車*)、胡淑雯《太阳的血是黑的：台湾文学集2》(*太陽の血は黒い：台湾文学セレクション*)、龙应台随笔集《目送》(*父を見送る*) 全译本和吴明益《天桥上的魔术师》(*歩道橋の魔術師*) 等出版，译

者分别为白水纪子、三须祐介和天野健太郎。❶

"现代华文推理系列"第二集的 Kindle 版单行本和合辑陆续与读者见面，包括：中国香港作家陈浩基推理小说《隐身的 X》(*見えない X*)；大陆推理作家鸡丁《憎恶之锤》(*憎悪の鎚*)，江窝《愚者们的盛宴》(*愚者たちの盛宴*) 和冷言《风吹来的尸体》(*風に吹かれた死体*)，4 部短篇小说的译者均为稻村文吾。

在日本出版的大陆作家作品主要包括池莉《口红》(*口紅*)，译者山本勉；刘震云《我叫刘跃进》(*盗みは人のためならず*)，译者水野卫子；莫言演讲集《莫言思想文学——与世界对话》(*莫言の思想と文学—世界と語る講演集*)，译者日本汉学家藤井省三，编者林敏洁；裘山山《春草花开》(*春草一道なき道を歩み続ける中国女性の半生記*)，译者徳田好美和隅田和行。

中国儿童绘本"中华奇趣故事绘本"系列（"中国のおはなしシリーズ"）共 6 个单行本，包括桂浩俊《"笨笨"的阿波》(*おかしなポーちゃん*)，潘雪蓓《陈留遇仙记》(*チェンリウとせんにん*)，何涛《山里的小屋》(*おじいさんのやまごや*)，《稻草人》(*かかし*)，袁顾清《亚东历险记》(*ヤードンのぼうけん*)，刘晓燕《贪心大王的故事》(*よくばりなおうさまのはなし*)，译者新井悦子。

《中国现代文学》第 14 号于 6 月刊登 3 篇短篇故事：姚鄂梅《狡猾的父亲》(*狡猾な父親*)、丹增《江贡》(*ギャンゴン*)、沈石溪《猎狐》(*狐狩り*)。第 15 号于 12 月刊登书评及中国当代文学作品，其中，2 篇书评：立松昇一对诗人雷平阳不同时期的代表作《山水课》❷撰写书评；赵晖对徐则臣《耶路撒冷》所作书评。5 篇译作：蒋韵《心爱的树》(*心愛樹*)，译者栗山千香子；冯骥才《雕花烟斗》(*木彫りのパイプ*)，译者金子れこ；裘山山《大雨倾盆》(*どしゃぶり*)，译者宫入いおみ；蒋一谈《另一个世界》(*もう一つの世界*)，译者赵晖；残雪《梅保的地盘》(*梅保の地盤*)，译者近藤直子。

---

❶ 天野健太郎翻译龙应台和吴明益作品各 1 部。
❷《山水课》收录诗人不同时期、不同风格的代表诗作，如《亲人》《杀狗的过程》《基诺山上的祷辞》《大江东去帖》《过哀牢山，听哀鸿鸣》等和极具个人色彩的随笔《游走的备注》《土城乡鼓舞》《松溪笔记》《三甲村氏族》等。

2016年

中国台湾作家苏伟贞《沉默之岛》(沈黙の島：台湾文学セレクション3)，译者仓本知明；甘耀明2卷本《杀鬼》(鬼殺し上、下)，译者白水纪子；郑鸿生《母亲的六十年洋裁岁月》(台湾少女、洋裁に出会う——母とミシンの60年)，译者天野健太郎。

中国台湾推理小说作家胡杰《我是漫画大王》(ぼくは漫画大王)，译者稻村文吾；此外，"现代华文推理系列"第三集的Kindle版单行本和合辑陆续与读者见面，包括蓝霄《自杀的尸体》(自殺する死体)、陈嘉振《血染的街景》(血染めの俤儡)和江成《飘血祝融》(飄血祝融)，3部短篇小说的译者均为稻村文吾。

安妮宝贝《蔷薇岛屿》(バラーアイランド)，译者田中一郎，"中国现代文学系列"丛书；毕飞宇《推拿》(ブラインド・マッサージ)，译者饭塚容；贾平凹《老生》(ろうせい)，译者吉田富夫；姜戎《狼图腾 上》(神なるオオカミ 上)，译者唐亚明和关野喜久子；劳马《一个人的聚会》(たつたひとりのパーテイー)，译者田中一郎，"中国现代文学系列"丛书；彭学明《娘》(八月の瓜：母へ)，译者立松昇一和舟山优士。刘震云《温故一九四二》(人間の条件1942－誰が中国の飢餓難民を救ったか)，译者刘燕子；《我不是潘金莲》(わたしは潘金蓮じゃない)，译者水野卫子；阎连科散文集《我与父辈》(父を想う：ある中国作家の自省と回想／思父——一个中国作家的自省和回想)，译者饭塚容；《炸裂志》(炸裂志)，译者泉京鹿；《年月日》(年月日)，译者古川毅。

中国儿童绘本"自然科学故事绘本"系列共6个单行本，包括唐池子《爱拥抱的安吉拉》(にじをだきしめたアンジェラ—にじ)、谢芳群《不一样的夜晚》(いつもとちがうよる—夜行性動物)、流火《花园里的美食》(おはなばたけのごちそう—食べられる植物)、戚晓磊《魔法男孩》(ちっちゃなまほうつかい—静電気)、吕丽娜《稀奇古怪的窝》(へんてこりんなおうち—動物の巣)、俞愉《小猫咪，生日快乐！》(こねこちゃんのおたんじょうび—動物の暑さ対策)，译者新井悦子。

《中国现代文学》第 16 号于 9 月刊登书评及译作：栗山千香子对陈希米《让"死"活下去》所写的书评；赵晖对止庵《惜别》所写的书评；陈应松中篇小说《太平狗》(太平—神農架の犬の物語) 节选，译者大久保洋子。

2017 年

中国香港作家陈浩基《13.67》(13.67)，译者天野健太郎，出版社推出不同封面的 Kindle 版本；中国香港推理小说作家文善《逆向诱拐》(逆向誘拐)，译者稻村文吾；中国台湾作家伊格言长篇小说《零地点》(グラウンド・ゼロ台湾第四原発事故)，译者仓本知明。

刘震云《一句顶一万句》(一句頂一万句)，译者水野卫子；阎连科《坚硬如水》(硬きこと水のごとし)，译者谷川毅，2018 年推出同封面 Kindle 版本；余华《十个词汇里的中国》(ほんとうの中国の話をしよう) 和《世事如烟》(世事は煙の如し 中短篇傑作選)，译者均为饭塚容。

《中国现代文学》第 17 号于 6 月刊登李文方《飞行猫》(怪猫)、叶广芩《鬼子坟》(外人墓地)、钟求是《两个人的电影》(二人の映画)；第 18 号于 12 月刊登范小青《人群里有没有王元木》(王元木って誰?)、苏童《海滩上的一群羊》(海辺の羊たち)、颜歌《三一茶会》(三一茶会)。

2018 年

中国香港作家陈浩基《遗忘・刑警》(世界を売った男)，译者玉田诚，2012 年初版，此次为再版。中国台湾作家甘耀明《冬将军来的夏天》(冬将军が来た夏)，译者白水纪子；郭强生《惑乡之人》(惑郷の人：台湾文学セレクション)，译者西村正男；王聪威《我在这里》(ここにいる)，译者仓本知明；吴明益单行本《单车失窃记》(自転車泥棒)，作品《十元アゲハ》❶收入日语版杂志飞ぶ教室 2018 年冬季

---

❶ 译本或译作未找到准确的中文作品名称与之相对应时，本书只列出海外译本或译作名称。

特集第 52 号,译者均为天野健太郎。

王林《北京の春節 - 児童と書籍》,译者皮俊珺,收入日语杂志飛ぶ教室 2018 年冬季特集第 52 号。

余华、阎连科等《作家们痴爱的中国:他们为什么要向世界传递这样的信息?》(作家たちの愚かしくも愛すべき中国 - なぜ、彼らは世界に発信するのか?),译者饭塚容;刘震云《吃瓜时代的儿女们》(ネット狂詩曲),译者水野卫子。

《中国现代文学》第 19 号于 6 月刊登徐则臣《如果大雪封门》(もし大雪で門が閉ざされたら)、军旅作家王凯《対話》、姚鄂梅《秘密通道》(秘密の通路)、金仁顺《僧舞》(僧舞)、苏童《儿子》(莫医師の息子)、史铁生《最后的练习》(最後の練習)。第 20 号于 11 月刊登苏童《十九间房》(十九房間)、李文方《巴什卡小铺》(パッシェンカおばさんとその小さな店)、残雪《灵感》(インスピレーション)和裘山山短篇小说《课间休息》(休み時間);赵晖对东西作品《篡改的命》所做介绍,日本羊书房出版。

此外,金宇澄《繁花》,译者浦元里花,已于 12 月由早川书房❶签下日文版权,待出版。

第三节 结　　语

中日两国一苇可航,文化曾是一家,日本文学也与中国文学同源。日本自古至今关注中国文学,实际上是日本文化惯性使然,只不过不同时代的诉求和角度不同而已。

---

❶ 日本出版翻译文学最多的出版社之一。

新中国成立后，因战争原因，中日两国没有建立正式外交关系，但日本对中国文学的关注度并未减弱。20世纪50年代，日本系统介绍了中国现代文学，出版了《现代中国文学全集》《中国现代文学选集》等系列丛书。进入20世纪80年代后，日本对"文革"后的中国社会和中国文学更加关注，先后成立了中国文艺研究会、中国当代文学研究会、中国现代文学翻译会、中国现代文学研究会等学术团体，发行了《中国当代文学研究会会报》《中国现代文学》等文学杂志，译介出版了一系列中国当代文学作品集，伤痕文学、反思文学、寻根文学、改革文学、知青文学、乡土文学、先锋文学几乎都同步介绍到了日本，讲谈社、岩波书店、小学馆、集英社、文艺春秋、河出书房等日本著名出版机构都出版了中国当代文学作品，金庸、刘心武、莫言、韩少功、王安忆、铁凝、余华、苏童、陈忠实、残雪、梁晓声、池莉、方方等作家的作品都借以进入日本主流销售渠道，在日本拥有一定的读者群。

中国当代文学在日本的译介传播相对较快，且选择面宽，中国大陆、香港、台湾及海外华侨华人的文学皆被纳入日本的视域，但真正会被关注且被译入的作品，必须符合日本对中国文学的期待，即能够反映或代表中国历史、当代社会生活的作品。另外，与中国人阅读日本文学或欧美文学不同，日本读者看中国当代文学一般没有"学习"或"求教"的意识，大多只是以旁观者的角色对另一块土地上发生的事感兴趣，希望了解一下，如阎连科的《丁庄梦》，在日本就不被看作小说，而是社会调查；残雪在日本受欢迎，是因为其作品描写了人性的复杂，尤其是恶；莫言受欢迎，则是因为表现了中国式怪诞等。中国当代文学作品难以深入日本读者的情感深处，更难融合进他们的生活，影响他们的观念。相比纯文学，中国的推理小说虽然小荷才露尖尖角，但因为日本有推理小说的传统，所以更容易与日本读者产生共鸣。

除了莫言，在日本，中国作家还没有出现川端康成、村上春树在中国那样的偶像效应，虽然中国作家多、作品也丰富，但各自在日本的影响力仍如滴水入土，没有形成奔流之势。另外，与欧美的中国当代文学译者结构不同，日本翻译中国当代文学的主要是汉学家、旅日华侨、在中国学习汉语或攻读学位的日本年青学者，且多散兵作战，然后合而结集。译者们中日文水平不同，译作的质量差别很大，如陈忠实的《白鹿原》的译者是一位在日本的老华侨，因为其日语水平不够高，导致质量一般，销量也一般。而日本译者选译的中国当代作品虽然质量高，但多属于"阳春白雪"，只代表着日本精英层对中国当代文学的认识，而未能充分考虑到普通日本读者的阅读需要，导致出版译作多，读者少，且作品类别相对单一，造成了译介成绩大，传播效果小的现象。一些在中国很有名的作品，译作在日本能发行 3 000 册就不错了。

文学传播从来不是文学自身的事，而是综合国力的载体。虽然中国改革开放后成就突出，尤其是"一带一路"倡议更把中国推到了全世界面前，但对日本人而言，中国的这些发展变化似乎只是别人家的事，与日本关系不大。这其中既有日本文化优越感在作祟，也与日本的"中国观"整体在发生变化有关。相比过去，日本人对中国了解的愿望没以前强了，读书热日渐衰落，日本年轻一代"宅风"流行，或陷入自恋，闭眼不看世界的发展、中国的变化。从 20 世纪 90 年代起，中国当代文学在日本的影响力逐渐减弱，其中既有译者的问题、读者的问题，也有作者的问题。中国作家的创作越来越多元，主题越来越丰富，风格越来越新奇，这在一定程度上增加了日本译者选择的难度。

"一带一路"背景下中国主导推出了很多中国优秀作家的作品，但着力点更多在欧美，中国当代作家主观上也更重视参加欧美的文学推介活动，这种状况不利于中日两国的相互沟通和理解。为此，应加大针对日本的中国当代文学翻译的支持力度和幅度，从创作、翻译到传播构建一种更加科学、和谐、有效的运行机制，同时加大感情投入，感染、培养出更多愿意了解中国文学、进而了解中国和喜爱中国的日本读者。

第二章　中国当代文学在韩国

第一节　韩国与"一带一路"

韩国文化不是一个封闭和自我发展的独立系统,而是一个向其他文化开放学习和不断发展进步的系统,在吸收其他国家、地区各种先进文化的同时,也创造出一个更新的自我。

在韩国社会的各个领域和层面都可以看到儒家文化,儒家文化已成为韩国人生活的重要组成部分,韩国人崇尚的和谐精神、勤俭精神、忠孝精神、仁义精神等,都有儒家文化的影子,夫妻之间的相敬互爱,父子之间的仁慈孝顺,兄弟之间的友爱恭敬,都是儒家文化的具体体现。韩国文化还借鉴了中国的道家文化:韩国国旗上的太极图案和其中蕴含的八卦思想源于中国古代的《周易》,代表着和谐、对称、平衡、循环、稳定等思想。

韩国传统文化与西方文化碰撞交流,形成了"新儒家文化",这种文化的核心价值观与基本精神,使韩国人民成为坚忍不拔、不畏艰苦、宽容大度、战胜强者、国家至上的民族,成为推动经济社会发展的精神动力。

韩国是一个多宗教的国家,世界上的各大主要宗教在韩国都很活跃,其中人数最多的是佛教。但各个宗教都能和谐相处,韩国的文化创新能力排名位居世界前列,是"拿来主义"的典型,所以各种宗教一到了韩国,也在一定程度上变成韩国的土特产了。

从20世纪80年代末开始,韩国将"科技立国"的重点转向形成独立自主的技术研究和开发能力,迄今已初步形成了以企业为开发主体,国家承担基础性、先导性、公益性研究和战略储备技术开发,产学研结合和有健全法律保障的国家创新体系。

中国和朝鲜半岛从唐朝开始有文化、政治和宗教的往来。当时朝鲜半岛上的新罗和唐朝关系最密切,在7—10世纪唐朝289年间,新罗曾向唐朝派遣使团126次,唐朝也向新罗派遣使团34次,远远超过了唐朝与其他任何国家之间的往来。

新罗还与唐朝结盟，在唐朝支持下打败百济和高句丽，于公元668年统一了朝鲜半岛。新罗对于唐朝先进的政治制度和文化艺术几乎是全盘吸收引进，新罗海商、海员、留学生、留学僧来往于中国，并建立许多"新罗坊""新罗村"。在公元962—992年的30年间，高丽曾向中国北宋王朝派遣使团26次，北宋也向高丽派遣使团10次。高丽还主动派遣留学生到北宋国子监学习中华文化。北宋王朝政府应高丽政府要求赠送了《大藏经》和各种儒家经典。当时高丽的成宗曾下令设修书院，系统抄习中国经史书籍，又设国子监用儒学文化培养学生。1279年，元朝统一中国，对高丽实行友好政策，王室间实现联姻，元朝公主出嫁时还派官员和文人护送入高丽，有的就在高丽定居，传播中国文化。许多高丽贵族子弟也来元朝学习。有的高丽学子还来元朝参加科举考试。不少高丽学者赴元朝大量采购中国书籍。高丽王朝还设立国学机构成均馆以传授儒学，并设立汉语都监教授汉语。

明朝与李氏朝鲜之间外交使节往来十分频繁，中韩两国使节和儒臣文士们互相唱和诗文、切磋学问。明朝政府向李朝赠送了大量中国典籍。李朝政府则组织学者翻刻和翻译中国书籍。

1644年清军入关，逐步建立了全国政权。李氏朝鲜继续与清朝中央政权发展往来，通过朝贡等形式开展经济文化交流。李朝派往北京的朝贡使团不仅大量搜购中国书籍，而且主动结交中国文人学者。李朝使臣把在中国的见闻编成《燕行录》，积极推动中韩文化交流。

日本占领朝鲜半岛后，中国朝野各界始终支持朝鲜民族复国独立。中国社会各界都支持韩国临时政府的运行和抗日运动。两国在极其艰难的条件下开展了有限的文化交流。

新中国成立后，受冷战大气候的直接影响，中韩两国无法正常交往。三年的朝鲜战争又使中韩对立雪上加霜。冷战时期，官方文化接触很少，交流遇到极大困难。但民间文化交流不断，也取得了一些积极成效。

中国实行改革开放以来，韩国社会也发生了很大变化，两国开始有了接触和互动。1992年8月24日建交以来，两国高层领导互访频繁，双边合作领域迅速扩大，两国关系不断取得进展。2004年11月21日，世界上第一所中国海外孔子学院在首尔挂牌；12月28日，亚洲第一个中国文化中心在首尔成立。文化交流推动了两国经贸领域的交流与合作，促使双边合作关系不断加强，相互依赖不断加深，拉近了两国人民的距离，使两国合作的水平不断提高。

"一带一路"倡议加深了中韩两国文化交流和融合，并使韩国在文化和贸易等领域受益，引起韩国高度关注，甚至组建了"'一带一路'研究院"，从经济和政治角度研究"一带一路"对韩国和世界未来的影响。"一带一路"倡议为中韩两国文化交流营造了更好的氛围，两国举行了各种友好文化交流活动，2017年4月24日，由中国驻韩国大使馆主办，首尔中国文化中心、中国中外文化交流中心承办的"一带一路"NICE展系列重点项目，中国经典文化展示季之"丝路：文明互鉴的见证——敦煌艺术文献展"在首尔中国文化中心隆重开幕。2017年6月12日，"一带一路"中韩文化贸易论坛暨"多彩湖南"中韩文化贸易交流座谈会在首尔顺利召开。2018年5月25日，由国际舞蹈家协会、中韩国际文化艺术组委会联合主办的2018"一带一路"中韩国际文化展演交流活动在韩国仁川西部文化院隆重举办。"一带一路"建设与文化产业相结合，同时也带动了中韩影视、演艺、音乐、设计、艺术品等文化领域的发展。这一系列中韩文化交流活动表明："一带一路"倡议不仅促进了中韩经济的发展，更加深了两国文化的交流。

中国文化典籍最早译介到朝鲜半岛约在公元7世纪，新罗人薛聪用译《九经》。中国文学的译介，则是在15世纪中期朝鲜文字发明之后，最早的可能是《分类杜工部诗谚解》。

从历史上看，韩国人更多关注中国古代历史和文化，喜欢历史演义和武侠传奇类文学作品。20世纪80年代末，随着中韩之间的对立逐渐弱化，尤其是中国改革开放的成功，吸引韩国社会各界对中国充满了解的愿望，"一带一路"倡议提出以来，中韩之间政治、经济、文化等领域的交流全面展开且不断加深，尤其是中国作为负责任的大国对世界和平的贡献有目共睹，中国当代文学成为韩国了解中国的窗口，韩国民众对当代中国、当代中国文学的兴趣越发浓厚，尤其倾向于阅读反映中国社会现实生活和普通人情感的作品,"韩中作家会议"已成常规交流机制。王蒙、莫言、韩少功、余华、苏童、王安忆等作家作品,如《碧奴》《长恨歌》《三重门》《蛙》等作品在韩国都有一定的市场,其中《蛙》在莫言获诺贝尔文学奖后销量大增,已成为韩国畅销书,并进而带动了中国当代文学在韩国的整体热度,促使了韩国多元地接受中国当代文学,推动中国当代文学成为韩国大学中文系研究热点。余华的《许三观卖血记》韩语版曾入选韩国《中央日报》百部必读书,2003 年还被搬上了话剧舞台,2014 年被韩国导演河正宇拍成了电影,引发韩国热议,再掀韩国的中国当代文学热。迄今为止,余华的大部分作品已陆续在韩国译介出版,亦成为韩国高校中文系的研究重点。

总体而言,韩国对中国当代文学的译介有后来居上之势,且研究力量相对雄厚,研究范围相对全面,形成了作品翻译与研究同步且相互支撑的局面,这对中国当代文学在韩国传播的可持续,提供了体制和机制上的保证。

第二节 "一带一路"背景下韩国的中国当代文学译介

一、中国当代诗歌

2014 年,王家新诗作《诗 3 首》收入《中韩作家作品集:危机中的时代、社会和文学》并出版。

2016 年,商震诗集《隐身术》(*隐身術*)❶,是"21 世纪中国文学丛书"系列第 2 本。

---

❶《隐身术》和《杨克的当下状态》均由韩国 New Century Press 出版。

2017年，杨克诗集《杨克的当下状态》(양극의 현상태)，译者全京业。

二、中国当代小说

2014年

莫言《红高粱家族》(붉은수수밭)出版，译者沈惠英，系"대산세계문학총서"系列作品第065部。此外，降边嘉措和吴伟合著《格萨尔王传》(쩌사르왕)❶和《十三世喇嘛》(13세달라이라마)出版，译者分别为채목숙❷和全英梅。

2015年

中国香港作家陈浩基推理小说《13.67》(13.67)出版，译者강초아；刘震云《我不是潘金莲》(나는남편을 죽이지않았다)，译者문현선。

桐华全4册言情小说《云中歌》(운중가 세트 [전 4권])❸，2017年推出Ebook版；《云中歌》(운중가 1—4 동화 장편소설) 1—4册单行本，推出4部单行本的Ebook版；《大漠谣1、2》(대막요……1、2)单行本共2部，译者전정은。

2016年

中国香港作家陈浩基《遗忘·刑警》(기억나지않음, 형사)❹，译者강초아。

冯骥才《一百个人的十年》(100년의 10년)；韩少功长篇随笔《革命后记》(혁명후기)；劳马《非常采访》(바보웃음)，译者김승일和김창희；莫言《莫言中短篇选》(모옌중단편선)，译者심규호和유소영，是韩国주쉐친出版社的"世界经典文学"(민음사세계문학전집-345)系列作品之一；余华《我们生活在巨大的差距里》(우리는거대한차이속에살고있다)，译者강초아；张勇悬疑/谍战小说《伪

---

❶《格萨尔王传》《十三世喇嘛》和《非常采访》均由韩国图书耕慧出版社出版。
❷ 尚未有广为接受的中文名的译者、出版社名称等，本书采用其外文名称。
❸《云中歌》《花千骨》全四册和单行本均由韩国파란썸 (파란미디어) 出版。
❹《遗忘·刑警》《网内人》均由韩国한스미디어出版，译者均为강초아。

裝者1、2》(위장자 1、2) 共2部，译者양성희。

二月河"帝王三部曲"的最后一部《乾隆皇帝1—18》(건륭황제 1—18) 及18册合集同时出版，译者홍순도。第一部《康熙大帝》(개혁군주 옹정황제) 和第二部《雍正大帝》(절대군주 건륭황제) 已分别于2005年和2006年于韩国出版。

果果全4册《花千骨》(화천골세트 [전 4 권]);《花千骨1—4》(화천골 1—4) 单行本，译者전정은，2017年由该出版社分别推出4部单行本的Ebook版。海宴全3册《琅琊榜》(랑야방세트권력의기록 [전 3 권 + 케이스])❶;《琅琊榜1—3》(랑야방 1—3) 单行本共3部，译者전정은。

2017 年

中国香港作家陈浩基《网内人》(망내인)，译者강초아，2018年推出Ebook版；古龙《绝代双骄1—21》(절대쌍교 1—21)，译者김윤진，2004年初版，此次再版，Ebook同步发行。

郭敬明《幻城》(환성);梁衡散文集《觅渡》(나룻배를찾아서)，译者김승일和채복숙;路内《慈悲》(자비)，译者김택규;麦家《解密》(암호해독자)❷，译者김택규;唐七公子古风小说《三生三世 十里桃花》(삼생삼세 십리도화)，译者문현선;余华《兄》(형제①) 和《弟》(형제②)，译者均为최용만。

2018 年

中国香港作家陈浩基《气球人》(풍선인간)，译者강초아;中国台湾作家纪蔚然《私家侦探》(탐정혹은살인자)，译者김락준。

古龙《绝代双骄22—35》(절대쌍교 22—35)❸共14册，译者김윤진，Ebook同步发行;连环画《绝代双骄1—168》(절대쌍교 1—168 화) 共168册，하지문

---

❶《琅琊榜》全三册和单行本均由韩国마시멜로出版。
❷《解密》《慈悲》和《下面，我该干些什么》分别为韩国글항아리出版社的"猫步说林"(묘보설림) 系列第1、2、3部。
❸《绝代双骄》均由韩国영상출판미디어出版。

绘画，译者김윤진，此为Ebook版；2卷本《天涯·明月·刀》(천애명월도) 出版，译者문정후和류기운，Ebook同步发行。金庸《笑傲江湖1—8》(소오강호 1: 벽사검보)(소오강호 2: 독고구검)(소오강호 3: 사라진 자하비급)(소오강호 4: 끌리는 마음)(소오강호 5: 흡성대법)(소오강호 6: 날아드는 화살)(소오강호 7: 규화보전의 비밀)(소오강호 8: 화산의 정상에서) 单行本共8部，译者전정은，此为Ebook版。

苏童《黄雀记》(참새 이야기)❶，译者양성희；格非《望春风》(봄바람을 기다리며)，译者문현선；冯骥才《三寸金莲》(전족/10cm 발에 갇힌 여자의 운명)，译者양성희；王旭峰《茶人1》(다인 1: 남방의 차나무)、《茶人2》(다인 2: 남방의 차나무)，译者홍순도。

八月长安《最好的我们1、2》(최호적아문 1、2) 单行本共2册，译者강은혜；顾漫《微微一笑很倾城》(미미일소흔경성)，译者이현아；海宴《琅琊榜》(랑야방 : 풍기장림 세트 [전 4 권])❷ 全4册和《琅琊榜1—4》(랑야방: 풍기장림 1—4) 单行本共4部出版，译者전성은，同年推出4部单行本的Ebook版本；赵乾乾《致我们单纯的小美好1、2》(치아문단순적소미호 1、2)❸ 单行本共2册，译者남혜선。

阿乙悬疑小说《下面，我该干些什么》(도망자)，译者이성현；雷米《心理罪》(심리죄: 프로파일링)，译者박소정。

马伯庸长篇小说2卷本《长安十二时辰》(장안 24 시——상)，译者양성희；余华《글쓰기의 감옥에서 발견한 것》，译者김태성。

---

❶ 《黄雀记》《望春风》《三寸金莲》《茶人1》《茶人2》是韩国더봄出版社的"中国文学丛书"(더봄중국문학전집) 系列第1—5册。
❷ 全四册和单行本均由韩国마시멜로出版。
❸ 《最好的我们1、2》《微微一笑很倾城》和《致我们单纯的小美好》均由韩国달다出版社出版。

2019 年及未来

格非《人面桃花》(복사꽃 그대 얼굴)❶，译者심규호；《山河入梦》(산하는 잠들고)和《春尽江南》(강남에 봄은 지고)，译者同为유소영；同时推出《江南三部曲》(三本套装)。

此外，饶平如《我俩的故事》❷，待出版。

第三节 结　语

当下，中国正努力从文化资源大国发展成文化产业大国和强国，并采取灵活有效的渠道，努力将中华文化作为整体文化品牌推向世界，加快塑造和提升中国的国际形象。从历史和未来需要来看，当前中韩文化交流主要仍是韩国的大众流行文化输入中国的多，而中国的文化产品出口到韩国的比较少，很不对称。两国文化交流表面上风风火火，实际上层次较浅，两国民众彼此了解不是很深，尤其是韩国人对中国普遍缺乏真实印象。韩国人现在还经常会问："你们中国学生上学要爬几座山？""中国有面包么？""中国也有方便面吗？""中国也有苹果吗？""中国也有台球厅么？""中国也过春节？""中国也有网吧？""中国人也用手机吗？""中国人洗澡么？"等问题。中国当代文学近年来在韩国的热译，在一定程度上缓解了中韩文化交流中的不对称，但并未从根本上改变这一趋势。

韩国目前选译中国当代文学作品，主要是基于对作品的商业性判断，而非文学

---

❶ 《芳华》《人面桃花》《山河入梦》《春尽江南》是韩国더봄出版社的"中国文学丛书"（"더봄중국문학전집"）系列第10—13册。注：严歌苓《芳华》(청춘，꽃보다 아름다운)，译者문현선。海外华裔作家译作不在本书收录范围之内，但为尽可能完整呈现该出版社对中国文学外译的成果，顾此处加注，但未在正文提及。
❷ 将由韩国 MillBooks 出版社出版。

性欣赏。而中国当代文学的"载道"传统力量大，文学性强，理性思考程度深，在一定程度上影响到韩国读者的阅读和接受。相对于经贸交流，中韩之间的文学交流规模小，效率低，即使一些已被翻译到韩国的中国当代作品，总体仍呈现为国内虚热、韩国实冷的现象，在韩国的影响力有限，韩国普通读者对中国当代文学的总体阅读和认知比较缺失，主要仍集中在知识阶层。为此，必须加大汉语的普及广度和深度，充分依赖韩国的孔子学院、大学中文专业，加大力度培养不但自己能阅读，而且能带动和影响更多韩国读者阅读中国当代文学作品的高层次人才。

韩国翻译的中国当代文学目前主要集中于小说，数量最多，研究最丰富，此外是中国电影和电视剧，而对中国当代诗歌和散文的翻译却比较缺乏，造成了对中国当代文学翻译的"四肢不全"现象。未来，中国政府和出版机构应加大对诗歌翻译的支持，主导中国诗歌在韩国的译介，并引导韩国汉学界和职业翻译家关注中国当代诗歌并主动翻译，努力使韩国读者对中国当代文学形成整体性认知。为此，中国应主动维持和加强建立中韩作家、出版机构、翻译家合作机制，如中韩作家会议、国际图书展览会、作家朗诵会、中国当代文学研究会等，把中国优秀作家"送出去"，也将韩国翻译家、出版家、研究者"请进来"，通过多方位交流，促进中韩作家作品广泛交流和互动，通过加深相互理解，选择既具有文学性又有一定商业价值的作品翻译到韩国，如中国作协与韩国最大的出版社民音社出版的合作等，都值得借鉴。

在未来，中韩文化应该在交流中相互取长补短，实现文学领域的富有成效和更为长远的合作。中韩两国都要发扬东方文化的优良传统，弘扬东亚文明，承继先贤，泽被后世，真正使亚洲尤其是东亚地区成为 21 世纪和平、稳定、合作、发展和充满希望、大有作为的地区，开创亚洲新世纪。"一带一路"倡议，为中韩这一共同的理想提供了合作共享的平台。

"韩流""汉风"交相辉映，方兴未艾。

第三章　中国当代文学在印度

第一节　印度与"一带一路"

印度是世界四大文明古国之一，从考古发掘的摩亨佐达罗、哈拉巴文化算起，至今已有四千多年的文明史，历经雅利安文化、伊斯兰文化、西方文化等外来文化的入侵、冲突与融合，虽经历无数劫难，但始终能踣而复起，至今润泽世界。

印度文化是多人种、多民族、多宗教融合的文化，多元复杂却又自成体系，在世界文明中占有极其重要的地位。季羡林先生用"深刻而糊涂，清晰而浅显"概括印度文化，即印度人既研究现实的世界、人生，也研究来世，具有深刻的思想，但又缺乏逻辑。印度是一个崇尚宗教信仰的民族，世俗世界，皆归化于信仰，犹如柏拉图"理念"的镜子，并不真实。

中国与印度同为亚洲的两大世界文明古国，虽为巍峨的喜马拉雅山所阻，恒河与黄河浪花翻卷的声音，两千多年来常常隔山和鸣。佛教的和平，道教的宁静，穿透了坚硬的石头，在悄无声息中碰撞、分化、交融。两大文明的情感之流，云蒸霞蔚中，幻化成一道道绚烂的彩虹。

古代西方人看中国，看到的多是黄澄澄的财宝，而古代印度人看中国，看到的多是乌托邦内处处盛开的鲜花。China，印度梵文词为 cina，意即为丝。约公元前 322—前 185 年，印度孔雀王朝与同时期的中国和罗马帝国同为当时世界上最先进的文明。当中国的丝在罗马价同黄金的时候，恒河岸边来来往往的印度人已穿上了用中国的丝制成的纱丽。而在印度史诗《摩诃婆罗多》(*Mahabharata*)与《罗摩衍那》(*Ramayana*)中，都已有关于中国的记载。

"佛兴西方，法流东国。"玄奘说。

西汉张骞通西域，中印交流有了"西域道"，中印使节往返频繁。此时，中印交通还有一条海上通道，即"南海道"。借助两条通道，两汉之际，佛教传入中国。西汉铺路，东汉通途，中印经贸与文化交流，同行不悖。经过三四百年的耕耘，至魏晋南北朝，佛教中国化到了一个关键转折点，形成了中印文化交流的第一个高潮。631年，历经"一番番春秋冬夏，一场场酸甜苦辣"，玄奘踏平坎坷，到达印度。他遍览名胜，广求高师，后升坛开讲，名震天竺。贞观二十一年（674）正月，唐太宗命王玄策等携玄奘所译梵文《道德经》使西域，印度人意译为《道奥义书》，与印度古代宗教哲学经典《奥义书》并列。可惜的是，此后中印文化虽绵延交流千年，僧人、商人不绝于途，佛经的翻译、佛教文学的创作，都在极大程度上丰富了中华文化，但中国的思想对印度却并无多大的影响，郑和下西洋数次停靠印度，访问了众多的印度王国与港口，道教、医药、丝绸等中华文化也输出到了印度，但对印度人的生活似乎并无多大影响。

17世纪，当一批批西方传教士踏上中国的土地时，比西方早千年认知中国的近邻印度，却与中国渐渐疏远。宋、元以降，佛教在印度日渐式微，以佛教为媒的古代中印文化交流渐趋终结。至明、清，除商贸和外交之外，中印文化，已无正常交流。17世纪末，东印度公司的鸦片开始走私到中国，并最终导致了鸦片战争。在镇压义和团起义和火烧圆明园的英国军队中，有印度人的身影。

1911年10月11日，辛亥革命的枪声响彻整个东方，印度人也备感振奋，称辛亥革命是"中国的进步"："中国抛掉了鸦片药瓶，睁开眼睛，迎接朝阳。"印度将"亚洲复兴使命"托付给与印度相似命运的中国，既是出于对中国历史和文化力量的信任和尊重，也是从中国近代等一系列变革中看到了希望。到了近现代，中印两国都为对方争取民族独立给予过支持与帮助。

20世纪50年代，中印两国共同度过了一段相亲相爱的"蜜月"期。印度积极推动联合国恢复新中国的合法席位，支持中国的抗美援朝战争，两国总理多次互访，民间友好交往、文化交流和贸易大大增加。中国，在印度人心目中是最美好、最亲切的朋友。但到了50年代末，西藏问题和"中印边界线"引燃了中印之间那根敏感的导火索：1962年6月，中印边境战争爆发。印度开始妖魔化中国。

20世纪80年代后期起，中印关系开始全面回暖，两国政府首脑频繁互访，中印经贸关系迅速发展，"中国威胁论"的市场越来越小。面向未来，两个"亚洲巨人"开始携手共舞。中印不仅是邻居和朋友，更是战略合作伙伴。

龙象共舞惊世界，舞步规整而急促。在新兴全球政治和经济秩序中，只有共舞，才能创造一个充满希望的亚洲世纪。2014年9月17日，习近平总书记访问印度时指出：中印毗邻而居，已成为两个最大的发展中国家和新兴市场国家，成为推动亚洲经济增长的两大引擎。中印两大古老文明携手复兴是两国人民的共同期待。中方愿同印方携手构建更加紧密的发展伙伴关系。2018年4月、6月，印度总理莫迪两次访问中国，积极修复了因洞朗对峙受损的双边关系。目前，虽然仍有印度人在重复中印领土纠纷和政治上"若隐若现的不信任"，但即使是他们也不得不承认：将来有一天，中印两国可以跨越喜马拉雅山的鸿沟，实现"中印大同"的理想。

中印两国历史上的文化交流，主要得益于陆海丝绸之路。"一带一路"倡议在印度本应有天然的接受环境，也是两国文化交流的新平台，但是，印度对"一带一路"态度却十分复杂，也是迄今没有正式支持"一带一路"倡议的少数国家之一。一方面，雾霾散去终需时，历史积怨、现实矛盾、大国竞争等结构性冲突使印度仍时时提防中国，印度对"一带一路"的态度甚至从最初的观望发展至当下的竞争、敌对心理；另一方面，经济发展的需要又让印度在很多领域依赖中国并希望与中国合作，而"一带一路"的建设项目很多恰是印度所需。中国以诚待人，仍将印度定位为推动"一带一路"建设的潜在伙伴，希望"一带一路"倡议的美好目标能让印度切实感知并真正参与进来。文化可以通民心。为了实现中印大同理想，两国既要坚持在经济领域的务实合作，也要基于历史情感与现实机遇，利用各自丰富的文化资源，开展更多的文化活动，最终使印度认同中华文化与"一带一路"倡议。

第二节 "一带一路"背景下印度的中国当代文学译介

一、中国当代诗歌

2014年，西川英语版诗作《体验》(*Experiences*)和《写在三十岁》(*Written at 30*)，及散文《立刻怀疑自己和世界》(*Doubting Yourself and the World at Once*)刊于印度网络文学杂志 *Almost Island*，2014年冬季刊，诗歌译者柯夏智。

2015年，吉狄马加孟加拉语版诗集《火焰与词语》(*Aguner Akkhar*)，译者 Ashis Sanyal。

2017年，娜夜印地语版《睡前书》(*Sone Se Pehle Likhna*)❶；欧阳江河中英双语版经典长诗名篇《泰姬陵之泪》(*From Taj Mahal Tears*)中的5节(1、5、7、13、17)刊于印度网络文学杂志 *Almost Island*，2017年春季刊 No.15，译者柯夏智。

二、中国当代小说

2014年，余华印度泰米尔语❷《活着》(அலைவி)出版。

2016年，何建明印地语版《根本利益》(मौलिक ब्याज)❸与读者见面。

2017年，阿来印地语版《尘埃落定》和《空山1》❹出版，2部作品均由印度

---

❶ 诗集《睡前书》及小说《拉萨红尘》《用胸膛行走西藏》《僧舞》《远离严寒》《歌棒》和《叙述者说》等7部作品的印地语版译作，均由印度 Gyan Books/Gyan Publishing House 出版。
❷ 泰米尔语的读者遍及印度、斯里兰卡、新加坡和马来西亚。本书中各章节如无特殊语种出现，则不单独交代该译作的语种。
❸ 该书以中译出版社2015年出版的英文版译作 *People's Secretary* 为译本底本。
❹ 《根本利益》《尘埃落定》《尘埃1》均由印度 Prakashan Sansthan 出版社出版，3部印地语译作皆经由英文版译作翻译。

记者阿南德·斯瓦鲁普·维尔马翻译。藏族作家白玛娜珍❶印地语版《拉萨红尘》（*Lhasa Me Prem: Chin Patthan: Tibeti Kahaniya*）、党益民印地语版《用胸膛行走西藏》（*Naveekaran Ka Rasta: Tibet Ki Ek Yatra*）、朝鲜族作家金仁顺印地语版《僧舞》（*Bhikshu Nartya*）、维吾尔族作家叶尔克西·胡尔曼别克印地语版《远离严寒》（*Anadi Memena: Kazaki Jeevan Ki Deewardari*）、土家族作家叶梅印地语版中篇小说集《歌棒》、满族作家赵玫印地语版《叙述者说》（*Prastutkerta Aise Varnan Karte Hain*）等均由印度 Gyan Books/Gyan Publishing House 出版。该出版社致力于中国各民族当代作家作品的译作出版工作，为推动中国当代少数民族文学作品在印地语世界的译介和传播画上了浓墨重彩的一笔，产生了积极影响。莫言印地语版《变》，译者普什佩什·潘特；马拉雅拉姆语版《变》（*Maattam*），Sreelatha Nellooli 由英语转译而来❷。王朔印地语版《看上去很美》和余华印地语版《活着》❸，译者分别为茅笃亮和阿帕娜。

此外，张炜《古船》的印地语版和泰米尔语版，即将出版。

第三节 结　语

印度的中国文学研究一直比较零散，不成体系，即使世界广泛关注的中国古典文学，如唐诗、宋词、明清小说，印度学者也鲜有翻译研究，虽然印度人也在阅读中国文学，但都是通过英译本，如翟理思（Herbert Allen Giles）所译、1898 年

---

❶ 由于印度 Gyan Books/Gyan Publishing House 出版社在推进中国当代少数民族作家作品的译介工作中成果显著，因此，这里介绍了各少数民族作家的民族身份。除此之外，本书中出现的少数民族作家民族身份不做标注。
❷ 由印度两个成立不久的出版社 Raspberry Books 和 Book Port 联合出版。
❸ 《看上去很美》和《活着》两书译作的出版是"中印经典翻译项目"的阶段性成果。

出版的 *Chinese Poetry in English Verse*、1901年出版的 *History of Chinese Literature*，亚瑟·韦利（Arthur Waley）所译、1923年出版的 *A Hundred and Seventy Chinese Poems*，在印度都比较流行。泰戈尔也读过英译李白的诗。直到印度1947年独立以后，印度汉学界对中国文学才开始直接翻译、介绍、研究，先是谭云山、谭中和黄漪淑，后来尼赫鲁大学的马尼克（Manik Bhattacharya）、邵葆丽（Sabaree Mitra）、拉瓦特（D.S.Rawat）、墨普德（Priyadarsi Mukherji），德里大学东亚研究系的马杜拉（K.C.Mathur）、穆尔提（Sheela Murthy）和罗易（Shreeparna Roy），印度当代作家维克拉姆·赛特（Vikram Seth）等陆续加入，逐渐形成了一定的规模，但与中印两大世界文明的历史地位相比，却并不相称。

从20世纪50年代起，中国外文出版社面向印度组织翻译了一些中国文学作品，主要有鲁迅、老舍、茅盾等作家作品，其中既有英文，也有印地文、乌尔都文、孟加拉文、泰米尔文等。80年代以来，中国当代文学开始引起印度学界关注，舒婷的诗、陈建功的《丹凤眼》、谌容的《人到中年》、马拉沁夫的《活佛》等作品的印地语版陆续面世，欧阳江河、臧棣、西川、翟永明等人的作品也被译成英文在印度出版，但中国公认的一些优秀作家的作品，如海子的诗，余华、莫言、陈忠实、王安忆、刘震云等人的小说，则至今仍未引起印度翻译家和出版界的重视，虽然中印当代作家、翻译家之间的文化互动交流活动开始增多，但与欧洲、美洲的文学活动相比，缺乏系统，规模也较小。最关键的是，因为偏见或文化傲慢，印度社会整体对中国社会、中国当代文学缺乏了解和理解的主观能动性，社会需求不大，译者不多，译介作品有限，已有译介作品销量也并不高，与印度人口大国不相称。

置于东西方文化的背景下，印度文化的世界影响力并不弱于中国文化，特别是近现代以来，印度作为英国殖民地，同用英文作为交流工具，语言障碍较小，印度文化与西方文化的交流更自然、更全面，在西方的影响也很大，印度成为很多西方作家、哲学家的思想源头。也就是说，在近现代的西方，东方文化的代表主要是印度和日本，而非中国，印度人因此而有文化自豪感也就不奇怪了，只不过随着时代变化，世界文化格局在变化，中国文化的地位在提升，而印度国民的文化认知态度却没有与时俱变，甚至意识到以后仍罔顾现实，以自闭式的孤芳自赏盲目陶醉于印度文化优越感之中，印度民众因此就很难对印度文化与其他文化的关系产生客观的认知，无法理性对待其他民族的文化和文学。

印度漠视其他国家的文学与印度自身文学的复杂多元也有关系。印度是多语言、多宗教、多文化、多语种文学国家，与中国的各民族文学和谐相处不同，印度不同语种文学之间却旗鼓相当，相互抵牾，扬己贬彼。这种文学生态也影响到印度与其他国家文学之间的关系，容易无视自身缺点，忽视他人优点，中国当代文学丰富多彩，却遭遇印度文化有色眼镜的选择性无视，所以没有得到充分重视和翻译介绍，是情理之中，却不能听之任之。

"一带一路"要推动民心相通，文学是情感之河，可以疏浚贯通不同文化的交流，也可能会产生对流而逆势难行，印度对中国当代文学的态度，目前时通时堵，且有些任性而为。这需要我们紧紧围绕中印外交关系的变化，随时调整中印文化交流的方式和途径，精心选择合适的当代文学作品主动译介或向印度推介，并且提高翻译和传播效率，以短平快的方式，首先将中国当代优秀作品整体发展现状让印度社会有所认识，对中国当代优秀作家作品的基本情况有所了解，以此稀释印度对中国当代文学的固有偏见或误读，培育适合中国当代文学落地生根的土壤，久久为功，在适当的时候再加大译介的数量，稳步推进，以文学互通促民心相互理解，使中印文化交流更充实，更具有实感、质感，也更稳固持久。

可喜的是，随着中印围绕"一带一路"合作的深入，中印文化经典互译工作开始有计划、有规划、有规模地提升，印度翻译家对中国文化的热情也逐渐高起来了。2013年5月，中国新闻出版广电总局与印度外交部在印度新德里签署了《"中印经典和当代作品互译出版项目"合作备忘录》，启动"中印经典和当代作品互译出版合作项目"，全面推动两国经典和当代作品互译出版，并计划在5年内各自翻译出版对方国家25种图书。项目实施以来，印度汉学家积极翻译中国当代优秀作品，2015年底，以尼赫鲁大学专家为主的17位精通中文和印地语的专家、教授组成的翻译团队建立，开始翻译一些反映中国社会现状的优秀作品。2017年12月，阿来的《尘埃落定》《空山1》印地语版在新德里出版发行。如今，王朔的《看上去很美》的印地语版已经完成，其他如余华的《活着》、刘震云的《手机》、陈忠实的《白鹿原》和贾平凹的《秦腔》等作品的翻译也在有序推进，这些作品的印地语版都是首次在印度面世，必将成为印度了解中国的窗口。

2018年12月21日，中国—印度高级别人文交流机制首次会议在新德里举行，国务委员兼外长王毅与印度外长斯瓦拉杰共同主持。习近平总书记、莫迪总理向会议发来贺信。2019年8月11日，中印高级别人文交流机制第二次会议系列活动——第二届中印语言教育交流合作研讨会在北京举行，来自中国和印度高校的负责人、孔子学院院长、汉语系主任、著名专家学者和优秀师生100多人参加了会议，孔子学院总部还与印度曼格拉姆大学签署了共建汉语教学中心的协议。目前，中印双方在文化、媒体、影视、博物馆、体育、青年、旅游、地方、传统医药与瑜伽、教育与智库等领域的合作达成了广泛共识。第三届中印媒体高峰论坛、中印青年主题摄影展、高级别人文交流机制开幕式暨文化之夜、中印文明对话闭幕式等一系列人文交流活动随后展开。中印两大文明古国再次携手共同走上民族复兴之路，中印人文交流必将拥有越来越广阔的舞台。

第四章　中国当代文学在蒙古国

第一节　蒙古国与"一带一路"

蒙古国地处中国与俄罗斯之间，是一个典型的内陆国家。由于地理环境与民族历史等原因，蒙古国文化在继承蒙古族传统文化基础上，也不同程度地受到匈奴、鲜卑、突厥等民族的文化、习俗传统影响。

蒙古国文化是在游牧生产的基础上形成的，包括游牧生活方式以及与之相适应的文学、艺术、宗教、哲学、风俗、习惯等具体要素，属于游牧文化范畴。从自然观来看，游牧文化崇拜、依赖、适应大自然，与自然融为一体，因而，蒙古族游牧文化敬畏自然、注重和谐、崇尚自由，具有一种深刻的生态内涵和强烈的艺术气质。同时，游牧文化的开放性使其不约束人内心、灵魂的自由，为蒙古国人的自由精神的滋生和成长提供了客观基础，也赋予了他们热情、豪爽的民族性格。

中国与蒙古国之间的交往历史源远流长。1949年10月16日，两国建立外交关系，60多年来，两国关系虽经历过一些曲折，但和平共处始终是主流。1951年起，中蒙两国就建立了文化联系，在科、教、文、卫等领域开展了广泛的交流与合作。1994年，双方签署《中蒙文化合作协定》。1997年，中国政府文化代表团访蒙，自此两国高层多次率文化代表团互访。1989年，中蒙关系实现正常化以来，两国关系健康发展。2003年，两国宣布建立睦邻互信伙伴关系。同时，根据中蒙两国政府文化交流计划，两国开展了多渠道、多层次、多形式的文化交流与合作，"汉语热"持续升温，对中国文化的关注度逐渐提高。2008年5月，蒙古国立大学孔子学院揭牌，双方签署了《关于组织国际汉语教师中国志愿者赴蒙古国任教的协议书》，如今蒙古国已经有3所孔子学院，5个孔子课堂，80多所大、中、小学开设汉语课程，汉语已成为仅次于英语的第二外语，300万人口中有2万多人在学习汉语。2010年，中蒙两国在上海签署了互设文化中心协议；2011年，两国宣布建立战略伙伴关系；2012年，中国与蒙古国作家座谈会暨中国文学名著赠送仪式在乌兰巴托举行。2013年，双方签署《中蒙战略伙伴关系中长期发展纲要》。2014年，双边发表联合宣言,将中蒙关系提升为全面战略伙伴关系。……中蒙作为近邻,不但地理距离近,而且心的距离也越来越近了。

生活在蒙古高原上的蒙古人和其他一些游牧民族与丝绸之路有着割舍不断的关联。"一带一路"倡议作为新时代的丝绸之路,为中蒙两国的合作交往提供了新机遇与新平台。两国围绕"一带一路"倡议与中蒙俄经济走廊建设,在多个领域开展了务实合作。

近年来,围绕着"一带一路"倡议,中蒙两国人文交流活跃,形式多样、内容丰富。2014年,中国外交部颁布了《中蒙友好交流年纪念活动方案》,其中人文活动就有22项。2015年,内蒙古师范大学与蒙古国国立教育大学联合创办的"2+2"教学模式正式施行,双方合力培养未来中蒙文化交流的使者。2015年,"内蒙古·蒙古国文化周"在呼和浩特市开幕。2017年,"一带一路"中蒙体育旅游高峰论坛在蒙古国举行。2018年6月,中国"甘肃文化旅游周"在乌兰巴托开幕;9月,"内蒙古文化旅游周""中国电影周"在乌兰巴托启动,中国藏文化交流团也对蒙古国进行了访问;11月,蒙古国中央省"中蒙友谊文化中心"揭牌,等等。蒙古国还多次举办中国文化周、中国(蒙)文化节等活动,使蒙古国民众近距离感知、了解中国文化。

在文学互译互介与图书出版方面,两国也达到一个新的高峰。蒙古国的中国文学翻译从两国建交就开始了。中国优秀文学作品经过译介引进,也开始越来越多地出现在蒙古国读者面前。

但只有到了21世纪,随着中国经济的快速发展和中蒙合作关系的巩固,蒙古国的中国文学翻译才进入快速发展时期,只不过最初仍主要是中国古代文学经典,如《聊斋志异》(2006年)、《论语》(2009年)、《大学》(2009年)、《中庸》(2013年)、《三国演义》(2013年)等。从2009年起,内蒙古文学翻译家协会开始组织翻译出版鲁迅文学奖的获奖作品,包括铁凝、池莉等中国当代作家的作品开始出现在蒙古国,并且产生了一定影响。"一带一路"倡议提出以后,中国政府设立出版项目,主导向海外翻译推介中国当代文学,包括蒙古国。2016年,乌兰巴托中国文化中心举办了中国图书巡展，中国当代作家作品开始集体登陆蒙古大地。2018年5月，铁凝小说《永远有多远》的斯拉夫蒙古语版面世并成为蒙古国高校的文学课教材。

"一带一路"为中蒙两国文学架起了沟通的桥梁，随着两国文化交流机制的完善，双方文学也将实现更广泛、更深入的交流。

第二节 "一带一路"背景下蒙古国的中国当代文学译介

一、中国当代诗歌

2015年，西里尔文版《现代中国诗选》（*Орчин Үеийн Хятад Яруу Найраг*）❶，译者 Нацагдоржийн Энхбаяр。

2016年，杨克西里尔文版《杨克诗选》（*Ян Кэгийн Шүлгүүд*），收藏于蒙古国立图书馆，蒙古国作协翻译奖获得者恩和拜伊翻译。

二、中国当代小说

2014年，劳马西里尔文版《劳马荒诞幽默小说》（*Инээдтэй*），译者森·哈达。

2015年，阎连科西里尔文版《受活》（*Баяр Баясгалан*）。

2016年，莫言西里尔文版《变》（*Эргэлт*）。

2018年，劳马缅甸语版《一个人的聚会》（*The Solo Party: Short Story*

---

❶ 《现代中国诗选》和小说《活着》均由蒙古国 Tagtaa Publishing 出版社出版。

Collections）[1]；余华西里尔文版《活着》(*Амьдрахуй*)。

第三节 结　　语

　　中国当代文学在蒙古国的落地和传播，真正的热潮发生在"一带一路"倡议提出以后，中蒙两国在文化交流领域采取了一系列互助行动，包括影视剧方面的合作。天时地利人和文兴共进，中国当代文学成为蒙古国民众认识新时代中国的重要参照，得到蒙古国政府和民间的普遍关注，译者也表现出前所未有的敏锐活力和译介自觉，成绩斐然。

　　与传统的译介不同，"一带一路"背景下蒙古国对中国当代文学作品的翻译呈现出整体推进、多枝开花态势，之前多局限于中国诗歌、中短篇小说的翻译，现在则在此基础之上也重点翻译一些优秀的长篇小说，兼及散文、戏剧，小说如杨志军的《藏獒》(2013年)、苏童的《妻妾成群》(2014年)、莫言的《酒国》(2014年)、张贤亮的《男人的一半是女人》(2014年)、铁凝的《火锅子》(2014年)、劳马的《荒诞幽默小说》(2014年)、阎连科的《受活》(2015年)、余华的《十个词汇里的中国》(2015年)、莫言的《变》(2016年)等，诗歌、戏剧则有《中国现代诗歌集》(2015年)、《中国经典戏剧》(2015年)和《杨克诗选》等。2014年9月2日，劳马在乌兰巴托获颁蒙古国最高文学奖，此为该奖项首次授予中国作家，代表了中蒙文学交流的崭新篇章。

　　实际上，蒙古国自与中国建交以来，就重视培养汉语翻译人才。1957年，蒙古国立大学语言系就开设了汉语翻译及研究专业班，旨在为国家培养汉学家。20

---

[1] 缅甸语版《一个人的聚会》由蒙古国和平出版社出版，为便于多数读者掌握外译信息，此处仅取封面印刷的英文译名。

世纪 60 年代，虽因政治原因中止了汉语教学，但从 1973 年起，随着中蒙关系回暖，蒙古国的汉语教学就逐步恢复了，1975 年，蒙古国立大学恢复了汉语翻译专业班。当然，蒙古国政府推动汉语教育的初衷是培养中蒙政治、外交高级人才，类似于黄埔军校只培养军官，所以一直到 20 世纪末，蒙古国的汉语教育都主要局限于为政府服务，培养主体是高校。进入 21 世纪，尤其是两国围绕"一带一路"开展务实合作以来，"中国热"成为蒙古国的社会现象，普通人开始成为汉语学习的主体，汉语从"阳春白雪"走进"下里巴人"，成为蒙古国民众的自发选择，这也是蒙古国汉语翻译家成长的适宜环境，很多汉语学习者和研究者逐渐加入中文翻译家队伍，实现了中国当代文学的多渠道译介，推动了中国当代文学在蒙古国的普及性传播态势。目前，翻译中国当代文学的主体是蒙古国内在大学和研究机构工作的汉学家，以及中国蒙古族的作家、高校老师和出版社、媒体的从业者。中国的蒙古族和蒙古国的蒙古族具有跨境语言优势，在推动中国当代优秀文学作品"跨境"走进蒙古国的过程中，正在携手同心，这本身就是中蒙文化相同之途、之道。

但与中国当代文学的蓬勃发展和多元发展形势相比，蒙古国的中国当代文学译介和影响力总体尚不容乐观，甚至还不如蒙古国文学在中国的影响力，译介的作品数量和质量皆如此，尤其是没有出现鲁迅这样在蒙古国民众眼中能代表中国形象的作家，文学品牌没有形成，品牌效应自然谈不上，而在蒙古国这样的人口小国，打造明星作家的偶像效应常常会产生群体性影响，并且能带动中国当代文学乃至中国文学的译介和传播，融合不同文化矛盾，实现感情相通，心意相知，无碍交流。

第五章　中国当代文学在俄罗斯

第一节 俄罗斯与"一带一路"

俄罗斯是世界上国土面积最大的国家,居住着180多个民族。俄罗斯文化以俄语和东正教为基础,乌克兰、白俄罗斯、塞尔维亚、波兰等斯拉夫国家文化对俄罗斯文化曾产生过明显影响。

俄罗斯民族发源于公元9世纪末的欧洲东部内陆平原和森林地带。882年,基辅公国和其他一些部落逐步以基辅为中心建立起一个国家(史称基辅罗斯)。俄罗斯文化相较世界其他文明起步较晚,但发展迅速,是世界文化之林中独特而又灿烂的民族文化之一。

俄罗斯地跨欧亚两洲,俄罗斯文化在发展过程中很自然地受到东西方文化的影响,形成了兼具东西方文化特征的独立文化体系,但又常常在东西方文化之间摇摆。俄罗斯文化深受宗教影响,多元宗教影响着俄罗斯文化的各个方面。俄罗斯文化经历千年,文明冲突此起彼伏。

中俄分别代表儒家文明与东正教文明,是东西方文明的两个分支,两国的文化历史发展进程源远流长。公元12—14世纪,元朝帝国灭亡了古罗斯公国,建立起金帐汗国。中国的指南针、火药、造纸术等在这个时期传入俄国,中俄文化交流留下了烙印。17世纪,中俄交流开始密切,两国关系总体稳定,政治、经济、文化交流全面开展。1638年,莫斯科沙皇派使臣访问蒙古,获赠200包茶叶,从此俄国开始饮茶。1679年,中俄签订茶叶贸易协议,从中国鄂南羊楼洞启程,商队一路驼铃,途经一万两千公里,将茶叶送到圣彼得堡,堪称中俄丝绸之路。清朝康熙年间,中俄就签订协议组建东正教传教士团到中国传教。17、18世纪,俄国与西欧同步掀起了"中国热",圣彼得堡宫廷和上流社会热衷于中国工艺品,民间爱好收集中国瓷器和装饰品,知识界则关注和重视中国传统文化经典。中国文化在俄国成了文明的时尚。始建于18世纪中叶的沙皇离宫——彼得宫内部,从中国巨龙喷泉到中国漆底木雕画,从中国花园到中国室,中国元素处处可见。19世纪下半叶开始,"四书""五经"等中国文化经典开始出现俄语选译本。1880年，俄国一部中国文学史面世（瓦西里耶夫著《中国文学史纲要》）。20世纪开始，伴随着中国的救亡启蒙运动，尤其是在中国革命时期，大量俄国文学作品译到中国，托尔斯泰的《安娜·卡列尼娜》《战争与和平》，奥斯特洛夫斯基的《钢铁是怎样炼成的》，法捷耶夫的《毁灭》《铁流》《青年近卫军》等，成为中国革命和思想的源泉。新中国成立后，中苏友好带动了两国文学的交流，中国的大学开设俄语专业，大量苏联文学作品译成了中文，而苏联则出现了一批优秀的汉学家，宣传新儒学，成立孔子研究会等。两国文化交流的规模、层次和水平都不断提升。

1991年苏联解体后，中俄关系进入新阶段。1992年12月，两国签署了《关于中俄相互关系基础的联合声明》，鼓励两国文化交流，相互教授两国语言和文学，并在培训文化干部、保护民族文化财富、翻译出版以及校际联系等方面加强合作；1994年两国建立"建设性伙伴关系"；1996年两国建立"战略协作伙伴关系"；2001年两国签署"中俄睦邻友好合作关系"，友谊不断升级。2005年6月，两国签署了《关于21世纪国际秩序的联合声明》，明确了两国未来关系："在相互尊重和包容中开展文明对话与经验交流，相互借鉴，取长补短，以求共同进步。应加强人文交流以建立国家间友好信任的关系。"

"一带一路"倡议促使中俄文化交流进入新阶段。俄罗斯地处欧亚大陆，是"一带一路"建设的重要途经国。自"一带一路"实施以来，中俄国家元首20余次会晤，习近平总书记多次表示中方珍视中俄相互信任和友谊；普京总统多次强调俄国始终支持中国。2014年，中俄签订《中华人民共和国与俄罗斯联邦关于全面战略协作伙伴关系新阶段的联合声明》，俄罗斯明确宣布支持"一带一路"建设。两国随后签署了《关于丝绸之路经济带建设与欧亚经济联盟建设对接合作的联合声明》，将"一带一路"建设和欧亚经济联盟建设进行对接，在能源、基础设施、金融、军事、农业、科技和民用航空领域多方位合作。"一园两地"中俄丝路创新园的建设则标志着中俄"一带一路"合作迈向更高水平。

但也应看到，因为主观猜疑和误解，俄罗斯对"一带一路"的参与一开始并不热情，甚至认为会对俄罗斯倡导，白俄罗斯、哈萨克斯坦、亚美尼亚、塔吉克斯坦、吉尔吉斯斯坦参与的欧亚经济联盟造成冲击，并危言耸听地主张抵制"一带一路"，防止俄罗斯被中国排挤出亚洲和欧洲贸易圈。但随着"一带一路"的不断推进和阐释，俄罗斯对"一带一路"的态度逐渐趋向理性，从而更多地提倡中俄合作借力"一带一路"促进欧亚大陆经济发展，推动中俄未来关系进入新阶段。为此，俄罗斯成立了专门的工作小组对接"一带一路"，推动政府、企业和商界合力参与"一带一路"，尤其是在亚投行、基础设施、国际运输、新兴产业等领域，全力打造新型伙伴关系，助力中俄2020年贸易额达到2 000亿美元的目标。

中俄经贸交流对语言文化交流提出新需要和新要求，语言文化服务平台建设日益重要。17所孔子学院和5个孔子课堂在俄罗斯搭建起中俄语言文化互通之桥。中俄双方政府和民间以各种积极方式推动两国人文艺术交流，"中俄友好"再谱新篇。中国电影、文学、京剧、音乐、绘画、书法、摄影作品在俄罗斯频频亮相，两国以对等原则定期举办文化节，在电视、电影和戏剧艺术领域实施文化合作项目，培训文艺人才，互设文化中心。在中国，俄罗斯文化中心向中国民众介绍了俄罗斯丰富的精神和文化遗产。俄罗斯建筑、马戏团艺术、伏特加产业、套娃玩具等俄罗斯艺术文化形式越来越被中国民众喜爱。在俄罗斯，莫斯科中国文化中心推动中国文化走进俄罗斯，中医、京剧、茶道、国画等中国传统文化越来越受俄罗斯民众欢迎。在"一带一路"精神主导下，中俄两国相继举办了多次"国家年""旅游年""语言年""电影节""音乐节""文化节"等主题活动，中俄文化交流繁荣发展，有效促进了两国民心相通。

在"一带一路"倡议实施之前，中国当代文学在俄罗斯的翻译介绍寥若晨星，很多俄罗斯读者对中国当代文学几乎一无所知，中俄文学翻译严重失衡，中国文学出口逆差竟达20倍。1991—2005年间俄罗斯只翻译出版了8部中国当代文学作品，2006—2008年情况略微好转，3年间翻译出版了12部。2009—2010年间为零。2011年1部，发行量1 000册。2012年2部，总发行量8 500册，是莫言诺贝尔文学获奖推动了俄罗斯社会对中国当代文学的关注热情，2013年翻译出版了4部，总

发行量达到 19 000 册。❶

"一带一路"倡议带动了俄罗斯了解中国的热情，2014 年，俄罗斯就翻译出版了 11 部中国当代文学作品，总发行量超过了 27 000 册。"一带一路"无疑也是中国当代文学走进俄罗斯的黄金机遇时期，中俄两国政府鼓励支持文学交流，2013 年签署了《中俄经典与当代文学作品互译出版项目合作备忘录》，2015 年俄罗斯设立"最佳中国文学翻译"奖。

随着中俄关系不断提升，俄罗斯民众了解中国的兴趣逐步提高，中国当代文学作品越来越受到俄罗斯读者的青睐，西方文学在俄罗斯一统天下的局面已经打破，中国当代文学将逐渐成为中国文学走进俄罗斯的"生力军"和"主力军"。

第二节 "一带一路"背景下俄罗斯的中国当代文学译介

一、中国当代诗歌

2014 年，吉狄马加诗集《时间》(*Время*)❷，译者 Д. Дерепа。

2018 年，《广西现代诗选》(*Слова, упавшие в воду: современных поэтов из Гуанси*)，收录东西等 50 余位广西诗人诗作，译者 Родионов А. А.、Пономарева Марьяна Яковлевна、Фили монов Алексей 和 Митькина Е. И.。

---

❶ 俄罗斯圣彼得堡国立大学东方系教授、孔子学院院长罗季奥诺夫 (А. А. Родионов) 2014 年在莫斯科"中俄文学名著翻译国际研讨会"上的发言。
❷ 近年来，俄罗斯 Гиперион 出版社出版中国当代文学作品 20 余部，主要包括《时间》《张贤亮作品选》《我不是潘金莲》《北妹》《推拿》《暗算》《手机》《一句顶一万句》《我叫刘跃进》《古船》《二十至二十一世纪中国戏剧选》和《爸爸爸 中国当代故事》等；此外，该出版社的"新世纪中国文学"("Новый век китайской литературы") 系列包括《篡改的命》《天等山》《没有语言的生活：广西作家散文集》《广西现代诗选》《黑白之间：广东作家散文与诗歌集》《时代与风俗：广东作家散文集》等。

二、中国当代小说

2014 年

毕飞宇《青衣》(*Лунная опера*)，译者 Твердый переплет 和 суперобложка；何建明《落泪是金》(*Слезы-золото*)，译者 А. Коробова 和 М. Ишков；劳马《一个人的聚会》和《个别人》(*Individualist v obschestve*)；刘震云《温故一九四二》(*Вспоминая 1942*)；莫言《生死疲劳》(*Устал рождаться и умирать*) 和《变》(*Перемены*)❶，译者分别为叶果罗夫和 Н. Власова；铁凝《笨花》(*Цветы хлопка*)❷，译者娜塔莎（Н. Власова）；王蒙《活动变人形》(*Метаморфозы, или Игра в складные картинки*)，译者 Дмитрий Воскресенский；余华《活着》(*Жить*)❸，译者汉学家罗子毅；张贤亮《张贤亮作品选》(*Чжан Сяньлян Избранные произведения*)，译者 З. бдрахманова、Д. Саприка、В. Семанова、И. Смирнова、Оксана Родионова。

2015 年

冯骥才非虚构文学《一百个人的十年》(*Десятилетие бедствий：записки о культурной революции*)；劳马《巴赫金的狂欢：劳马剧作三种》(*Карнавал Бахтинам. М.*)；刘震云《我不是潘金莲》(*Я не Пань Цзиньлянь*)，译者 Оксана Родионова；盛可以《北妹》(*Сестрички с севера. Шэн Кэи*)，译者 Наталья Власова；王安忆《长恨歌》(*Песнь о бесконечной тоске*)；余华《兄弟》(*Братья*)，新生代汉学家、师从俄罗斯汉学界泰斗华克生的德列伊津斯翻译。

---

❶ 俄罗斯 Эксмо 出版社出版《变》及《三体》系列作品 3 部。
❷ 俄罗斯东方文学出版社（Издательство восточной литературы）的"中国文学"（"Библиотека китайской литературы"）俄语版系列包括当代文学作品《笨花》《活动变人形》《棋王 树王 孩子王》《我要做好孩子》《落泪是金》《一个人的一百年》《长恨歌》《秦腔》《风景》等，及古典文学名著《聊斋志异》《红楼梦》《水浒传》《三国演义》《儒林外史》《论语 孟子》《老残游记》和现代文学作品《家》《子夜》《猫城记》《围城》《干校六记》《二十世纪中期中国女作家作品选》等。

截至 2019 年 8 月，俄方翻译出版"中国文库"系列作品 38 部，包括东方文学出版社的"中国文学"系列。

❸ 俄罗斯 Текст 出版社出版《活着》《兄弟》和《许三观卖血记》。

2016 年

阿城《棋王　树王　孩子王》(*Царь шахмат. Царь-дерево. Царь детей*)，译者 В. Аджимамудова, Григорий Ткаченко 和 М. Семенюк；毕飞宇《推拿》(*Китайский массаж*)，译者 Наталья Власова；劳马《抹布》(*История города Хулучжэня*)；刘震云《手机》(*Мобильник*)，译者 Оксана Родионова；麦家《暗算》(*Заговор*)，译者 Евгения Митькина；余华《许三观卖血记》(*Как Сюй Сангуань кровь продавал*)，译者罗子毅。

2017 年

方方《风景》(*Пейзаж*)，译者 Семенюк М. В.；黄蓓佳《我要做好孩子》(*Я буду умницей*)，译者 Н. Демидо；刘震云《一句顶一万句》(*Одно слово стоит тысячи*)和《我叫刘跃进》(*Меня зовут Лю Юэцзинь*)，译者同为 Оксана Родионова，其中，《我叫刘跃进》2016 年初版、2017 年再版；张炜《古船》(*Старый корабль*)，译者 Егоров И.；《黑白之间：广东作家散文与诗歌集》(*Между чёрным и белым：Эссе и поэзия литераторов провинции Гуандун*)，译者 Черевко Марина Вячеславовна, Власова Н. Н., Митькина Е. И.；《时代与风俗：广东作家散文集》(*Времена и нравы：Проза писателей Гуандуна*)，译者 Родионов А. А.、Власова Н. Н.、Митькина Е. И. 和 Сомкина Н. А.；郑体武和俄罗斯 В.И. 马萨洛夫联合主编中俄双语《诗歌的纽带——中俄诗选》(*Поэзии связующая нить：из китайской и русской лирики*)[1]。

2018 年

东西《篡改的命》(*Переломленная судьба*)，译者罗季奥诺娃；凡一平《天等

---

[1] 中国诗歌部分收录了卞之琳、余光中、李瑛、叶延滨、郁葱、李肇星等诗人诗作。该诗选是上海外国语大学文学研究院与俄罗斯外交部"通风口"文学社竭诚合作的成果。由上海外国语大学、俄罗斯作家协会和俄罗斯外交部"通风口"文学社合作编选、翻译，上海外语教育出版社出版，中俄两国外交部长作序。

山》(Гора Тяньдэншань), 译者 Митькина Е. И.；凡一平、张柱林、东西、田耳等著中篇小说《没有语言的生活：广西作家散文集》(Жизнь без слов. Проза писателей из Гуанси), 译者 Родионов А. А.、Родионова О. П.、Корнильева Татьяна Игоревна 和 Митькина Е. И.；古华《芙蓉镇》(В долине лотосов), 译者 Семанов В. И.；贾平凹《秦腔》(Цинские напевы), 译者 А. Коробова；莫言《红高粱》(Красный гаолян), 译者 Наталья Власова；莫言与韩少功合著小说选《爸爸爸 中国当代故事》(Папапа. Современная китайская повесть/Papapa. Sovremennaya kitayskaya povest)❶, 译者 Твердый переплет；张洁长篇小说《沉重的翅膀》(тяжелые крылья)。

2019 年

王蒙《这边风景（上）》(Пейзажи этого края. Том 1) 和《这边风景（下）》(Пейзажи этого края. Том 2) 出版，译者 Монастырский А. А.；潘向黎《茶可道》(Чай, выраженный словами)。

此外，《二十至二十一世纪中国戏剧选》(Китайская драма XX-XXI вв.)❷ 出版。

第三节 结 语

中国当代文学在俄罗斯的翻译传播目前空间大，途径多，数量在逐年增加，但

---

❶ 收录韩少功《爸爸爸》(Папапа)、莫言《透明的红萝卜》(Прозрачная красная редька)、阎连科《年月日》(Дни, месяцы, годы)、邓一光《父亲是个兵》(Мой отец—военный) 和刘恒《贫嘴张大民的幸福生活》(Счастливая жизнь болтливого Чжан Даминя)。
❷《二十至二十一世纪中国戏剧选》收录部分当代戏剧作品，是俄罗斯出版的"中国文库"系列之一，得到"中俄经典与现当代文学作品互译出版项目"资助。

效果总体并不理想。2015 年,莫斯科市中心六大图书商城(青年近卫军书店、阅读城书店、环球图书商城、共和国书店、莫斯科图书城、历史书店)在售不同类型的中国主题图书共 333 种,其中中国当代作家作品仅有莫言的《丰乳肥臀》《生死疲劳》《酒国》等,另外就是中国古代典籍《孙子兵法》《唐诗三百首》等(人民画报社莫斯科分社调研数据)。

从需求角度看,俄罗斯读者对中国当代文学的兴趣低于欧美文学,且存在着意识形态偏见,认识不全面,如仍以中国古典文学为中国文学代表,缺乏了解中国当代文学的热情,所以,当前俄罗斯图书市场上的中国当代文学作品仍以官方资助项目出版的作品为主,且主要由俄罗斯本土出版社出版,服务于政治外交需要,没有客观考虑普通俄罗斯读者的阅读需要,俄罗斯译者和出版机构主动引进的不多,市场机制没有形成,这反过来又强化了俄罗斯读者的意识形态认知,加深了认知偏误。俄罗斯出版主体是私营和股份制出版社,中国当代文学作品因为销量低,很多出版社不愿冒险,即使有意引进中国当代文学作品,也因考虑资金风险而难以具体实施。

目前,中国当代文学俄罗斯翻译者缺乏,翻译主体仍是苏联时期的一批老汉学家,如叶果夫(И.А. Егоров)、华克生(Д. Н. Воскресенский)、罗子毅(Р. Г. Шапиро)等,新一代汉语学习者虽然大量增加,但学习的功利性强,多为职业考虑,少有致力于文学翻译者,所以目前翻译主力只限于大学的汉语教师和中国问题研究者,而仅有的一些俄语版中国当代文学作品,也因为主要通过实体书店出售,宣传少,传播途径单一,新媒体利用率低,传播范围和影响面都很窄。

要改善中国当代文学在俄罗斯的生存和发展环境,中俄出版机构应加强前期调研分析,优选适合俄罗斯读者审美需要的中国当代文学作品,打通中俄情感迁移之路,并采取中俄合作翻译方式,保证俄语译本既保留中国味道,又有俄语味道,从而逐渐培育出中国当代文学的忠实拥趸,开拓出中国当代文学的俄罗斯土壤和市场,实现中俄文学互通。

第六章 中国当代文学在瑞典

第一节 瑞典与"一带一路"

瑞典地处北欧,位于斯堪的纳维亚半岛东南部,西邻挪威,东北部与芬兰接壤,东西部和东南部分别濒临波的尼亚湾和波罗的海,西南部与丹麦相望,是一个高度发达的资本主义国家,欧盟成员国之一。

寒冷的气候使瑞典人的性格趋向内向和克制。瑞典人的祖先在石器时代定居于斯堪的纳维亚半岛。发展至维京时代,瑞典人成为富有冒险精神的北欧海盗,不断对外扩张。进入 20 世纪,瑞典在两次世界大战中保持中立,并在社会民主主义思想的指导下,逐渐形成瑞典模式,建立了高度发达的社会福利制度。

瑞典文化的核心价值观强调个人自由的充分实现、全面平等和团结观念,体现出积极寻求合作、促进团结、实现和平共赢的追求以及兼容并蓄的创新精神。

中国和瑞典的友谊源远流长。早在 17 世纪瑞典的"大国时代",就已经有《中国的长城》《论中华大帝国》这两部瑞典人关于中国学术著作的笔记,瑞典社会已经接触了不少中国文化和典籍。进入 18 世纪,中国文化的影响力在欧洲扩大,瑞典也不例外。《儒家箴言八十则》出现了瑞典语译本,瑞典语撰写的介绍中国历史的《中国故事》也相继出版。1731 年,瑞典成立东印度公司,建造"哥德堡"号商船从事远东贸易。远东贸易不仅给瑞典带来中国商品,更为两国交流打开了通道。1769 年,瑞典国王阿道夫·弗雷德里克(Adof Fredrik)专门在花园里建立了中国宫送给王后做生日礼物,宫门、宫窗两侧以中国式图案组成边框,可写中国对联。室内陈设为中国传统样式,摆设有瓷花瓶、漆盆、象牙宝塔、泥人、宫灯、文房四宝和茶具,四壁挂满中国山水花鸟鱼虫的毛笔字条幅和画轴,足以说明两国文化贸易的丰富。19 世纪,瑞典传教士们到中国设立学校,传播西方教育理念,同时也将中国历史文化带回瑞典甚至整个欧洲。韩山文(Teader Hamberg)1847 年到中国,传教时结识了洪仁玕,撰写并出版了《中国起义领袖洪秀全:中国起义的缘由》。1887 年 3 月 14 日,传教士符恺励(ErikFolke)到达上海,同年 5 月,在斯德哥尔摩成立"瑞典中国传教事工委员会",简称"瑞华会"(缩写SMC),并把《道德经》《庄子》等中国古代哲学经典译成瑞典文。19世纪末20世纪初,因为瑞典当时被中国认为是"西方几个没有帝国野心的国家之一",瑞典与中国的交流相对顺畅,瑞典还成立了"中国委员会"。期间瑞典科学家斯文·赫定(Sven Hedin)、安特生(Johan Gunnar Anderson)等多次率队考察中国地理、文物,发现楼兰古城遗址、仰韶文化等,推动了世界认知中国,也帮助中国发现了自己的历史。

1950年5月9日,瑞典成为第一个与新中国建交的西方国家,瑞典汉学研究逐渐繁荣。哥德堡大学校长高本汉(Klas Bernhard Johannes Karlgren)推动汉学成为瑞典一个专门学科,他一生从事汉学研究,撰写了许多介绍汉语和中国文化的著作,如《中国音韵学研究》,也培养出了很多著名的汉学家,如斯德哥尔摩大学汉学家马悦然(Goran Malmqvist)。马悦然从20世纪60年代后期开始陆续将中国古典名著《水浒传》《西游记》译为瑞典文,并以各种方式将《诗经》《论语》《孟子》《史记》《礼记》《尚书》《庄子》《荀子》和辛弃疾的诗词等介绍到瑞典,并组织编写了《中国文学手册:1900—1949》。作为诺贝尔文学奖评委会成员,他还推动瑞典和世界翻译界逐渐重视中国现当代文学。瑞典翻译家陈安娜(Anna Gustafsson Chen)等翻译了大量中国当代文学作品,包括莫言的《红高粱家族》和《蛙》以及余华的《活着》《许三观卖血记》等作品。目前,瑞典汉学研究机构和汉语教学机构日益增多。斯德哥尔摩大学、哥德堡大学等大学的东亚系或汉学系以及中国在斯德哥尔摩开办的欧洲第一所孔子学院都在不断为增进两国的相互了解培养汉语人才。瑞典汉学界、教育界在中瑞文化交流中发挥了重要作用,也是中国当代文学走进瑞典、走向世界的坚实桥梁。

"一带一路"倡议为中瑞传统友谊再添新篇章,瑞典文化所追求的温馨、自然、光明、平等、开放发展与"一带一路"的理念高度契合,瑞典参与"一带一路"具有独特的优势和广阔的前景,两国文化交流也迎来新的发展机遇。

目前,中国是瑞典的主要经济贸易合作伙伴,瑞典第十大出口国。"一带一路"途经瑞典,瑞典国内市场渐趋饱和,正在积极寻求海外投资市场,"一带一路"可说是应运而生，能为瑞典提供更多机会，当然瑞典的科技、环保、社会福利制度、"瑞典病"现象等也为中国提供了互鉴互学的机会。虽然瑞典不是"一带一路"倡议的直接参与者，国内舆情也不一致，反对声音时隐时现，但瑞典基于自身发展需要，已成为亚洲基础设施投资银行（以下简称亚投行）的创始成员国，并在很多领域围绕"一带一路"进行了务实合作，两国先后成立了瑞典中国商会、中国—瑞典创新创业基地，签订了经贸领域节能环保工作组的谅解备忘录，越来越多的中国公司在瑞典进行投资。

中国和瑞典因"一带一路"有了一个更广阔的交流舞台。2015年6月5日，作为中瑞建交65周年系列活动之一的"'一带一路'，中瑞关系未来65年的发展机遇"研讨会在斯德哥尔摩举行。2017年4月，瑞典派代表出席"一带一路"国际合作高峰论坛。2017年5月29日，"'一带一路'文明互鉴，武汉文化走进瑞典"主题文化交流活动在斯德哥尔摩中国文化中心举办。2017年10月10日，瑞中合作促进会主办的首届"一带一路"瑞中合作高峰论坛暨瑞典—中国合作促进会成立大会在斯德哥尔摩成功举办。2017年10月，"一带一路"中瑞合作论坛在斯德哥尔摩成功举办。2017年11月，由瑞典驻华大使馆与瑞典中国友好协会举办的"瑞典中国海上丝路文化艺术展"在北京举行。2018年5月30日，瑞典席勒研究所、瑞典中国商会及东方航空公司共同主办，中国驻瑞典大使馆、中国文化中心、中瑞合作促进会支持的"一带一路"研讨会在瑞典斯德哥尔摩举办。瑞典政府、智库、商界和亚非国家驻瑞使团近百名代表出席活动。2018年11月，斯德哥尔摩中国文化中心和中外交流中心联合主办中国"青年艺术+"优秀作品海外巡展，19位中国青年艺术家的国画等作品参展。2018年12月，"瑞典人眼中的中国"图片展亮相斯德哥尔摩中国文化中心。2019年1月4日，搭载着瑞中合作研发的中性原子探测仪的嫦娥四号落月。

瑞典因为有诺贝尔文学奖评奖机构——瑞典学院，所以成为世界作家都向往的文学圣地，能成为瑞典学院关注的对象，也是很多作家的梦想。因为诺贝尔文学奖只颁给在世作家，所以，自1985年马悦然当选院士之后，因为要帮助瑞典学院了解中国文学现状以便从中优选诺贝尔文学奖得主，于是开始从翻译介绍中国古典作品开始转向中国当代作品，他从翻译沈从文的《边城》开始，陆续将顾城、李锐等人的作品翻译成瑞典文。这也推动了瑞典汉学界整体向中国当代文学转译，使斯德哥尔摩成为中国当代文学在瑞典乃至整个世界的译介与传播中心，翻译范围不断拓宽，研究视野不断扩大，中国当代作家的名字不断出现在瑞典的报纸上和文化活动中。莫言获得诺贝尔文学奖与"一带一路"倡议的实施，使瑞典的中国当代文学翻译更加聚焦"当代"色彩，中国当代文学在瑞典的译介前景，显然让人乐观。

中瑞两国长达200多年的和谐友好关系，为两国的文化交流积累了深厚的友谊。"一带一路"倡议虽然并未在瑞典获得全面认知和肯定，但随着两国在相关领域合作的不断深入，两国在经济、文化、文学作品翻译等方面的交流深度和广度必定会进一步扩展，实现双方经济、文化等多领域合作的共赢。

第二节 "一带一路"背景下瑞典的中国当代文学译介

一、中国当代诗歌

2018年，杨炼《同心圆》(*Koncentriska cirklar*)，译者 Susanna Hua 和陈安娜。

二、中国当代小说

2014 年

贾平凹《高兴》(*Lyckan*) 和刘震云《我不是潘金莲》(*Pro Ces Sen*)，译者均为陈安娜；莫言《透明的红萝卜》(*Den genomskinliga rättikan*)，译者 Göran Malmqvist；余华《活着》(*Att leva*)❶，译者陈安娜；张炜《九月寓言》(*September Fabel*)，译者罗德保。

2015 年

中国台湾作家林海音《城南旧事》(*Min barndoms Peking*)，译者 Göran Malmqvist。

阿乙《先知》(*Ofantligt mycket tid*)❷，译者瑞典翻译家伊爱娃·艾科罗斯；刘震云《我不是潘金莲》(*Processen*)，译者陈安娜；莫言《蛙》(*Yngel*)，译者陈安娜；任晓雯《我是鱼》(*Som en fisk*)和《岛上》(*Lägret*)，译者分别为伊爱娃·艾科罗斯和陈安娜；苏童《天堂》(*Manna från himlen*)，译者 Mikael Salomonsson；张炜《丑行或浪漫》(*Landstrykerskan*)，译者周宇婕；赵志明《我们都是长痔疮的人》(*Vi hade hemorrojder allihop*)，译者瑞典汉学家、翻译家秦碧达；娜彧《开门》(*Öppna dörren*)，译者 Adam Sarac。

2016 年

曹寇《一天到晚在村里》(*En kväll i byn*)，译者 Linus Fredriksson；劳马《巴赫金的狂欢》(*Bakhtins karneval*)，译者 Roger Eriksson；刘震云《一句顶一万句》(*Ett ord i rättan tid*)，译者陈安娜；苏童《米》(*Ris*)，译者陈安娜；莫言《四十一炮》(*Granatkastaren*)，译者秦碧达；余华《许三观卖血记》(*En handelsman i blod*)❸和《兄弟》(*Bröderna*)，译者分别为陈安娜和秦碧达。

---

❶ 此次为瑞典 Ruin 出版公司再版，2006 年初版。
❷ 瑞典 Chin Lit 出版社出版《先知》《我是鱼》《天堂》《我们都是长痔疮的人》《开门》《一天到晚在村里》《下面，我该干些什么》《咒语》《隐身衣》《7x Chin Lit》《王小波 x3》《早上九点叫醒我》及儿童文学作品《小红帽与狼》《乌龟一家去看海》等。
❸ 此为瑞典 Ruin 公司再版，2007 年初版。

2017 年

阿乙《下面，我该干些什么》(*Och sen då*)和《咒语》(*Förbannelsen*)，译者分别为伊爱娃·艾科罗斯和 Adam Sarac；芭拉杰依《驯鹿角的彩带》(*Ett brokigt band om renens horn*)，译者陈安娜；凡一平长篇小说《上岭村的谋杀》(*Mordet I Byn Shangling*)，译者 Heshan；格非《隐身衣》(*Osynlighetsmanteln*)，译者 Roger Heshan Eriksson；贾平凹《秦腔》(*Opera*)，译者陈安娜；刘震云《温故一九四二》(*Ny bok！Tillbaka till 1942*)，译者陈安娜；阎连科《四书》(*De Fyra Böckerna*)和《受活》(*Lenins kyssar*)，译者均为陈安娜；余华《第七天》(*Den sjunde dagen*)和《在细雨中呼喊》(*Rop i duggregn*)，译者分别为 Natalie Baker 和陈安娜。

此外，瑞典文学杂志 *Freeman's* 在主题为"Den nya litteraturens framtid"的一期中刊登阿乙散文《一件没有侦破的案子》(*Det olösta fallet*)和徐则臣短篇小说《狗叫了一天》(*Hunden sköllde hela dagen*)，译者分别为伊爱娃·艾科罗斯和陈安娜。

2018 年

作品集 *7x Chin Lit* 收录阿乙、娜彧、李师江、任晓雯、虹影、林白、曹寇等 7 位作家作品，译者 Adam Sarac、伊爱娃·艾科罗斯、Roger Heshan Eriksson、Linus Fredriksson、Marta Östborn 和 Mikael Salomonsson；迟子建《额尔古纳河右岸》(*På floden Arguns södra strand*)，译者陈安娜；《王小波 x3》，译者 Roger Heshan Eriksson 和伊爱娃·艾科罗斯。

此外，Chin Lit 出版社非常关注儿童文学作品的出版，如韩旭《小红帽与狼》(*Blinda Rodluvan och vargen*)和张宁《乌龟一家去看海》(*Familjen Sköldpadda tar sig till havet*)，译者分别为 Lilly Xie 和伊爱娃·艾科罗斯，均为 3—6 岁儿童读物。

2019 年

阿乙《早上九点叫醒我》(*Och sen då?*)；东西《篡改的命》(*Ödets lott*)，译

者 Heshan；刘震云《吃瓜时代的儿女们》(*Barn av sin tid*)，译者陈安娜；盛可以《死亡赋格》(*Dödsfuga*)，译者 Rebecka Eriksson；文盲《人类末日来临》(*Slutet på människan*)，译者 Alexis von Sydow；阎连科《炸裂志》(*Explosionskrönika*)和《发现小说》(*Upptäck romanen*)，译者同为陈安娜；杨志鹏《世事天机》(*Hemligheten i världen*)，译者 Jens Karlsson；贾平凹《极花》(*Makalös*)，译者陈安娜。

第三节 结 语

瑞典对"一带一路"的态度，与中国对瑞典的重要性并不相符，瑞典式的谨慎使瑞典没有及时参与实质性的"一带一路"合作之中，若继续持观望态度，局促不前，肯定会失去更多机会，这在一定程度上影响了中国当代文学的翻译和研究。若要进一步推进中国当代文学在瑞典的有序译介，还需要我们针对瑞典对"一带一路"的具体反应，积极寻求合适的途径。

中国和瑞典分属不同的文化体系，利益诉求和文化言说方式不同。虽然"一带一路"客观上对瑞典的经济发展具有明显的促进作用，但还需要我们用适合瑞典文化的方式进行阐释，在让瑞典认识到"一带一路"积极价值的同时，也积极汲取瑞典发展的经验，解决"一带一路"发展中的问题，充分实现合作共赢。

中西文化目前仍强弱有别，中国文学在西方语境下影响有限。瑞典因为是诺贝尔文学奖的中枢，世界各国文学无不希望在瑞典文学市场占据一席之地，不但中西文学在这一特定场域内存在竞争，而且同为弱势文学的各国文学之间也存在着竞争。在瑞典这样一个不大的文学市场内，却存在着文学的"春秋战国"之争，在这样激烈的竞争中，中国文学在瑞典达到当前的翻译规模，莫言能获得诺贝尔文学奖，与中国综合实力的提升密不可分。借力"一带一路"，中国的电影、戏剧、舞蹈、音乐等通过孔子学院、中瑞文化活动等也逐渐走到瑞典民众面前，使中国文化在瑞典呈现全面开花之势。虽仍只是星星之火，但种子在，就有希望长成参天大树。

从出版角度讲，瑞典出版社虽有一千余家，但规模较大的出版社只有十余家，其余多是小出版社。瑞典人口不过九百多万，一种书卖出 3 000 册都属畅销。中国当代文学作品瑞典语版即使是在瑞典大出版社出版，能卖出 2 000 册都是大胜，何况事实上大多作品都是通过小出版社落地的，质量非上乘，瑕疵多，这在一定程度上限制了中国当代文学作品在瑞典的发行传播范围和影响范围。在无法改变中国当代文学作品与瑞典出版社的基本合作格局的情况下，我们应在继续加强与瑞典出版社合作的前提下，另辟新路，如合办文学杂志，利用新信息技术建设中国当代文学翻译网站，开发已有译本的多种传播功能，与当地媒体合作推介，促进文学影视转化等，造血与造势并举，提升中国当代文学在瑞典的影响幅度。

瑞典重视文化交流，一般会支持出版社出版外国文学作品。所以，出版社若出版了中国当代作家作品，一般为了宣传会申请经费邀请中国作家到瑞典参加相关宣传推介活动，作家要充分利用这种机会，认真准备，针对瑞典文化和读者特点准备好讲什么，怎么讲，不但讲自己，还要讲中国，把本人作品的出版作为中国形象的一个元素，莫言、王安忆、余华、格非、阎连科、虹影、杨炼、多多、张辛欣等都到瑞典参加过相关活动，也取得了不错的效果。

文学是社会的反映，外国读者关注中国文学作品，首先关注的是作品所反映的中国社会现实和生活变化，瑞典也不例外。从中国作家角度看，若希望自己的作品走进瑞典，首先要扎根中国生活创作出血肉丰满的文学作品，成为中国历史和发展的一面面镜子，能反映中国社会的巨大变化，满足瑞典民众了解中国的愿望。若只玩弄文字游戏，缺乏对生活的观察和思考，就难以激起外国读者的共鸣。

第七章 中国当代文学在波兰

第一节 波兰与"一带一路"

中东欧地区是连接欧亚大陆的重要通道,也是"一带一路"倡议实施的重要枢纽。波兰共和国位于"丝绸之路"和"琥珀之路"交汇的"十字路口",地处"一带一路"建设重要区域,占据了独特的区位优势。

波兰地处中欧,有着悠久的文明史。波兰是联结东西欧文化之地,文化兼具东西方文化属性,因地理位置特殊,历史上多次遭受外族侵略。从民族特征来看,源于中世纪的骑士贵族精神与西斯拉夫人的文化传统,赋予了波兰人追求自由、勇敢战斗、团结一致的意志。从历史发展来看,开放是波兰文化的一大重要属性,基督教文化、罗斯文化、日耳曼文化乃至土耳其文化与阿拉伯文化都深深融入波兰传统文化的血液中,而近代西方启蒙运动对科学理性、自由平等的追求也激励着代代波兰人为争取民族独立而不断斗争。波兰文化的这种开放包容,在宗教文化方面体现得尤为明显,波兰的宗教宽容政策让国内宗教异彩纷呈,新教、天主教、东正教、犹太教等不同教派都在波兰共存共生。

虽然中国和波兰相距遥远,但是两国人民之间的友好往来历史悠久。早在17世纪初,中国文化就逐渐从英国、荷兰等国传入波兰。1645年,波兰传教士卜弥格(Michel Boym)来到中国,广泛研究中国社会、历史、医学、地理等学科,他是第一个向西方介绍中国古代科学文化成果的欧洲人,被誉为"波兰的马可·波罗"。17世纪末,波兰达到鼎盛,国王杨·索别斯基(Jan III Sobieski)也成为波兰历史上最杰出的国王之一,他不但骁勇善战,而且钟情于中国丝绸和陶瓷,中国陶瓷和丝绸很快成为波兰贵族和王室的时尚。索别斯基国王甚至想开辟从波兰经西伯利亚到中国的第二条丝绸之路。1764年,斯坦尼斯瓦夫·奥古斯特(Stanisław August Poniatowski)继承王位,也继承了对中国文化的喜爱。他从自己所住的瓦津基公园向外修建了一条5公里长的"中国大道",沿途还建了两座石木结构的中国桥和一座木质结构的中国门楼。

波兰是第一批与新中国建交的国家之一，并与中国一直保持友好关系。第二次世界大战期间，中波两国同为世界反法西斯战争的主要战场，两国人民彼此同情、相互支持。1939年8月，波兰医生傅拉都（Dr. Szmuel-Moysze Flato）来到中国，与中国人民一起抗日，被称为"波兰的白求恩"。1950年，两国签署了第一个政府间贸易协定。后来因国际形势变化，两国关系虽有波动，但相互支持的基调始终未变。20世纪80年代起，两国关系走向正常化。90年代以后，两国关系实现了新的发展。21世纪，两国建立了友好合作伙伴关系，双方签署联合声明，关系稳步发展。目前，波兰是中国在中东欧地区的第一大贸易伙伴。为促进文化之间的交流，中波两国成立了定期的双边人文交流机制，每两年在波兰举行一次"中国文化节"，每年在中国举行一次"波兰文化节"，为两国人民提供了形式多样、主题多元的文化活动。"欢乐春节——波兰行"大型文艺活动已在波兰连续举办多年，为波兰观众充分体验中国传统艺术文化的炫彩魅力提供了平台。一直以来，肖邦是波兰接近中国民众最为主要的文化名片，为了让中国人民对波兰文化有更直观的认识，2015年，波兰在中国国家博物馆举办了以"肖邦故里的宝藏"为主题的文化特展。

"一带一路"倡议得到了波兰的积极支持，两国合作全面展开，波兰再现"中国热"。目前，波兰共有5所孔子学院和2个孔子课堂；过去波兰每年出版的中国主题的图书只有四五种，现在达到了400多种，涉及的学科和领域也越来越多。而在中国，北京外国语大学等学校开设了波兰语专业，四川大学等学校设立了波兰研究中心，为中波人文交流搭建了更成熟的平台。2016年6月，习近平总书记访问波兰，双方发表关于建立全面战略伙伴关系的联合声明，进一步深化两国友好关系。在华沙期间，习近平总书记走了2011年恢复历史名称的"中国大道"，与波兰民众一起在中国灯笼的辉映下参观了中波两国2014年8月2日建成的"中国园"。园内原汁原味的中国式亭台楼榭、石桥石狮，让波兰人近距离感受到中国文化的魅力和中波友谊深情。中波友谊，在此沉淀，见证历史，本身也创造了历史。

"一带一路"为中波经贸、文化合作创造了前所未有的机遇。中波两国通过文化交往，进一步加深了解，全面加强交流合作，不断结出新的文化果实。

第二节 "一带一路"背景下波兰的中国当代文学译介

一、中国当代诗歌

2015 年,吉狄马加诗集《火焰与词语》(*Slowa i Ptomienie*),译者 Malgorzata Religa。

2016 年,吉狄马加诗集《不朽者》(*Ryty Wiecznosci*),译者 Dariusz Thomas Lebioda。

二、中国当代小说

2014 年,莫言《蛙》(*Żaby*),译者波兰汉学家李周。余华《十个词汇里的中国》(*Chiny w dziesięciu słowach*),译者 Sarek Katarzyna。

2015 年,麦家《暗算》(*Szyfr*),译者 Siewior-Kuś Alina。

2016 年,莫言《丰乳肥臀Ⅰ、Ⅱ》(*Obfite piersi, pełne biodra. Tom 1、Tom 2*)❶,译者均为 Opracowanie zbiorowe;铁凝《大浴女》(*Kobiety w kąpieli*),译者 Gralak Anna。

2017 年,史铁生《命若琴弦》(*Struny życia*)。

2018 年,劳马《一个人的聚会》(*Indywidualista w społeczeństwie*),译者华伦特娜·特什青斯卡;余华《许三观卖血记》(*Xu Sanguan sprzedaje krew*)和《活着》(*Żyć!*),译者同为 Sarek Katarzyna。

2019 年,中国台湾作家吴明益《复眼人》(*Człowiek o fasetkowych oczach*),译者 Katarzyna Sarek;张炜《古船》,译者波兰汉学家李周。

---

❶ 波兰 Wydawnictwo W.A.B. 出版社的"经典收藏"("Kolekcja Jubileuszowa W.A.B.")系列 25 部中的 2 部。

第三节 结　语

中波建交后，波兰翻译介绍中国文学已经形成过两次高潮，一是20世纪50年代中波两国关系黄金期间，除了翻译中国古代经典文学作品如《水浒传》外，中国现代文学代表作家如鲁迅、茅盾、郭沫若等的作品也译成了波兰语；后来因中波关系波折，双方文化交流持续低迷，波兰对翻译中国文学也不再感兴趣，直到80年代才逐渐好转。进入21世纪后，波兰外交走务实路线，中国爆发出的经济活力让波兰惊叹，并预言中国会成为世界上的强国，于是与中国加强了合作，中国文学在波兰的译介和传播随之进入另一次高潮，中国当代优秀作家作品陆续翻译成波兰语。

波兰读者对发展的中国充满好奇，因此，能够反映中国社会真实和情感生活的作品最受欢迎，尤其是能代表中国文化丰富性和复杂性的作品，如阿来的《尘埃落定》，韩少功的《马桥词典》，苏童的《大红灯笼高高挂》，莫言的《丰乳肥臀》和《酒国》等。

目前从事中国当代文学翻译的波兰译者，首先是汉学家，他们秉承文脉传统，更尊崇中波文化关系，并且常与教学相结合；其次是受市场驱动自发形成的民间翻译队伍，他们有个人兴趣，但更多受雇于出版社或代理人，以谋生为基本目的，所以对所翻译作品缺乏深入研究，质量在一定程度上受损。另外，随着中国政府加大对中国文学走出去的支持力度，也有一些中国译者参与翻译波兰语中国当代作品，或做代理人。总体来说，波兰译者的翻译水平参差不齐，也缺乏统一的政府标准或市场标准，随意性大，对作品中所反映的中国历史、文化、社会缺乏必要的了解或了解不深入、不准确，造成了很多误读。专业翻译人才的缺乏，将在很长一段时间内制约着波兰的中国当代文学翻译，应该引起足够重视。

波兰翻译的中国当代文学作品中，包含一些用英语、法语等写作的海外华人作家的作品，因为对波兰的译者而言，转译更容易。这也提醒我们，应该更多关注海外华文作家的创作，给予适当的支持和帮助，科学分析他们作品中中国抒写的特点，向他们客观说明中国，并借他们之笔，客观向世界说明中国。

中波两国图书出版应加强合作。2013年，安徽出版集团与波兰马尔沙维克出版社合作，在华沙建成时代·马尔沙维克出版集团，推出了一系列中国当代作家作品，使中国文化走出去实现了搭船出海，从而也更容易在所在国落地生根，创造了中国当代文学抵达波兰的新路径。

当今世界，是合作的世界，独行不易，皆需同行。波兰作为"一带一路"倡议的中东欧国家合作典范，应该全方位规划中国当代文学在本国的翻译机制和人才培养体系，并与中国共同努力，推动形成中国当代文学在波兰翻译介绍的第三次高潮。

第八章　中国当代文学在匈牙利

第一节 匈牙利与"一带一路"

匈牙利是地处中欧的内陆国家,被誉为"镶嵌在多瑙河上的明珠",自古以来就是东方各民族进入欧洲的必经之路,因此也是东西方文化交汇融合之地,被称为有"东方血统"的欧洲民族,"发明家的民族"。匈牙利文化兼容并蓄,人杰地灵,孕育了裴多菲、李斯特等文学和音乐巨匠,培养了14位诺贝尔奖得主,也是魔方、火柴、冰箱、彩色电视机的首创之地。

匈牙利历史悠久、文化绵长,马扎尔人(Magyars)是匈牙利民族的主体,这个称呼是唐宋之后传入中国的,始于东方少数民族征讨欧洲期间。公元900年,马扎尔游牧部落从乌拉尔山脉的东面迁徙到多瑙河盆地。公元1000年,马扎尔人在喀尔巴阡盆地建立了匈牙利王国。匈牙利文化处在斯拉夫、日耳曼和罗马尼亚等不同种族的包围中,并不断与之发生混合和交融。在14世纪的安茹王朝时期,匈牙利文化进入繁荣阶段。匈牙利与欧洲交往甚密,文艺复兴兴起后,欧洲学者为匈牙利带来了新的文化和思想,匈牙利建筑、文学深受文艺复兴影响。16世纪,哈布斯堡王朝打败了奥斯曼帝国,匈牙利成为哈布斯堡王朝的领地,受文艺复兴影响的宗教改革运动同时传入匈牙利,对匈牙利文化和社会生活产生了深刻的影响。为表现民族自豪感、广泛传播新思想,教士们开始用匈牙利文宣讲与书写,宗教文学得到很大发展。19世纪欧洲革命期间,为寻求国家独立,裴多菲写下《自由与爱情》等著名诗篇。而后,奥匈二元帝国成立,匈牙利文化进入新的繁盛时期,国家歌剧院、国会大厦、伊斯托万大教堂等著名建筑都见证了这一时期的繁荣。

匈牙利人具有亚洲民族血统,天性中似乎也反映出东方情结,如外交遵循"向东开放"政策,思维方式、行为习惯也与中国有很多相似之处。上海外滩万国建筑博览群里匈牙利籍建筑师邬达克的作品就达百栋,简约为美,东西合璧,含蓄隽永,都为世界文化贡献了特殊智慧。

1949年10月4日,匈牙利宣布承认中华人民共和国,10月6日,两国建立外交关系，全面开展友好合作，之后始终在国际事务中相互支持。在传统友谊基础上，新时代两国对进一步加强合作交流都抱有强烈的愿望和高度共识。"一带一路"倡议提出后，因与匈牙利推行的"向东开放"政策不谋而合，匈牙利积极响应。2015年6月6日，匈牙利与中国签署"一带一路"合作谅解备忘录，成为第一个加入"一带一路"大家庭的欧洲国家。2016年，中匈双方成立"一带一路"联合工作组，匈牙利又成为第一个建立"一带一路"合作机制化的欧洲国家。2017年5月13日，习近平总书记与出席"一带一路"国际合作高峰论坛的欧尔班（Viktor Orban）总理会晤，两国确立了全面战略合作伙伴关系。2017年11月，李克强总理访问匈牙利并出席中国—中东欧国家领导人会晤，期间与欧尔班就中匈高等教育合作交换了意见。2018年10月，复旦大学首个海外教学点——复旦大学经济学院匈牙利布达佩斯教学点正式揭幕，首个合作项目"复旦—考文纽斯硕士双学位项目"也正式开启。

匈牙利连接亚欧的区位优势决定了其也是中国进入欧洲的门户，2020年底开始施工的匈塞铁路，将通过此门成为"连接中国与欧洲的走廊"。目前，在"一带一路"倡议和"16+1"合作框架下，两国在经贸、文化领域的合作不断深入、全面，在文学、影视、音乐、演艺、创意等领域都有实质性的合作成果。

匈牙利是第一个在国内设立母语和汉语双语教学的欧洲国家，行走在这个似乎陌生的欧洲国度里，中国游客常常能听到熟悉的汉语。也许，说着"跟学汉语一样难"的匈牙利语的匈牙利人，并不觉得汉语难学。

2006年12月7日，北京外国语大学与匈牙利罗兰大学共同建成了匈牙利第一所孔子学院——罗兰大学孔子学院，如今，这里已成为中东欧16国培训本土汉语教师的区域中心和当代中国研究中心，编写了匈牙利第一套本土汉语教材《匈牙利汉语课本》。迄今为止，匈牙利已经建成了4所孔子学院，很多中小学开设了汉语课，匈牙利汉语教学"全贯通"时代已经到来。"一带一路"倡议提出以来，中匈文化交流工作成效显著，"一带一路"主题文化活动明显增多。随着中匈合作的深入，尤其是"一带一路"背景下越来越多的中国企业到匈牙利投资，匈牙利政府也出台了一系列支持招商引资的政策，匈牙利人，尤其是年轻人看到了其中的就业机会，学习汉语的热情与日俱增。

随着中匈文化交流的普及和深入，两国文化的影响逐渐成为两国社会生活的一部分，中国书法、京剧、太极拳等匈牙利人已耳熟能详，匈牙利的民族舞蹈和吉普赛音乐也为中国民众所欣赏。2018年，《这里是中国》《丝路时间》《舌尖上的中国2》《中国文化之旅》和《北京之夜》等中国影视作品已在匈牙利的电视台开播。《中国—中东欧国家合作布达佩斯纲要》和《中国—中东欧国家2018—2019年文化合作计划》则为中匈两国未来的人文交流合作夯实了基础。

"一带一路"倡议不但为匈牙利历史文化发展带来了新的机遇，也必将为中匈两国基于传统文化实现可持续文化交流提供强大助力。

第二节 "一带一路"背景下匈牙利的中国当代文学译介

一、中国当代诗歌

2017年，吉狄马加诗集《我，雪豹……》（*Én, A Hópárduc*），匈牙利汉学家芭尔涛·艾丽卡、诗人拉茨·彼得和苏契·盖佐联合翻译完成。

二、中国当代小说

2014年，莫言《蛙》（*Békák*），译者克拉拉·宗博莉。❶

---

❶ 匈牙利汉学家、翻译家，罗兰大学教授、匈中友好协会会长、中华图书特殊贡献奖获得者克拉拉·宗博莉（Klára Zombory）。

2017年，刘震云《我不是潘金莲》(Nem vagyok én Aranylótusz)；余华《十个词汇里的中国》(Kína tíz szóban)，译者克拉拉·宗博莉。

2018年，中国台湾作家吴明益《复眼人》(Rovarszemű ember)；余华《活着》《许三观卖血记》出版。

2019年，张炜《蘑菇七种》(Gomba Hét féle)，译者克拉拉·宗博莉。

第三节 结　　语

中国文学走进匈牙利是从19世纪迈开脚步的，只不过多是从英语、俄语和德语转译而来。随后，时断时续，中国古典哲学、诗歌、小说陆续被译成匈牙利文，《道德经》还不止一个版本，《红楼梦》《金瓶梅》《三国演义》等中国经典小说曾在匈牙利风靡一时，李白、杜甫也为匈牙利人熟知。

从20世纪50年代起，中匈开始交换留学生，匈牙利汉学研究有了专业人才，中国文学翻译也开始有了一定的规模，如鲁迅、老舍、丁玲、周立波和赵树理的小说都是这一时期有了匈牙利语版。但直到20世纪80年代，匈牙利翻译中国文学才进入属于自己的黄金时代，中国现当代文学开始陆续走进匈牙利读者的视野，且整体翻译质量较高。1984年7月，匈牙利欧洲出版社"现代丛书"出版了王蒙的小说选《说客盈门》，收录了《悠悠寸草心》《最宝贵的》《蝴蝶》《说客盈门》和《春之声》5篇小说，而这是20年来匈牙利出版的第一部中国当代文学作品，发行4 600册。后来，匈牙利的政治和社会发生巨变，匈牙利的文学市场陷入动荡，中国当代文学的翻译也陷入停顿。

庆幸的是，匈牙利翻译出版中国当代文学作品虽然缓慢，却是一场匀加速运动。随着中匈新时代各方合作的步调加快，效率提高，方法精准，中国当代文学走进匈牙利的速度也在加快，而且成为中匈两国政府都共同关注和推动的文化事业。

　　汉语和匈牙利语都被称为世界上最难学的语言，匈牙利人翻译中文图书，尤其是中匈二语互译，更是难上加难。中国作家更重视故事的完整性，匈牙利作家更注重艺术性和独特的语言风格，习惯了匈牙利文学的译者要翻译中国当代文学作品，最难的还不是两种语言之间的转换，而是两种文学风格的转换。这也是至今匈牙利中文翻译家缺乏，现有翻译家翻译速度赶不上匈牙利民众对中国当代文学需求的主要原因之一。中国当代文学走进匈牙利，必须遵循小步慢走，但不能不走的策略，日积跬步，时积小流，月累年聚，终可至千里，成江海。

　　21世纪，尤其是"一带一路"倡议提出以来，中匈文化合作进入快车道，中国政府和出版机构积极推动中匈文学互译项目，支持海外汉学家翻译中国主题图书，包括中国当代文学作品。如中国出版集团与匈牙利罗兰大学文学院合作成立"中匈翻译出版中心"，提供资助，推动中匈图书互译。随着通汉语、懂中国文化的匈牙利译者群逐渐形成壮大，中匈直译渐渐成为主流，匈牙利的中国当代文学翻译再次形成高潮。莫言、苏童、余华、格非、刘震云、韩少功、刘慈欣等人的作品出现在了匈牙利的书店里。

　　与中国古典文学和现代文学相比，中国当代文学的先锋性、实验性更符合匈牙利读者的阅读习惯，他们觉得这些文学作品与印象中的中国文学有了区别，陌生却新鲜。尤其是莫言获诺贝尔文学奖，更让匈牙利翻译界重视中国当代文学，中国当代文学的丰富性和创造力让译者们充满翻译的热情，越来越多的翻译家，汇聚于"一带一路"，与中国作家相携同途，除草清尘，借文学疏通中匈民心之河。"一带一路"倡议为匈牙利的汉学家提供切实的帮助以保障他们翻译中国当代文学无后顾之忧，从而助力加快中国当代文学作品进入匈牙利的速度，也开拓了新的中匈文学互通的门户。

　　但不必讳言的是，中国当代文学的影响力和实际价值在匈牙利还没有得到充分认识和客观评价，在图书市场上的占有率很低，还没有树立起鲜明立体的品牌，中国出版机构与所在国出版商、译者的合作还不畅通，已有译作的推介活动不够入心，方法上过于主观，等等，这些因素目前制约了中国当代文学作品的匈牙利文翻译，使匈牙利读者的阅读需求得不到充分满足，中国需要推介到匈牙利的作品也不能及时翻译出版。只有打通作家—翻译家—读者之间的诸多语言和文化障碍，实现中匈文化无障碍交流，"一带一路"民心相通的目标，才能在中匈之间实现，并成为"一带一路"建设的文化典范。

第九章　中国当代文学在保加利亚

第一节　保加利亚与"一带一路"

保加利亚位于欧洲东南部,被称为"上帝的后花园",也是连接欧亚大陆的桥梁,地理位置非常重要。保加利亚积极支持"一带一路"建设,是中东欧沿线的主要参与国。

保加利亚是以保加利亚族为主体的多民族国家,有着深厚的历史底蕴和文化内涵,欧洲已知最古老的城市——文化古都、艺术之城普罗夫迪夫,就属于这个国家。保加利亚地处亚欧文化的交汇处,继承并发扬了斯拉夫文明,交融了各方文化的优点,文学、音乐、艺术、宗教文化历史悠久,多元而独特、自由而鲜明。

保加利亚文学创作丰富多彩、思想深刻。启蒙思想家帕伊西·希伦达尔斯基1762年撰写的《斯拉夫—保加利亚史》以民族口语描写保加利亚人民的英雄精神,是保加利亚民族自觉自醒自信和自强的启蒙读物,奠定了保加利亚的民族文化传统,也是保加利亚文学的精髓和母题。保加利亚的音乐以传统的斯拉夫音乐为基础,融合希腊、拜占庭、奥斯曼民族音乐优点,形成独特的霍洛舞音乐。保加利亚的雕塑和宗教壁画等艺术作品继承了传统文化中的自由色彩,是保加利亚民族多元与信仰多元的艺术体现。

中国和保加利亚虽然属于不同的文明圈,但实际上两国间的文化认同具有一定程度的文化基础。历史上保加利亚的循环纪年法与中国的纪年法有着惊人的相似。保加利亚于1949年10月4日与中国建交,是世界上第二个和中华人民共和国建立外交关系的国家。建交以来,两国关系总体发展顺利,分别于1952年和1987年签署《中华人民共和国政府和保加利亚人民共和国政府文化合作协定》,依此开展了一系列文化、科学和教育合作。1953年,索菲亚大学开办汉语专业,2006年6月成立索菲亚孔子学院。1982年,中国作家协会邀请保加利亚笔会会长访华;1983年5月26日—6月4日,中国电影代表团应邀携《阿凡提》和《三个和尚》参加了保加利亚卡布洛沃第二届喜剧与讽刺国际电影节;1984年3月26日—4月8日,保加利亚电影家协会应邀访华；1986年10月，两国签署了《1987—1991年高等教育直接合作协议》；2009年，两国签署了《中华人民共和国和保加利亚共和国文化部2008年至2012年文化合作计划》；2012年10月，大特尔诺沃大学建立孔子学院，为日益紧密的中保文化交流提供了强力支撑。

"一带一路"倡议提出以来，两国关系迈上新台阶。2014年1月，两国发布《建立全面友好合作伙伴关系联合公报》；2014年12月，"中国—中东欧国家高校联合会"首任欧方秘书处设在保加利亚索菲亚大学；2015年11月，两国发布《关于开展"一带一路"倡议下合作的谅解备忘录》，两国文化部长在索菲亚签署互设文化中心协定。2017年11月，索菲亚中国文化中心正式成立；2018年7月7日，李克强总理在索菲亚文化宫与中东欧16国领导人共同出席第八届中国—中东欧国家经贸论坛开幕式并致辞。

2012年4月，中国—中东欧国家"16+1合作"正式启动，保加利亚在其中发挥了积极作用。"一带一路"倡议的实施，为"16+1合作"模式提供了新的发展机遇，也为中保合作提供了新机遇，2018年7月6日，保加利亚以欧盟轮值主席国身份承办了第7次中国—中东欧领导人会晤，中欧热议"16+1合作"与"一带一路"机遇，中保关系再上新台阶。可以说，"一带一路"倡议全面激发了中保两国文化交流的新高潮，全方位推动了两国经贸、旅游、文学、艺术等领域的合作。

教育自古以来便是不同文明相互学习和借鉴的重要纽带。作为中东欧最早开展汉语教学的国家之一，保加利亚对中国文化一直持欢迎、接受和理解的态度。索菲亚大学的汉学研究已成欧洲翘楚，汉语教学也位居中东欧国家前列，培养出一大批在外交、法律、商务、翻译等领域非常活跃的懂汉语的人才。保加利亚还创办了保文双月刊《中国》，成为保加利亚读者了解中国的新窗口，深受欢迎。中国生活题材的纪录片《中国味道》在保加利亚也圈粉无数，保持了较高收视率。"欢乐春节"、"保加利亚人看中国"图片展、中国雕塑艺术展等活动进一步拉近了中保民众的距离。

中保两国的文学互译出版也在"一带一路"倡议推动下再发新声。保加利亚优秀的中国文学翻译家韩裴（Petko Hinov）2017 年 8 月获得第十一届中华图书青年成就奖，他翻译出版了《三十六计》《七侠五义》，王永彬《围炉夜话》，曹雪芹《红楼梦》，莫言《生死疲劳》，《徐志摩诗选》，《纪弦诗选》，《顾城诗选》等，开创了直接从中文翻译成保加利亚文的先河，受到保加利亚读者的欢迎，他也因此成为保加利亚出版社的汉语顾问。2017 年 3 月，外语教学与研究出版社在"一带一路"沿线国家建立的第一个分支机构"中国主题编辑部"在保加利亚东西方出版社正式成立；2018 年 4 月，人民文学出版社出版的《保加利亚中短篇小说集》（余志和译）摆在了中国读者案头。

"一带一路"为中保文学交流提供了机遇，搭建了延续两国友谊的桥梁。

第二节 "一带一路"背景下保加利亚的中国当代文学译介

中国当代小说

2015 年，莫言《生死疲劳》（*Уморен да се раждам и да умирам*）[1]，译者 Петко Хинов。

2016 年，莫言《檀香刑》（*Изтезание със санталово дърво*），译者 Стефан Русинов。

2018 年，余华《兄弟》（*Братя*）出版。

---

[1]《生死疲劳》和《檀香刑》均由保加利亚 Летера 出版。

第三节 结 语

总体而言，中国当代文学在保加利亚的翻译出版还刚刚起步，这与中保两国绵延60余年的友谊和文化交流并不相称，其中有语言的障碍，也有体制机制上的问题，必须引起两国作家和出版机构的高度重视并积极推动，从人才培养、互译机制、经费保障等方面加快合作步伐，找准合作路径，让越来越多的中保文学作品成为两国人民的精神食粮。

目前，两国已经采取行动。2017年，中国政府在中东欧国家建立的首家中国文化中心落户索菲亚。2019年，保加利亚政府计划在北京建立"保加利亚文化中心"。文化中心搭起了一座更直接通畅的文化之桥，可以为"一带一路"输送更多的文化产品，促中保两国文化交流更上一层楼。

第十章　中国当代文学在塞尔维亚

第一节 塞尔维亚与"一带一路"

塞尔维亚是位于欧洲东南部巴尔干半岛中部的内陆国。从民族构成来看，塞尔维亚的主体是塞尔维亚族，其祖先是公元6—7世纪跨越多瑙河来到巴尔干地区的斯拉夫民族，其余有少量的匈牙利族、波斯尼亚克族、罗姆族及斯洛伐克族等。宗教信仰以东正教为主。塞尔维亚有很多宗教性节日，生活习俗也与许多信奉天主教和新教的西欧国家不同。

塞尔维亚人热情、豪爽，热爱自由，历史上曾长期与外族侵略作斗争，从而保持了自己的语言和民族属性，捍卫了民族自由和独立。同时，在这一过程中，塞尔维亚人也吸收了罗马、拜占庭王国与奥斯曼帝国等不同文化传统，并继承了被他们同化的古代民族的丰富遗产，首都贝尔格莱德在历史上曾先后被不同民族占领，成为一个多民族文化相融合的古老城市。

塞尔维亚历史上命运多舛，作为现代国家，同样历经磨难。从"二战"后的南斯拉夫人民共和国，到20世纪60年代出现的南斯拉夫社会主义联邦共和国，再到南斯拉夫联盟共和国与塞尔维亚和黑山共和国，直到2006年黑山宣布独立，南斯拉夫彻底解体，塞尔维亚才真正成为一个独立国家。数十年来，战争阴云一直笼罩在塞尔维亚的上空，西巴尔干地区也成为了全世界有名的"欧洲火药桶"。

中国与塞尔维亚始终保持着良好关系。两国关系具有很深的历史渊源，在20世纪50年代的南斯拉夫时期就结下了深厚的友谊。1955年，中国与南斯拉夫建立外交关系，南斯拉夫解体后，中国与作为南斯拉夫主权继承国的塞尔维亚继续保持良好合作。在这期间，双方在政治、外交、文化等方面都留下了许多不可磨灭的交往印记，甚至曾经共患难。20世纪60年代，南斯拉夫电影《瓦尔特保卫萨拉热窝》与歌曲《朋友，再见》等就传入中国，成为一代中国人永恒的记忆。

"60多年来，两国人民始终心手相连，彼此怀有特殊感情，跨越时空的真情厚谊历久弥新。"2016年，习近平总书记在塞尔维亚《政治报》和新南斯拉夫通讯社发表的《永远的朋友 真诚的伙伴》中准确概括了两国关系，也预测了两国关系的未来。

"互尊互信、相互支持、合作共赢"是中塞关系的基石。2009 年，塞尔维亚与中国确立了战略合作伙伴关系，是中东欧国家中的第一个。2013 年，习近平总书记与尼科利奇总统共同签署了《关于建立全面战略伙伴关系的联合声明》。2016 年 6 月，习近平总书记访问塞尔维亚，在与尼科利奇会晤时指出："中塞传统友好，是全天候的朋友，有兄弟般的特殊情谊。"2017 年 1 月，塞尔维亚正式对中国人全面免签，中塞传统友谊日益生机盎然。中国与中东欧 16 国创立了"16+1 合作"机制，特别是"一带一路"倡议的提出，把中塞关系全面推向新阶段。两国共同签署了合作推进"一带一路"建设谅解备忘录，匈塞铁路、E763 高速公路、贝尔格莱德跨多瑙河大桥，一大批塞尔维亚基础设施建设都有了中国元素，塞尔维亚成为名副其实的"一带一路"中东欧领头羊。

文化交流方面，围绕"一带一路"建设，中塞两国合作良好，交流顺畅，取得了新的进展，获得了丰硕的成果。两国合办的贝尔格莱德大学孔子学院、诺维萨德大学孔子学院日益成为中塞文化交流的人才孵化基地，塞尔维亚全国 100 多所中小学有了汉语教学。2014 年 2 月，中塞签署了《关于加强中塞作品互译项目的合作备忘录》，同年，中国以主宾国身份参加了贝尔格莱德国际书展；2016 年，双方签署了《关于互设文化中心的协议》，塞尔维亚中国文化中心成立；2017 年 5 月，首届中国—中东欧国家文化遗产论坛在塞尔维亚成功举办；2018 年，首届中国—中东欧健身气功论坛在塞尔维亚开幕；2018 年，"一带一路"塞尔维亚电影展映在北京举行。中塞文学作品互译和图书出版也建功卓著，在中国当代文学作品陆续走进塞尔维亚的同时，塞尔维亚文学也加快了走进中国的步伐。1998 年起，上海译文出版社先后出版了塞尔维亚著名文学家、诗人米诺拉德·帕维奇（Милорад Павић）的《哈扎尔辞典》《双生记》和《君士坦丁堡最后之恋》；2017 年，安徽文艺出版社出版了"塞尔维亚当代文学精选"丛书；2017 年，上海文艺出版社出版的"新丝路文库"之中也包含了南斯拉夫文学大师、诺贝尔文学奖得主伊沃·安德里奇（Ivo

Andric)的多部作品。文学,拉近了中塞民众生活的距离,感情深上加深。

2016年6月,贝尔格莱德市政府正式命名中国原驻南联盟大使馆所在街道为"孔子大街",一座高1.65米的孔子铜像矗立于这条大街上,蔼然与来来往往的塞尔维亚人、中国人、世界各国的人无声地说着中国文化故事。使馆旧址被命名为"孔子大街一号",中国文化中心在原址稳稳地站立,附近的广场,就是"中塞友谊广场"。

第二节 "一带一路"背景下塞尔维亚的中国当代文学译介

中国当代小说

2014年,阿来《尘埃落定》(*Црвени макови*)。麦家《解密》(*Šifra Solomon*),译者 Srđan Krstić。莫言《红高粱家族》(*Priče O Crvenom Sirku*)❶,译者 Mirjana Pavlović;《天堂蒜薹之歌》(*Balade o belom luku*),译者 Sonja Zidverc-Lekić;《生死疲劳》(*Umoran od života i smrti*),译者佐兰。余华《许三观卖血记》(*Zapisi o prodavcu krvi*),译者佐兰。

2015年,张炜《蘑菇七种》(*Sedam vrsta pečuraka*)❷。

2016年,陈丹燕《上海的金枝玉叶》(*Шангајска принцеза*),英文转译,译者德拉甘·米兰科维奇;刘震云《温故一九四二》(*Sećanje na 1942*);莫言《檀香刑》(*Smrt na sandalovom kocu*)。

2017年,余华《第七天》(*Sedmi dan*)和张炜《秋天的愤怒》(*Jesenji gnev*),

---

❶ 塞尔维亚 Laguna 出版社出版《红高粱家族》和《生死疲劳》。
❷ 塞尔维亚 Geopoetika 出版社出版《蘑菇七种》《第七天》《秋天的愤怒》《马桥词典》《十个词汇里的中国》《我没有自己的名字》。《蘑菇七种》此次为再版,2012年初版。

译者均为佐兰。

2018年，韩少功《马桥词典》(*Rečnik mesta Maćao*)和余华《十个词汇里的中国》(*Kina u deset reči*)，译者均为佐兰。

2019年，余华《我没有自己的名字》(*Ja nemam svoje ime*)和《在细雨中呼喊》(*Vapaji na kiši*)。

第三节　结　　语

习近平总书记在《永远的朋友 真诚的伙伴》中说："塞尔维亚人讲：'先跨越，再言语'，中国人常说'行胜于言'。"中国与塞尔维亚围绕"一带一路"所提升的友谊关系，目前主要还集中在基础设施和商贸领域，文化领域的合作主要服务于外交和经济合作，所以，虽然中塞两国围绕文学互译互鉴开展了一些实质性的活动，中塞文学也借以实现了更大范围的交流，但总体而言，中国当代文学在塞尔维亚的翻译介绍还没有得到足够的重视。

莫言获得诺贝尔文学奖以及"一带一路"倡议的提出，把塞尔维亚的中国当代文学翻译引入一个新阶段，使欧洲，包括塞尔维亚出现了翻译中国当代文学的小高潮。2013年，赵丽宏的塞尔维亚语诗集《天上的船》获塞尔维亚国际诗歌金钥匙奖。2014年10月，五洲传播出版社与塞尔维亚Albatros Plus出版社在贝尔格莱德签署了"当代中国"丛书塞尔维亚文版权转让仪式，丛书分为《中国概览》《当代中国政治》《当代中国经济》《当代中国文化》《当代中国社会》《当代中国生态文明》《当代中国外交》《中国共产党与当代中国》八分册，为塞尔维亚了解中国铺路搭桥。但就像中国人谈到美国文学也一般只能随口叫出几个经典作家的名字一样，14亿人口生产的文学作品在只有700万人口的塞尔维亚的翻译，无论多么畅销，其基数都是小的，塞尔维亚人说得出熟悉的中国当代作家的比例肯定比不上中国人对塞尔维亚作家的熟悉程度，这都是常识和常态，不必大惊小怪。真正在塞尔维亚产生深远影响的中国当代作家，目前除了莫言，恐怕塞尔维亚人也想不起几个。中国当代文学在塞尔维亚民众中的影响依然有限。

塞尔维亚国小人少，经济上积极靠拢中国，文学上并不如此。目前塞尔维亚缺乏合格的中文翻译，能熟练翻译中国当代文学作品的译者更是稀缺，这种状况短期内很难根本性改变。要推介中国当代文学走进塞尔维亚，我们目前主要还得靠"自力更生"，即以中国主导翻译为主，中国人翻译，然后采取中国出版或中外联合出版的方式，落地后结合当地的孔子学院、中国文化中心或华侨华人组织推介活动，并积极联系当地媒体和研究者进行宣传或研究，挖掘有限的翻译作品的影响辐射力和代表性，尽量扩大传播范围。

翻译是一种创造性的活动，耗神费力，却报酬低下，没有对中国文学发自内心的热爱和沟通中塞文化的责任感，翻译者很难持续下去。中国和塞尔维亚相关机构应切实发现和支持目前从事中国当代文学翻译的塞尔维亚翻译者，让译者安心翻译，从容翻译，高质量翻译。若没有精雕细刻，就难以有高质量的译作，而误译必然就是误传，还不如不译。

第十一章　中国当代文学在德国

第一节　德国与"一带一路"

德国是欧洲联盟中人口最多的国家,祖先是古代居住在中欧的日耳曼人。德国历史上被称为"诗人与思想家的国家",从中世纪起就出现了文艺复兴的萌芽,并在18世纪成为欧洲文学的高峰,歌德、海涅、席勒、莱辛、格林兄弟,群星熠熠,文运昌盛,润泽传世,海泽、霍普特曼、托马斯·曼、黑塞、君特·格拉斯、赫塔·穆勒,青出于蓝,成为世界文学的引领者。德国哲学在世界至今享有崇高地位,莱布尼兹、康德、黑格尔、尼采、马克思、费希特、费尔巴哈不但影响了德国人的思想,也一直影响着全世界的世界观和人生观。德国的音乐,世界各处响起,巴赫、贝多芬、莫扎特、海顿,滋润着一代代人的灵魂。

虽然属于西方文化,但德国文化、精神和思想独具特色,自成体系,多元色彩明显,土耳其、希腊、意大利、俄罗斯以及巴尔干半岛文化对德国都有影响,但德国本民族文化根基源于具有思辩色彩的哲学思想,德国文化中的冷静、理性、严谨,也称德意志精神,都与此有关。德国文化中的浪漫主义色彩也十分突出。欧洲文化传统中的古希腊罗马文化遗产、日耳曼民族风俗传统和基督教信仰对德意志民族精神和文化产生了深远的影响。作家歌德、哲学家康德、社会学家韦伯、音乐家贝多芬、宗教领袖马丁·路德等,这些不同领域的精神巨人的思想中都具有一定的浪漫主义精神,并对德意志民族特性和精神产生了直接的影响。近代德国之所以能够在工业化和现代化的过程中迅速超越英法,后来居上,一方面是因为德国的传统文化为德意志民族的生存和发展提供了源泉和基础,另一方面是因为德国文化中的变革创新意识。保守与开放,传统与创新,在德国文化中并行不悖,相互助力。

德国文化发展史上,中国文化的印痕时隐时现。早在中世纪,毕昇的活字印刷术就传到了德国。在德意志帝国晚期和魏玛共和国时期,德国就出现了"中国热",中国典籍在德国得以翻译和流传。德国政治、军事、教育、文学对中国的影响亦很深远,以柏林大学为代表的现代教育理念至今对中国的大学教育仍有深远影响,莱布尼茨（Gottfried Wilhelm Leibniz）与孔子思想也始终跨越时空在对话。1859 年，莱布尼兹作为创建微积分的著名数学家进入中国人的视野后，中国就一直没有中断对他的介绍和研究，目前的中国大学哲学系、历史系等都会介绍莱布尼茨。关于莱布尼茨的哲学、数学成就以及其与中国文化的关系，中国也有很多论文和著作发表和出版。莱布尼茨一生也都在关注中国和研究中国，虽然他没来过中国，但他通过阅读有关中国的书籍，以及与欧洲到中国的传教士们直接交谈和通信，成为 17 世纪欧洲一位不折不扣的"中国通"。从他 20 岁发表《论组合术》（1666）这篇逻辑学文章首次提到中国文字不是拼音文字，到他去世前的最后一篇《中国自然神学论》（1716），可以说他对中国文化的浓厚兴趣持续了一生。

当然，中德之间并非始终和谐。19 世纪末，德皇威廉二世（Kaiser Wilhelm II von Deutschland）蔑称中国人和中国文化为"黄祸"，会威胁到"白种人"生存，成为德国参与瓜分中国的理论武器和民间动员口号，八国联军的一切暴行中都少不了德军的身影。但文化的力量比军事力量更强大。20 世纪 20 年代，德国又兴起一股东方文化热，在德国人眼中，能够代表东方文化的东方圣人有两位：一位是印度的泰戈尔，另一位便是中国的辜鸿铭。在德国人眼中，泰戈尔与辜鸿铭是可相提并论的。德国的东方文化热，源于"一战"后的民族灾难和耻辱。战争使德国人对自身文明产生了极度的怀疑，对人性的困境感到绝望。他们在时代的痛苦中寻找着新的生活之途，希望恢复民族的光荣和人性的希望。中国文化因崇尚和平而引起了德国人的关注和思考，成为他们争相了解和学习的榜样。古老的印度和中国作为东方文明的代表，在德国人渴求的目光中冉冉升起。德国知识分子和普通民众对东方的语言、智慧和艺术充满向往，满怀期望地在印度人和中国人身上寻找他们所渴求的宁静与和平的智慧。就这样，在"一战"后的德国，东方成为时髦的象征，东方文化被视为可以医治欧洲科学文明和物质主义精神疾病的灵药，泰戈尔和辜鸿铭作为东方文化的代表而被尊为圣人和救世主。

"一带一路"标志着中德文化交流的新起点、新启航。中德分别位于"一带一路"的两端，恰如离岸和靠岸的两个港口，成为中国和德国、东方与西方互通的生命航道,将为东西方文明共同繁荣和持续发展带来绝佳机遇。

目前,德国政府、主流媒体和专家学者对"一带一路"总体持积极态度,主动了解和理解,也基本支持,并围绕"一带一路"开展了系列交流活动。2015年圣诞节前夕,德国成为亚洲基础设施投资银行第四大股东。2017年8月,科隆的"科隆中国节",2017年10月,柏林的"传神雅聚——中国明清肖像画展"、柏林德意志交响乐团与中国艺术家联手呈现的"中国故事·大地之歌"交响音乐会,2018年2月,柏林的"一带一路"中国太极文化世界行公益活动,2018年10月,杜塞尔多夫的"文化中国·湖南文化走进德国"系列文化活动等,把中国文化直接带到德国民众面前。2018年11月,"一带一路"成为第八届中欧论坛汉堡峰会上的热词。与会欧洲政商界代表一致表示,"一带一路"倡议是重振欧洲的机遇,欧洲应在"一带一路"框架下与中国加强合作。汉堡港作为海上丝绸之路的重要节点,也是中欧班列的重要枢纽,每周来往于汉堡和中国之间的火车达235列,路远已不是问题。2018年12月1日,习近平总书记在布宜诺斯艾利斯会见德国总理默克尔,默克尔表示,德国愿在更多领域参与"一带一路"。在中国,2017年10月,中央电视台播出"《开讲啦》'一带一路'特别节目——德国";2018年9月,德国文化周在青岛德国风情街举办,并首设"一带一路"和上合国家展区;2018年10月,德中交流协会等组织的"德国丝路文化之旅·老爷车中国行"活动在广州举行;2018年11月,上海进博会上,170多家德国企业亮相中国。中德在科技、人文、基础设施等领域全面开展合作。

中德文学交流源远流长,歌德提出"世界文学"就是受到中国文学的启发。德国汉学家卫礼贤(Richard Wilhelm)一生有20多年在中国度过。他翻译了大量中国古典文献,包括以《道德经》为代表的老庄哲学、以李杜诗人作品为代表的唐诗辞赋、以《三国演义》为代表的中国古典小说等,成为"中学西播"的代表。18世纪以来,中国文化开始为德国作家带去创作灵感和创作源泉。歌德关于"世界文学"的论断,海涅的《中国皇帝》,布莱希特的《四川好人》《高加索灰阑记》,卡夫卡的《万里长城建造时》等,都有中国文化元素。很多德国作家改编了中国文学作品或根据中国历史故事再创作，如比尔鲍姆（Beerbaum）根据《东周列国志》中"幽王烽火戏诸侯"的故事创作了《鲍家漂亮姑娘》；克拉邦德（Klabund）根据元杂剧《包待制智赚灰阑记》，改编创作了《灰阑记》；埃伦施泰（Ehrenstein）根据《水浒传》的故事，创作了小说《强盗与士兵》等。《西游记》等中国经典作品的德语版在德国民众间具有一定的影响。2018年9月11日，德国图书奖公布年度提名，德国汉学家施益坚（Stephan Thome）以太平天国为主题的小说《蛮夷的上帝》入围："在我们西方或者说德国，我们放任自己太长时间对中国的历史无知。您在学校里想必至少还学过一点法国大革命，但在我们德国的学校教育中，关于中国的历史和知识是缺失的。当然，对理解当下中国，不一定要了解五千年的历史，但至少十九世纪的中国历史就对理解当下很重要，因为西方扮演了重大的角色。我的观点一直是，这一段中国的近现代史其实也是我们西方人共同历史的一部分。"[1] 施益坚的这种中德历史观，虽然在德国并未形成共识，但越来越趋于成为德国认知中国的共识。中国现当代文学在德国的影响虽然不如中国古典诗歌和哲学作品，但也一直在德国得以翻译介绍，鲁迅作品、梁宗岱诗，在德国学界一直得到研究。"一带一路"倡议提出以来，借助于中德出版机构和文化机构、孔子学院的努力，中国当代文学在德国得到了集中介绍，王朔的《看中去很美》《我是你父亲》和王蒙、余华等中国当代作家的作品的德语版在德国陆续出版，《射雕英雄传》已点燃德国人的中国骑士梦。中国实验剧也走进德国，2017年，曹克非在德国建立工作坊，为柏林难民儿童排演作品。2018年10月法兰克福书展上，麦家的《风声》刮起中国风，罗马大厅内的"麦家之夜"吸引了德国、美国、法国、意大利、西班牙、俄罗斯、荷兰等20余个国家近百位出版人和译者；刘慈欣的德语版《三体》《三体II黑暗森林》，短篇小说《镜子》《吞食者》也已在德国面世，《三体III死神永生》和《流浪地球》德语版也即将出版。《南德意志报》《法兰克福汇报》等德国媒体多次采访刘慈欣，德国汉学家、文学翻译、著名文学评论家乐于与刘慈欣进行对谈，德国各地

---

[1] 澎湃新闻，2018年10月9日。

常常举办刘慈欣作品朗诵会。董卿的《朗读者》已卖出德国版权，央视主持人与德国读者面对面交流中德文化。德国著名汉学家郝慕天（Martina Hasse）翻译的熊育群所著中国抗日战争题材长篇小说《己卯年雨雪》德语版即将面世……中国当代文学的德国知音，看到了与想象中的中国不一样的东方民族，朦胧消失，轮廓渐明。

目前，围绕"一带一路"，中德作家，友好互勉；中德出版，积极互动。中国看到了不一样的德国，德国也看到了不一样的中国，文学以柔软之心，抚慰着文化差异导致的心理动荡，一俟心平气和，中德之间的文化交流、文化传播和文化贸易就会更加顺畅。

第二节 "一带一路"背景下德国的中国当代文学译介

一、中国当代诗歌

2014年，中国台湾诗人鸿鸿（Hung Hung）诗作《与我无关的东西》（*Dinge, die nichts mit mir zu tun haben und andere Gedichte*）收录于第57期德国《东亚文学杂志》（*Hefte für ostasiatische Literatur*），译者Rupprecht Mayer。

2015年，中国台湾诗人詹冰《诗》（*Gedichte*）收录于第59期德国《东亚文学杂志》，译者Thilo Diefenbach。欧阳江河德中双语版诗集《凤凰》（*Phoenix*），译者为著名德国汉学家顾彬[1]。

2016年，中国台湾诗人郑炯明《诗》（*Gedichte*）收录于第60期德国《东亚文学杂志》，译者Thilo Diefenbach。

---

[1] 值得注意的是，在2010年顾彬已将欧阳江河的诗集《快餐馆》（*Schnellimbiss Gedichte*）译为德语，由奥地利Tartin Editionen出版。

2017年，鸿鸿 Die Welt ist flach—an manchen Orten ganzbesonders 收录于第63期德国《东亚文学杂志》，译者 Thilo Diefenbach。

二、中国当代小说

2014年

儿童文学作家曹文轩《青铜葵花》（Bronze und Sonnenblume），译者 Nora Frisch。

姜戎《狼图腾》（Zorn der Wölfe），译者 Altantuya Bat-Ochir；刘震云《温故一九四二》（1942：Eine Dokumentation und andere Erzählungen），译者 Martin Winter。莫言《变》（Wie das Blatt sich wendet）❶ 和《蛙》（Frösche），译者均为德国汉学家郝慕天；王刚《英格力士》（Der Englischlehrer），译者德国著名汉学家、翻译家高立希；李乔《线人》（Der Informant）收录于第57期德国《东亚文学杂志》，译者 Thilo Diefenbach。

2015年

儿童文学作家洪力原创绘本《姥爷的婚礼》（Opas Hochzeit）❷。

冯良《彝汉文学合集》（Halb Yi, halb Han-Chinesin：Literarisch ethnologische Essays），译者吴秀杰、Christoph Palm 和 Dorothee Schaab-Hanke；姜戎《狼图腾》（Der letzte Wolf），译者 Karin Hasselblatt；麦家《解密》（Das verhängnisvolle Talent des Herrn Rong），译者 Karin Betz；阎连科《受活》（Lenins Küsse），译者高立希。德国《东亚文学杂志》于2015年第59期收录高立希对余华作品《第七天》所著书评 Lesebericht—Yu Hua：Der Siebte Tag。

---

❶ Kindle edtion，是英国伦敦 Seagull Books 出版社2010年英译本的转译本。
❷ 《姥爷的婚礼》《第八号街灯》《咕噜噜涮锅子》和《麻雀》，均由德国 Drachenhaus Verlag 出版，系该出版社"China für Kinder"系列作品。

2016 年

曹文轩儿童绘本《第八号街灯》(Straßenlaterne Nr. 8)。

毕飞宇《推拿》(Sehende Hände),译者马海默(Marc Hermann);刘震云《我不是潘金莲》(Scheidung auf Chinesisch),译者阿克曼;莫言中篇小说《变》(Wie das Blatt sich wendet),译者郝慕天;周大新《安魂》(An Hun. Gespräche mit meinem verstorbenen Sohn),译者吕龙霈。

德国《东亚文学杂志》于2016年第60期收录艾伟《整个宇宙在和我说话》(Das ganze All spricht jetzt mit mir),译者Wolf Baus;第61期收录余华《我没有自己的名字》(Ich habe keinen eigenen Namen),译者Steffen Eichhorn和Ingo Schäfer。

2017 年

曹文轩原创绘本《最后一只豹子》(Der letzte Leopard)、《痴鸡》(Ein verrücktes Huhn)❶和《草房子》(Das Schilfhaus)出版。

阎连科《四书》(Die vier Bücher),译者马海默;余华《第七天》(Die Sieben Letzten Tage),译者高立希;周大新《曲终人在》(Siebenundzwanzig Gespräche über den merkwürdigen Tod des Gouverneurs der Provinz Quinghe),译者吕龙霈。

2018 年

保冬妮原创绘本《咕噜噜涮锅子》(Der Feuertopf brodelt),莫矜插画;儿童文学作家梅子涵中德双语版原创绘本《麻雀》(Spatzen),满涛插画。

颜歌《我们家》(Frau Duan feiert ein Fest),译者Karin Betz;余华《在细雨中呼喊》(Schreie im Regen),译者高立希。

德国《东亚文学杂志》于2018年第65期刊登剧作家沙叶新散文《散文三篇》(Drei Essays),译者Anna Stecher。

---

❶ 《最后一只豹子》和《痴鸡》由德国莱比锡Leiv Leipziger Kinderbuchverlag出版。

三、中国当代戏剧

2015 年

德国时代戏剧出版社（Verlag Theater der Zeit）于 2015 年 12 月第 12 期推出《中国特刊》（China），以德英双语（Zweisprachig Deutsch/Englisch）刊登戏剧家和评论家有关中国戏剧的文章，主要有：

① 林兆华《中国戏剧有传统吗？》（Hat das chinesische Sprechtheater eine Tradition？）。

② 康开丽（Claire Conceison）：Der Regisseur und Dramatiker Meng Jinghui revolutioniert das Theater aus der Mitte des Systems heraus。

③ 李建军《我与新青年剧团》（Die Theatertruppe Neue Jugend und ich）。

④ 柯军《昆剧：在传统与先锋之间》（Die Kun-Oper zwischen Tradition und Avantgarde）。

⑤ 赵川、陶庆梅《社会之外的社会剧场"草台班"》（Die freie Theatergruppe Grass Stage spielt an den Rändern der Gesellschaft，um dort，wo keiner hinschaut，Öffentlichkeit zu generieren. Ein Gespräch）。

⑥ 王翔《我与蓬蒿剧场——中国的第一个私人剧院》（Das Penghao Theater und ich–Über das erste Privattheater Chinas）。

⑦ 杨美琦《广东现代舞团》（Das Kantoner Ensemble für modernen Tanz）。

⑧ 唐颖《舞蹈家兼编舞家文慧及其生活舞蹈工作室》（Die Tänzerin und Choreografin Wen Hui und ihr Living Dance Studio）。

⑨ 柯翰思对上海戏剧学院党委书记楼巍的访谈（Lou Wei，Parteisekretär der Shanghaier Theaterakademie（STA），im Gespräch）。

⑩ 曹克非：剧目《人民共和国·大众汽车进口中国形象》，汉诺威话剧院（Das Theaterprojekt 'Volksrepublik Volkswagen' am Staatsschauspiel Hannover）。

⑪ 过士行与柯翰思、Dorte Lena Eilers 对话（Guo Shixing im Gespräch mit

Dorte Lena Eilers und Hans-Georg Knopp)。

2016 年

2016 年，陈平、柯翰斯主编中国当代戏剧集《身在其中——中国新戏剧》（*Mittendrin. Neue Theaterstücke aus China*），收录沙叶新《耶稣，孔子，披头士列侬》（*Jesus, Konfuzius und John Lennon*）、廖一梅《琥珀》（*Bernstein*）、过士行《棋人》（*Der Go-Mensch*）、《青蛙》（*Die Frösche*）以及孟冰《这是最后的斗争》（*Auf zum letzten Gefecht*）等作品。

2017 年

曹克非等主编《中国当代戏剧》（*Zeitgenossisches Theater in China*），收录来自中国和德国的著名戏剧艺术家、学者重点阐述他们基于中国当代戏剧界现状的不同观点。❶

2018 年

德国戏剧杂志 *IXYPSILONZETT*❷ 2018 年第 2 期主题为"中国儿童剧院"（"Kindertheater in China. Märkte für Millionen"），围绕中国儿童和青年戏剧的主题探讨随着中国经济的崛起，儿童和青年戏剧逐渐形成特色且市场前景可观等话题展开，其中"聚焦"（"Schwerpunkt"）专栏与中国戏剧相关的文章主要有：

① 子专栏题为"Groß, finanzkräftig und etwas anders"，刊登 Meike Fechner 的文章 *Zeit für eine Annäherung an China als Kinder- und Jugendtheaterlandschaft*。

② 子专栏题为"Jing und Yang. Widersprüchliches China"，刊登 Stefan Fischer-Fels 的文章 *Reiseimpressionen aus einem Land mit ganz eigenem Blick auf das*

---

❶ 该书的出版得到北京德国文化中心歌德学院（中国）（Goethe-Institut China）、吉森尤斯图斯—李比希大学媒体与互动研究中心（Zentrum für Medien und Interaktivität（ZMI）der Justus-Liebig-Universität Gießen）和萨尔茨堡莫扎特音乐大学（Universität Mozarteum Salzburg）的资助。

❷ 德国时代戏剧出版社出版。

Kindertheater。

③ 子专栏题为"Kindertheater als Privileg",刊登 Eckhard Mittelstädt 和 Vera Strobel 的 *Eine Gastspielreise des Theaters o.N. nach China. Eckhard Mittelstädt im Gespräch mit Vera Strobel* 等作品。

第三节 结　　语

中国当代文学在德国的翻译介绍和研究近年来出现上升趋势,但总体来看仍不太理想,德国读者对中国当代文学的了解不多,但正在改变。2018年,德国《时代》周报策划"中国主题"系列报道,请德国的汉学家和中国通撰写了各个领域的介绍文章,希望为德国读者揭开遥远东方的神秘面纱,虽然在这些文章中仍"顽强"地透露出西方中心主义色彩,不乏对中国的偏见,但无论如何,德国正眼看中国了,而且是自发在看,从被动转为了主动。好奇是知识之始,愿意了解,就会多了解,越多了解,偏见就会越少。而且相对于其他西方国家,德国对中国当代作家的认识相对比较客观,虽然西方中心主义思想仍明显,但较少情绪性评介。

法兰克福书展为德国引介中国当代文学提供了世界性平台,也是德国接触中国当代文学的优势。中外出版机构应借助这个平台广泛接触德国读者,分析德国读者的不同阅读需要,相对精准地选择匹配的作家作品。德国图书市场惯性大,对新的出版热点的反应较为理性,"一带一路"特色还不明显,"中国主题"仍以传统中国为主,对中国当代文学的关注和翻译不全面,对很多中国当代作家作品都没有涉及。据统计,德国市场引进版图书中中文图书占比只有0.3%,仍落后于英语、法语和日语。为此,有志于传播中国当代文学作品的中德出版机构可以首先邀请德国作家"走进来",以德国人的视角来描写中国、介绍中国,为中国作家作品"走进去"营造良性阅读生态。

中国当代文学的主题和内容以及抒写方式与德国读者的阅读习惯有较大差异。中文表意简洁，德语相对复杂，"一"与"多"翻译对应造成了中国作品译成德文后篇幅加厚，一个中文含义需要若干德语词才能表达清楚，在浅阅读时代容易造成读者阅读不适。很多中国当代作家喜欢写几十万字甚至上百万字的"长篇巨制"，而德国读者并不太想看此种"大作"。面对这样的作品，译者往往有心无力。"顾客是上帝"，若以德国为译出目的国，就需要作家或译者根据需要精简作品，或者采取订单式创作，为德国读者专门写作合适篇幅的作品。

合格的德文译者的缺乏也影响中国当代文学德译的效率和数量。目前，德国人学习汉语的热情不断增长，近300所文理中学开设汉语课，中德500多对高校和科研机构保持合作伙伴关系。但真正投身汉语研讨和从事中国文学翻译的人，按德国汉学家高立希（Ulrich Kautz）的说法，"有可能只有15个人左右"。而当下比较活跃的德国汉学家中有一些受意识形态影响，在向德国读者介绍中国图书时也往往忽略市场因素，推荐的书经常没有市场效应，也很难真正出版。

因为德国特殊的政治背景和历史——"二战"和"柏林墙情结"，中国图书进入德国市场途中常会遇到带有政治倾向性媒体的标签式解读，一些德国媒体是德国的中国图书市场上的"喝倒彩者"，而任何负面解读或评介，都更容易使媒体得到读者的青睐。但总体而言，媒体不足以引导德国读者对中国文学的阅读，因为德国是理性民族，并非天生就对中国文学具有偏见，而是普遍对中国感兴趣，我们需要物色或者培养出能真正懂中国当代文学，又懂德国文化和民众阅读心理的"文学导游"，引导德国读者在合适的时间找到适合自己的中国文学作品，并能以正确方式打开，沉浸于作品中的"中国生活"，并能从这些瞬间中更生动地认识一个多样的中国。

第十二章　中国当代文学在意大利

第一节　意大利与"一带一路"

意大利文化是指在意大利半岛及周围地区形成的文化，这里曾是欧洲文化的中心，也是伊特拉斯坎文明、古罗马文明、罗马天主教、人文主义和文艺复兴运动的起源。因此，在某种程度上，意大利也是整个西方文明的中心，在欧洲各国中，只有意大利文化融合了古希腊罗马文明、中世纪基督教文明与以文艺复兴为开端的近现代文明，悠久的历史与深厚的积淀深深融入到意大利民族文化之中，赋予了意大利鲜明而独特的文化表征，展现出意大利文化的丰富迷人，养人育人，在雕塑、文学、歌剧、音乐、绘画、电影、食品、服饰等文化领域培育出灿烂的图景，成就非凡，大师辈出，也让意大利人为之骄傲，并形成了深深的民族文化认同。

中意两国皆为文明古国，文化交流历史悠久。东汉时班超出使大秦（古罗马），大秦被描述为一个物产富饶的国度。丝绸之路以中意两国为中轴线，中国丝绸通过阿拉伯到达罗马，借助于中国，欧洲经济从萧条中逐渐复苏，基督教开始复兴，伊斯兰教出现新的发展。唐宋时期，中意两国由间接对话开始直接交流。宋元时期，随着马可·波罗等意大利商人到达中国，两国文化交流的规模逐渐扩大，认识逐渐加深。《马可·波罗游记》是欧洲人撰写的第一部详尽描绘中国历史、文化和艺术的游记，是中西文化交流的里程碑。明清之际，西风东渐，以利玛窦（Mathieu Ricci）、卫匡国（Martino Martini）为代表的意大利传教士来到中国，他们将西方先进的科学技术、思想方法传播到中国，同时也将中国的文化引入西方，在天文、地理、数学、机械、绘画、医学、文学等方面都刻下了两国文化交流的烙印。

18世纪初，意大利开始了汉语教学，最早是意大利神父马国贤（Matteo Ripa）于1732年在那不勒斯创立的中文学院。近代以来，中意两国因复杂的国内外局势影响，交往时断时续。1970年，中意两国正式建交，两国逐渐恢复了全方位合作与交流，成果丰硕，形成了良好的交往格局。

在文化领域，中意之间的交流不断深化。1979年，意大利成立了汉学协会，定期研究汉语教学与中意文化交流。2004年，中意建立全面战略伙伴关系，意大利出现了新一轮汉语与中华文化热，意大利人学习汉语、了解中国文化的需求升温。意大利政府出台政策，鼓励大、中学校进行汉语教学。2005年中国与意大利联合推出"马可·波罗计划"。2006年，罗马开设了意大利第一所孔子学院，两国文化和教育合作进入了新阶段。迄今为止，意大利已开设了12所孔子学院，39个孔子课堂。2009年两国政府推出"图兰朵计划"。2010年10月7日，"中国文化年"在罗马开幕。以罗马大学、那不勒斯东方大学、威尼斯大学和米兰国立大学为代表的意大利大、中学校的汉语教学与研究成为欧洲翘楚，中国文化与文学如《西游记》《阿Q正传》《边城》《家》《红高粱》等也逐渐走进了课堂，越来越多的意大利本土汉语教师和青年汉学家脱颖而出，为中意两国文化交流积蓄力量。目前，意大利教育、大学、科研部已经成立了"意大利汉语教学大纲工作组"，意在制定统一标准，《意大利中小学汉语教学大纲》也在制定之中，意大利汉语与中国文化教学将有章可依，前景广阔。

中意文学交流历史悠久，起点高，且充满活力。1581年，来华传教士翻译的拉丁文版《四书》就已出现在意大利，其后《大学》（1662）、《论语》（1667，1669）、《中庸》（1662，1687）陆续译入。18世纪，元杂剧《赵氏孤儿》经意大利宫廷诗人之手成为意大利歌剧《中国英雄》。19世纪到20世纪70年代两国建交，《道德经》《离骚》《西厢记》《水浒传》《聊斋志异》等60余部中国经典作品译入意大利。中国改革开放以后，国力日盛，意大利也开始逐渐从关注中国古代经典转向翻译能反映当代中国社会变化的当代文学作品，至2018年，意大利翻译的中国当代文学作品近300部，其中2013—2018年就有各种版本的中国当代文学作品100部左右。这与"一带一路"倡议的推动有关，围绕着"一带一路"民心相通的目标，中意两国广泛进行了文学互译，并开展中、意文学论坛活动，两国政府还通过各种项目予以支持推动，使意译中国当代文学作品保持了持续增长的势头。

中意之交始于古丝绸之路，"一带一路"又成为新时代中意交往的新契机，两个文明古国再度交融，重续昔日荣光。意大利积极参与"一带一路"倡议，目前已成为中国企业主要海外投资国之一。意大利媒体纷纷赞扬"一带一路"顺应时代潮流，也是意大利应该把握的历史机遇，应主动分享中国发展成果，缓解国内经济衰退的形势。2013年，中意文化与经贸发展论坛在西安举办的欧亚经济论坛上举行；2014年，"中国的风味"中国文化沙龙在罗马举行。2017年9月，"意大利中国'一带一路'交流合作中心中国理事会"在北京成立；12月，中国和意大利两国外长会谈，同意共建"一带一路"。民心相通是"一带一路"建设的基础，文化领域的交流与合作也日益重要。2017年罗马召开的欧美同学会（中国留学人员联谊会）第十五届21世纪中国论坛上，"'一带一路'建设中的中意文化交流"主题就成为中意双方关注的重点。2018年5月，"一带一路"中意文化艺术交流专场在深圳开展；6月，"2018年'一带一路'（中意）文化交流峰会"在北京举行；9月，意大利政府成立"中国任务小组"，希望加强在"一带一路"框架下合作的广度和深度。

"一带一路"倡议所倡导的"丝路精神"，因与意大利自身的发展需要契合而得到意大利政府和社会各界的积极参与和广泛支持，也为中意两国实现更大范围、更高水平、更深层次的合作创造了条件，为中意文化交流和两国关系的发展创造出前所未有的历史机遇。只要中意双方真诚相待，共同把"一带一路"机遇变成切实的铁桥铜路，就可创造两国文化交流的新纪元。

第二节 "一带一路"背景下意大利的中国当代文学译介

一、中国当代诗歌

2019年，诗集 *Quando La Poesia si fa Operaia: Lavoratori Migranti Poeti Della Cina Contemporanea*，收录杨克、郑小琼等多位诗人的诗作，是意大利 Aracne editrice 出版社"古今东亚"系列之 30。

二、中国当代小说

2014 年

毕飞宇《玉米》(*Le tre sorelle*)❶，译者 Maria Gottardo 和 Monica Morzenti；莫言《蛙》(*Le Rane*)❷ 和《红高粱家族》(*Sorgo rosso*)，译者分别为李莎和 Rosa Lombardi；徐则臣《跑步穿过中关村》(*Correndo attraverso Pechino*)，译者 Paolo Magagnin。

2015 年

中国台湾作家李昂《杀夫》(*La moglie del macellaio*)，译者 A. M. Paoluzzi；姜戎《狼图腾》(*L'ultimo lupo*)❸，译者 Maria Gottardo 和 Monica Morzenti；刘震云《我叫刘跃进》(*Oggetti smarriti*)❹，译者李莎；莫言《酒国》(*Il paese dell'alcol*)❺ 和《天堂蒜薹之歌》(*Le canzoni dell'aglio*)，译者分别为 Silvia Calamandrei 和米塔；余华《十个词汇里的中国》(*La Cina in dieci parole*)❻，译者意大利汉学家、翻译家傅雪莲。

2016 年

阿乙《下面，我该干些什么》(*E Adesso?*)，译者傅雪莲；刘震云《我不是潘金莲》(*Divorzio alla cinese*)，译者 M. Gottardo 和 M. Morzenti；麦家《解密》(*Il fatale talento del signor Rong*)，译者 Fabio Zucchella；莫言《天堂蒜薹之歌》(*Le canzoni*

---

❶ 意大利 Sellerio editore 出版《玉米》和《跑步穿过中关村》。
❷ 意大利 Giulio Einaudi editore 出版《蛙》《红高粱家族》《酒国》《天堂蒜薹之歌》《四十一炮》和《古船》等。
❸ 意大利 Mondadori 出版社出版《狼图腾》《三体》《黑暗森林》和《死神永生》等。
❹ 意大利 Metropoli d'Asia 出版社出版《我叫刘跃进》《下面，我该干些什么》和《早上九点叫醒我》等。
❺ 此为精装本和平装本，2016 年发行 Kindle edition。
❻ 意大利 Feltrinelli Editore 出版公司出版《十个词汇里的中国》《兄弟》和《许三观卖血记》等。

dell'aglio），译者米塔；铁凝长篇小说《无雨之城》（*La città senza pioggia*）❶。

2017 年

阿乙《早上九点叫醒我》（*Svegliami Alle Nove Domattina*），译者 Paolo Magagnin；范稳《碧色寨》（*Stazione Borgoverde：Un treno dalla Cina al Vietnam*），译者雪莲；贾平凹《带灯》（*Lanterna e il distretto dei ciliegi*）❷，意大利汉学家乐洋与卡特琳娜合译；莫言《四十一炮》（*I quarantuno colpi*），由意大利 Giulio Einaudi editore❸ 和 Edizione Mondolibri 分别出版，译者同为李莎；余华《第七天》（*Il Settimo Giorno*）❹ 和《兄弟》（*Brothers：La Saga*）❺，译者同为傅雪莲。

2018 年

阿城《棋王、树王、孩子王》（*La trilogia dei re*），译者米塔；劳马《柔软的一团》（*Il contestatore e altri racconti*）❻，译者 Andrea Alberga, Alessandra Pezza 和傅雪莲；饶平如《我俩的故事》（*La nostra storia*），译者 Filippo Bernardini；苏童《罂粟之家》（*La casa dell'oppio*），译者 R. Lombardi；铁凝《无雨之城》（*La città senza pioggia*）和熊育群长篇纪实作品《西藏的感动》（*Emozioni in Tibet：Alla scoperta di Ali Snow Mountain*），译者均为雪莲；阎连科《四书》（*I quattro libri*）和作品集《阎连科短篇小说选》（*Il podestà Liu e altri racconti*）❼，译者分别为 Lucia Regola 和 Marco

---

❶ 意大利 Forme Libere 出版社出版《无雨之城》《碧色寨》《西藏的感动》和《王蒙自传》等，系该出版社的"中国文学"（"Cina letteraria"）系列丛书。
❷ 意大利 Elliot Edizioni 出版社出版《带灯》和《老生》等，是该出版社的"Scatti"系列作品。
❸ Kindle edtion 和 Ebook 同步发行。
❹ 同上。
❺ 此次出版的《兄弟》为合集，此前由该出版社于 2008 年、2009 年分别出版了《兄弟》上、下集。
❻ 意大利 Atmosphere libri 出版社出版《柔软的一团》和《阎连科短篇小说选》等。
❼ 收录以下作品：《三棒槌》（*Tre bastonate*）、《黑猪毛，白猪毛》（*Setola bianca, setola nera*）、《去赶集的妮子》（*La pischella va al mercato*）、《柳乡长》（*Il podestà Liu*）、《思想政治工作》（*Lavoro politico-ideologico*）和《桃园春醒》（*Risveglio fra i peschi*），意大利 Atmosphere libri 出版，2017 年为纸质版，2018 年为电子版。

Fumian；余华《毛泽东很生气》(*Mao Zedong è arrabbiato. Verità e menzogne dal pianeta Cina*)和《许三观卖血记》(*Cronache di un venditore di sangue*)，译者分别为傅雪莲和米塔；张炜《古船》(*L'antica nave*)，译者米塔。

2019 年

莫言《十三步》(*I tredici passi*)，译者 M. R. Masci；苏童《另一种妇女生活和三盏灯》(*Un'altra vita per le donne & Tre lanterne*)，译者 A. Leggieri；叶乔《藏珠记》(*La perla nascosta*)，译者 Fiori Picco；余华《在细雨中呼喊》(*L'eco della pioggia*)，译者 Nicoletta Pesaro。

贾平凹《老生》，译者李莎，待出版。

第三节 结　　语

意大利是世界汉学研究中心，也是欧洲乃至世界认知中国的策源地和源点之一。因此，"一带一路"背景下中国当代文学的翻译，也是在继承意大利汉学传统基础之上的一种新时代的自然选择。目前，意大利汉学家仍是翻译的主体，但中国现当代文学的翻译者目前主要是中青年学者，其中一些就是作家，有的还在中国生活过，这保证了意大利所翻译的中国当代文学的质量较高。但随着意大利对中国文学的需求增加，汉学家之外，也有一些业余译者加入，包括一些记者，在一定程度上造成了意大利目前翻译质量的下降。

中意建交之后，意大利专门刊登中国文学作品和相关研究的期刊也逐渐多起来了，如《威尼斯大学东方年鉴》(1970)、《诗歌》、《新文选》，都介绍了一些优秀的中国当代文学作品，莫言、王安忆、余华、苏童、格非、叶兆言、韩寒、林白、铁凝、阿乙、海子、于坚、孟京辉、阿城、白先勇、刘恒、刘震云、麦家、曹文轩等人的作品陆续进入意大利读者的视野，只是限于市场较小，除莫言、姜戎的作品比较畅销外，即便如王安忆、余华等优秀作家的作品，在意大利销量都不乐观。

目前，在意大利出版的中国当代文学作品并非全部译自中文，其中很多是从英语版、法语版、德语版转译过去的，堪称一再误读，与原作隔了几层，即使意大利读者阅读了这类作品，也无法保证是阅读了原汁原味的中国作品。另外，意大利民众的阅读倾向性导致一些反映中国落后与弊端的作品更容易受到欢迎，加上一些意大利媒体也喜欢渲染中国文学作品中的负面因素，出版社也出于商业目的更愿意出版这类作品，所以，即使目前意大利的中国当代文学作品的数量和质量都有所提升，但与历史上的译介相比，反而不那么纯粹，这需要我们保持冷静的态度，客观分析其中的是非曲直，真真假假，及时消除负面影响，加大一些反映中国正面形象作品的推介和传播。

意大利图书市场自由度大，而目前中国当代文学作品的海外译介很多借力于政府资助的项目，如"丝路书香工程重点翻译资助项目""中国当代作品翻译工程项目"等，要使中国当代文学作品的输入与接受实现一致，需要我们主导调研分析意大利读者的客观需要，采取针对性的策略，实现国家、作家、翻译家三家合一，实事求是，找对问题，采取相应对策，推动中国优秀作家作品循序渐进进入意大利读者视野，改变意大利读者误读中国的方式，促使中意真正实现情相知、意相通。

第十三章　中国当代文学在荷兰

第一节　荷兰与"一带一路"

荷兰位于欧洲西偏北部,是著名的亚欧大陆桥的欧洲始发点。从地理环境来看,荷兰是一个没有山的国家,其国土面积有三分之一位于海平面以下。荷兰的历史也是一部与水斗争的历史,荷兰人有一句名言:上帝创造了地球,荷兰人创造了荷兰。也就是说,荷兰陆地大部分是人造的,是荷兰人从大自然手中获取的。一方水土养一方人,环境造就了荷兰文化的基本原则:实用主义。荷兰人选择以生存为第一原则。

荷兰从大航海时代就以贸易立国,为了生存,荷兰人并不固守某一种价值观,而是灵活多变、入乡随俗。荷兰人还崇尚平等主义,土地分配、财产分配,甚至住房安排,都讲究平等。作为海洋国家,开放性也是荷兰文化的一大特征。荷兰文化接受了也影响了东西方不同国家的文化,形成包容差异、多元共存的特色。

荷兰曾长期处于封建割据状态,直到16世纪末才完成国家独立。17世纪,荷兰利用大航海时代的机遇开始走向世界,成为航海和贸易强国,中国与荷兰的交往也开始于这一时期。18世纪末,第一部荷兰语中国文学作品《好逑传》(自英文转译)问世;1829年,第二部荷兰语中国文学作品《玉娇梨》(自法语转译)面世。荷兰人此时只对中国贸易感兴趣,从事中国文学翻译的多是欧洲传教士。

17世纪中晚期,随着荷兰的东印度公司与中国商贸活动的增多,对汉语人才的需求也随之增加。为此,荷兰最古老的莱顿大学(Leiden University,创办于1575年)在1876年创办了汉语言文学系,开始招收汉语研究方向的本科生,还设立了中国语言和文学教授席位。岁月荏苒,莱顿大学已经成为欧洲汉学中心,为荷兰、欧洲乃至世界培养了一大批杰出的汉学家,包括杜威·佛克马(Douwe Fokkema)、施舟人(Kristofer Schipper)、伊德玛(Wilt Idema)、柯雷(Maghiel van

Crevel)、贺麦晓(Michel Hockx)等。1890年,莱顿大学中国语言与文学教授居斯塔夫·薛力赫(Gustave Sehlegel)与法国汉学家亨利·高第(Henri Gaudi)携手创办了西方第一份汉学学报《通报》,发表了很多研究中国文学和历史的论文。在这种浓厚的"中国风"熏染下,1897年,汉学家亨利·波热尔(Henri Borel)翻译了《老子》,这是荷兰第一部直接从汉语翻译过来的中国作品。荷兰从此开始了直译中国文学作品的历史。

20世纪初是中荷译介史上的一段空白期,直到50年代才又逐渐恢复。荷兰汉学家高罗佩(Robert van Gulik)从中文直译的《狄公案》系列雅俗共赏,译笔接地气,狄仁杰以"中国的福尔摩斯"形象成为中国文化在荷兰的代言人,发行量达百万册。一些中国古代文学经典和哲学典籍也在这一时期被译成荷兰语,如《水浒传》《三国演义》《金瓶梅》《红楼梦》、李白的诗以及《道德经》《易经》和《四书》。中国第一部荷兰语版现代文学作品是茅盾的《子夜》,系从德语转译,时为1939年。

新中国成立后,荷兰人对汉语的兴趣逐渐减弱,莱顿大学每年也只有一两名新生选研汉语。1980年,两国签署了文化合作协定,文化交流才逐渐恢复,到1986年则已有90名学生选研汉语,电视上也有关于中国文化的直播节目了。20世纪80年代中期以来,荷兰一年一度的鹿特丹诗歌节上开始出现中国当代诗人。中国文学成为荷兰社会了解中国崛起的主要渠道之一,译介对象也从古典转向古典与现当代并重,莱顿大学也新开了中国现当代文学研究方向,中国当代文学作品越来越受到译者的关注和翻译,张洁的《方舟》《爱是不能忘记的》和《沉重的翅膀》,张贤亮的《男人的一半是女人》和《绿化树》,王安忆的《小鲍庄》,古华的《芙蓉镇》,谌容的《人到中年》,韩少功的《马桥词典》,莫言的《丰乳肥臀》和《檀香刑》,卫慧的《上海宝贝》,棉棉的《糖》都很快在荷兰面世。荷兰出版界和文学期刊和杂志对出版或刊登中国当代小说和诗歌热情很高,《荷兰月报》《指南》《标准》《创造》《文火》《中国信息》等杂志都专门推介中国当代作品,中国当代诗人如顾城、多多、芒克、王家新、柏华、杨炼、琼柳等通过柯雷等汉学家之手出现在荷兰的读者面前。长江后浪推前浪，一批年轻汉学家逐渐成为荷兰中国文学翻译的生力军，青黄相接，青出于蓝。如 2012 年获得荷兰文学基金会翻译奖的汉学家林恪（Mark Leenhouts），不但翻译了众多中国当代文学作品，而且还进行了深入研究，他在 2008 年出版的《当代中国文学：世俗的却有灵性》，被称为"第一本为荷兰读者绘制现当代中国文学图谱的书"。

21 世纪，国际化进一步缩短了中荷文化的距离，两国高层多次互访，两国合作全方位展开。从 2003 年起，荷兰连续 12 年都是中国在欧盟的第二大贸易伙伴。2005 年和 2009 年，中国在荷兰先后成功举办了阿姆斯特丹中国节和中国电影展；2011 年荷兰文学基金会率领大批荷兰作家、艺术家在北京国际图书博览会成功举办主宾国系列活动；2012 年，在中荷建交 40 周年之际，上海中国航海博物馆举行"航路 1600——四百年中荷航海交往史"展览；"欢乐春节"系列活动连续 11 年在荷兰举行，荷兰阿姆斯特丹皇家音乐厅管弦乐团等著名文艺团组多次来华演出，等等。同时，中国也是荷兰 3 个优先发展教育合作的国家之一，中国在荷兰设立了多所孔子学院。

"一带一路"倡议实施以来，不少西方大国态度暧昧，而以贸易立国的荷兰则敏锐抓住机遇，秉承开放务实的合作理念，中欧联通中的独特优势，很快成为西方国家中最早理解和支持"一带一路"的国家。2014 年，习近平总书记访问荷兰时表示"荷兰是欧洲的门户，我选择从荷兰推开欧洲的大门"，中荷发表了关于建立开放务实的全面合作伙伴关系的联合声明。2015 年 3 月 28 日，习近平总书记在海南博鳌会见荷兰首相吕特（Mark Rutte），吕特表示，荷兰已决定申请成为亚投行创始成员国。2018 年 2 月 7 日，荷兰国王威廉-亚历山大（Willem-Alexander Claus George Ferdinand）和王后马克西玛（Queen Maxima）在中南海与习近平总书记和夫人彭丽媛会见，威廉-亚历山大国王表示：中国发展有着光明的未来，相信"一带一路"倡议将给荷兰带来更多机遇，荷方愿积极参与共建进程。而荷兰国王夫妇抵京后第一站则是在荷兰驻华大使馆听取专家介绍中国政治、经济和"一带一路"，而荷兰媒体报道中则称荷兰国王与习近平总书记已成了"老熟人"。2018 年 2 月初，荷兰外交大臣泽尔斯特拉（Halbe Zijlstra）在北京接受《21世纪经济报道》记者专访时表示，荷兰积极参加"一带一路"建设。4月8日至12日，吕特率领庞大的荷兰商贸代表团访问中国，主题就是"连接欧亚"。

"一带一路"倡议进一步拓宽了中荷两国的人文交流之路，提升了文化互鉴交流水平，政府与民间形成了互动互补机制，双方相互理解更深，彼此更加亲近。2016年，海牙中国文化中心成立。2018年8月，"印迹国中""一带一路"文化交流活动在海牙举行。各种风格的书画作品、巧夺天工的非遗手工艺品、喜庆欢快的中国歌舞以及现场交流互动，拉近了中荷两国人民的距离，而"海上丝绸之路两千年"美术作品欧洲巡展也在2018年11月亮相荷兰。"一带一路"为中荷两国文化搭台铺路，推动两国文化交流保持高水平发展。作为新的海上丝绸之路，为中荷交往搭建了更好的平台。近年来，两国高层多次就推动"一带一路"倡议进行国事访问，也使得中荷关系在开放务实合作中稳步前进。

昔日"海上马车夫"，已成为一艘中欧共建"一带一路"的"快船"。

第二节 "一带一路"背景下荷兰的中国当代文学译介

中国当代小说

2015 年

2015年，毕飞宇《蛐蛐，蛐蛐》（*Krekel krekel*）[1]，多位译者合作完成，电子书

---

[1] 荷兰De Geus出版社出版《蛐蛐，蛐蛐》《红高粱家族》《檀香刑》《红蟋蟀》《跑步穿过中关村》《第七天》《13.67》《空中爆炸》《红高粱家族》《檀香刑》《红蟋蟀》《跑步穿过中关村》《第七天》《香港之黑》《空中爆炸》等。

同期上市；荷兰文学双月刊《指南》（*De Gids*）❶于2015年第3期收录孔亚雷短篇小说《留在大象岛的探险队员与沙克尔顿告别》（*Shackleton uitgezwaaid door zijn bemanning op Elephant Island*），译者林恪；刘震云《我不是潘金莲》（*Ik ben geen secreet*），译者郭玫媞和施露；麦家《解密》（*De gave*），译者Erik De Vries；莫言《红高粱家族》（*Het rode korenveld*）和《檀香刑》（*De sandelhoutstraf*），译者分别为比利时翻译家麦约翰和马苏菲；岳韬《红蟋蟀》（*Schemering boven Shanghai*），译者施露。

2016年，荷兰语刊物 Terras 于2016年10月版刊登孔亚雷短篇小说《我》（*IK*），译者林恪；徐则臣《跑步穿过中关村》（*Rennend door Beijing*）❷，多位译者合作完成；余华《第七天》（*De zevende dag*），译者麦约翰。

2017年，林恪编《遇到中国文学》（*Een Literaire Kennismaking Met China*），收录徐则臣、余华、莫言、中国台湾诗人夏宇、商禽等13位作家和诗人的诗作，其中11篇短篇小说、2首散文诗和1个故事，系"我们是谁"（"Wie wij zijn"）丛书。

2018年，中国香港作家陈浩基《13.67》（*Hongkong Noir*），译者施露和郭玫媞；中国台湾作家三毛小说《撒哈拉的故事》❸（*Berichten uit de Sahara*）；荷兰文学双月刊《指南》（*De Gids*）❹于2018年第3期收录了短篇小说《果酱》（*Jam*）；余华短篇小说集《空中爆炸》（*Flesjes Knallen Verhalen*），麦约翰率莱顿大学汉学院翻译团队合作翻译。

2019年，饶平如《我俩的故事》❺。

---

❶《指南》创刊于1837年，是荷兰最古老的文学文化刊物，也是世界上历史最悠久的此类刊物之一。
❷ 荷兰莱顿大学孔子学院（Confucius Instituut van de Universiteit Leiden）和De Geus出版社共同完成。
❸ 1976年在国内首版。
❹《指南》创刊于1837年，是荷兰最古老的文学文化刊物，也是世界上历史最悠久的此类刊物之一。
❺ 将由荷兰Hollands Diep出版社出版。

第三节　结　　语

与其他西方国家相比，荷兰的中国文学翻译传统深厚，人才辈出，研究及时，借助于"一带一路"共建提供的平台，中国当代文学成为荷兰翻译家"新宠"，而新的传播方式，则保证了中国当代文学作品出版—翻译—译本落地的快速循环通道畅通，使荷兰民众借助文学了解当代中国的愿望能尽快得到满足，从而形成了中国当代文学在荷兰传播的良性循环机制。

从转译向直译转换，保证了译本的质量。因为特殊的历史原因，荷兰转译中国文学自有传统，但转译必定会增加谬误和遗漏。从20世纪80年代以来，借助于荷兰悠久的汉语教学和中国研究传统，荷兰的大学和研究机构培养了一批专门研究汉语和中国哲学、文学的学者，从中文直译成荷兰语的中国文学作品逐渐增多，且已成主流，但因为商业因素介入翻译和出版，目前荷兰的中国当代文学译本仍有不少是从英语、法语或德语等转译而成，传播虽快，但质量难保。

荷兰的中国当代文学翻译目前还有很多空白有待填补。荷兰读者比较喜欢中国的小说，所以小说翻译得相对较多，其次是诗歌，而戏剧几乎为零。另外，翻译家翻译的随意性仍然存在，往往根据出版商的要求翻译，翻译文体多变，而无法专攻某一文体的翻译，如主译小说、诗歌等，这在一定程度上削弱了翻译的质量。

荷兰出版社在某种程度上主导了中国当代文学的翻译和传播。汉学家翻译中国当代文学作品的首要目标是能尽快出版，或者是自主翻译，完成后寻找出版社出版；或者先成为出版商的签约翻译，然后由出版商推荐要翻译的作品；或者接受出版社指定的作品进行翻译。荷兰的出版商非常活跃，常常和一些基金会合作邀请中国当代著名作家访问荷兰，举行读者见面会或交流会，向荷兰读者和译者直接推介自己的作品，让荷兰的读者同步了解中国文坛，桥梁作用明显。为此，中国出版机构需主动与荷兰出版机构、版权代理人对接，积极推介中国当代文学作品，以保证所译即我愿，也便于了解整个翻译出版流程，保证质量。

荷兰的中国当代文学翻译者多是大学教师、华侨华人或孔子学院的汉语老师，翻译一般是他们的"副业"，时间难以保证，翻译周期相对较长；而职业翻译家翻译中国文学作品很少能得到版税，即使出版社给翻译费，也不足以维持生活。荷兰翻译家目前也通过申请荷兰文学基金会的项目获得一定的经费，但基金会主要是为了向世界推广荷兰文学，虽然也资助翻译外国文学的译者，但量比较小，每年只有两百多个翻译项目，且大多数是英文，中文属于小语种，中文项目每年只有一到两项，最多时也就只有四到五项。鉴于此，中国相关机构可以考虑设立相应的翻译专项基金予以支持，使荷兰翻译家无忧翻译、静心翻译中国当代文学作品。

随着中国的日益国际化，中国文学已成为世界文学的自然构成部分，经济全球化和文化全球化推动了传统汉学向当代中国研究转变，有利于中国当代文学翻译和研究融入汉学研究体系，而中国当代文学在荷兰语境中被接受的宽度和厚度与汉学家的相关研究如影随形。荷兰是世界汉学研究重镇之一，在荷兰和世界范围内都有极大的影响力。中国相关机构应加强与荷兰汉学界合作翻译和研究中国当代文学，以学术的影响力推动荷兰的中国当代文学翻译。

随着"一带一路"的荷兰之旅日渐宽广和平坦，随着中国当代文学的荷兰栖息之地日益温润，随着了解和喜爱中国文学的荷兰读者群逐渐扩大，中国当代文学的荷兰市场和气场定会相偕共兴，越来越多优秀的中国当代文学作品也就越来越有机会搭乘"'一带一路'荷兰号"远航出海。

第十四章　中国当代文学在英国

第一节 英国与"一带一路"

英国文化具有自由与传统的双面性。从本质上说,自由是一种追求,一种超越,一种异化,主张变革与否定;传统则是一种保持,一种坚守,一种排异,主张守成与稳定。一方面,自由与特殊的地理环境使英国文化具有开拓进取的精神,追求自由与平等、求实与理性等,这也是工业革命首先发生在英国并使其成为第一个现代国家的重要原因;另一方面,英国文化也有"轻视工商业,追求宁静、安适、贪图享乐,反对变革的保守主义文化传统",这也带来了英国文化的自大、固步自封等问题。这种文化两面性的冲突使英国选择了"和平渐进发展的道路",即在英国社会的发展过程中,其文化传统与现代性保持着冲突融合的渐进主义。英国社会稳定而又不断发展正源于其在自由和传统之间的大体守衡。

17世纪上半叶,中英两国开始有了直接的贸易往来。1637年,东印度公司的商人第一次从海路抵达广东,由此开启了中英贸易的大门。进入18世纪后,中国茶文化在英国社会广受欢迎,并在英国刮起了一股"中国风",中式建筑、家具等都十分流行。1735年,巴黎耶稣会教士杜赫德(Jean Baptiste du Halde)的《中华帝国全志》出版,其中包括《赵氏孤儿》的全译本。1736年,此书英译本就出现了。1741年,英国的哈切特(William Hatchett)将《赵氏孤儿》改编成《中国孤儿》,这是英国人第一次改编中国剧本。1759年4月,英国剧作家阿瑟·谋飞(Arthur Murphy)改编的以自由和爱国为主题的《中国孤儿》在伦敦上演,大获成功。随后,奥利弗·哥尔斯密(Oliver Goldsmith)的《中国人信札》(1760—1761)中的中国形象在英国社会也引起很大反响。1748年,乔治·安森(George Anson)出版了《环球航行记》,批评了中国的弊端。中英两国第一次正式外交接触是1793年6月马嘎尔尼(George Macartney)使团访华,但中英贸易谈判失败,"中国热"变冷。

18世纪以后,随着英国经济发展与科技水平提高,他们不再将中国视为理想的乌托邦,而是愚昧落后的代名词,是任人宰割的肥肉。中国积弱的现实迫使中国人开始学习英语、翻译英语著作，赴英国游历、考察。

20世纪上半叶是中国剧烈动荡的时期，但中英民间文化交流仍在不断进行。英国近代学者李约瑟（Joseph Needham）第一次在所著的《中国科学技术史》里详细介绍了中国科学技术的发展过程，英国文学也被大量翻译为中文出版，英国哲学家罗素、文学家萧伯纳相继访华。

英国是世界上第一个承认新中国的西方大国。两国正式建交后，在文化领域的交流日益增多。1979年11月，中英两国签署了《教育和文化合作协定》，基于互惠、互利、平等原则发展两国文化交流与合作。2009年，温家宝总理访英，中英两国签署了《中英2009—2013年文化交流执行计划》，期间成功举办了多场大型文化交流活动，包括博物馆展览、戏曲戏剧演出等。2010年11月，英国首相卡梅伦访华。2011年6月，温家宝总理访英，与英国首相卡梅伦共同决定启动中英高级别人文交流机制。2012年，中英高级别人文交流机制建立，促进了中英人文交流不断深入，当年，中国181家出版社，50多家文化机构，来自13个文化门类的1 000多位专业人士参与伦敦书展。2013年12月，卡梅伦再次访华前表示，英国将成为中国在西方的最坚强的支持者；访问中国后则表示：英国学生应该放弃法语改学汉语！2014年，李克强总理出席在伦敦举办的中英峰会，两国政府发表联合声明，确定2015年为中英两国之间的第一个"文化交流年"，通过举办各类文化活动，进一步加强两国之间的文化合作。2015年10月，习近平总书记访英，并在伦敦出席全英孔子学院和孔子课堂年会开幕式，开启了中英"黄金时代"。目前，英国有29所孔子学院，148个孔子课堂，为欧洲之最。2017年12月，已辞去英国首相一职的卡梅伦将一笔价值10亿美元的资金，投资于"一带一路"倡议相关项目。

目前，中国是英国第二大进口市场，也是英国主要的出口国，英国则是中国在欧洲最大的投资目的国之一，主要投资基础设施。"一带一路"倡议提出以来，英国政府和社会总体态度积极，普遍认为"一带一路"致力于构建世界和平新秩序，借助"一带一路"可以实现中英双赢。英国政府多次表示支持"一带一路"倡议。在参与"一带一路"建设方面，英国在西方大国中向来是"领跑者"，曾创下多个

"第一"。双方围绕"一带一路"的合作近年来硕果累累,仅在 2018 年下半年,双方就在经济、文化等多个领域展开互动。例如,6 月,"全球'定制'一带一路文化交流暨英国首届上海市非物质文化遗产展"在伦敦举行;7 月,"英国'一带一路'投资机遇研讨会"在伦敦渣打集团总部举行;9 月,英国议会跨党派"一带一路"和中巴经济走廊小组正式成立,目的是增进英国各界对"一带一路"倡议的了解和参与;11 月,"一带一路"文化经贸推介会在英国伦敦举行。

中国当代文学在英国的翻译介绍,也是随着中英两国关系的起伏而起伏的,当然也与中国当代文学自身的成长历程、英国的汉学研究发展、中英出版界的发展合作等有关。从新中国成立到今天,中国当代文学在英国也经历了从沉寂而复苏至全面展开的过程,一年一度的伦敦书展上,中国当代文学的种类和数量逐年增加,如 2017 年伦敦书展上人民文学出版社一次性签署了 9 本中国当代文学作品的出版合约,分别是李兰妮的《旷野无人》、杨志军的《藏獒》、蒋子龙的《农民帝国》、刘心武的《钟鼓楼》、宗璞的《南渡记》和《东藏记》、史铁生的《我的丁一之旅》、李国文的《冬天里的春天》和马平来的《满树榆钱儿》。

事实证明,中英两国同为历史悠久的国家,人文交流积淀深厚,虽有沟壑也必能携手同越。在"一带一路"倡议提供的新平台上,两国未来的文化、文学交流必有更为开阔的前景。

第二节 "一带一路"背景下英国的中国当代文学译介

一、中国当代诗歌

2020 年,诗集《又见康桥》收录杨克诗作《剑桥最美的诗》,译者陆文艳。

二、中国当代小说

2014 年

迟子建《额尔古纳河右岸》(*The Last Quarter of the Moon*)，译者为美国翻译家徐穆实；麦家《解密》(*Decoded*)，译者为英国汉学家米欧敏；莫言《蛙》(*Frog*)和《四十一炮》(*Pow!*)，译者葛浩文；颜歌《白马》(*White Horse*)，译者为韩斌。

2015 年

曹文轩儿童文学作品《青铜葵花》(*Bronze and Sunflower*)，译者汪海岚；中国台湾儿童文学作家张瀛太《熊儿悄声对我说》(*The Bear Whispers to Me: The Story of a Bear and a Boy*)，译者石岱仑。

阿乙《下面，我该干些什么》(*A Perfect Crime*)，译者郝玉青；刁斗短篇小说集《出处》(*Points of Origin*)，译者何恣；麦家《解密》(*Decoded*)译者为米欧敏和庞夔夫，《暗算》(*In the Dark*)译者为庞夔夫；莫言《丰乳肥臀》(*Big Breasts and Wide Hips*)❶、《师傅越来越幽默》(*Shifu You'll Do Anything for a Laugh*)❷、《天堂蒜薹之歌》(*The Garlic Ballads*)❸和《蛙》(*Frog*)，译者均为葛浩文；中国台湾作家吴明益《复眼人》(*The Man with the Compound Eyes: A Novel*)，译者石岱仑；许知远《纸老虎》(*Paper Tiger: Inside the Real China*)，译者狄敏霞和韩斌。

2016 年

中国台湾作家师琼瑜《假面娃娃》(*Masked Dolls*)，译者 Wang Xinlin 和陶丽萍。阿来《空山（1）》(*Hollow Mountain Part One*)；茨仁唯色《西藏火凤凰》(*Tibet on Fire*)，译者 Kevin Carrico；韩东《花花传奇》(*A Tabby-Cat's Tale*)，译者韩斌；

---

❶ 此次为 Kindle edition，2006 年出版的平装本。
❷ 此次为 Kindle edition，2003 年出版平装本。
❸ 此次为 Kindle edition，2006 年出版平装本。

徐小斌《水晶婚》(Crystal Wedding)，译者韩斌；阎连科《四书》(The Four Books)，译者罗鹏。

2017 年

中国香港作家陈浩基《13.67》(The Borrowed)❶，译者是旅居纽约的新加坡籍作家程异。

中国台湾作家何致和《花街树屋》(The Tree Fort on Carnation Lane)，译者石岱仑；林满秋儿童文学作品《腹语师的女儿》(The Ventriloquist's Daughter)，译者汪海岚。

迟子建《金山》(Gold Mountain Blues)，译者韩斌；贾平凹《土门》(The Earthen Gate)，译者胡宗锋、罗宾·吉尔班克和贺龙平；王宏甲《宋慈大传》(第1卷)(Final Witness Volume 1: The Story of Song Ci China's First Crime Scene Investigator)，译者蒲华杰；阎连科《炸裂志》(The Explosion Chronicles)，译者罗鹏；叶广芩短篇小说选《山地故事》(Mountain Stories)。

2018 年

几米儿童绘本《时光电影院》(The Rainbow of Time)，译者凌静怡等；孟亚楠儿童绘本《中秋节快乐》(Happy Mid-Autumn Festival)，译者 Jasmine Alexander。

中国台湾作家师琼瑜短篇小说集《秋天的婚礼》(Wedding in Autumn and Other Stories)，译者石岱仑。

金庸《射雕英雄传》之第1卷《英雄诞生》(A Hero Born: Legends of the Condor Heroes 1)❷，译者郝玉青；马平来《满树榆钱儿（第1部）》(The Elm Tree Seeds of

---

❶ 2016 年出版精装本，此次为平装本。
❷ 英国 MacLehose Press 出版，这是金庸小说首次由英国出版社出版。据郝玉青透露，MacLehose Press 已经买下金庸"射雕三部曲"（即《射雕英雄传》《神雕侠侣》《倚天屠龙记》）的英译本版权，计划将这3部作品分成12册出版，每年发行1册。据悉美国 St. Martin's Press 已高价购得英译本版权，于 2019 年正式推出美国版。另有西班牙、德国、芬兰、巴西、葡萄牙、匈牙利等7个国家也相继买下了版权，未来将出现更多语种版本的《射雕英雄传》。

Change Volume One）❶，译者蒲华杰；饶平如《我俩的故事》（Our Story：A Memoir of Love and Life in China），译者韩斌；王宏甲《宋慈大传（第 2 卷）》（Final Witness Volume 2：The Story of Song Ci China's First Crime Scene Investigator），译者蒲华杰；徐小斌《蜂后》（Queen Bee and Other Stories），译者 John Howard-Gibbon、Natascha Bruce、韩斌和 Alvin Leung；颜歌《我们家》（The Chilli Bean Paste Clan），译者韩斌；阎连科《年月日》（The Years，Months，Days）《日熄》（The Day the Sun Died）和《炸裂志》（The Explosion Chronicle），译者均为罗鹏；杨争光中短篇小说选《老旦是一棵树》（How Old Dan Became a Tree）❷，译者胡宗锋、罗宾·吉尔班克、苏蕊和张敏；杨志军《藏獒》（Mastiffs of the Plateau）；张雅文《与魔鬼博弈》（Playing Chess with the Devil）；周尔鎏《我的七爸周恩来》（My Uncle Zhou Enlai）；周浩晖《死亡通知单》（Death Notice）第 1 部《暗黑者》，美国译者何季轩翻译；宗璞 4 卷本长篇小说《野葫芦引》（Wild Gourd Overture）第 1 卷《南渡记》（Departure for the South）。

2019 年

曹文轩《青铜葵花》（Bronze and Sunflower），英国 Walker Books 的子公司 Candlewick Press（MA）再版，译者 Helen Wang。2015 年初版，由 Walker Books 出版。

贾平凹《极花》（Broken Wings），译者韩斌；金庸《射雕英雄传》之第 2 卷《被取消的誓约》（A Bond Undone：Legends of the Condor Heroes 2）；李国文《冬天里的春天（第 1 卷）》（Spring in Winter I）；麦家《风声》（The Message），译者米欧敏；史铁生长篇小说《我的丁一之旅》（My Travels in Ding Yi），译者 Alex Woodend；王雨长篇小说《填四川》，译者惠·库珀和丹尼斯·库珀。

---

❶ 英国 ACA Publishing Limited 出版《满树榆钱儿（第 1 部）》《宋慈大传（第 2 卷）》《藏獒》《与魔鬼博弈》《我的七爸周恩来》《南渡记》《冬天里的春天（第 1 卷）》《我的丁一之旅》《极花》。
❷ 收录中短篇小说《蓝鱼儿》《老旦是一棵树》《高潮》《公羊串门》《从沙坪镇到顶天峁》《干沟》《驴队来到奉先畤》等 11 篇。

2020 年

金庸《射雕英雄传》之第 3 卷 *A Snake Lies Waiting: Legends of the Condor Heroes 3*[①]，译者郝玉青。

第三节　结　　语

英国是一个务实的国家，尚真求实，重商业规则和契约精神，把追求财富和自由视为天赋人权，因此"一带一路"所展现出的强大的经济实力和发展前景，使英国认识到其中所蕴藏的对英国的利好机遇，所以积极支持也在情理之中，中英之间建立利益共同体与其他西方国家相比也就少了一些意识形态的障碍，经贸合作和人文交流也就有了更顺畅的渠道和机制。

但中英两国关系依然不时会出现一些不和谐音，经贸和人文交流之外，在一些重大国际问题、中国内政问题等方面，英国仍与中国存在着较大的分歧。要消除这些领域的分歧，人文交流的沟通功能就很必要，也是必需。"一带一路"倡导民心相通，实际上就是着眼长远推动经贸等领域的合作，因为只有相互尊重、相互了解和理解，才能逐渐相知，而只有相知，才能相互信任，相互平等，美美与共，合作共享。

"一带一路"倡议实施以来，中英文化交流活动数量和质量逐年提升，"汉语热"高温不下，双方互派留学人员规模不断增加，"艺述中国"和"欢乐春节"中英两地相互辉映；"志奋领青年领导人培训项目"与"青年领导者圆桌会议""中英媒体论坛"不断搭建中英人才交往新平台，两国人文交流实绩创历史新高。中国当

[①] MacLehose Press 将于 2020 年出版《射雕英雄传》第 3 卷，此前已分别出版了第 1 卷和第 2 卷。

代文学作为英国了解中国历史和现实的人文媒介，在其中发挥了积极作用，一批批优秀的中国当代文学作品，借助中英人文交流的大好形势，在英国落地、发芽，成为中英文化互通的桥梁。

但与中英未来的全面合作目标相比，中国当代文学在英国的译介从数量到质量都还存在着很大的差距。中国当代文学走进英国目前还主要是靠官方主导，官方机构既是运动员，也是裁判员，还是啦啦队，民众参与面窄，投入和产出不相称，预期效果往往不能充分达成。

目前，中英文化交流与中英经贸交流之间存在不平衡。"一带一路"中英经贸交流的中方主导色彩明显，文化交流则仍以英方主导。目前中国在英国的留学人数已达 10 多万，而且未来还将继续加大公派留英人数，而英国在中国的留学生只有 5 000 余人。目前英国的汉语教学主要以孔子学院为主，而中国的英语学习却是民众自觉，这也导致了英国民众对中国文化和社会的了解渠道和程度远远低于中国民众对英国的了解，这既表明当前中国当代文学在英国的翻译介绍和传播远远不够，也提醒我们必须更有针对性地推介中国当代文学，而且要从主导推动逐步过渡到英国民众主动接受中国当代文学，实现政府主导与民间自动之间的良性互动，这也是中国当代文学能否真正走到英国文化"内心"的前提和关键。

大第十五章　中国当代文学在法国

第一节　法国与"一带一路"

在欧洲甚至国际舞台上,法国有着举足轻重的地位。法兰西民族悠久的历史赋予法国文化深厚的底蕴和非凡的魅力。14世纪,文艺复兴运动在意大利兴起,16世纪传入法国,《巨人传》标志着法国拉伯雷精神的崛起,并引导法国粉碎了封建制度,建立起资产阶级统治。后来的启蒙运动、浪漫主义运动、法国大革命、巴黎公社……法国文化逐渐打上了不甘妥协和坚持理想的激进思想烙印。在18世纪和19世纪,法国文学和艺术群星绽放,并从法国走向世界,在世界舞台上大放异彩,从大仲马的《三个火枪手》到雨果的《悲惨世界》,无数法国优秀文学作品向世人诉说着法国文化的独特浪漫。

走进世界的法国也看到了世界,中国文化也借以走进了法国,并让法国充满了惊喜。在17世纪,法国传教士就开始将中国的文学、哲学、工艺等介绍到法国,在法国形成欧洲最早的"中国热"。1753—1755年,伏尔泰从《赵氏孤儿》获得灵感,将之改编成悲剧作品《中国孤儿》,1755年8月20日开始在巴黎各家剧院上演,引起轰动。虽然故事本身法国化了,但其精神内核却没变,即博爱、宽容、正义和仁厚,而这恰是中国传统文化与启蒙理想不谋而合之处。中法两国分别是东西方世界具有深厚人文底蕴的国度,两国之间的人文交流积淀厚重,新芽频绽。

18世纪中期,"中学西渐"与"西学东传"成为中法文化双向碰撞、交融的重要节点。法国耶稣会士大量翻译中国经典作品,其中包含《诗经》《中国通史》《中国音乐古今记》等中国文学、历史、艺术、地理、风土人情等文化作品。同时,西方近代科学逐渐被引入中国。凡尔赛宫中随处可见的喷泉借鉴了法国传教士蒋友仁(P. Benoist Michel)和王致诚(Jean Denis Attiret)引进的北京圆明园喷水建筑群制式。

"可怜一卷《茶花女》,断尽支那荡子肠",中国最早翻译的外国小说就是小仲马的《巴黎茶花女遗事》,时在1898年,由林纾与王寿昌合译,素隐书屋出版。

1900年，女翻译家薛绍徽翻译了凡尔纳的《八十日球游记》，使法国文学的中国之旅有了延续。法国浪漫主义、现实主义、自然主义、超现实主义、存在主义、新小说、荒诞派戏剧等，在中国文坛逐一登台亮相，并有了中国传人。卢梭的"自由与平等""社会契约论"，巴尔扎克的《高老头》，雨果的《悲惨世界》等至今仍在影响着中国。

20世纪60年代，中法建交，中法文化稳定交流，从蓬皮杜到希拉克，中法关系进入"蜜月期"。在西方国家中，法国是第一个与中国开展青年交流的大国，第一个与中国互办文化年、互设文化中心。"中法文化交流之春"已成常态。所以，虽然在萨科齐和奥朗德时代两国关系变冷，但中法友谊基础仍在，并最终促使马克龙2018年1月访华，中法关系围绕"一带一路"再度升温，中法关系迎来新契机。

"一带一路"倡议提出之初，法国从政府到民间都反应冷淡，"中国威胁论"又有新目标。2015年6月8日，法国《费加罗报》发表题为《中国正在征服新的丝绸之路》的评论文章，认为"一带一路"发展将使中国与东南亚国家外交关系紧张。2016年3月15日，法国《回声报》发表题为《欧洲任凭中国摆布？》的评论文章，认为"一带一路"表面是发展欧亚经济，实质是为了发展中国自身的霸权主义，中国正在潜移默化地向欧盟国家渗透自己的价值观，企图最终改变世界政治经济秩序，欧盟最终会沦为中国霸权主义的附庸。

2017年，博鳌亚洲论坛巴黎会议聚焦"一带一路"亚欧战略对接主题，马克龙肯定了"一带一路"对法国和世界的价值，此后多次表示法国将积极响应并参与"一带一路"，共同深化两国关系，促进欧亚大陆和非洲繁荣发展。法国对"一带一路"态度的转变，促使了中法两国文化交流的活跃和聚焦，双方本着促进文明融合和人民友谊的良好意愿和共识，围绕"一带一路"开展了各种积极活动，如"一带一路"中法经贸文化论坛、"文化中国·'一带一路'中法建交54周年"中法文化艺术节、"一带一路"中法国际画展等，受到法国社会普遍好评。

法国积极参与"一带一路"建设是出于自身经济发展的需要，认识到这一点，法国政府和民间开始对"一带一路"表现出兴趣和支持的态度,两国文化交流又获新平台,也促使法国人更加渴望了解当代中国,中国当代文学走进法国也就具有了前所未有的舆情环境。目前,除了中国出版社主动出版法语版中国当代作家作品外,法国出版社也主动作为,以各种途径获得版权并在法国出版中国最新作品,中国当代文学与拉丁美洲文学、日本文学和北美文学在法国平分秋色,且有后来居上之势。莫言、余华、苏童都在法国有了固定的粉丝,一批批中国当代作家走进法国图书沙龙、读书会、朗诵会,很多作品有了多个版本。法国凤凰书店和 Editions You Feng Libraire & Éditeur 书店 2014 年被中国国际图书贸易总公司收购,专门出售中国书籍,并组织开展了丰富的文学活动,另外还搭台让中国作家与法国译者、作家和读者相遇和交流。中国当代文学还在法国大学课堂上有了一席之地,巴黎东方语言学院与巴黎七大、艾克斯东方语言系均设有中国当代文学课程。

虽然中国当代文学在法国的影响力仍有限,但既然中国风已经吹起,塞纳河就会泛起涟漪,中法文化,必将再激心灵之浪花。

第二节 "一带一路"背景下法国的中国当代文学译介

一、中国当代诗歌

2014 年

王寅以上海为主题的摄影诗集《无声的城市》(*Ville de silence*);诗集《因为》(*Parce que*),法国汉学家、翻译家、女诗人尚德兰译。于坚诗集《被暗示的玫瑰》(*Rose évoquée*),译者尚德兰。翟永明诗集《最委婉的词》(*Euphémisme*),译者尚德兰。

2015 年

中国台湾诗人零雨诗集《种在夏天的一棵树》(*A Tree Planted in Summer*)，法国 Vif Éditions 出版社出版，译者法美华裔女诗人菲奥娜·施·罗琳；中国台湾诗人刘克襄 *Recueil de poèmes en prose*，法国 Ficep 出版，译者 Catherine Charmant 等。

多多诗集《追问》(*Questionnement*)❶，欧阳江河诗集《谁去谁留》(*Qui part qui reste*)，王寅诗集《说多了都是威胁》(*Un mot de trop est menace*)，译者均为尚德兰；于坚诗集《小镇》(*Petit Bourg*)，译者 Claude Mouchard 等。

在中国新诗诞生百年之际，法国 Groupe Gallimard 出版社的"七星文库"("Bibliothèque de la Pléiade")丛书推出了法语版《中国诗选》(*Anthologie de la poésie chinoise*)❷，法国汉学家雷米·马修主编，译者尚德兰、Stéphane Feuillas、Florence Hu-Sterk、Rainier Lanselle、Sandrine Marchand、François Martin、雷米·马修和 Martine Vallette-Hémery。

2016 年

柏桦诗集《在清朝》(*Sous les Qing*)，韩东诗集《黝黑的太阳》(*Soleil noir*)，西川诗集《巨兽》(*Le monstre*)，宇向诗集《其它的事情》(*D'autres choses*)，张枣《鹤之眼》(*L'oeil de la grue*)，译者均为尚德兰。

2017 年

娜夜诗集《睡前书》(*Poèmes avant la nuit*)，译者 Rébecca Peyrelon。

---

❶ 法国 Caractères 出版社出版诗集《追问》等，其中《被暗示的玫瑰》《最委婉的词》《追问》《谁去谁留》《说多了都是威胁》《在清朝》《黝黑的太阳》《巨兽》《其它的事情》《鹤之眼》等属于该出版社"Collection: Planètes"系列。

❷ 诗选分 8 个单元，1 600 页，选取古代（周朝、两汉），六朝和隋朝（汉末到隋末，196—618），唐朝（618—907），五代（907—960）和宋朝（960—1279），元朝（1279—1368），明朝（1368—1644），清朝（1644—1911）及现、当代 400 多位诗人的 1 850 多首诗词。其中（唐）李白 54 首，（唐）杜甫 63 首，（唐）王维 32 首，（唐）白居易，（宋金）元好问，（明）高启，及鲁迅、郭沫若、毛泽东、闻一多、李金发、戴望舒、冯至、艾青、卞之琳、穆旦、郑敏、林亨泰、商禽、哑弦、夏宇、芒克、多多、于坚、翟永明、杨炼、顾城和海子等现当代诗人的诗作。

2018 年

赵丽宏诗集《疼痛》(*Douleurs*)❶，译者 Fanny Fontalne 等。

二、中国当代小说

2014 年

中国台湾作家吴明益《复眼人》(*L'homme aux yeux à facettes*)，法国 Stock 出版社出版，译者关首奇。

毕飞宇《青衣》(*L'Opéra de la lune*) 和《平原》(*La Plaine*)❷，译者均为克洛德·巴彦。

法国 Éditions Gallimard 出版社为庆祝中法建交 50 周年（1964—2014）出版法语版作品选《风筝飘带》(*Les rubans du cerf-volant*)❸，主要包括：

① 韩寒：3 部曲《我酷毙了，他帅呆了》(*Je suis trop cool, il est trop classe !*)、《大师们，我等无条件臣服于您》(*Grands maîtres, nous nous soumettons à vous sans conditions*) 和《我该怎么办？》(*Que puis-je faire ?*)，译者 Hervé Denès。

② 盛可以：《弥留之际》(*À l'article de la mort*)，译者杜碧姬。

③ 陆文夫：《二遇周泰》(*Ma seconde rencontre avec Maître Zhou Tai*)，译者安博兰。

④ 雷锋：《日记选》(*Journal de Lei Feng*)，译者法国汉学家傅玉霜。

⑤ 蒋子龙：《找"帽子"》(*À la recherche du "chapeau"*)，译者傅玉霜。

⑥ 王蒙：《风筝飘带》(*Les rubans du cerf-volant*)，译者傅玉霜。

⑦ 宗璞：《泥沼中的头颅》(*Paysage de fange avec tête*)，译者傅玉霜。

---

❶ 《疼痛》成为入选"五洲诗丛"("Poètes des cinq continents")的第一本中国当代诗人作品。法国阿玛通出版社（Editions L'Harmattan）的这套诗歌丛书于 1995 年创立，在欧洲享有盛誉。
❷ 2009 年初版，此次为 Ebook 版。
❸ 该诗选以每 10 年为一个节点，各选取 2 部代表性的优秀作品，共收入 10 位作家作品的节选本，得到法中基金会（Foundation France-Chine）的资助。

⑧ 铁凝：《马路动作》（*Mimodrame : Gestuelle de rue*），译者傅玉霜。

⑨ 刘醒龙：《冒牌城市》（*La guérite : La force des farces en terre chinoise*），译者傅玉霜。

⑩ 于坚：《O 档案》（*Dossier o*），译者 Sebastian Veg 等。

黄蓓佳《亲亲我的妈妈》（*Comment j'ai apprivoisé ma mère*）❶，译者 Gilles Moraton 等；金庸《神雕侠侣 3、4》（*Le Justicier et l'Aigle mythique, Tome 3&4*），译者 Nicole Tagnon 和谢卫东；莫言《红高粱家族》（*Le clan du sorgho rouge*），译者林雅翎和帕斯卡尔·魏古诺；《丰乳肥臀》（*Beaux Seins, Belles Fesses*），译者杜特莱夫妇；吴有恒、刘瑜、周波等中法双语插画版《革命史诗》（*Les martyrs des monts No-Waang : Une épopée révolutionnaire*），译者 Alexis Brossollet；阎连科《年月日》❷（*Les jours, les mois, les années*），译者金卉；余华《第七天》（*Le Septième Jour*），译者安必诺和何碧玉；张炜《古船》（*Le vieux bâteau*），译者 Annie Bergeret Curien 和徐爽；张寅德《莫言，虚构之地》（*Mo Yan, le lieu de la fiction*）❸；章诒和《杨氏女》（*Madame Yang*），译者 François Sastourné。

2015 年

中国台湾作家朱天文《悲情城市》（*La Cité des douleurs*），译者关首奇。

曹寇《挖下去就是美国》（*Continue à creuser, au bout c'est l'Amérique*），译者杜碧姬等。杜连义《昆仑瑶池》（*Sur la Route du Coeur Vers les Monts Kunlun*）❹。范稳《水乳大地》（*Une terre de lait et de miel*），口袋书，译者斯特凡·勒维克。格非《隐身衣》（*Ondes de Chine*），译者 François Sastourné。韩寒《他的国》（*Son Royaume*），译者斯特凡·勒维克。金仁顺《松树镇》（*Le village des Pins*），译者 Morgane

---

❶ 2008 年初版、2014 年再版。
❷ 2009 年初版，2014 年再版。
❸ 张寅德教授是巴黎第三大学/新索邦大学（Université Sorbonne Nouvelle-Paris 3）比较研究中心中国研究主任，同时在上海和中国香港任教，主要研究中国当代文学和中西文学关系。
❹ 该书获得"中国图书对外推广计划"的资助。

Gonseth。劳马《一切都将改变》(*Tout ça va changer*)，译者 Lucie Modde。刘大任中法双语版《散形》(*Coque fêlée*)，译者玛蒂娜·瓦莱特-埃梅里。刘庆邦《信》(*La Lettre*)，译者 Coraline Jortay。刘震云《我不是潘金莲》(*Je ne suis pas une garce*)，译者金卉。《塔铺》(*Les épreuves*)，译者 Grégoire Läubli 和 Zhong Zhengfeng。刘知侠等《梁宗岱在巴黎》(*Liang Zongdai à Paris*)；麦家《解密》(*L'enfer des codes*)，译者克洛德·巴彦。莫言《幽默与趣味 金发婴儿》(*Professeur singe suivi de Le Bébé aux cheveux d'or*)，译者 François Sastourné 和尚德兰；《超越故乡》(*Dépasser le pays natal*)，译者尚德兰；《欢乐》(*La joie*)，译者法国汉学家罗玛丽。慕容雪村《中国，少了一味药》(*Il manque un remède à la Chine*)，译者 Hervé Denès 等。苏童《自行车之歌》(*à bicyclette*)❶，译者 Anne-Laure Fournier。阎连科《炸裂志》(*Les chroniques de Zhalie*)和《四书》(*Les Quatre livres*)❷，译者均为林雅翎。周云蓬《晚上的流浪者》(*Vagabond de nuit*)，译者 Brigitte Guilbaud。

法国电子刊物《远东印象》(*Impressions d'Extrême-Orient*)创立于 2010 年，2015 年的主题为《亚洲文学中的吃与喝》(*Boire et manger dans les littératures d'Asie*)❸，刊登的当代文学作品主要有：陆文夫《茶缘》(*Affinité*)，译者丽兹·普事隆；刘再复《"吃"向大自然》(*Le «manger» et la grande nature*)，译者诺埃尔·杜特莱；冯骥才《吃鲫鱼说》(*Propos sur la dégustation du carassin*)，译者杜丽丽；刘心武《炸酱面里的乡情》(*La nostalgie des nouilles à la pékinoise*)，译者罗兰；中国台湾作家朱天衣《中国人无法向脾胃妥协》(*Impossible pour les Chinois de transiger avec leur estomac*)，译者黄春丽等；章诒和《邹氏女》(*Madame Zou*)，译者 François Sastourné。

---

❶ 2011 年初版，2015 年再版。
❷ 2012 年初版，2015 年再版。
❸ 现代作家作品包括：张爱玲《谈吃与画饼充饥》(*Avec le dessin d'une galette*)，译者贺雯；梁实秋散文《酸梅汤》(*Jus de prune aigre*)，译者唐国。

2016 年

中国香港作家陈浩基《13.67》(*Hong Kong Noir*)，译者 Alexis Brossollet。

毕飞宇《苏北少年"堂吉诃德"》(*Don Quichotte Sur Le Yangtsé*)，译者柯梅燕；陈染《私人生活》(*Vie Privée*)，译者 Peyrelon Rébecca；迟子建中篇小说《额尔古纳河右岸》(*Le dernier quartier de lune*)，平装本，系口袋书（Picquier Poche）系列丛书，译者伊冯娜·安德烈和斯特凡·勒维克。《世界上所有的夜晚》(*Toutes les nuits du monde*)，2013 年初版由斯特凡·勒维克独立翻译完成，2016 年再版由斯特凡·勒维克在伊冯娜·安德烈的帮助下翻译完成；小说选《月光斩和其他中国当代小说》(*Tranchant de lune et autres nouvelles contemporaines de Chine*)，收录邓一光《狼行成双》(*Deux compagnons*)、金仁顺《松树镇》(*Le village des Pins*)、李洱《暗哑的声音》(*Sanglots étouffés*)、刘庆邦《信》(*La Lettre*)、刘震云《塔铺》(*Les épreuves*)、莫言《月光斩》(*Tranchant de lune*) 和王祥夫《上边》(*Là-haut*) 等 7 部作品；金庸《天龙八部 1》(*Tian Long Ba Bu, Tome 1*)，译者谢卫东和尼考勒·塔农；李洱《花腔》(*Le Jeu du plus fin*)❶ 和《暗哑的声音》(*Sanglots étouffés*)，译者分别为林雅翎和 Véronique Riffaud 等；李兰妮《旷野无人》(*Comme dans un désert: dossier psychologique d'une femme souffrant de dépression*)，译者 Tsien Yee YU；莫言《食草家族》(*Le clan des chiqueurs de paille*)，译者尚德兰；苏童《黄雀记》(*Le Dit du Loriot*)，译者 François Sastourné；万玛才旦《雪》(*Neige*)，藏语由 Francoise Robin 翻译，中文由杜碧姬翻译；小白《租界》(*La Concession Française*)，译者 Emmanuelle Péchenart；徐则臣《跑步穿过中关村》(*Pékin pirate*)，译者 Hélène Arthus；叶尔克西·胡尔曼别克《永生羊》(*L'agneau éternel-Récits d'une jeune fille des steppes*)，译者 CHEN You-wa 等；周梅森《中国制造》(*Made in China*)❷，译者 Mathilde Mathe；《马燕日记》(*Le journal de Ma-Yan*)。

---

❶ 2014 年初版，2016 年再版。
❷ 是法国 Groupe Gallimard 出版社"中国蓝"系列丛书。

张寅德和诺埃尔·杜特莱等编著《莫言：2013—2014巴黎艾克斯国际会议论文集》(*Mo Yan: au croisement du local et de l'universel/Actes du colloque international Paris-Aix-en-Provence, 2013—2014*)，收录陈思和、Annie Bergeret Curien、陈迈平、陈晓明、尚德兰、程光炜、杜方绥、杜特莱、Philippe Forest、林雅翎、Xiaomin Giafferri-Huang、陈安娜、侯迎华、金丝燕、Sandrine Marchand、马苏菲·裴尼柯、何碧玉、Victor Vuilleumier、王德威、徐爽、张清华、张寅德、Nicolas Zufferey 等中外专家学者的文章。

2017 年

中国台湾作家高翊峰《泡沫战争》(*La Guerre des bulles*)，译者关首奇。

阿乙《下面，我该干些什么》(*Le jeu dau chat et de la souris*)，译者 Mélie Chen。迟子建《树下》(*Sous les arbres*)，译者 Véronique Meunier。贾平凹《古炉》(*L'art perdu des fours anciens*)，译者 Li Bourrit 和安博兰。金庸漫画版《射雕英雄传 1》(*La légende du héros chasseur d'aigles: Livre 1*)，译者 Soline Le Saux 和 Mathilde Colo，李志清插图；漫画版《射雕英雄传 2—3》(*La légende du héros chasseur d'aigles: Livre 2、3*)，译者 Mathilde Colo，李志清插图；《天龙八部 2》(*Tian Long Ba Bu, Tome 2*)，译者谢卫东和 Nicole Tagnon；《侠客行（2 卷本）》(*La Ballade des Paladins, 2 Tomes*)，译者 Denizet Philippe。李娟《阿勒泰的角落》(*Sous le ciel de l'Altai*)，译者斯特凡·勒维克。梁鸿《中国的梁庄》(*Si la Chine était un village*)，译者 Batto Patricia。刘震云《手机》(*Le téléphone portable*)，译者 Hervé Denès 等。莫言《战友重逢》(*Les retrouvailles des compagnons d'armes*)，译者杜特莱。饶平如《我俩的故事》(*Notre Histoire: Pingru et Meitang*)，译者杜方绥。王安忆《桃之夭夭》(*La Coquette de Shanghai*) 和《月色撩人》(*Le Plus clair de la lune*)[1]，译者分别为金卉和伊冯娜·安德烈。徐则臣《假证制造者》(*Le Faussaire suivi de la*

---

[1] 2013 年初版，2017 年再版。

Muette），译者 Hervé Denès 等。颜歌《我们家》(Une famille explosive)，译者 Alexis Brossolet。阎连科《想念父亲》(Songeant à mon père)❶，译者金卉；《耙耧天歌》(Un chant céleste)，译者林雅翎；《发现小说》(À La Découverte Des Romans)，译者林雅翎。叶梅《歌棒》(Le baton de chant)。

法国文学翻译网站《远东印象》(Impressions d'Extrême-Orient) 于 2018 年 12 月 29 日刊登大解《寓言诗人》(le poète fabuliste) 和朱岳《中国的〈博尔赫斯〉》(le Borges chinois)，译者 Solange Cruveillé。

2018 年

法国 Magellan & Cie 出版社出版的《台湾短篇小说选集》(Nouvelles de Taïwan)❷，收入中国台湾作家作品包括：

① 甘耀明的《面线婆的电影院》(Le cinéma de Grand-Mère Nouilles)，译者 Coraline Jortay。

② 柯裕棻的《冰箱》(Le frigo)，译者 Matthieu Kolatte。

③ 蔡素芬的《渔夫》(Le pêcheur)，译者 Lucie Modde。

④ 黄丽群的《试菜》(Les dégustations)，译者 Coraline Jortay。

⑤ 童伟格的《放鸽子》(Lâcher de pigeons)，译者 Coraline Jortay。

⑥ 高翊峰的《蚊子海》(Moustique et Mer)，译者关首奇。

贾平凹《带灯》(Portée-la-lumière)，译者安博兰。金庸《天龙八部 3》(Tian Long Ba Bu, Tome 3)，译者谢卫东；漫画版《射雕英雄传 4—7》(La légende du héros chasseur d'aigles: Livre 4、5、6、7)，译者 Mathilde Colo，李志清插图。林白《一个人的战争》(Guerre solitaire)，译者 Peyrelon Rébecca。莫言《白狗秋千架》(Chien blanc et balançoire)，译者尚德兰。盛可以《福地》(Un paradis)，译

---

❶ 2010 年初版，2017 年再版。
❷ 系该出版社旗下"世界缩影"（"Miniatures"）系列丛书，主要收集世界各国和地区的短篇小说，每册以一国或地区为主题，目前已出版 39 册，丛书主编为法国资深作家经纪人阿斯提耶（Pierre Astier）。

者杜碧姬等。吴凡《漂亮的连衣裙》(*Une si jolie robe*)❶,译者 Prune Cornet。徐则臣《跑步穿过中关村》(*Pékin pirate*),译者 Hélène Arthus;《耶路撒冷》(*La Grande Harmonie*),译者 Hervé Denès 等。颜歌《我们家》(*Une famille explosive*),译者 Alexis Brossollet。阎连科《为人民服务》(*Servir le peuple*)❷,译者克洛德·巴彦;法语绘本《为人民服务》(*Servir le peuple*),漫画师 Alex W. Inker 绘画;《日光流年》(*La Fuite du temps*)❸,译者金卉。余华小说选《一个地主的死》(*Mort d'un propriétaire foncier : Et autres courts romans*)❹和《第七天》(*Le Septième Jour*),译者均为安必诺和何碧玉。张欣《不在梅边在柳边》(*Sous les pruniers, ou sous les saules*),译者 Peyrelon Rébecca。申赋渔《匠人》(*Le Village en Cendres*),旅法华人作家郑鹿年、法国作家卡特琳·沙尔芒、邓欣南和 Félix Torres 共同翻译。

第三节 结　语

中国当代文学在法国的翻译传播在欧洲国家中首屈一指,这与中法文化交流一直正常化有关,也与法国历史文化底蕴深厚有关。法国人爱阅读,爱购书,出版业繁荣,外国文学在法国图书市场占比大,读者接受度高。中国当代文学虽然进入法国图书市场的时间比欧美、日本等国较晚,但随着中国国际影响力的提升,汉语和中华文化在法国的影响,特别是中国当代文学近年来在国际上频频获奖,表现不俗,引起了法国读者的关注。

但与法国图书市场上欧美和日本图书的销量相比,中国当代文学仍属于小众读

---

❶ 法国 Phillippe Picquier 出版社于 2008 年初版,2011 年和 2018 年分别再版。
❷ 2006 年初版,2009 年和 2018 年分别再版。
❸ 2014 年初版,2018 年再版。
❹ 收录余华创作初期的 5 篇小说。

物。缺乏优秀的翻译家目前仍制约着中国当代文学作品走进法国的数量和质量，莫言现在在法国知名度高，与翻译家、出版机构的大力推介密切相关。但法国迄今仍缺少翻译中国当代文学的职业翻译家，翻译主体仍以法国汉学家、大中学校汉语老师为主，其中又以女性译者为多，这对进入法国的中国当代文学作品的类别和主题都有影响。

事实证明，获奖作家会更容易得到翻译界、出版界和读者的关注。自20世纪90年代以来，每一次中国作家在法国或世界上的获奖都会带动一次该作家和中国当代文学的引介高潮，毕飞宇、徐星、贾平凹、余华，尤其是莫言获得诺贝尔文学奖，都是如此。另外，被改编成电影的文学作品也相对容易占领图书市场，莫言、苏童、余华、毕飞宇、王安忆、严歌苓的小说海外影响大，与其小说被拍成电影并获国际大奖相关。由电影而读原作，也是自然的选择。

法国文化的包容性使中国当代文学在法国的译介整体呈开放之势，但因为主客观原因，目前中国当代文学在法国的译介喜中有忧，法国书店内和公共图书馆、大学图书馆内，法语版中国当代文学作品都寥寥无几，与欧美文学无法相提并论。至于中国当代文学是否对法国文学产生了影响，虽无具体数据分析和案例证明，但应该也不乐观。可喜的是，这一窘境正在改观，中国当代文学正努力从法国社会和文化的"边缘"趋于成为法国多元文学生态中的一元，假以时日，随着越来越多的法国读者了解和研究中国当代文学，中国当代文学成为法国文学体系内的一部分也不是不可能，就像法国文学在中国文学体系中的影响一样。

文化是一个民族的根基和命脉，中国优秀传统文化应该得到传承和弘扬。"一带一路"倡议实施以来，中国文化在走出去的道路上越来越自信和闪耀。作为具有悠久历史和深厚文化沉淀的两个国家，中国与法国，对彼此历史、艺术和文化的兴趣愈加浓厚。随着"一带一路"建设推进，中法文化关系将继续深入和持续发展，两国的文化交流也将迎来新的突破。

第十六章　中国当代文学在西班牙

第一节　西班牙与"一带一路"

在世界人印象中,西班牙文化往往代表着激情、浪漫、斗牛、足球、弗拉明戈舞、文学、绘画、音乐,无不充满着想象力与创造力。

西班牙文化是由印欧文化和阿拉伯文化在伊比利亚半岛上融合演化形成的,经历了漫长而又复杂的过程。在原始时期,伊比利亚人就创造了辉煌的文化,之后腓尼基人、凯尔特人等不同民族开始向伊比利亚半岛大规模移民。从公元前8世纪起,伊比利亚半岛又先后遭外族入侵,经历了被罗马人、西哥特人和摩尔人(阿拉伯人)统治的漫长岁月。西班牙人为反对外族侵略进行了长期斗争,直到1492年,西班牙才正式完成统一。不同民族的文化融合,形成了多姿多彩的西班牙文化。西班牙文化属于典型的海洋文明,得天独厚的地理位置让西班牙成为联结欧亚大陆文明与非洲大陆文明的天然纽带,而海洋文明扩张、开放、包容的特性又使他们在大航海时代开始走向世界,并且不断探索、拓殖,形成一种外向型文化。

西班牙哲学家奥尔特加·加塞特(José Ortega y Gasset)曾说:"西班牙人是西方世界里的中国人。"中西两国彼此景仰,往来已久,文化上也有许多共同之处。早在公元1—5世纪,古丝绸之路便延伸至西班牙,开创了丝绸之路历史上的长安—塔拉戈纳轴心时代。而在6—15世纪,海上丝绸之路联结起中国与西班牙穆斯林世界,使中西文化实现了双向交流。从16世纪开始,伴随着大航海时代的来临,中国与西班牙共同引领了人类的第一次全球化。"马尼拉大帆船贸易"将西班牙与中国的贸易置于全球贸易环之中,将中国的丝绸、瓷器、茶等产品输入西属美洲及西班牙本土,促进了中国与拉美之间的经济交流,并将中国文化传播至拉美乃至整个西方,在西属美洲殖民地的上层社会掀起了"中国热",不少中国人也随着西班牙商船来到西属美洲定居。"马尼拉大帆船贸易"的源头在中国,也是海上丝绸之路的延续,亦被称为"太平洋丝绸之路"。既是贸易畅通与资金融通之路,也是文化相通与民心相通之路。

16世纪起，西班牙传教士来到中国，一方面向中国介绍基督教文化、西方科学知识，另一方面将中国经典翻译介绍到西班牙。1585年，西班牙传教士门多萨（Mendoza）在《大中华帝国志》里将中国描绘成一个物产富饶、安居乐业、知书达理、品德高尚、艺术和科学繁盛的国度。19世纪之后，中西两国都不同程度走向衰弱，但经济文化交流始终在延续，两国友谊始终在维系。

1973年，中西两国建立外交关系。2005年，两国确立了全面战略伙伴关系，中西关系逐步在恢复传统友谊的基础上同步跨入新时代。"一带一路"倡议一经提出，即在西班牙引起热烈共鸣。西班牙已是亚投行的创始成员之一，西班牙企业对"一带一路"建设充满热望。2014年，自中国义乌起，途经新疆，直抵西班牙马德里的"义新欧"中欧班列开通，"钢铁骆驼"以鸣笛代替驼铃，不变的仍是两国的经贸和人文交流，但更快捷、安全、平稳。2018年上海首届中国国际进口博览会上，西班牙49家企业参展，惊艳亮相。

历史就是这样惊人的巧合。中国与西班牙相知于古丝绸之路，"一带一路"又重新架起了新时代的丝绸之路。围绕着"一带一路"的民心相通工程，两国相互支持，开展了一系列主题活动。西班牙孔子学院、马德里中国文化中心与北京塞万提斯学院遥相呼应，西班牙"汉语年""中国艺术节"与中国"西班牙年"欢乐之声相闻。2016年，马德里皇家歌剧院加入由中国对外文化演出集团发起的"丝绸之路国际剧院联盟"项目；2017年，6名来自中国天津巨龙画院的画家在马德里举行"一带一路"中西文化交流画展，而"巨龙画院'一带一路'欧洲文化之旅《西班牙画展》汇报展"也得以在中国举办；2018年1月，在中国政府文化代表团访问西班牙期间，两国签署《文化、青年和体育合作执行计划》；而在2018年的马德里诗歌节上，中外文化交流中心与马德里中国文化中心共同主办了"丝路行吟——走进马德里诗歌节"活动。此外，"一带一路"也使得旅游交往更为便捷，作为两个拥有着悠久历史与古老文化的国家，中西城市间文化合作方兴未艾，双方多次共商合作发展，试图以城市文化为品牌，共同打造文化丝路。

2017年5月，西班牙前首相拉霍伊（Mariano Rajoy）来华出席了"一带一路"

国际合作高峰论坛。2018年11月，习近平总书记访问西班牙。两国深化发展战略对接，谋求进一步合作，以"一带一路"为桥梁，促进亚欧互联互通，推动世界和平发展、科学发展、平等发展。两国元首一致认为："一带一路"为中西文化交流创造了新机遇，双方应当继续深化在文化领域的合作，以文化促经济，携手推进"一带一路"建设。这既符合两国利益，也利于世界和平、稳定、繁荣。

第二节 "一带一路"背景下西班牙语世界的中国当代文学译介

一、中国当代诗歌

2014年，吉狄马加诗集《火焰与词语》(*Palabras de Fuego*)，译者弗朗索瓦丝·罗伊；骆英诗集《拒绝忧郁 小兔子及其他》(*Memorias de la Revolución Cultural | Conejitos*)，译者 Arturo Fuentes。

2016年，吉狄马加加里西亚语版诗集《黑色狂想曲》(*Rapsodia en Negro*)❶，译者阿尔贝托·彭博；中国当代诗歌选集《当代诗人》(*Como el viento de la tormenta que nos envuelve*: *Antología de poesía china contemporánea desde 1949*)，Blas Piñero Martínez 编译。

2017年，《精神的国度：中国当代诗歌100首》(*Un país mental–Cien poemas chinos contemporáneos*)❷，阿根廷著名诗人、翻译家、汉学家明雷翻译。

2018年，杨克诗集《地球，苹果的两半》(*Dos Mitades De La Manzana Del*

---

❶ 诗集由西班牙 Galaxia Gutenberg, S.L. Editorial 出版，因此收录在此章。
❷ 西班牙巴塞罗那 Kriller71 出版社出版。此前已于2011年在阿根廷 Ediciones Gog y Magog 出版社出版，2013年在智利圣地亚哥 LOM 出版社出版。

Mundo），西班牙著名诗人译者、首届西班牙国家诗歌奖获得者左迪·多协和黄艺合作翻译。

二、中国当代小说

2014 年

麦家《解密》(*El don*)，译者孔德；西班牙语国际版《解密》(*El don*)❶，译者孔德；加泰罗尼亚语版《解密》(*El do*)❷，译者 Núria Parés Sellarés 和 Ernest Riera I Arbussà。莫言《檀香刑》(*El suplicio del aroma de sándalo*)，译者 Blas Piñero Martínez。慕容雪村《成都，今夜请将我遗忘》(*Déjame en paz*)，译者 Cora Tiedra García。余华《许三观卖血记》(*Crónica de un vendedor de sangre*)，译者西班牙汉学家安娜·艾莱纳·苏亚雷斯·吉拉德。

2015 年

莫言《十三步》(*Trece pasos*)，译者 Juan José Ciruela；阎连科《受活》(*Los Besos De Lenin*)，译者 Belén Cuadra Mora。

2016 年

中国台湾作家三毛《撒哈拉的故事》(*Diarios del Sáhara*)，译者董琳娜；加泰罗尼亚语版《撒哈拉的故事》(*Diaris del Sàhara*)❸，译者 Sara Rovira-Esteva 和董琳娜。

周大新《银饰》(*Joyas de plata*)和《向上的台阶》(*Imparable ascenso al poder*)，译者同为 Alexander Paredes González；麦家《暗算》(*En la oscuridad*)❹，译者刘建；莫言《红树林》(*El manglar*)和《红高粱家族》(*El clan del Sorgo Rojo*)，

---

❶ 西班牙语国际版《解密》和《成都，今夜请将我遗忘》均由英语译本译为西班牙语。
❷ 西班牙 Edicions 62 出版社出版。
❸ 西班牙 Rata 出版社出版。
❹ 西班牙 Planeta 集团（行星出版集团）出版，收入该出版社的"Destino"书库。

译者同为 Blas Piñero Martínez；阎连科《四书》(*Los Cuatro Libros*)，译者达西安娜·菲萨克；余华《在细雨中呼喊》(*Gritos en la llovizna*)，译者安娜·艾莱纳·苏亚雷斯·吉拉德。

2017 年

中国台湾作家三毛《加那利的故事》(*Diarios de las Canarias*)，译者董琳娜；加泰罗尼亚语版《加那利的故事》(*Diaris de les Canàries*)❶，译者 Mireia Vargas Urpi。中国香港作家谢晓虹《头》(*La cabeza*)，译者 Juan José Ciruela。

曹文轩儿童文学作品《青铜葵花》(*Bronce y Girasol*)，Ana H. Deza 从英译本转译为西语。

莫言《透明的胡萝卜》(*El rábano transparente*)和《藏宝图》(*El mapa del tesoro escondido*)，译者同为 Blas Piñero Martínez；阎连科《丁庄梦》(*El sueño de la aldea Ding*)❷，译者 Belén Cuadra Mora。

2018 年

中国台湾作家邱妙津《蒙马特遗书》(*Cartas póstumas desde Montmartre*)，译者 Belén Cuadra。

何家弘《亡者归来——中国的误判》(*Regreso de la muerte：Condenas erróneas en China*)。贾平凹《废都》(*Ciudad difunta*)，译者 Blas Piñero Martínez。莫言《食草家族》(*El clan de los herbívoros*)，译者 Blas Piñero Martínez。饶平如《我俩的故事》(*La historia de Pingru y Meitang*)，译者 José Antonio Soriano 从法译本译为西班牙语。苏童《三盏灯》(*Otra vida para las mujeres～Las tres lámparas*)。阎连科《炸裂志》(*Crónica de una explosión*)；巴斯克语版《耙耧天歌》(*Balou mendikateko*

---

❶ 加泰罗尼亚语版《撒哈拉故事》和《加那利的故事》两部诗集均由西班牙 RATA 出版社出版，因此收录在此章。
❷ 西班牙 Automática Editorial 出版，2013 年初版，此次为再版。

balada）❶，译者 Maialen Marin-Lacarta 和 Aiora Jaka Irizar。

2019 年

中国台湾作家三毛《无所不在日记》(*Diarios de ninguna parte*)，译者董琳娜；加泰罗尼亚语《无所不在日记》(*Diaris d'enlloc*)❷，译者 Mireia Vargas-Urpi。

王维克加泰罗尼亚语《来电》(*Química*)❸，译者 Neus Bonilla。

西班牙 Bellaterra 出版社欲出版杨沫《青春之歌》、铁凝《玫瑰门》、阿城《棋王 树王 孩子王》、刘索拉《你别无选择》和王小波《黄金时代》5部中国当代文学作品。目前，正在寻求相关版权合作。

第三节 结 语

2018年11月，习近平总书记在西班牙当地媒体发表了《阔步迈进新时代，携手共创新辉煌》一文，其中引用了中西文明交流的故事："明代，西班牙人庞迪我将西方天文、历法引入中国，高母羡将儒家著作《明心宝鉴》译成西班牙语。塞万提斯在作品中多次提及中国，其不朽名著《堂吉诃德》在中国广为流传。历史表明，尽管相距遥远，但中西文明交相辉映、相互吸引，坚持走交流互鉴、共同发展的道路。"

西班牙语世界覆盖20多个国家，6亿多人口，是中国当代文学走出去的重点区域。"一带一路"倡议实施以来，中国和西班牙语国家精诚合作，成功地将中国

---

❶ 西班牙 Elkarlanean, S.L. 出版。
❷ 西班牙 Rata 出版社出版。
❸ 西班牙 Editorial Empúries 出版社出版。

当代优秀文学作品系统译介到西班牙语世界，让西班牙语中多了汉语的味道，在西班牙语世界里种上了一株又一株中国之树，西班牙文化与中华文化，共同浇灌着这些小树，在和煦的春风里，在酷暑的阳光下，在收获的金秋里，在迥异的冬景中，一秒一秒地成长着，蓓蕾开过，再凝新蕾，旧枝粗硬了，再接新枝。

西班牙语国家译介中国文学起步早，却发展慢，代表性作品少。早在1592年，西班牙语版《明心宝鉴》就已由西班牙传教士高母羡翻译出版，这也是译成西方文字的第一部中文书。但之后西班牙语世界的中国文学翻译就慢下来了，直到1973年3月中国和西班牙正式建交之后，这种情况才逐渐好转，双方文化交流开始正常化，中国文学也慢慢进入西班牙语世界。但真正的译介高潮，出现在中国改革开放之后，尤其是进入21世纪，中国综合国力日益强大之后。正是因为有了实力，中国政府机构的支持力度才能不断加大，如中国新闻出版总署"新闻出版改革发展项目库"就专列"新闻出版'走出去'"专题，重点支持"新闻出版海外传播渠道建设"，"鼓励参与全球新闻出版产品供给，推进中国出版物立体化国际营销渠道建设。支持与跨国销售机构合作，拓展海外互联网营销渠道。支持具有重要影响力的国际版权交易平台建设。扶持对介绍中国发展变化、反映当代中国精神风貌、传播优秀中华文化精品出版物的翻译出版项目。""一带一路"倡议作为中国综合国力的具体体现，为中国当代文学走进西班牙语世界提供了源源不断的支持与助力，推动中国当代文学在西班牙语世界的翻译、传播和研究达到一个前所未有的高峰。

在中国政府支持下，中国出版机构如五洲出版社申请了"中国当代作家及文学作品海外推广（西班牙语地区）"等项目，整合了中国的优秀作品资源和出版资源，向西班牙语世界系统译介出版中国当代优秀作家的文学作品，王蒙、莫言、麦家、刘震云、王安忆、迟子建、周大新、于坚、蔡天新等作家的作品都借此项目出版了西班牙语版，也使墨西哥、古巴、阿根廷等西班牙语国家第一次读到中国当代文学作品。

莫言获诺贝尔文学奖实际上在很多国家都是中国当代文学译介的分水岭，在西班牙语世界也不例外。文学的追星效应，使世界对莫言及其代表的中国当代文学充满了了解的愿望，而汉语与中华文化国际传播营造的新的"中国形象"的影响力、新媒体时代信息传播的高效率和中国国力的综合支持能力，都保证了中国当代文学作品能以前所未有的速度和质量走进世界各地，改变世界对中国的传统认知方式和固有观念。

西班牙语是仅次于英语的第二大国际语言，人口众，影响大，中国当代文学译介潜力也大。中国当代文学可以借助西班牙语世界实现影响力的蝴蝶效应，推动中国当代文学走进更广阔的世界。

西班牙语的世界普及率高，而随着汉语的世界性普及，中西两种语言交汇的机会也越来越多。在英美等欧洲国家，很多学生外语首选西班牙语，法语次之，然后就可能是汉语了。目前，面对西班牙语广大的疆域和对中国文化的日益增加的诉求，我们一方面可以通过所在地的孔子学院、中国文化中心等培养未来能从事中西互译的专业人才；另一方面通过国内的西班牙语专业培养未来中国的翻译人才，同时还可以借力西班牙语的世界性普及，吸引选学西班牙语的其他国家的学生学习汉语和中国文化，组织跨文化交流活动、文学欣赏活动，推动他们成为中国当代文学的海外"宣传队""播种机"，其中一些学生在未来也不但可能成为本国的中国当代文学翻译者，甚至可能成为双语、多语译者，从而壮大中国当代文学的西班牙语译者队伍。这种跨本土中西文学互译人才培养模式，虽然目前时机还不成熟，但假以时日，当世界真正变平，人类命运共同体真正实现之时，也可能成为世界翻译人才培养的基本形式和模式。因为目前，多语翻译就已成为很多翻译家的基本功了。

中国当代文学在西班牙语世界的译介目前极其不平衡，在西班牙、阿根廷、墨西哥、哥伦比亚、秘鲁等国家的译介作品较多，相关文化活动也比较常态化，图书市场相对成熟，翻译家比较成熟，其中一些在中国读过书，有深厚的中国文化底子和翻译经验；但在其他一些地域小、人口较少的西班牙语国家，中国当代文学作品的译介数量就偏少，出版机构不多，与中国作家、翻译家和出版社的合作还未形成流畅的机制，译者缺乏翻译经验，这将是中国主导的相关出版项目关注和支持的重点，只有精准对焦，拾遗补缺，才能保证中国当代文学作品在西班牙语世界的平衡译介、均衡传播、齐头推进。

第十七章　中国当代文学在澳大利亚

第一节　澳大利亚与"一带一路"

澳大利亚幅员广阔，绵长的海岸线以及大片的丛林赋予了澳大利亚民族独特的海滩和丛林文化，以及坚韧、勇敢、反抗的民族精神和文化基因。

澳大利亚是一个典型的移民国家，社会学家喻其为"民族的拼盘"，具有不同文化背景的民族与澳洲土著共同构成了澳大利亚多元并存、兼容并收的社会，其中欧洲文化对澳大利亚文化的形成和发展起到了关键性作用。但总体来看，澳大利亚民族文化多样性特色明显，并且倡导开放包容，鼓励公平竞争，提倡百家争鸣。

澳大利亚1788年建国，1901年建立统一的联邦制国家，迄今只有200多年的历史。澳大利亚对中国和中国文化的最早认知，是从1848年第一批华工抵达澳大利亚开始的。但对中国文化的系统了解，却并不是澳大利亚本土文化的自然需求，而是经由欧洲输入引进的。第一次世界大战后，因为日本的崛起，澳大利亚开始关注远东，贸易的需要导致人才需求。1918年，悉尼大学设立了东方研究系，开设了日语和东方史课程，也开始了对中国的研究。20世纪50年代后期，澳大利亚政府在堪培拉设立了一系列鼓励学习汉语的基金会，将汉语引入澳大利亚大学。1972年12月，中澳两国正式建交，70年代中期，澳大利亚政府开展了澳中文化交流计划、澳大利亚亚洲研究资助计划等，为澳大利亚优秀学生提供到中国进修的机会。20世纪90年代，随着中国改革开放产生的巨大活力和经济发展机遇，澳大利亚对中国经济、历史、社会和文化等越来越重视，各大学纷纷开设中文课程和中国研究项目。2012年10月28日，澳大利亚公布《亚洲世纪中的澳大利亚》白皮书，把亚洲教育作为澳大利亚繁荣途径，其中包括每一个澳大利亚孩子都要学习一门亚洲语言并了解亚洲文化，所有学校都至少与一所亚洲学校建立联系，以支持亚洲语言教学，包括汉语，并制定了全国范围内的汉语教学大纲，将汉语学习纳入国家课程教育体系，并列为高考可选科目之一。目前，在澳大利亚，汉语已经成为仅次于英语的第一大语言,汉语教学在澳大利亚发展迅速。截至 2017 年底,澳大利亚已经建成了 14 所孔子学院、67 个孔子课堂,数量上仅次于美国和英国,排行第三。另外还有百余所中小学开设了中文课堂,40 多所澳大利亚高校开设了中文系或中国文化中心,大力推广汉语学习。

中澳关系发展至今,爬山过坡,历经国际风云变幻的考验,有波折,但总体来说,两国在文化、教育方面交流持续、态势良好。"一带一路"倡议提出以来,两国关系总体提升。2014 年 11 月,两国关系上升为全面战略伙伴关系;2015 年,澳中自贸协定正式生效;2016 年,南澳州推出了《南澳·中国交往战略》升级版,明确提出"加强南澳州与中国的合作伙伴关系,拓宽并深化我们在投资、贸易、商业、教育、体育、文化、艺术、科学等领域的长期互通合作关系,以及人员、技术和思想的交流往来";2017 年 3 月,李克强总理对澳大利亚进行正式友好访问……两国在政治、经济、贸易、文化教育等领域的合作不断深化。

两国建交以来,澳大利亚是中国崛起的西方最大受益国家之一。2017 年 12 月 21 日,澳大利亚 SBS 电视台网站曾公布过一组数字:1972 年,澳中双边贸易额不到 1 亿美元,2016 年是 1 550 亿美元。1972 年,中国游客到澳旅游的人数不到 500 人,2016 年是 120 多万人。1972 年,澳大利亚没有中国留学生,2016 年,在澳中国留学生的人数为 14 万,且仍在不断增长中。中国成为澳大利亚最大的贸易伙伴。

共赢互利是中澳双方共同追求的目标,也是"一带一路"倡议的目标和效果。随着人类命运共同体理念愈发深入人心,世界各国越来越认同和理解中国方案,澳大利亚政府和民间也逐渐在一定程度上客观认识了"一带一路"倡议的和平内涵以及"和平合作、开放包容、互学互鉴和互利共赢"的理念,并从最初的怀疑和拒绝开始越来越理解和支持"一带一路"倡议。目前"一带一路"倡议逐渐成为澳大利亚各界关注的热点,为两国的文化交流提供了新的契机,而两国文化交流则为中澳"一带一路"全面合作搭建了桥梁。2018 年 10 月,澳大利亚维多利亚州与中国签署了"一带一路"合作谅解备忘录,"一带一路"合作更加具体实在了。

中澳两国在政治互信、经济互惠、民心互通等方面成果显著，文化桥梁作用明显，文学交流恰正当时。1991年起，澳大利亚中华国际艺术节作为国际艺术节的组成部分开始举办，余秋雨、张贤亮、韩少功、莫言、张炜、赵丽宏、邱华栋、铁凝、阿来、余华等先后参加了活动。2011年8月30日，作为澳大利亚"中国文化年"活动项目之一，"中澳文学论坛"在悉尼开幕，高洪波、胡平、李洱、商震、莫言、盛可以、徐小斌、张炜、赵玫、扎西达娃等出席，后于2013年4月（北京），2015年8月（悉尼），2017年5月（广州）分别举办了第二、第三、第四届。2010年10月4日—6日，中澳青年联合会、中国高校传媒联盟主办了首届"澳中青年论坛"，在北京及上海世博会澳大利亚国家馆举办；2011年10月10—14日，"中澳青年论坛"在堪培拉和悉尼举行，随后一年一次，两国轮值……2018年9月25日，华盟商会澳大利亚分会、澳大利亚东北总商会、澳大利亚书法家协会、澳大利亚中国传统文化协会、世界诗意文化联合会等中澳机构共同发起主办的"'一带一路'文化交流——暨中澳书画名家精品展"在悉尼开幕，展示了中国"一带一路"的文化内涵，将"一带一路"全球化、文化多元化精神传递给澳方社会。

在"一带一路"新时代，中澳两国文学交流日益频繁，作家间合作互访不断，文学作品互译出版数量和质量显著提升，推动了两国人民共同感受不同文化交相辉映的魅力，加深了相互了解和理解。

第二节 "一带一路"背景下澳大利亚的中国当代文学译介

一、中国当代诗歌

2014年，《虹影、翟永明和杨炼诗精选集》(*Poems of Hong Ying, Zhai Yongming*

& *Yang Lian* ）❶，译者是澳大利亚著名汉学家陈顺妍；诗集《伊沙、树才、杨邪的诗》（*Poems of Yi Sha*, *Shu Cai & Yang Xie*），欧阳昱编译；臧棣诗选《仙鹤丛书》（*The Book of Cranes*），由海外诗人译者明迪与尼尔·艾特肯合作完成。

2017年，姚风诗选《一爱至死》（*One Love until Death*）❷，译者萨姆·里格尔；《中国当代女诗人三人集》（*Poems of Wu Suzhen*, *Yue Xuan & Qing Shui*），译者欧阳昱。

二、中国当代小说

2014年

何家弘《亡者归来——佘祥林冤案分析报告》（*Back from the Dead: A Landmark Ruling of Wrongful Conviction in China*），译者Jonathan Benney；莫言《蛙》（*Frog*），译者葛浩文；盛可以《死亡赋格》（*Death Fugue*）和《白草地》（*Fields of White*），译者均为白雪丽。

2015年

毕飞宇《推拿》（*Massage*），译者葛浩文和林丽君；莫言《透明的红萝卜》（*Radish*），译者葛浩文；阎连科《耙耧天歌》（*Marrow*）和《四书》（*The Four Books*），译者罗鹏；余华《第七天》（*The Seventh Day*），译者白亚仁。

2016年

格非《褐色鸟群》（*Flock of Brown Birds*），译者陶丽萍；《生死疲劳》（*Life and Death are Wearing Me Out*）《蛙》（*Frog*）和《酒国》（*The Republic of Wine*），译者均

---

❶ 澳大利亚Vagabond Press出版《虹影、翟永明和杨炼诗精选集》《伊沙、树才、杨邪的诗》《仙鹤丛书》《一爱至死》《中国当代女诗人三人集》等诗集。
❷ 从葡萄牙语译本转译为英文。

为葛浩文;阎连科《炸裂志》(The Explosion Chronicles),译者罗鹏;叶辛《孽债》(Educated Youth),译者韩静。

2017 年

中国香港作家董启章《梦华录选编:二十五个城市片段》(Cantonese Love Stories: Twenty-Five Vignettes of a City)❶,译者 Bonnie S. McDougall 和 Anders Hansson;中国台湾作家吴明益《单车失窃记》(The Stolen Bicycle),加拿大译者石岱仑翻译;中国香港作家许肃细英文写作 Dear Hong Kong。

阎连科《年月日》(The Years, Months, Days),译者罗鹏。

2018 年

苏童《红粉》(Petulia's Rouge Tin)❷,译者 Martin Merz 和 Jane Weizhen Pan;王维克《来电》(Chemistry);阎连科《日熄》(The Day the Sun Died),译者罗鹏。

第三节　结　语

"一带一路"倡议实施以来,中澳文学交流从点到面,开始逐渐聚焦,虽"散光"事件屡有发生,负面舆情不断,但总体来说,"一带一路"已成为中澳文学合作的新抓手。中澳作家、批评家不断围绕跨国界写作、华文文学现状与未来、当代文学趋势、作家责任与文化传统及传承、"文学与翻译"、"诗歌与社会"、"批评的

---

❶ 讲述了 25 个小故事,为回溯 20 世纪 90 年代中国香港的文化、商业和浪漫的爱情世界提供了一个亲密的视角。
❷ 由 Penguin Books Australia 出版,属于"Penguin Specials"系列丛书。

价值"等互相交流沟通,加深理解,并就文学创作本身进行互研互鉴,如传统写作、网络写作、博客写作的技巧与创新等,澳大利亚则积极引进中国文学创作的最新成果,如科幻小说。《人民文学》杂志的英文版《路灯》也已成为中澳作家相互切磋的"中国文学之家"。

目前,澳大利亚政界对"一带一路"的解读相对比较积极,但角度不一,形式不一。澳大利亚前总理特恩布尔(Malcolm Turnbull)与习近平总书记多次会晤商谈"一带一路"倡议与澳洲"北部大开发"计划对接问题;澳大利亚前总理陆克文认为"一带一路"是东西方文化交流、互相合作的新途径,其他一些澳大利亚政要也表态认为中澳"一带一路"合作可"超越贸易",应该大力推进文化交流。但因为澳大利亚一直在中澳与澳美关系之间纠结摇摆,以及地缘政治、意识形态偏见、"零和博弈"思维作怪,澳大利亚政界和社会对"一带一路"倡议的支持声音始终是天上轰隆隆,地下不见雨星,内部分歧大,阴影重,疑虑多,如2017年3月澳大利亚拒绝堪培拉50亿澳元国家基础设施基金与中国新丝绸之路战略的对接。对是否加入"一带一路"倡议,澳政坛至今仍迟迟不决。总体而言,澳大利亚仍属于对"一带一路"持怀疑甚至抵制态度的西方国家之一,政府、媒体、文化界仍经常间歇性出现对"一带一路"的负面评价。

鉴于此,中澳"一带一路"文学交流目前仍以文化互通为主要目的,提倡在文化差异中寻找共性,在相互包容中尊重文化多元,以对话削弱或消解文化误解或矛盾,只要持之以恒,坦诚相待,就能在推动中澳文学交流中逐步深化中澳文化交流,在丝绸之路文化精神引导下,中澳作家共同在新时代共建文学新丝路。

第十八章　中国当代文学在美国

第一节　美国与"一带一路"

美国是一个移民国家，其文化是一个多元文化融合而成的主体。美国先民们继承了来自欧洲的理性传统、宗教精神和人文主义精神等，将其与美洲本土的文化相结合，创造出不同于欧洲文化的美国文化。后来，伴随着越来越多的亚洲、非洲与拉丁美洲移民进入，美国吸收了世界上几乎所有种族、民族、宗教的价值观和学术思想，使得多民族、多文化在一个国家内共存。

开拓性、开放性与包容性是美国文化的基本特征。所谓开拓性，指的是由航海文明与早期的拓殖经历共同形成的美国式冒险精神，这种价值取向与进取心有利于社会经济的快速发展，但也带来了霸权主义与对外战争等扩张行为；开放性则是指其文化体系的外向特征，即秉持开拓进取的精神，通过工业化、商业化与信息化对外进行物质商品与精神思想的交换；包容性是指其文化的内向特征，即在继承欧洲文化传统的基础上，坚持对外开放，不断汲取外来的各民族、国家思想文化，形成自我独特的文化体系。

美国文化并非封闭自足的体系，而是始终处于不同文化交互冲突的环境中。美国与中国的交往历史悠久，1784年8月28日，美国商船"中国皇后号"抵达广州，用人参、皮革、毛衣、胡椒、棉花换回中国的茶叶、瓷器、丝绸、象牙雕刻等特产，开启了中美两国文化交往的大门。2014年，广州粤海第一关纪念馆举办"跨越大洋"图片展，纪念"中国皇后号"首航广州230周年。而马萨诸塞州则把2014年8月28日命名为"广东广州—马萨诸塞州波士顿日"。实际上，从18世纪末开始，美国社会对中国文化开始越来越关注，一些美国富商和博物馆开始收集中国绘画、瓷器和丝绸。19世纪30年代，美国传教士开始进入中国，他们熟知中国文化，并通过出版杂志与书籍，向美国和欧洲读者系统地介绍中国文化，成为美国人了解中国的窗口。值得一提的是，美国反对对华鸦片贸易，为此，1839年6月15日虎门销烟时，清政府特别邀请了美国传教士裨治文（Elijah Coleman Bridgman）亲临现场。

中美文化交流当然并非一帆风顺，但和平始终是不变的主题。中美两国在教育、艺术、技术等领域开展了卓有成效的合作，在世界一体化进程中发挥了积极引导作用。

中国文学在美国的译介传播始于20世纪20年代，但比较零散。1949年以前中美文化严重失衡，中国人比较熟悉美国文学，而中国文学在美国人眼里基本还是"nothing"。1951年，中国创办《中国文学》(*Chinese Literature*)杂志，成为英语世界了解中国文学和文化的唯一渠道，译者多是中国人，包括杨宪益、戴乃迭夫妇。1979年中美正式建交，双方签署了科技合作和文化交流协定，中美政治、经济、文化间的交流逐渐正常化，中国文学也开始逐渐成为美国了解中国的主要媒介，巴金、老舍、茅盾、丁玲、王蒙、冯骥才、王安忆、贾平凹、史铁生、残雪、余华、苏童、刘震云、毕飞宇、姜戎、慕容雪村、阎连科等作家的作品陆续被译介到美国，尤其是莫言获得诺贝尔文学奖后，美国掀起了"莫言热"，中国当代文学受到广泛关注，出版机构和代理人也从中看到巨大商机，开始铺路搭桥，筑巢引凤，越来越多的中国当代文学作品出现在美国的书店和图书馆，中国当代作家也开始频频现身美国的文学活动，形成了相对良性的传播语境和环境。

当今世界，经济全球化快速发展，中美文化交流日益频繁、深入。美国的电影、流行文化、科技产品等继续影响中国，而中国的春节、武术、美食、高铁、影视、文学等传统与现代科技文化也开始融入美国现实生活，越来越受到美国民众的欢迎与重视。

2010年，中美建立了人文合作交流机制，开展中美人文交流高层磋商。这一机制在"一带一路"中继续发挥作用，并且交流领域、规模不断扩大。2017年4月，习近平总书记与美国总统特朗普会晤期间共同确定建立中美社会和人文对话；9月28日，刘延东副总理与美国国务卿雷克斯·蒂勒森(Rex Tillerson)在华盛顿共同主持了首轮中美社会和人文对话，通过了《首轮中美社会和人文对话行动计划》，商定在教育、科技、环保、文化、卫生、社会发展（涵盖体育、妇女、青年、社会组织)、地方人文合作七大领域全面推动中美社会和人文交流。"中美文化论坛"与"新丝路"海外汉学专家论坛已成为中美人文交流常规活动，110所孔子学院、501个孔子课堂，稳居世界第一。中美双向留学"双十万计划"为中美文化交流的可持续发展储蓄了未来精英。

"一带一路"倡议的提出，推动了中美文化交流进入了新阶段。民心相通是"一带一路"合作的社会基础，而民心相通需要文化先行。尽管美国社会各界对"一带一路"具有多元认知，负面舆情不断，但随着对"一带一路"倡议的逐渐认知和理解，中美"一带一路"文化交流成果丰硕，中国当代文学在美国的翻译传播达到了一个新高度，数量和质量，广度和深度都借力"一带一路"实现了新超越。无论是美国官方还是民间，都有越来越多的人对"一带一路"充满期待。

第二节 "一带一路"背景下美国的中国当代文学译介

一、中国当代诗歌

2014年

中国台湾诗人夏宇诗集 *Salsa*，译者柏艾格；中国台湾诗人向阳十行诗集《草根》(*Grass Roots*)，译者为美国著名汉学家、翻译家陶忘机。

吉狄马加诗集《黑色奏鸣曲》(*Rhapsody in Black*)，译者梅丹理；蓝蓝诗集《身体里的峡谷》(*Canyon in the Body*)，译者菲奥娜·施·罗琳；欧阳江河诗集《凤凰》(*Phoenix*)❶，译者温侯廷；王小妮诗集《有什么在我心里一过》(*Something Crosses*

---

❶ 2014年初版，2015年再版。

My Mind），译者为美国诗人、翻译家顾爱玲；小海诗集《影子之歌》（Song of Shadows），译者朱玉；宇向《我几乎看到滚滚尘埃》（I Can Almost See the Clouds of Dust），译者菲奥娜·施·罗琳。

文学杂志《今日中国文学》（Chinese Literature Today）❶ 于 2014 年第 2 卷第 3 期收录杨炼诗作《卡普里》（Capri）和《月光下的卡普里》（The Moonlight on the Capri），美国 University of Oklahoma Press 出版，译者 Arthur Sze。

2015 年

海子诗集《熟了麦子》（Ripened Wheat），译者叶春；刘霞诗集《空椅子》（Empty Chairs: Selected Poems），旅美诗人译者明迪和 Jennifer Stern 合译。

文学杂志 Postroad 于 2015 年第 28 期刊登王家新诗作《诗 2 首》，包括《格伦·古尔德》（Glenn Gould）和《五台山遇雨》（Meeting Rain, Wutai Mountain），译者史春波和乔治·欧康奈尔；《美国诗歌评论》（The American Poetry Review）杂志于 2015 年第 44 卷第 3 期（5—6 月号）收录王家新《反向及其他诗作》（Reversal · Another Landscape · The Death of Brodsky · Early Youth）诗歌 4 首，译者史春波和欧康奈尔；此外，刊登美国诗人罗伯特·哈斯的评论《王家新和冬天的精神》（Wang Jiaxin and Winter's Disposition）。

文学杂志《巴黎评论》（The Paris Review）于 2015 年夏季刊总第 213 期刊登西川诗作《醒在南京》（Awake in Nanjing）和《悼念之问题》（Mourning Problems），译者柯夏智。

2016 年

中国香港诗人廖伟棠诗集《和幽灵一起在香港漫游》（Wandering Hong Kong with Spirits）（2016），译者 Desmond Sham 和 Enoch Yee-lok Tam；中国香港诗人西西

---

❶ 由北京师范大学和俄克拉荷马大学共同创办。

诗集《不是文字》(*Not Written Words*)(2016),译者 Jennifer Feeley;中国台湾诗人痖弦诗集《深渊》(*Abyss*)(2016),译者陶忘机。

吉狄马加诗集《我,雪豹》(*I, Snow Leopard*),译者 Frank Stewart;王家新《变暗的镜子:王家新诗选》(*Darkening Mirror—New & Selected Poems by Wang Jiaxin*)❶,译者史春波和乔治·欧康纳尔合作完成;伊路诗集《海中的山峰》(*Sea Summit*),译者菲奥娜·施·罗琳。

黄运特编《现代中国文学大红书》(*The Big Red Book of Modern Chinese Literature- Writings from the Mainland in the Long Twentieth Century*)❷,由多位译者合作完成。其中收录的当代诗歌主要包括顾城《一代人》(*A Generation*)、《无名的小花》(*Nameless Flowers*)、《永别了,墓地》(*Farewell, Cemetery*)和《我是一个任性的孩子》(*I'm a Willful Child*),舒婷《致橡树》(*To an Oak*)、《路遇》(*A Roadside Encounter*)、《流水线》(*Assembly Line*)和《魂之所系》(*Where the Soul Dwells*),杨炼《诺日朗》(*Norlang*)、《墓地》(*Burial Ground*)、《流亡之书》(*The Book of Exile*)和《面具与鳄鱼》(*Masks and Crocodile*),翟永明《预感》(*Premonition*)、《催眠术》(*Hypnosis*)和《五十年代的语言》(*The Language of the '50s*),海子《你的手》(*Your Hands*)、《面朝大海 春暖花开》(*Facing the Ocean, Spring Warms Flowers Open*)和《春天,十个海子》(*Spring, Ten Hai Zis*),车前子《缺一块的拼贴画》(*A Chinese Character Comic Strip*),于坚《0档案》(*File 0*),张枣《星辰般的时刻》(*A Starry Moment*)、《镜中》(*Into the Mirror*)和《哀歌》(*Elegy*),西川《在河的那一边》(*On the Other Side of the River*)、《黑暗》(*Blackout*)和《远方》(*Far Away*),俞心樵《要死就一定要死在你手里》(*If I Have to Die*)、《墓志铭》(*Epitaph*)、《死者正悼念着生者》(*The Dead Are Mourning the Living*)和《自我介绍》(*Self-Introduction*),崔健《一无所有》(*Nothing to My Name*)。

---

❶ 由美国"新世界诗歌译丛"("New World Translation Series")推出,美国著名诗人罗伯特·哈斯(Robert Hass)作序。
❷ 《纽约时报》发表整版书评,并通过推特宣传该作品选。

2017 年

蔡天新诗集《每一片云都有它的名字》(*Every Cloud Has Its Own Name*);吉狄马加作品集《从雪豹到马雅可夫斯基》(*From the Snow Leopard to Mayakovsky*)主要收录诗作及部分散文作品,诗歌译者梅丹理,散文译者黄少政;中英双语版诗选《零距离:中国新诗选》(*Zero Distance: New Poetry from China*)❶,旅居新西兰的诗人梁余晶编译;杨克诗集《地球,苹果的两半》(*Two Halves of the World Apple*),译者梅丹理、曹圣、澳大利亚汉学家西敏、欧阳昱和杨宁;臧棣诗集《慧根》(*The Roots of Wisdom*),译者顾爱玲;赵丽宏诗集《疼痛》(*Pains*),译者卡米亚·陈·奥鲁塔德。

诗选《铁月亮:打工诗歌》(*Iron Moon: An Anthology of Chinese Worker Poetry*)❷,顾爱玲译,秦晓宇编;中英双语诗选《中美诗人互译计划》(*The Reciprocal Translation Project*)❸,詹姆斯·谢里和孙冬主编。

中国现当代文学文化研究杂志《中国现代文学与文化》(*Modern Chinese Literature and Culture*)于 2017 年 2 月刊登 Maghiel van Crevel 对诗选《铁月亮:打工诗歌》及依据诗选改编的电影《铁月亮》撰写的评论 *Iron Moon: An Anthology of Chinese Migrant Worker Poetry and Iron Moon*(the film)。

2018 年

中国香港诗人洛枫诗集《自我纸盒藏尸的日子》(*Days When I Hide My Corpse in a Cardboard Box*),译者顾爱玲;中国台湾诗人杨牧《心灵之鹰:诗选》(*Hawk of*

---

❶ 收入 29 位中国诗人的 81 首诗作,如西娃《画面》(*Scene*)等。
❷ 收录许立志《我咽下一枚铁做的月亮》(*I Swallowed an Iron Moon*)和《新的一天》,孙海涛《工卡》(*Employment ID*),谢湘南《一起工伤事故的调查报告》(*Work Accident Joint Investigate Report*)以及郑小琼、阿鲁、李笙歌、李祚福、邬霞等 31 位诗人的作品。诗选择取描述 21 世纪中国工人阶级"劳动"的诗歌,将工人从农村迁往城市及全球化进程中所面临的问题等纳入视野。
❸ 中美诗人互译计划是由纽约知名诗歌出版社 Roof Books 发起,邀请中外 12 位享有国际声誉的诗人进行诗歌交互翻译和交流活动,中国方面收录诗人欧阳江河、西川、黄梵、蓝蓝、车前子、娜夜等诗人的诗作。

the Mind: Collected Poems），译者陶忘机、柏艾格、Colin Bramwell、Wen-chi Li、凌静怡、Göran Malmqvist、Lowrence R. Smith、Frank Stewart、Arthur Sze、Lisa Laiming 和奚密。

段光安《段光安诗选》(Selected Poems of Duan Guang'an)❶，译者张智中；多多诗集 Words as Grains: New & Selected Poems，译者柯夏智；芒克诗集《十月的献歌》(October Dedications)，译者柯夏智、黄亦兵和石江山；张枣诗集《镜中》(Mirror)，译者菲奥娜·施·罗琳；朱朱诗集《野长城》(The Wild Great Wall)，译者东篱。

诗集《十三片叶子》(Thirteen Leaves: Selected Poems of Contemporary Chinese Poets) 收入 13 位❷中国当代诗人的 98 首❸优秀诗作。

美国文学诗刊《诗天空》(Poetry Sky)❹于 2018 秋冬版第 51 期"中英双语诗选"的"中诗英译"部分收录 23 首中国诗人诗作，包括于坚《树的电视剧》(TV Series About a Tree)，译者谢炯；伊蕾《镜子的魔术》(Mirror Occult)，译者韩文桥；雷平阳《集体主义的虫叫》(The Call of Collectivist Creatures)，译者谢炯和 Sam Perkins；中国台湾女诗人古月《等待雪来——之二》(Waiting for Snow #2)，译者武庆云 (Edna Wu)；胡弦《剧情》(Plot)，译者谢炯；蓝蓝《我知道》(I Know)，旅居新加坡的诗人译者范静哗（笔名：得一忘二）翻译；中国台湾诗人辛牧《从双连塔捷运到淡水》(From Double-Link to Fresh-water by the Rapid Transit)，译者加拿大籍华人星子安娜；臧棣《积雪学入门》(Introduction to the Study of Snowpack)，译

---

❶ 该诗集是美国 American Academic Press 出版的第一部汉语诗歌英译集。
❷ 包括陈先发、胡弦、毛子、雷平阳、汤养宗、蓝蓝、王家新、李少君、古马、阿信、于坚、潘维、池凌云等。
❸ 其中，陈先发的 10 首包括《稀粥颂》(Ode to Thin Congee)、《菠菜帖》(A Note on Spinach)、《夜间的一切》(All Things at Night)、《苍鹭斜飞》(Heron Diving)、《前世》(Prior Life)、《两种谬误》(Two Kinds of Fallacies)、《柔软的下午》(Soft Afternoon)、《枯叶蝶素描》(Sketch of Dead Leaf Butterflies)、《开卷》(Unfolding a Scroll) 和《蝴蝶的世界》(The World of Butterflies) 等，译者为谢炯和 Sam Perkins。
❹ 旅美诗人绿音（韩怡丹）于 2005 年创刊，双语季刊刊发当代中美原创诗歌及其译文，是全球首家中英诗歌双语网刊。

者金重；娜夜诗集《在这苍茫的人世上》(*In this Vast World*)，译者菲奥娜·施·罗琳；张执浩《高原上的野花》(*Wild Flowers on the Plateau*)，译者舒丹丹；胡茗茗《瑜伽，瑜伽》(*Yoga, Yoga*)，译者杨柳；舒丹丹《布加勒斯特的黄昏》(*The Dusk in Bucharest*)，诗人自译；阿信《河曲马场》(*Hequ Horse Ranch*)，译者谢炯和 Sam Perkins；三色堇《大海，向东》(*The Sea, Eastward*)，译者张智中；徐德金《古巴序曲》(*Cuba Overture*)，译者张潇娴；路也《山坳》(*A Hollow in the Mountain*)，译者欧阳昱；旅居新西兰女诗人芳竹（Carissa Meng）《要不要打开这扇门》(*Should I Open the Door*)，译者刘浚；昌群《一个写乡愁的人走了—送别余光中》(*The Man Who Wrote Nostalgia was Gone-Farewell to Yu Kwang-chung*)，译者彭智鹏；星子安娜《父亲的殿堂》(*My Father's Temple*)，诗人自译；梁元《圣体效应》(*Eucharistic Effect*)，诗人自译；冰花（Rose Lu）《为何》(*Why*)，译者理查德·特诺勒（Richard Tornello）；森子《黑天鹅》(*Black Swan*)，译者范静哗；泉子《雨擦洗着天空》(*The Rain is Scrubbing the Sky*)，译者范静哗。

电子文学杂志《中华频道》(*Los Angeles Review of Books China Channel*)于 2018 年 7 月 30 日刊登顾爱玲对诗选《中美诗人互译计划》(*The Reciprocal Translation Project*)撰写的书评 *Wrestling with the Text*。

文学杂志《今日中国文学》(*Chinese Literature Today*)于 2018 年第 7 卷第 1 期刊登余秀华 12 首诗作❶，译者 Elise Huerta 和徐杭平。

2019 年

哑石诗集《花的低语》(*Floral Mutter*)，诗人译者安敏轩翻译。

诗选《鹏程：中国新诗百年》(*New Poetry from China：1917—2017*)收录 120

---

❶ 包括《我爱你》(*I Love You*)、《在秋天》(*In Autumn*)、《何须多言》(*Illusion*)、《婚姻》(*Marriage*)、《我养的狗，叫小巫》(*My Dog, Xiao Wu*)、《我身体里也有一列火车》(*My Body Also Has a Train Inside It*)、《我喜欢这黄昏》(*I Like This Twilight*)、《岔路镇》(*Crossroads Town*)、《在打谷场上赶鸡》(*Herding Chickens at the Threshing Floor*)、《写给海子》(*For Haizi*)、《用一个夜晚怀念你》(*Spend a Night Remembering You*)、《穿过大半个中国去睡你》(*Crossing Over Half of China to Sleep with You*)。

位现当代诗人的诗作,明迪编,由明迪、Kerry Shawn Keys、Gregory Pardio、Kevin Young Tracy K. Smith 等多位译者合作完成。

《中美生态诗选》和《中国新世纪城市诗诗选:新的长城?》两部诗集均收录杨克诗作,待出版。

二、中国当代小说

2014 年

中国台湾作家邱妙津《蒙马特遗书》(Last Words from Montmartre)❶,译者韩依薇。

蔡骏长篇悬疑小说《生死河》(The Child's Past Life),译者 Yang Yuzhi;残雪《最后的情人》(The Last Lover),译者安纳莉丝·芬尼根·瓦斯曼;高建群《统万城》(Tongwan City);法学家何家弘《血之罪》(Hanging Devils: Hongjun Investigates),译者 Duncan Hewitt;麦家《解密》(Decoded),译者米欧敏和庞夔夫;莫言《蛙》(Frog)和《师傅越来越幽默》(Shifu You'll Do Anything for a Laugh)❷,译者均为葛浩文;南派三叔《盗墓笔记:蛇沼鬼城(第5卷)》(The Grave Robbers' Chronicles: Deadly Desert Winds)和《盗墓笔记(第6卷)》(The Grave Robbers' Chronicles: Graveyard of a Queen),译者 Kathy Mok;铁凝《大浴女》(The Bathing Women)❸,译者张洪凌和 Jason Sommer;女作家王芫《北京女人》(Beijing Women: Stories),译者孔书玉和 Colin S. Hawes;徐则臣《跑步穿过中关村》(Running Through Beijing),美国译者陶建翻译;余华《黄昏里的男孩》(Boy in the Twilight)和《第七天》(The Seventh Day),美国汉学家白亚仁翻译。

世界文学刊物网《渐近线》(Asymptote)刊登孙一圣短篇小说《牛得草》(The

---

❶ 美国 New York Review Books 出版,属于"New York Review Books Classics"系列丛书。
❷ 此次为 Ebook 版。
❸ 此次由美国 Scribner Book Company 再版,2012 年(英语版·美洲版权)由美国 Simon & Schuster, Inc 初版。

Stone Ox that Grazed），译者韩斌。

《陕西作家短篇小说集》（*Old Land, New Tales: Twenty Short Stories by Writers of the Shaanxi Region in China*）❶，贾平凹、陈忠实编。

2015 年

中国台湾儿童文学作家方素珍儿童绘本《外婆住的香水村》（*Grandma Lives in a Perfume Village*），德国插图画家索尼娅·达诺夫斯基绘画，译者黄秀敏。

中国台湾作家李昂《迷园》（*The Lost Garden*）❷（2015），译者林丽君（Sylvia Lichun Lin）和葛浩文；中国台湾作家杨牧散文集《奇来前书》（*Memories of Mount Qilai: The Education of a Young Poet*），译者陶忘机和 Yingtsih Balcom。

冯唐《北京，北京》（*Beijing, Beijing*），译者狄敏霞。韩寒《1988：我想和这个世界谈谈》（*1988: I Want to Talk with the World*），译者葛浩文。刘震云《我叫刘跃进》（*The Cook, the Crook, and the Real Estate Tycoon*），译者葛浩文。路内《少年巴比伦》（*Young Babylon*），译者陶丽萍。麦家《解密》（*Decoded*），译者米欧敏和庞夔夫。莫言《蛙》（*Frog*）的 2 个版本❸，译者葛浩文。小白《租界》（*French Concession*），译者江晨欣。余华《第七天》（*The Seventh Day*）❹，译者白亚仁。余

---

❶ 有声书，美国 AmazonCrossing 出版。作品讲述 20 位陕西著名作家的 20 个短篇小说故事，主要包括路遥《姐姐》（*Elder Sister*）、陈忠实《李十三推磨》（*A Tale of Li Shisan and the Millstone*）、贾平凹《黑氏》（*The Country Wife*）、邹志安《哦！小公马》（*Oh, A Colt !*）、京夫《手杖》（*The Walking-Stick*）、高建群《舐犊之旅》（*A Trip for Love-Story of an Unmarried Mother*）、李天芳《爱的未知数》（*Love's Unknown Number*）、叶广芩《雨》（*Rain-The Story of Hiroshima*）、晓雷《谁来赴刑场》（*Who Would Go to the Scaffold*）、赵熙《长城魂》（*The Soul of the Great Wall*）、冯积岐《刀子》（*The Butcher's Knife*）、李康美《先人屋》（*The Portrait of the Ancestor*）、红柯《大漠人家》（*One Family in the Desert*）、莫伸《永恒的山林》（*Mountain Forest Lasting for Ever*）、王蓬《银秀嫂》（*Sister Yinxiu*）、张虹《雷瓶儿》（*Lei Ping'er*）、吴克敬《溅血旗袍》（*The Blood-Stained Dress*）、王观胜《焉支山》（*At the Foot of Mount Yanzhi*）、李春光《望星空》（*Star Gazing*）和黄卫平《余韵》（*Wife, or Otherwise*）。

❷ 美国 Columbia University Press 出版社出版，系王德威主编"Modern Chinese Literature from Taiwan"系列作品。该系列主要包括《心灵之鹰：诗选》《迷园》《奇来前书》《开往中国的慢船等故事集》《余生》《原乡人》《巨流河》等。

❸ 分别为美国 Viking Press 和美国 Thorndike Press 出版。

❹ 美国 Pantheon Books 出版。

秋雨《文化苦旅》(A Bittersweet Journey Through Culture);《山河之书》(The Book of Mountains and Rivers),旅居纽约的新加坡籍作家程异翻译;《中国文脉》(The Chinese Literary Canon),译者 Philip Hand。张剑峰《寻访终南隐士》(A Journey to Inner Peace and Joy: Tracing Contemporary Chinese Hermits),译者托尼·布里森。

2016 年

旅居中国台湾的马来西亚华裔黄锦树《开往中国的慢船等故事集》(Slow Boat to China and Other Stories),译者罗鹏;中国台湾作家钟理和《原乡人》(From the Old Country: Stories and Sketches of China and Taiwan),译者 T. M. McClellan。

贝拉《魔咒钢琴》(The Cursed Piano),译者葛浩文和林丽君;北同《北京故事》(Beijing Comrades),译者 Scott Myers;蔡翔《革命/叙述:中国社会主义文学—文化想象》(Revolution and Its Narratives: China's Socialist Literary and Cultural Imaginaries, 1949–1966),Rebecca E. Karl 和钟雪萍编译;陈紫金《无证之罪》(An Untouched Crime),译者狄敏霞;方棋《最后的巫歌》(Elegy of a River Shaman),译者 Norman Harry Rothschild 和孟凡君;刚雪印《犯罪心理档案》(A Devil's Mind),译者 George Fowler;格非《隐身衣》(The Invisibility Cloak)❶,译者莫楷;法学家何家弘《性之罪》(Black Holes),译者钟佳莉;季羡林《牛棚杂忆》(The Cowshed: Memories of the Chinese Cultural Revolution),译者江晨欣;姜启德中文版《山魂》❷。刘震云《温故一九四二》(Remembering 1942: And Other Chinese Stories)和《我不是潘金莲》(I Did Not Kill My Husband),译者均为林丽君和葛浩文;鲁敏《此情无法投递》(This Love Could Not Be Delivered);莫言《蛙》(Frog)❸,译者葛浩文;秦明恐怖小说《第十一根手指》(Murder in Dragon City),译者 Alex Woodend;松鹰❹推理小说《杏烧红》(Apricot's Revenge),译者葛浩文和林丽君;苏童中篇小

---

❶ 美国 New York Review Books 出版,属于"New York Review Books Classics"系列丛书。
❷ 美国 Dixie W Publishing Corporation 出版。
❸ 美国 Penguin Books 出版
❹ 被评为 2016 年美国《图书馆杂志》最佳推理小说作者。

说集《另一种妇女生活和三盏灯》(Another Life for Women and Three Lamps)，译者 Kyle David Anderson；唐七公子仙侠小说《三生三世 十里桃花》(To The Sky Kingdom)，译者陶丽萍；阎连科《炸裂志》(The Explosion Chronicles) 和《四书》(The Four Books) ❶，译者均为罗鹏；叶兆言《花影》(A Flower's Shade)、《别人的爱情》(Other People's Love) 和《我们的心多么顽固》(How Stubborn Our Hearts)；余华《第七天》(The Seventh Day) ❷，译者白亚仁；朱文《媒人，学徒，球迷》(The Matchmaker, the Apprentice, and the Football Fan: More Stories of China) ❸，译者蓝诗玲。

《现代中国文学大红书》(The Big Red Book of Modern Chinese Literature-Writings from the Mainland in the Long Twentieth Century)，旅美华裔作家黄运特编，多位译者合作完成。其中收录的当代文学作品主要包括莫言《红高粱（节选）》[Red Sorghum (excerpts)]、刘索拉《寻找歌王》[In Search of the Kings of Singers (excerpts)]、残雪《山上的小屋》(Hut on the Mountain)、王安忆《小城之恋（节选）》[Love in a Small Town (excerpt)]、马原《叠纸鹞的三种方法》(Three Ways to Fold a Paper Hawk)、迟子建《葫芦街头唱晚》(Night Comes to Calabash Street)、余华《十八岁出门远行》(On the Road at Eighteen)、苏童《大红灯笼高高挂（节选）》[Raise the Red Lantern (excerpt)]，和高行健《灵山》[Soul Mountain (excerpts)]。

2017 年

中国香港作家陈浩基《13.67》(The Borrowed)，译者程异；中国台湾作家邱妙津长篇小说《鳄鱼手记》(Notes of a Crocodile) ❹，译者许博理；中国台湾作家舞鹤

---

❶ 2015 年初版，2016 年再版。
❷ 美国 Arcade Publishing 出版。
❸ 美国 Columbia University Press 出版，属于该出版社 "Weatherhead Books on Asia" 系列作品。该系列作品主要包括《媒人，学徒，球迷》《英俊和尚及其他故事集》和科幻作品《古老的地球之歌》等。
❹ 属于美国 New York Review Books 出版社 "New York Review Books Classics" 系列丛书。

《余生》(Remains of Life)❶，美国译者白睿文翻译。

残雪《边疆》(Frontier)，译者葛凯伦和陈泽平教授；韩寒散文集《自己的问题：关于在当今中国制造麻烦的杂文》(The Problem with Me- And Other Essays About Making Trouble in China Today)，由刘欣和周华/乔尔·马丁森合作编译完成；贾平凹《带灯》(The Lantern Bearer)和《高兴》(Happy Dreams)，译者分别为罗鹏和韩斌；姜启德《山魂》(Soul of the Mountains)❷，译者 Zhao Benfeng (Bernadette)；武侠小说家李善基繁体中文版《蜀山剑侠传》(第一卷至第十卷)(Legend of Zu Vol.1-Vol.10)《翼人影无双》(Wing Warrior)《黑蚂蚁》(第一卷至第二卷)(The Black Ant Vol.1-Vol.2)和《武当异人传》❸(Legend of the Wu Dang Ranger)；路内《花街往事》(A Tree Grows in Daicheng)，译者陶丽萍；天下霸唱《鬼吹灯之精绝古城》(The City of Sand)，译者程异；阎连科《年月日》(The Years, Months, Days)，译者罗鹏；余华《活着》(To Live)的有声书 (Audiobook)，译者白睿文；章诒和《红牡丹》(Red Peonies: Two Novellas of China)❹，译者葛凯伦和陈泽平；周浩晖悬疑小说《恐怖谷》(Valley of Terror)，译者许博理。

电子文学杂志《中华频道》(Los Angeles Review of Books China Channel)于2017年11月6日刊登 Karen Cheung 对中国香港作家董启章作品《梦华录选编：二十五个城市片段》(Cantonese Love Stories: Twenty-Five Vignettes of a City)所作书评 Speak My Language: Hong Kong Voices in Dung Kai-cheung's Cantonese Love Stories- reviewed by Karen Cheung。

中英双语作品选《当代中文小小说汉英对照读本》(Contemporary Chinese

---

❶ 美国 Columbia University Press 出版社出版，属于王德威主编 "Modern Chinese Literature from Taiwan" 系列和 "Translations from the Asian Classics" 系列重合作品。
❷ 美国 Dixie W Publishing Corporation 出版社既出版英文书，也出版中文书。此处为英文书。
❸ 4部作品均由美国 CreateSpace Independent Publishing Platform 出版，收入 "世纪前百大文学系列作品"。
❹ 包括《刘氏女》和《杨氏女》两部中篇小说，是美国 University of Hawaii Press 的 "Mānoa" 系列丛书。

Short-Short Stories: *A Parallel Text*）❶，穆爱莉、Mike Smith 编译。该作品作为美国大学的高年级教材使用。

该选集选取中国文化传统中的9个核心概念将作品分类，包括：

① 礼和仁（Li and Ren）：赵新《剃脑袋》(*Skull Shave*)、刘震云《"明星"外祖母》("*Star" Grandma*)和聂鑫森《洗礼》(*Catharsis*)。

② 孝（Xiao）：迟子建《灯祭》(*Father Makes the Lantern*)、韩少功《秀鸭婆》(*Little She*)、白旭初《寄钱》(*Money Order*)和墨中白《过完夏天再去天堂》(*Heaven-Bound, but After Summer*)。

③ 阴阳（Yin-Yang）：王琼华《心事》(*Two Minds*)、李伶伶《翠兰的爱情》(*Cuilan's Love*)和伍中正《糟糠》(*Forever by Your Side*)。

④（统）治（Governance）：周波《铺石板》(*The Stone-Paving Project*)、蔡楠《清潭》(*The Clear Pond*)和曾平《大红苕》(*Big Sweet Potatoes*)。

⑤ 身份（自我特征、认同）(Identity)：俞胜利《舅母》(*Auntie*)、周涛《兄弟们长大》(*Brothers*)、史铁生《恋人》(*The Love of Her Life*)和高怀昌《井不自知水多少》(*Water in the Well*)。

⑥ 脸面（Face）：吴念真《重逢》(*A Golden Rain*)、魏永贵《脸面》(*Face*)、陈勇《茶楼》(*At the Teahouse*)和刘心武《鸡怕鹕破脸》(*Chickens Hate Pecked Faces*)。

⑦ 情爱（(Romantic) Love）：赵瑜《小忧伤》(*Little Heartaches*)、邹静之《伪造的情书》(*Fake Love Letter*)、王奎山《古典爱情》(*A Gentleman's Love*)和《如果你爱他，就让他心静》(*Give Him Peace*)。

⑧ 婚姻（Marriage）：兴华《张玛丽》(*Mary Zhang*)、赵瑜《结婚成本》(*The*

---

❶ 美国 Columbia University Press 出版，平装本、精装本和 Ebook 版同步推出。每章首先阐述各章主题，中国当代文学双语对照文本紧随其后，接着是与文本内容相关的问题和作者介绍，全书最后部分附词汇表（Pinyin Vocabulary Index 和 English Vocabulary Index）和使用指南（How to Use This Parallel Text to Teach Chinese Language and Culture）等，供国际汉语中高级学习者及中国当代文学专业的学生使用。

Cost of Marriage）、叶仲健《怀念张美丽》（Missing Zhang Meili）和田双伶《薄荷的邀请》（The Mint's Invitation）。

⑨ 易（Changes）：王蒙《未来》（Future）和格非《不可知的偶然》（Unknowable Possibilities）。

2018 年

中国台湾作家齐邦媛《巨流河》（The Great Flowing River: A Memoir of China, from Manchuria to Taiwan），译者陶忘机。

聂峻儿童漫画《老街的童话》（My Beijing: four stories of everyday wonder），译者 Edward Gauvin，此次为再版。

残雪《新世纪爱情故事》（Love in the New Millennium）出版，译者安纳莉丝·芬尼根·瓦斯曼。侧侧轻寒言情小说《簪中录1》（The Golden Hairpin），译者 Alex Woodend。成龙回忆录《成龙：还没长大就老了》（Never Grow Up），美国 Simon & Schuster, Inc 旗下的 Gallery Books 出版，译者程异。金庸《书剑恩仇录》（The Book and the Sword）❶，译者恩沙；《鹿鼎记（3卷本）》（The Deer and the Cauldron: 3-Volume Set）❷，译者闵福德。梁晓声《一个红卫兵的自白》（Confessions of a Red Guard），译者葛浩文。刘震云《一句顶一万句》（Someone to Talk to），译者葛浩文和林丽君。饶平如《我俩的故事》（Our Story: A Memoir of Love and Life in China），译者韩斌。天下霸唱《鬼吹灯之龙岭迷窟》（The Dragon Ridge Tombs），译者程异。《王蒙自传》（Wang Meng, A Life: The Memoir of One of Contemporary China's Greatest Writers and Former Minister of Culture），译者朱虹和刘海明。阎连科《日熄》（The Day the Sun Died），译者罗鹏。余华《四月三日事件》（The April 3rd Incident: Stories）❸，译者白亚仁；网络文学杂志 Literary Hub 于 2018 年 12 月 13

---

❶ 此次为平装本，2005 年为精装本。
❷ 此次为再版；1998 年出版第 1 册，至 2002 年出版至第 3 册。中文版为 5 卷本，英译本为缩译本。
❸ 美国 Pantheon Books 出版；电子书由美国 Random House Audio 推出。

日刊登余华《爱情故事》(Love Story)，节选自《四月三日事件》(The April 3rd Incident)，译者白亚仁。周浩晖《死亡通知单》(Death Notice)，美国译者何季轩翻译。

电子文学杂志《中华频道》(Los Angeles Review of Books China Channel) 于2018年1月24日刊登贾平凹演讲稿《写作的困境》(The Plight of Writing)，译者Nick Stember；2018年2月16日刊登贾平凹《我和高兴》("Happy" and Me)，译者韩斌；2018年8月13日刊登Harvey Thomlinson对贾平凹作品《高兴》(Happy Dreams) 的书评 In the Gutter, Looking at the Stars；于2018年8月20日刊登Michael Tsang对作品《中国香港二十——反思回归来廿载》(Hong Kong 20/20: Reflections on a borrowed place)❶的书评 Candid Hong Kong；于2018年8月27日刊登 Joy Deng对邱妙津作品《鳄鱼手记》(Notes of a Crocodile) 的书评 Living without Fear；于2018年9月14日刊登吴琦作品《三个关于何伟的写作练习》(Three Sketches of Peter Hessler)，译者穆荻；于2018年9月21日刊登颜歌作品《平乐事》(The Spices of Life)，译者陶丽萍；于2018年10月5日刊登李静睿作品《小城》(Small Town)，译者汪海岚；于2018年10月22日刊登Angela Qian对那多作品《一路去死》(All the Way to Death) 的书评 The Writer Who Came in from the Cold；于2018年12月14日刊登余华作品 Four Fates in a Changing China，译者白亚仁。

网络文学杂志 Literary Hub 于2018年12月13日刊登残雪《古董店的鉴宝师》(The Antiques Appraiser)，节选自《新世纪爱情故事》(Love in the New Millennium)，译者安纳莉丝·芬尼根·瓦斯曼；于2018年12月19日刊登包慧怡《地下室手记》(Notes from the Underground)，译者David Huntington 等。

文学杂志《今日中国文学》(Chinese Literature Today) 于2018年第7卷第1期刊登Beth Privrat对贝拉《魔咒钢琴》(The Cursed Piano) 所著书评；李海鹏对胡桑散文集《在孟溪那边》(On the Other Side of Mengxi River) 所著书评，译者刘波

---

❶ 该书由中国香港笔会文集（PEN Hong Kong）汇编。

和 Emma Green；Yu Min Claire Chen 对贾平凹《高兴》(Happy Dreams) 所著书评；Chien-hsin Tsai 对舞鹤《余生》(Remains of Life) 所著书评；拉加先《影子中的人生》(Life in the Shadows)，译者 Christopher Peacock。于 2018 年第 7 卷第 2 期刊登的书评和作品包括：Amy Lantrip 对阎连科《炸裂志》(The Explosion Chronicles) 所作书评；谢海燕对穆爱莉和 Mike Smith 编译的作品选《当代中文小小说汉英对照读本》(Contemporary Chinese Short-Short Stories: A Parallel Text) 所作书评；黄盈盈对朱萍作品《二十世纪中国文学和文化中的性别与主体性》(Gender and Subjectivities in Early Twentieth-Century Chinese Literature and Culture) 所作书评；Josh Stenberg 对朱朱作品《野长城》(The Wild Great Wall) 所作书评；黄盈盈对张应俞作品《骗经》(The Book of Swindles: Selections from a Late Ming Collection) 所作书评；艾伟作品《战俘》(The Captured)，译者王光明和 Sara Wilson。

2019 年

曹文轩儿童绘本《夏天》(Summer)，绘画郁蓉。

茨仁顿珠《英俊和尚及其他故事集》(The Handsome Monk and Other Stories)，译者 Christopher Peacock；金庸《射雕英雄传》之第 1 卷《英雄诞生》(A Hero Born: Legends of the Condor Heroes 1)❶，译者郝玉青；王安忆《富萍》(Fu Ping)，译者葛浩文。

金宇澄《繁花》，译者陶忘机。即将由美国 Farrar, Straus and Giroux 出版社出版。

2020 年

金庸《射雕英雄传》之第 2 卷《被取消的誓约》(A Bond Undone: Legends of the Condor Heroes 2)，译者张菁；张炜《刺猬歌》，译者袁海旺。均待出版。

---

❶ 美国 St. Martin's Press 于 2019 年出版第一卷，2020 年将出版第二卷。

第三节 结　　语

虽然美国目前对"一带一路"仍持警惕、犹豫的态度。但桃李不言下自成蹊，"一带一路"的良苦用心越来越为世界所认知，中国经济发展的世界性贡献越来越成为许多国家发展的强力支持，也引起了世界了解中国的强烈愿望。美国也不例外，对"一带一路"的态度也愈发务实，甚至在局部领域有了一些实质性的合作，如亚投行问题。另外，美国文化有一个特点，政府主导的主观性误读常常引起民众对误读对象更大的热情和好奇心，而事实上美国民间对汉语和中国文化的客观诉求很大，政府的控制实际上压缩或抵消了民众的需求，常常更激发民众主动了解中国的愿望。"一带一路"倡议提出以来，中国当代文学在美国的译介、传播和接受情况就说明了这一点。

中国当代文学作为中国发展的记录者和观察者，也有责任和义务向世界传达中国的真实影像，让美国民众通过文学作品看到真实的中国生活，塑造真实的中国世界形象。为此，我们不能守株待兔，要客观分析中国当代文学的现状和问题，并根据美国的实际，客观选择最适合的作品，最合适的译者与出版发行机构，然后运用多种媒体手段推动中国当代文学走进美国普通人的日常生活。

目前，中国当代文学作品与美国文学的译入与译出明显不平衡。美国文学、影视在中国的流行度远超中国当代文学、影视在美国的影响力，我们要认真研究美国文学作品所蕴含的美国文化特点，知彼知己，并以此为基本尺度，精准选择适合美国人思维习惯和接受习惯的作品，或专门创作、编写合适的作品，或邀请美国的汉学家参与创作或选择适合翻译的作品，这样的作品在美国更易被接受和欢迎。

中国政府和相关机构应加大对美国译介中国当代文学的资助力度和广度。虽然中美文化交流活动多，项目丰富，但文学作品外译资助的比例和种类始终不足，不但出版的数量少，而且销量也不理想，很多中国知名作家的译本，往往只停留在研究者层面，很难进入民众视野，并在美国图书市场具备竞争力。在美强我弱的情况下，政府支持无疑是最直接有效的推动方式。

美国优越观念在美国深入人心，面对中国当代文学，美国式优越感当然也不会消失。美国目前翻译中国当代文学的翻译家，很多最初也不是出于对中国文化、文学发自内心的热爱，更多是为了"稻粱谋"，很多美国译者也是因为从中国经济的发展中看到了利益，这并不是坏事，但我们应未雨绸缪，借风远航，及时借助美国的汉语和中华文化传播平台，从娃娃抓起，有条不紊地培养既通汉语更懂中国，也在感情上亲近中国的未来翻译人才，并在人才培养过程中有意识地进行文学素养、文学知识、中国美学方面的熏染和雕琢，假以时日，这些人才将会更充分客观地将中国文学介绍到美国，并引导美国的阅读倾向。

总之，中美文化交流有着深厚的历史文化底蕴，而"一带一路"作为经济全球化时代的中国方案，将为中美两国都带来更多机遇。在"一带一路"背景下，中美作为当今世界举足轻重的两个大国，双方的和谐、合作也将进一步推动世界发展。

下篇

中国当代文学与"一带一路"：对策与愿景

文学交流无定法，但有定律，即必须传递真诚，温暖人心。中国当代文学走出去目前呈千帆竞渡之势，成绩斐然，已成为中国海外形象的重要代表。但总体看，仍是"送出去"的多，"卖出去"的少，离"融进去"目标还很远。为此，未来应从质量入手，中外合力建成既符合中国当代文学实际，又具有国别针对性的"一条龙"翻译传播机制，有条不紊、有的放矢、精准对焦，最终打造出"节能型"中国当代文学走出去品牌，实现资源优化，使走出去的中国当代文学作品既可"一专多能"，一花开百园，也可"多管齐下"，一园开百花。

第十九章　主导与主动：共助互动

世界文学发展史证明，文学的海外影响力与一国综合国力的世界影响力是成正比的，如英美等国进入现代化过程中，都伴随着本国文学的国际化热潮。

中国当代文学的海外传播之路，与中国的大国崛起进程也是一致的。在很长一段时间内，中国文学的海外传播，在某种程度上基本处于"自娱自乐"阶段，因为信息传播不畅，长期处于"盲人摸象"的窘境，也没有出现《浮士德》《战争与和平》那样世界性的作品，国外自然也不会产生翻译中国文学的主观能动性，中外文学交流存在着巨大的"逆差"。

从20世纪50年代发展至今，尤其是近30年，中国当代文学取得了长足的进步，出现了大批优秀作家，青年作家如春日沃野上的青草，得雨露滋润，"草色遥看近却无"，与大众、社会、民间实现了更广泛的融合，也获得了来自大地的源源不断的养料和水分。

"一带一路"倡议提出以来，中国当代文学的海外之路有了集中的场域和视域，资源得到整合，形成了合力，呈集中、快速发展趋势。当然，发展都是在矛盾中的进步，"一带一路"的中国当代文学之路既有经验，也有教训。为了更好地以文学实现世界村民心相通的目标，在总结经验的同时，中国政府相关部门更应分析问题，强化顶层设计，从中国的全球发展战略高度规划中国当代文学在"一带一路"沿线国家的海外传播与发展，系统规划、系列出版，促进译界与作家、出版社等形成传播合力，推动中国文学与世界各国文学的交流互动，努力实现中国文学承载的中华文化、中国精神和中国思想"走出去"并"融进去"，实现中国价值、中国智慧的当代国际表达。

第一节 "中国主题"下各项目初见成效

发展起来的中国更需要文化的繁荣，富裕起来的中国人也更加追求精神富足，并且对中外文化交流产生了更高的要求，自身也已有能力融入中外文化交流。在这样的背景下，中国政府充分发挥了自身的组织优势和经济优势，规划、设计、发起一系列相关活动或项目，以中国为舞台，推动中国与世界各国加强思想文化交流、推动中外文化合作互鉴、拓宽中外文化交流渠道与内容，主动引导和推动中国当代文学与中国民众的精神需要和世界对中国文化的客观需要相结合。

政府的全方位支持、引导和资金投入，对中国文学在沿线国家的译介举足轻重。中国文学作品的翻译出版、宣传推广理念要与国际接轨，要奉行"战战兢兢，如履薄冰"原则，因为坐等国外出版人主动登门伸出译介中国文学作品的橄榄枝，任凭民间团体自发、随机、偶发地对外宣传中国文学作品，事实证明，效果都是事倍功半、杯水车薪，甚至出现"骆驼走猴道"的不对称现象。

中国当代文学的海外之路，是在摸索中越走越宽的。2004年3月，中国作为主宾国参加了中法文化年系列活动之第24届法国图书沙龙，由国务院新闻办公室提供资助，法国出版机构翻译出版的70种法文版中国图书在沙龙上展出并销售，6天内售出约三分之一。受此启发，2004年下半年，国务院新闻办公室与新闻出版总署正式启动"中国图书对外推广计划"，推广范围主要包括：反映中国当代社会政治、经济、文化等各个方面发展变化，有助于国外读者了解中国、传播中华文化的作品；反映国家自然科学、社会科学重大研究成果的著作；介绍中国传统文化、文学、艺术等具有文化积累价值的作品。"中国图书对外推广计划"工作小组每年都出版《"中国图书对外推广计划"推荐书目》，充分运用书展、网站、杂志等各种渠道向国内外出版机构介绍推荐图书。而入选图书一旦与国外出版机构或版权代理机构谈妥版权转让事宜，就可与购买版权的国外出版机构协商确定一方负责资助申请，若符合资助条件，国务院新闻办公室将与申请单位签订"资助协议书"。

中国和法国通过主流渠道合作推介中国图书模式获得了成功！这是中国政府以图书为媒介向世界介绍中国所采取的积极行动，拓宽了中国文学外输渠道和外国读者认识中国的视野。随后，中国政府与英国、日本、美国、澳大利亚、新加坡等国的出版机构先后签署了资助出版协议，越来越多的中外出版机构参与到计划之中。

在此基础上,中国政府相关机构秉承"向世界说明中国,让世界各国人民更完整、更真实地了解中国"的宗旨,不断辟疆拓土,积极寻找中国与世界文化连通的纽带,越来越多的中国当代优秀文学作品也借以走到了世界读者的面前。

"一带一路"倡议提出以来,中国政府高度重视以中国文学为载体,与沿线国家共同分享中国经济腾飞带来的中国故事、中国文学经验红利。中国故事、中国文学经验,归根结底属于世界。为此,中宣部、国家新闻出版广电总局、国务院新闻办、中国作协、国家外文局等部门都已颁布实施相关政策予以有序、有重心地加大支持力度、扩大资助规模,如"中国图书对外推广计划""丝路书香出版工程""经典中国国际出版工程""中国当代作品翻译工程"等项目,集群效应明显,有效加大了中国文学在沿线国家的传播力度。

一、图书出版

从 2014 年 12 月起,为服务"一带一路"倡议,国家新闻出版广电总局正式实施"丝路书香工程",规划实施时间到 2020 年,涵盖重点翻译资助项目、丝路国家图书互译项目、汉语教材推广项目、境外参展项目、出版物数据库推广项目等,旨在在"一带一路"沿线国家推动中华文化传播和沿线国家的具体国情、民情的对接合作,有计划、有重点地翻译出版中国主题图书,其中重点是"经典中国国际出版工程""丝路书香出版工程"和"中国当代作品翻译工程",其中的重中之重是翻译资助项目,其中尤其重视资助小语种翻译作品,包括越南语、土耳其语、马来西亚语、塞尔维亚语、印地语、印尼语等,覆盖率高,影响范围广。

根据 2018 中国国家新闻出版广电总局就申报"经典中国国际出版工程""丝路书香工程重点翻译资助项目""中国当代作品翻译工程"的通知,三类项目的基本要求是:

(1)"经典中国国际出版工程"重点支持国内出版单位向世界主要国家和地区输出当代中国题材图书,增进海外读者对当代中国的认知和理解。"经典中国国际出版工程"优先对国内出版单位与国际大型出版机构签署版权输出或合作出版的项目立项，立项语种侧重英语等大语种。

（2）"丝路书香工程重点翻译资助项目"着力推动当代中国题材图书在周边国家和"一带一路"沿线国家翻译出版，促进民心相通。"丝路书香工程重点翻译资助项目"优先对国内出版单位与周边国家和"一带一路"沿线国家知名出版机构签署版权输出或合作出版的项目立项，立项语种侧重周边国家语种、"一带一路"沿线国家通用语种。

（3）"中国当代作品翻译工程"精选思想精深、艺术精湛、制作精良的现实题材文学作品，对其翻译出版和海外推广进行资助。

1. 经典中国国际出版工程

"经典中国国际出版工程"是新闻出版广电总局为鼓励和支持适合国外市场需求的外向型优秀图书选题的出版、有效推动中国图书"走出去"而直接负责的一项重点骨干工程。2014年以来，该项目支持面向"一带一路"沿线国家出版的中国当代文学作品主要有：刘震云西班牙语版《我叫刘跃进》，2014；梁衡散文集英语版《觅渡》、莫言英语版《白狗秋千架》、劳马英语版《巴赫金的狂欢：劳马剧作三种》，2015；莫言英语版《师傅越来越幽默》和《生死疲劳》、劳马日语版《一个人的聚会》和韩语版《非常采访》、安妮宝贝日语版《蔷薇岛屿》，2016；刘震云西班牙语版《一句顶一万句》、周大新德语版《曲终人在》，2017；等等。

作家作品的翻译出版及海外推广宣传之旅费用较高，对于出版社也是很重的负担。这也是国内知名作家在沿线国家影响力有限的重要原因。《三体》三部曲的英语版、德语版、西班牙语版、土耳其语版、匈牙利语版、泰语版、波兰语版等诸多语种的出版都得到了"经典中国国际出版工程"的大力资助，正是依托政府主导和鼎力资助，中国与沿线国家之间的空间距离产生的阻隔得到有效消除，《三体》才飘洋过海来到诸多"一带一语"沿线国家，回声响亮。《三体》多次荣获国际大奖，与政府资助也不无关系。

2. 丝路书香出版工程

"丝路书香出版工程"紧扣"一带一路"主题，切合出版产业规律和国际合作规律，创造了"一带一路"沿线国家中国国际出版品牌，形成了中国出版产业的协同创新机制，提升了中国和沿线国家出版合作的实力，对加强中华文化的国际传播能力，提高中国文化软实力，构建人类命运共同体都具有历史性意义。

"丝路书香出版工程"的实施，旨在加快中国精品图书、汉语教材在"一带一路"国家的出版发行，搭建中国与沿线国家的图书版权交易平台、出版信息资讯平台，实现与沿线国家的出版资源互联互通、渠道共享。其中重点资助翻译丝路文化精品图书、中国主题图书、传统文化图书、优秀文学图书和原创少儿图书，同时推动与沿线国家图书互译，按市场化运作方式，遴选一批经典图书和优秀当代图书互相译介到对象国出版发行，首批互译项目重点推动与沙特阿拉伯、科威特、哈萨克斯坦、蒙古国、斯里兰卡、摩洛哥建立互译机制。

"丝路书香出版工程"经数年建设，充分发挥了新闻出版在"一带一路"倡议中的特殊纽带和桥梁作用，让沿线国家读者借以更全面地认识中国、了解中国、理解中国，成为了中国文化软实力提升和传播的有效途径，"一带一路"民心相通的品牌。其中，"重点翻译资助项目"重点资助翻译出版了一批能更好地讲出中国故事、更顺畅地传播中国声音、更客观地阐释中国特色的外向型图书，包括备受"一带一路"沿线国家欢迎的中国当代文学、儿童文学、网络文学。以2017年和2018年"重点翻译资助项目"中的部分中国当代文学作品为例：

2017年：

（1）北京师范大学出版社（集团）有限公司：《中国当代文学名家系列：海子诗选》（阿拉伯语）、《中国当代文学名家系列：陆文夫小说选》（阿拉伯语）、《中国当代先锋小说思潮论》（阿拉伯语）。

（2）北京大学出版社：《中国当代文学史》（越南语）。

（3）中国人民大学出版社有限公司：《无边的挑战——中国先锋小说的后现代

性》(英语);《盗墓笔记》、《花千骨》(英语)。

(4) 中国漫传奇文化传播有限公司:《三体》(俄语)。

(5) 中国图书进出口(集团)总公司:《活着》(罗马尼亚语)、《穆斯林的葬礼》(土耳其语)、《棋王　树王　孩子王》(土耳其语)。

(6) 北京出版集团:《平凡的世界》(马来西亚语)。

(7) 江苏译林出版社有限公司:《在细雨中呐喊》(土耳其语)。

(8) 上海文艺出版社:《繁花》(越南语)。

(9) 浙江文艺出版社:《我叫刘跃进》(希伯来语)。

2018年:

(1) 北京师范大学出版社(集团)有限公司:《中国当代文学名家系列:劳马小说选》(法语)、《中国当代文学名家系列:韩少功小说》(葡萄牙语)、《中国当代文学名家系列:李洱小说选》(葡萄牙语)、《中国当代文学史的历史叙事:海德堡讲稿》(葡萄牙语)、《中国当代先锋小说思潮论》(葡萄牙语)。

(2) 人民文学出版社:《"一带一路"中国当代文学土语译丛——"老生"》(土耳其语)、《"一带一路"中国当代文学土语译丛——"天黑得很慢"》(土耳其语)。

(3) 外语教学与研究出版社有限责任公司:《命若琴弦》、《哦,香雪》、《受戒》(阿拉伯语)、《火焰与词语:吉狄马加诗集》(匈牙利语)。

(4) 中国图书进出口(集团)总公司:《私人生活》(西班牙语)、《九月寓言》(阿拉伯语、哈萨克语)、《棋王 树王 孩子王》(塞尔维亚语)。

(5) 北京出版集团:《平凡的世界》(越南语)。

(6) 人民文学出版社:《人面桃花》(西班牙语)、《石榴树上结樱桃》(阿拉伯语)。

(7) 五洲传播出版社:《暗算》(波斯语)、《跑步穿过中关村》(波斯语)。

3. 中国当代作品翻译工程

数年来，中国当代文学借力"丝路书香出版工程"已经基本覆盖了"一带一路"沿线国家通用语外的其他小语种，推动了中国当代优秀文学作品走进沿线国家。"中国当代作品翻译工程"就是为了满足沿线国家对中国当代文学作品的客观需求而实施的一项政府资助项目。

目前，"中国当代作品翻译工程"项目资助出版的中国当代作家作品主要有：麦家的《解密》（英语版，美国出版），毕飞宇的《推拿》（英语版，澳大利亚出版），曹文轩的《草房子》和《红瓦》（俄语版），周大新的《安魂》（阿拉伯语版），格非的《隐身衣》（法语版），贾平凹的《高兴》（瑞典语版），迟子建的《额尔古纳河右岸》（西班牙语版），王丽萍的《媳妇的美好时代》（斯瓦希里语版，肯尼亚出版），徐则臣的《跑步穿过中关村》（英语版）等。

4. 外国人写作中国计划

这是"丝路书香出版工程"的子项目，2017年3月启动，秘书处设在北京语言大学，由中国文化译研网（CCTSS）执行落实，主要面向"一带一路"沿线国家的汉学家、作家、媒体人、学者和社会知名人士，首批约请了国内外150家出版企业、1 000余名海外汉学家、翻译家，最后选出65家海内外机构和7名汉学家、作家，申报选题72个，涵盖语种19个，其中英语48种，俄语5种，法语4种，德语4种，阿拉伯语4种，韩语2种，西班牙语2种，波兰语2种，哈萨克语1种，乌克兰语1种，土耳其语1种，印地语1种，格鲁吉亚语1种，越南语1种，马来西亚语1种，孟加拉语1种，希伯来语1种，阿尔巴尼亚语1种，塞尔维亚语1种，部分作品多语种出版。

首批签约外国作家深入体验中国生活和文化、中国国情，"洋眼看中国"，亲身感受中国、思考中国，并以海外读者容易理解和接受的语言，向世界讲述自己的中国故事，客观介绍中国。事实证明，这是中国文学走出去的一条创新途径。美国汉学家葛浩文，法国汉学家白乐桑，诺贝尔文学奖评委、瑞典汉学家马悦然等著名汉学家都签署了写作出版协议。

二、面向东南亚小语种翻译人才培训项目

随着中国与"一带一路"沿线国家的经济合作日益频繁、密切，中国当代文学作品的国际化需求随之愈发强烈。但事实上，中国经济在沿线国家的影响力与中国文学在沿线国家的影响力并不相称，沿线国家高水平小语种译者的匮乏，已成为制约中国文学国际化与经济影响最大化的主要因素之一。

"面向东南亚小语种翻译人才培训项目"❶应运而生，这是专门面向东南亚小语种翻译人才的培训项目，针对缅甸语、泰语、越南语翻译人才进行培训，为中国与东南亚、南亚国家的译者、媒体人、出版人面对面交流与合作建立务实的对接机制，提升小语种翻译人才对中国出版行业的认识，打造出版、影视等领域与东南亚、南亚国家多元交流、合作平台，加快推进对外出版交流合作成果有高度、有温度、有亮度。

2016年5月，"缅甸语翻译人才培训班"在云南大学开班❷，标志着该项目的正式启动，培训了20余名缅甸语人才。

2016年12月，"泰语翻译人才培训班"在北京语言大学开班。学员主要由泰国在华留学生组成，历时一周，培训泰语翻译人才30余人。

2018年4月，"尼泊尔翻译人才培训班"在北京印刷学院举行。喜爱中国文化的尼泊尔出版人、媒体人和在华留学生20余人参加了培训班，就中尼文化交流、中国传统文化、南亚文化等内容展开培训，并赴五洲传播出版社和中国人民大学出版社等"走出去"成果丰硕的出版单位进行实地调研、学习和交流。

---

❶ 2015年国家新闻出版广电总局正式批准云南大学出版社"面向东南亚小语种翻译人才培训项目"入选国家"一带一路"重大工程"丝路书香出版工程"。
❷ http：//www.ynxgj.gov.cn/xg_ywdt/xg_ywzt_fzgh/201606/t20160616_383603.htm

三、丝绸之路影视桥工程

2015年4月3日,国家新闻出版广电总局国际合作司委托招标代理机构中国机械进出口(集团)有限公司发布"丝绸之路影视桥工程——中国影视剧对象国本土化语言译配项目"招标文件,要求投标单位做到:

(1)针对不同的包件配备不同的译配团队。团队成员包括但不限于导演、演员、翻译、制作等。

(2)须确保每一部影视作品中至少三名主要演员及三名次角演员的配音由母语为对象国的外籍专业配音人员承担;并在每部影视作品中做到口音统一及纯正。

(3)翻译应在忠实原著的基础上做到语言生动、文字流畅、通俗易懂;外语配音需充分表现中文原声的情感。

(4)影视剧的配音制作需保持外语配音与中文原声的长度一致;需尽量保持外语配音与中文原声口型一致,气口一致。

(5)在坚持上述原则基础上,有效地规避中外受众文化背景和宗教习惯的差异,贴近受众习惯。

招标内容是将70余部中国影、视、纪录片、动画片等剧目通过翻译、配音、字幕制作及合成,在俄罗斯、哈萨克斯坦、乌兹别克斯坦、吉尔吉斯斯坦、塔吉克斯坦、越南、柬埔寨、老挝、缅甸、巴基斯坦、印度、土耳其、捷克、葡萄牙、约旦等"一带一路"沿线15个国家用17种语言予以推广,其中包括电视剧《欢乐颂》《父母爱情》《我的岳父会武术》;电影《滚蛋吧,肿瘤君》《大唐玄奘》《北京爱情故事》;动画片《少年师爷之忠义满乾坤》《棉花糖和云朵妈妈(第一季)》《乐比悠悠大洋环游记》《小济公》;纪录片《美丽乡村》《指尖上的传承》(据"中华人民共和国财政部网站")。招标得到了积极响应,其中一些影视作品已通过阿拉伯语、柬埔寨语、僧伽罗语、英语、法语等20多种语言译配并在相关国家发行,译配时长达数万小时。遗憾的是,缅甸语、越南语、乌尔都语、土耳其语、约旦或叙利亚方言项目没有中标。

翻译会对文化产生重塑和重构作用，本土化译配影视作品项目采用中方电影人与对象国影视业界合作译配方式，以中方主导，最大化发挥对象国译者的主观能动性，以期达到最佳翻译效果。仅举数国为例。

1. 泰国

2017 年，泰语配音版《三国》在泰国电视三台播出。此前播出的《包青天》也很受欢迎。

2018 年 8 月，泰国翻拍的中国大陆电视剧《匆匆那年》，中国台湾电视剧《我可能不会爱你》开机，表明中泰两国影视行业的合作机制日趋完善，中国电视剧在泰国已经培养了一定的观众群。

泰国与中华文化血缘深，文化情感铺垫也很厚重，这为泰国观众接受中国电视剧发挥了潜移默化的引导作用。尤其是有华裔血统的泰国人，因为与中国文化具有与生俱来的亲缘属性，所以一些掌握媒体资源的华侨常常尽心尽力调动社会资源发行中国影视作品，传承中华文化。因为有之前港台影视作品在泰国开拓的市场基础，中国大陆电视剧在泰国的发行相对顺利，《上海滩》《还珠格格》《流星花园》《甄嬛传》《天天有喜》《醉玲珑》等泰语配音版中国电视剧及电影《大圣归来》等的播出在泰国掀起了一浪又一浪的"中文热"，也为中国文化在泰国的传播建立了良好的观众基础。

然而，总体而言，中国影视剧在泰国的市场份额仍受到韩剧、印度剧等的冲击，且不断受到压缩。中国影视剧要拓展在泰国的市场份额，首先亟需创新题材，制作精品现代题材剧，以免观众审美疲劳；其次，针对移动端和电视的影视宣传广告仍需加大投入；最后，应规范化和规模化国内影视企业，组建出口联盟，集中版权、灵活运作，助力中国影视企业抱团出海，推动影视产业发展升级，提升中国影视剧在泰国的国际传播力和竞争力。

目前，中国影视企业已经行动起来，如 2017 年 12 月中国电视剧（网络剧）出口联盟成立，成员包括华策影视、华谊兄弟、爱奇艺等数十家企业，集体出海，抗击风浪的实力自然就强一些。

2. 尼泊尔

2017年，中国与尼泊尔在影视合作领域不断拓展，交流作品日益丰富，深化合作取得了阶段性成果。尼泊尔中国文化中心举办了年度中国电影节；举办了第二届尼泊尔校园中国电影节，并为20多所当地学校带去了《夏洛特烦恼》《战狼》《熊岭雄风》等10多部电影。

在中国驻尼泊尔大使馆的全力支持下，由尼泊尔阿尼哥协会完成了对1986版《西游记》的译配工作，2017年在尼泊尔电视台播出。此外，尼泊尔语配音电影《大唐玄奘》也与尼泊尔观众见了面。

形式多样的影视合作在尼泊尔观众中引起了热烈的反响，为尼泊尔人了解中国打开了荧屏之窗、心灵之窗，为中尼两国的人文交流带来了聚合效应，推动形成了中国影视产业在尼泊尔的品牌效应。如同春风化雨一般，中尼民心在潜移默化中相通。

3. 法国

目前，由杜碧姬（Brigitte Duzan）等法国的中国文学爱好者创办的中国电影译介网站Chinese Movies成为中法电影交流的窗口，网站内容包括：①影片导演、主演、类型、内容、获奖情况等较详细介绍；②对影视艺术家的介绍；③输出影片；④最新简报；⑤ 2017—2018年度第8季中国电影周活动"从创作到银屏"。中国电影周活动具体由巴黎第七大学（狄德罗大学）孔子学院与巴黎中国电影文献中心合作开展，类似于中国的电影进校园活动。电影周播映了中国电影发展史上具有代表性的一些电影作品，包括张铮等导演的《小花》、张军钊导演的《一个和八个》（取材于郭小川的同名长诗）、胡雄华导演的动画片《狐狸打猎人》、娄烨导演的《紫蝴蝶》、李红旗导演的《寒假》和《好多大米》、万玛才旦导演的《寻找智美更登》、陈浩峰导演的《师父》、王竞导演的《万箭穿心》（改编自方方的同名小说）、陈凯歌导演的《道士下山》(改编自陈浩峰的同名小说)、曹保平导演的《烈日灼心》(改编自须一瓜的小说《太阳黑子》)。

虽然这些活动只是法国民间发起,但因为有法国的大学和孔子学院参与筹办,活动的影响力大大提升,而且作为一种中法影视合作交流的有效模式,对中法电影的未来合作,也起到了推进作用。

4. 埃及

据埃及广电联盟提供的收视统计报告,2016年1月,习近平总书记访问埃及期间,埃及正在播放阿拉伯语配音版《父母爱情》,收视率创新高。

2016年10月,阿拉伯语版电影《杜拉拉升职记》走入埃及苏伊士运河大学,在"走进现代中国—苏大孔院电影开放周"开幕式上与观众见面,随后在埃及英国大学、埃及泰达工业园区陆续放映。

阿拉伯语配音版中国电影作品《单身男女》《人在囧途》《假装情侣》《保持通话》《唐山大地震》《我愿意》《逃出生天》《滚蛋吧!肿瘤君》等,电视剧《北京青年》《欢乐颂》《父母爱情》《感动生命》《我们结婚吧》《中国往事》等,及纪录片《筑梦中国》《茶》《游魂之城》《将爱进行到底》《手艺》等也已在埃及等22个阿拉伯国家播出。

5. 阿联酋

2014年3月,中国天山电影制片厂拍摄的电影《真爱》阿拉伯语版在迪拜首映。《真爱》以2009年感动中国十大人物的维吾尔族母亲阿尼帕·阿力马洪为原型,她在几十年间抚养来自6个不同民族的19个孩子,故事感人,体现中国当代人的精神世界,人心同善,也自然会感染世界不同民族的人。

6. 坦桑尼亚

中国国际广播电台与坦桑尼亚国家广播公司合作已久。2011年,《媳妇的美好时代》改名为斯瓦西里语的《豆豆和她的婆婆们》在坦桑尼亚国家电视台 TBC1 首播，之前通过国家广电总局协调，版权拥有者同意把该剧斯语版播出权"无偿提供"给坦桑尼亚。最初播出时间放在下午 6：30，虽然非黄金时段，但产生了"黄金效果"，连续热播三个月。半年后，应观众要求，在坦桑尼亚重播，并且调到了黄金时段。说着斯瓦西里语的"豆豆"成了坦桑尼亚家喻户晓的名字，坦桑尼亚老百姓通过这部电视剧了解了中国老百姓的日常生活，拉近了两国老百姓的距离。2013 年 3 月 25 日，习近平总书记偕夫人彭丽媛在坦桑尼亚演讲时也提到了《媳妇的美好时代》，会场上顿时响起了热烈的掌声。《媳妇的美好时代》架起了中坦民心相通的新桥梁，成为"中坦友谊"新桥。

《媳妇的美好时代》也创下了两个"第一"：国家广电总局"中国优秀电视剧走进非洲"项目向坦桑尼亚推出的第一部电视剧，同时也是迄今为止第一部被翻译成斯瓦西里语的中国电视剧。在坦桑尼亚重播后，《媳妇的美好时代》开始走上商业轨道，由坦桑尼亚国家广播公司负责在非洲其他斯语国家推广，版权费则由坦桑尼亚国家电视台、中国国际广播电台和版权所有人三家分成。目前，该剧已在肯尼亚、乌干达播映。

应坦桑尼亚观众之求，2017 年 3 月，中国国际广播电台译配的斯瓦希里语版电视剧《西游记》也在坦桑尼亚国家电视台播出。与此同时，现代剧《北京爱情故事》《金太郎的幸福生活》《杜拉拉升职记》也已在推出计划之列。

7. 美国

2016 年 11 月 11 日，美国派拉蒙影业公司拍摄发行的科幻电影《降临》在美国上映。影片根据华裔科幻作家姜峰楠的小说《你一生的故事》改编，讲述的是十二艘外星人飞船飞临十二个不同国家，并向人类发出了讯号，而人类却无法解读，最后依靠语言学家解决了一场语言沟通导致的人类危机。故事以解决语言之谜为悬念，与世界文化多元背景下的沟通之困颇多相合之处，同时也暗示语言相通对解决不同文化之间的矛盾甚至人类命运的重要价值。2017 年 1 月 20 日，影片在中国内地上映，因为其中十二个国家包括中国，并且在解决危机的过程中中国发挥了重要作用，所以在中国也得到了不错的评价，中国元素与世界元素，以语言为媒，可以使整个宇宙得到精神沟通。这与"一带一路"通过语言相通实现民心相通的初衷，在某种程度上实现了吻合。

2017年6月，中美合拍电影《中国推销员》上映，国际影星迈克·泰森、史蒂文·西格尔加盟，在广袤的非洲，中美演员共同演绎了中西文化混合的传奇故事，中国元素、美国元素、商业元素、英雄情结，使影片比较成功地表达了不同文化都能接受的主题，虽然杂糅色彩明显，但基本做到了让观众能各取所需且并行不悖，目前已向美国、英国、法国、意大利、日本、韩国、印度、土耳其、沙特、利比亚、科威特、伊拉克、埃及和南非等70多个国家出售了发行权，其中包括"一带一路"沿线30多个国家。影片基本主题是中国DH移动通讯公司的推销员要在南北长期分裂、冲突不断的北非完成中国民族品牌的落地工作，实际上影片本身已经做到了中华民族元素的世界化。

8. 俄罗斯

中俄合拍抗日电视连续剧《晴朗的天空》(2016)，由导演尤小刚执导，讲述了1937年苏联飞行员和工程师帮助中国军队抗击日本侵略的故事。电影基于中苏并肩抗战史实，引起两国观众共鸣。

9. 日本

2016年，中日在二次元影视领域开启了合拍历史新纪元目前，中日合拍动画片主要包括《从前有座灵剑山》《龙心战纪》《一人之下》《凸变英雄》《星梦手记》《侍灵演武》《时空使徒》和《一课一练》等，并在中日同期播出。通过合作，中国动漫产业弥补了资金、技术上的不足，对日本动漫的叙事艺术和价值观表达方式，也有了一定的借鉴；而日本动漫则通过合作，进一步拓展了中国市场，延伸了日本动漫产业链。

10. 越南

2016年,《微微一笑很倾城》在越南视频网站Zing TV正式授权热播,更新到第六集时,单集播放量就突破了70万,居收视率排行榜首。

《倾城》是由中国知名原创工作室——元气工场根据顾漫的《微微一笑很倾城》改编的漫画版故事。

ZingTV是越南互联网科技公司VNG旗下的一款OTT视频服务产品。VNG集团产品涵盖视频、音乐、游戏、社交、支付、门户、电商等领域,是越南互联网界的巨擘。Zing TV提供各类电视节目、电影、教育、音乐、体育、短片等,用户流量堪称越南同行业之最。与东南亚其他OTT平台相比,ZingTV的内容和中国"亲密接触",华语电视剧长期占据Zing TV的半壁江山,如《一千零一夜》《芸汐传》《流星花园》《萌妃驾到》等,都是热播剧,但都没有经过正规授权。

11. 蒙古国

2014年8月,习近平总书记访问蒙古国期间签署了《中华人民共和国与蒙古国关于建立和发展全面战略伙伴关系的联合宣言》,承诺向蒙古国提供中国优秀影视剧译作项目。中国国家新闻出版广电总局积极行动,制定了"一国一策"传播战略,即为了推动中国影视作品在海外的针对性传播和精准化传播,组织调研分析不同国家的风俗文化、观众的收视习惯,制定了具有国别针对性的中国影视剧传播策略,其中蒙古国是典范。近年来,国家新闻出版广电总局根据蒙古国观众的收视习惯,建立了对蒙传播节目库,组织专业人员对这些节目进行蒙语本土译配,然后针对性进行宣传推广,积极拓展拓宽播出渠道,国产电视剧《北京青年》《青年医生》《平凡的世界》就是这样先后在蒙古国主流电视频道黄金时段得以播出的。其中佼佼者是电视连续剧《生活启示录》,蒙古国观众通过该剧对中国老百姓的日常生活、中国人的善良品性有了直观深入的了解,增强了对中国文化的亲近感。该剧不但创下了蒙古国国家台收视新高,而且领先了同期播出的俄剧、韩剧,连续20天稳居蒙古国收视冠军。迄今为止，中国电视剧在蒙古国的市场份额与俄剧、韩剧已形成三足鼎立之势。

2017年9月，国家新闻出版广电总局率《生活启示录》主创团队在蒙古国举办了中国电视剧首个海外观众见面会，现场"粉丝"簇拥，互动气氛热烈，蒙古国再掀中国影视剧收视热潮。

2018年9月25日，中国国务院新闻办公室、中国国家广播电视总局指导，中国内蒙古广播电视台主办，蒙古国UBS电视台在乌兰巴托承办了中蒙影视交流会。中国国际电视总公司、柠萌影视公司、浙江华策克顿集团好剧公司、陕西文投艺达公司、东阳新媒诚品公司等中国影视龙头企业参会并与蒙古国媒体、影视界代表积极互动交流，中蒙影视合作再现新空间，共创新机遇。

四、孔子学院

据不完全统计，仅2017年，依托全球孔子学院这个平台而开展的中国文学海外传播活动，就多达60余场次❶。全球孔子学院依托地缘优势开展中国文学传播活动，调动和激活了中国文学海外传播的多种、多重社会资源，能够极大地拓展、延伸和改善中国文学的海外生存空间，丰富甚至创新中国文学的海外传播方法和路径，为中国文学走出去搭建融入平台和后勤保障。

走进新时代的中国以传承和传播中华优秀文化的世界胸怀，立足中国文学当下、着眼多元文化共荣共兴的未来，在世界各地建立孔子学院，以精诚的态度与孔子学院所在国相关机构合作为前提，以为对象国优秀文化的可持续发展提供中国优质文学文化资源为动力，不仅推动优化中国和孔子学院所在国文学文化间的生存资源和空间、实现更合理的世界优秀文化资源再分配，而且顺应中国文学的世界性需求，在实现中华优秀文化魅力和中国文学走出去作出了独特的贡献。

---

❶ 姚建彬：《孔子学院助推中国文学海外传播》，《人民日报》（海外版）2018年3月28日。

孔子学院有在地优势，在 15 年的发展历程中，不断改变中华文化国际传播的方式，从最初以汉语教学为主逐步过渡到汉语教学与文化交流并重的运行模式，而中国文学在其中发挥的作用也越来越大，其中中国当代文学占比最大，类型最全，小说、诗歌、戏剧、童话、寓言等皆有涉及，而且相关活动的形式也越来越灵活，除了传统的作家演讲、作品分享、作家签名售书之外，还有意识地组织研讨会、新书发布会，创办译介中国文学的杂志和网站等。可以说，孔子学院以文学疏通中外情感沟通，成效明显。

孔子学院还积极资助出版中国当代文学作品，成为中国文学走向海外的靠岸港口。孔子学院近年资助出版的中国当代作家作品主要有：史铁生的《命若琴弦》、刘震云的《一地鸡毛》、王蒙的《蝴蝶》、铁凝的《麦秸垛》、迟子建的《原野上的羊群》等。

为加强中外文学互动，使外国读者能直面中国当代文学实貌，国家汉办还资助在国外出版文学杂志，为国外的中国文学爱好者、研究者及对中国文化文学感兴趣的各界人士提供一个了解和品鉴当代中国文学景观的窗口，其中最具代表性的是北京师范大学与美国俄克拉荷马大学通过孔子学院实施的"中国文学海外传播工程"。

"中国文学海外传播工程"2009 年 9 月被批准立项并由国家汉办全额资助，由俄克拉荷马大学孔子学院负责具体落实和实施，具体内容包括三个方面：在美国创办全英语杂志《今日中国文学》（半年刊）；在美国出版 10 卷本的"今日中国文学"英译丛书；定期、不定期在中美两国召开"中国文学海外传播"学术研讨会。至 2018 年 3 月，《今日中国文学》已出版了 12 期；学术研讨会业已召开 2 次；"今日中国文学"英译丛书已经出版了 8 部，即：

第 1 卷，食指诗集《冬天的太阳》（2012），石江山译。

第 2 卷，莫言《檀香刑》（2012），葛浩文译。

第 3 卷，吉狄马加诗集《黑色狂想曲》（2014），梅丹理译。

第 4 卷，《中国当代短篇小说选——"天南"》（2015）[1]，收录了 10 余篇能够代表

---

[1] https://paper-republic.org/coll/chutzpah-new-voices-from-china/

《天南》杂志特点的短篇小说，编者为欧宁和温侯廷（Austin Woerner），选材主要是由温侯廷决定。包括：徐则臣的《时间简史》、盛可以的《没有炊烟的村庄》、任晓雯的《阳台上》、朱岳的《原路追踪》、鲁敏的《西天寺》、沈苇的《新疆词典》、哈萨克族作家艾多斯·阿曼泰的《失败者》、陈雪的《尘埃》、阿乙的《杨村的一则诅咒》、黎紫书的《未完·待续》、何袜皮的《闺房哲学》、野夫的《残忍教育》、张惠菁的《虫阵》、路内的《妖怪打排球》、王梆写伦敦中国移民的《谁偷走了罗马尼亚人的钱包》、李娟的《九个短章》。

第5卷，贾平凹《废都》（2016），葛浩文译。

第6卷，徐泽臣、李铁、蒋韵、韩少功、迟子建、方方、王安忆《中国当代中篇小说选——"河边"》（2016），美国弗吉尼亚大学东亚语言文学系教授、东亚中心主任罗福林（Charles A.Laughlin）、刘洪涛和俄克拉荷马大学文学教授石江山共同负责编辑，选材由刘洪涛教授决定。包括：徐则臣的《苍声》、李铁的《安全简报》、蒋韵的《心爱的树》、韩少功的《山歌天上来》、迟子建的《福翩翩》、方方的《有爱无爱都铭心刻骨》、王安忆的《骄傲的皮匠》。

第7卷，东西《后悔录》（2018），Dylan Levi King译。

第8卷，李洱《花腔》（2019），程异译。

目前，罗福林正在编辑中国当代诗歌卷、当代戏剧卷等，选材均由中国学者确定，陆续推出。

孔子学院还根据国外读者对中国当代文学的需要，有选择性地邀请中国当代作家在海外孔子学院进行系列活动。2010年5月3日至6日，在国家汉办支持下，同济大学和德国汉诺威孔子学院合作，邀请王安忆携《启蒙时代》在德国的纽伦堡—爱尔兰根大学孔子学院、沃尔夫斯堡（又译狼堡）、奥登堡大学、柏林自由大学举行巡回朗读与讨论会，并分别用中文和德文朗读了三个章节，即"姐妹""高医生"和"父与子"，每次活动都坐满德国学者、学生和读者，且踊跃提问。王安忆的回答幽默睿智，陈思和教授的解读准确到位，成为中国当代作家德国传播的典范。王安忆在接受新华社记者采访时表示："欧洲主流文化仍占主导，中国当代作家在欧洲的影响依然有限，人们对中国文学的关心程度普遍不高。作为作者，我们能做的就是做好自己的事情，而我能做的，就是尽量写好自己的小说。"

2017年3月至4月，孔子学院总部/国家汉办组织策划了"刘震云文学电影欧洲行系列活动"，刘震云足迹遍及荷兰、捷克、奥地利、意大利、法国和德国多所孔子学院，开创了孔子学院文化传播新模式。另外，如塞尔维亚诺维萨德大学孔子学院举办了"一带一路·我和汉语的故事"征文比赛，目前已成为孔子学院普及性文化活动的中国诗歌朗诵会等，也是中国当代文学亲近当地民众的有益方式。

2017年10月，孔子学院总部资助，哥伦比亚麦德林孔子学院与孔子学院拉美中心联合编译的西班牙语诗集《五个中国作家：新诗掠影》由哥伦比亚麦德林伊菲特大学出版社出版，内收于坚、周瑟瑟、健如风、梅尔、李成恩五个在拉美多国具有较大影响力的中国作家的作品，这也是首部西班牙语版本中国当代多人诗选，在拉美十几个西班牙语国家大学图书馆、孔子学院收藏。

罗马尼亚布加勒斯特孔子学院、拉丁美洲孔子学院中心、古巴哈瓦那大学孔子学院、意大利米兰国立大学孔子学院、荷兰莱顿大学孔子学院等在传播中国当代文学方面，也都有不俗表现。其中布加勒斯特大学孔子学院及中国图书进出口（集团）总公司共同推动翻译和出版了余华的《活着》《许三观卖血记》及《十个词汇里的中国》（2018）罗马尼亚版，译者就是布加勒斯特大学孔子学院罗方院长白罗米（Luminita Rodica Balan）教授；莱顿大学孔子学院与德赫斯出版社（De Geus）合作翻译出版了荷兰语版毕飞宇的《蛐蛐，蛐蛐》（2015）、徐则臣的《跑步穿过中关村》（2016）。2018年3月下旬，在成功翻译出版了荷兰语版余华的《活着》《许三观卖血记》《兄弟》和《第七天》4部长篇小说后，莱顿孔子学院联合经验丰富的比利时翻译家麦约翰（Jan De Meyer）带领的莱顿大学汉学院翻译团队，首次尝试翻译出版了荷兰语版余华短篇小说集《空中爆炸》，精选了余华从1986年到1998年创作的21篇最具代表性的短篇小说。

第二节 专业人才是桥梁

人才是事业的基础。中国当代文学在"一带一路"沿线国家的翻译传播也需要逐渐培养出一批专门化、职业化的人才，尤其是本土化翻译人才、出版人才的培养，这是中国当代文学能否真正走进"一带一路"沿线国家并获得当地读者认同的关键。

为了切实推动中国文化的本土化，打破目前中国与沿线国家文学交流人才缺乏的瓶颈，中国政府应从宏观政策层面，科学组织，持续培养一批懂华、亲华、友华的汉学家、翻译家、作家、出版人、图书代理人和中国学研究者，借声传音、借笔达志，而且不但要满足当前中国文化走出去的需要，还要分年龄段储备一批中华文化海外传播的未来人才。

实际上，当前中国当代优秀文学作品面临的"内外不同温"现象和译者群体的专业化不足问题已经引起了中国政府的高度重视，中国文学作品外译已经作为中国声音走出去的关键环节，受到中国政府的重视并采取了一系列措施，且从国家层面加强了顶层设计和系统的制度整合、机制创新。

由文化和旅游部牵头的"中外文学出版翻译研修班""青年汉学家研修计划""汉学与当代中国""中外影视译制合作高级研修班"等工作机制为中外人才、资源对接搭建了平台，以主动的姿态通过多渠道、宽口径，举行形式多样的作家与翻译家面对面的沟通和交流活动，为能够代表中国当代文学水平的作品找到最合适的译者和出版人，从而推进中国文学作品在对象国的本土化和品牌化运作，顺应世界对中国文学关注度不断上升的潮流，成为推动中国文学走出去长河中的一股股涓涓细流。

"志合者，不以山海为远。"各国学者、汉学家、出版家、评论家等通过研修之旅积累能量，能更好地发挥他们在中外文学交流舞台上不可替代的纽带作用，为中国当代文学的对外译介发挥积极作用。同时可以中国为平台，推动世界各国优秀文学文化共享共进。

中国一旦行动，成功就指日可待。

一、中外文学翻译研修班

2015年10月，北京国际书展期间，文化部（后为文化和旅游部）与中国作家协会共同主办了"中外文学翻译研修班"。2016年8月、2017年8月，研修班更名为"中外文学出版翻译研修班"，2018年8月更名为"中外文学出版翻译合作研修班"，迄今已经举办了四届，来自阿根廷、比利时、巴西、保加利亚、俄罗斯、白俄罗斯、乌克兰、吉尔吉斯斯坦、塞尔维亚、格鲁吉亚、波兰、罗马尼亚、保加利亚、埃及、突尼斯、坦桑尼亚、肯尼亚、英国、法国、意大利、德国、匈牙利、捷克、芬兰、荷兰、印度、孟加拉国、印度尼西亚、秘鲁、委内瑞拉、韩国、西班牙、瑞典、土耳其、美国、加拿大、澳大利亚、日本、越南等沿线国家为主的200多位翻译家、出版人参加了研修班，并参加了中国文学史、语言发展史学术讲座、国际书展特别活动、中国当代作家作品数据库发布会、国际童书翻译出版研讨会、国内出版机构路演、"一带一路"倡议下汉学家翻译作品交流、跨文化阅读沙龙、民俗体验、京剧观摩等活动。

研修班上，格非、余华、盛可以、阿乙、马伯庸、周大新、计文君、徐则臣、石一枫、马小淘、笛安、文珍、李宏伟、西川、唐晓渡等作家和学者与海外学员们进行了交流。在座谈会上，文化部、中国作家协会负责人则向客人们介绍了中国当代文学创作的现状和未来、"中国当代作品翻译工程"等面向全球翻译家和出版人的文学翻译资助项目，并邀请"一带一路"沿线国家驻华使领馆官员分别介绍各国文学翻译资助政策。与会外国学员则交流了自己翻译中国文学的体会，表示将努力推动中国文学在所在国找到更多知音，并希望未来邀请中国当代作家更多地参与所在国文学活动，让更多优秀的中国作品能在所在国主流读者中产生更大影响。

每次研修临近结束时，主办方都会向学员推介中国文学作品，学员则向研修班提交有关翻译中国文学作品意向的申请资助表。仅2017年就有来自14个沿线国家的20多名学员提交了申请资助表。

二、青年汉学家研修计划项目

"青年汉学家研修计划"项目由中国文化部于2014年创办，是中国首个旨在帮助世界各国的青年汉学家及译者来到中国，深入客观了解中国历史和当代中国，通过中外文化交流在世界范围弘扬和传播中国文化及价值观的年度研修项目。研修计划搭建了一个推动国际汉学发展、促进中外学术合作、支持海外青年汉学家开展中国研究的全球性平台，为各国中国学领域的青年人才提供了体验式研究中国的机会、创造与不同行业的中国杰出学者开展交流合作的机遇，并与中国优秀的对口同行专家学者零距离深度交流观点和意见，加深对中国文化及中国发展道路的理解和认同。

1. 2014年"青年汉学家研修计划"

由文化部、中国社会科学院联合主办，共举办了两期，邀请了来自世界多个国家的56位青年汉学家参加研修，得到青年汉学家的一致好评。

（1）2014年"青年汉学家研修计划"第一期研修班

第一期研修班从2014年7月2日持续至2014年7月22日，邀请了来自法国、比利时、保加利亚、白俄罗斯、乌克兰、哈萨克斯坦、乌兹别克斯坦、印度、印度尼西亚、韩国、加纳、美国、智利、墨西哥、秘鲁等15个国家的18位优秀青年汉学家参加。

（2）2014年"青年汉学家研修计划"第二期研修班

第二期研修班从2014年9月4日持续至9月19日。来自美国、俄罗斯、泰国、以色列、英国、埃及、印度、韩国等25个国家的38位优秀青年汉学家应邀到北京参加研修，研修方向涉及中国的文学、历史、哲学、艺术、语言、政治、当代社会、国际关系等诸多领域。

主办方还从 38 位青年汉学家中选取出 19 位翻译能力较为出色者，与中国作家协会推荐的 5 位翻译家一同研修学习，合作实施了"中国当代作品译介研修对接计划"。

2. 2015 年"青年汉学家研修计划"

此次研修班从 2015 年 7 月 6 日持续至 7 月 24 日。共有来自美国、俄罗斯、法国、印度、以色列、尼日利亚、伊朗、保加利亚、加拿大、荷兰、日本、秘鲁、津巴布韦、哥斯达黎加、哈萨克斯坦、荷兰、印度尼西亚、白俄罗斯、埃及、澳大利亚、以色列等 30 个国家和地区的 36 位优秀青年汉学家应邀参加本期研修，研究方向涉及中国的文学、历史、哲学、语言、政治、当代社会、国际关系等诸多领域。研修分为集中授课、研究机构专题研讨和实地考察。王蒙、厉以宁、葛剑雄、王逸舟等专家学者分别为学员们做了"中国人与中国文化"等专题讲座。

3. 2016 年"青年汉学家研修计划"

此次研修班分别在北京、上海和西安三地各举办一期，从 9 月 4 日持续至 9 月 25 日。首先邀请了王蒙、厉以宁、胡鞍钢、葛剑雄、王战、肖云儒等授课专家做专题讲座，然后根据学员事先提交的研修计划，分赴相关单位进行对口实习或者开展项目合作，期间还组织学员进行中国国情和中国文化遗产考察和体验活动。共有来自尼泊尔、澳大利亚、法国、美国、俄罗斯、日本、土耳其、白俄罗斯、哈萨克斯坦、马来西亚、印度、塞尔维亚、巴西、秘鲁、墨西哥、比利时等 50 多个国家的 90 多名青年汉学家来华研修，涉及文学、历史、"一带一路"、国际关系等多个领域。

4. 2017 年"青年汉学家研修计划"

此次研修班在郑州、上海、西安、北京四地分别举办，从 7 月 9 日持续至 7

月29日，共有来自美国、越南、印度、阿塞拜疆、白俄罗斯、德国、英国、亚美尼亚、韩国、孟加拉国、乌兹别克斯坦、澳大利亚、意大利、法国、俄罗斯、匈牙利、缅甸、菲律宾、阿富汗、巴基斯坦、埃及、赞比亚、阿根廷、塞尔维亚、毛里求斯、土耳其、斯里兰卡等58个国家的113位青年汉学家参加研修，均为所在国著名智库、政府部门、研究机构、教育机构或社会机构工作人员。研修班邀请了刘庆柱、葛剑雄、余丽、郑彦英、孙玉玺、方可杰、汪荃珍等著名文化学者、专家教授为学员集中授课，内容涉及中国历史、语言文字、传统文化、"一带一路"与中国文化产业等。

5. 2018年"青年汉学家研修计划"

此次研修班首次开设春季、夏季、秋季班，自5月10日开始，先后于重庆、广州、北京、上海、浙江、陕西六地举办7个班，至7月28日结束，来自泰国、亚美尼亚、格鲁吉亚、越南、印度、意大利、布隆迪、美国、哥伦比亚、塞尔维亚、博茨瓦纳、尼泊尔、不丹、阿根廷、白俄罗斯、波兰、土耳其、塔吉克斯坦、秘鲁、德国等国的200多位青年汉学家参加了研修，并考察了中国少数民族文化、生态文明建设和当代科技发展等方面的情况。

5年来，"青年汉学家研修计划"已成功培养了来自95个国家的360位青年汉学家。这些未来中外文化交流的桥梁从中国归国后，既像一颗颗星星各安己位，继续在自己的国度传播中国文化及开展对中国的研究，又可彼此辉映，形成中国和每位汉学家的祖国、中国和沿线所有国家文化交流的一片灿烂的星河，使中国文学精髓在"一带一路"沿线国家从星星之火渐成燎原炬火。

三、中外影视译制合作高级研修班

中国影视剧走出去必须借助外力，疏通走出去的通道，为此就需中外合力，挖宽掘深中外影视合作的渠道。

鉴于影视剧互通的关键是翻译，2015年6月11至15日，在上海国际电影节期间，中国文化部与国家新闻出版广电总局联合举办了"2015中外影视译制合作高级研修班"，由上海文广局、上海电影集团协办，目的是通过中外影视作品的跨语言互译，推动中外影视剧互译机制进一步规范，质量进一步提高，合作进一步深化，机制更加可持续，从而培养出专门的中国影视作品外译高端人才，推动越来越多的中国优秀影视作品借助优秀的翻译乘船出海，在异域文化土壤落地生根。

"研修班"上，来自美国、德国、爱尔兰、澳大利亚、俄罗斯、乌克兰、捷克、巴基斯坦、土耳其、埃及、突尼斯、越南、印度尼西亚、斯里兰卡、哈萨克斯坦、坦桑尼亚等20多个国家和地区的专家、导演、译制人员、影视制作与发行机构代表共50多人在浦江畔畅谈合作。乔榛、卢燕、石班瑜等艺术家在研修班上分享了自己从事影视译制和推广的经验，梦工厂、迪斯尼等译制与配音机构的专家首次与上海电影译制厂的专家、各国影视译制专家同桌切磋中外影视作品译制如何形成统一规范，并尝试确立全球通用的影视多语言译制行业指南。

"研修班"上，中国电影集团进出口总公司、中国国际电视总公司、央视电影频道、上海电影集团、埃及尼罗河电视台、坦桑尼亚国家电视台等30多家中外影视机构共同发布了《中外影视译制合作产业联盟倡议书》，希望在制作、翻译、配音、发行、贸易、传播、教育等环节建立资源共享的产业链，建立顺畅的制作、翻译、播映交流通道。与此同时，"中国文化译研网"等新网络媒体平台也启动了中国影视多语种项目资源库建设，面向全球提供多语言的中国影视作品，同时推动中外影视翻译人才的互动合作，建立"线上线下联动培养平台"，让中国影视作品外译人才尽快实行本土化，传播的信息化，缩短语言转换的时间，减少翻译中的文化阻隔，在推动中国影视作品更快走向世界的同时，也向世界影视作品打开中国的大门。

此后，"研修班"一年举办一次。

2016年"研修班"6月6日在北京开班，主题是"影视互译、文化共享"。来自蒙古、韩国、哈萨克斯坦、越南、印度、缅甸、俄罗斯、法国、加拿大、澳大利亚、白俄罗斯、爱尔兰、乌克兰、德国、美国、埃及、西班牙、巴西、墨西哥、哥伦比亚、秘鲁等30个国家的近60位电影节、影视机构相关负责人和译制专家参加了此次研修。

2017年"研修班"4月17日在北京开班，主题是"影视互译、文化共享"，来自蒙古、越南、日本、巴西、俄罗斯、法国、英国、奥地利、意大利、芬兰、毛里求斯、坦桑尼亚、科特迪瓦、亚美尼亚、美国、加拿大、埃及、巴基斯坦和阿富汗等24个国家的26位外方电影节主席、影视机构负责人、译制专家参加。60余家中国影视机构先后向外国客人推出了304部影视作品，其中电影179部，电视剧58部，纪录片67部。

"研修班"举办期间，蒙古国国家公共广播电视总台、塞尔维亚国家电视台、西班牙圣塞巴斯蒂安国际电影节、澳大利亚SBS电视台、日本大富电视台、匈牙利电视中心有限公司、尼泊尔阿尼哥协会等机构发布了与中国的合作项目。国家对外文化贸易基地（上海）、上海市广播影视制作行业协会、八一电影制片厂、四达时代集团、中国文化译研网、中国传媒大学等联合发布了"中国影视作品多语言数据库"项目。

2018年"研修班"于4月和6月分别在北京和上海开班，主题是"影视互译、文化共享"，来自美国、加拿大、澳大利亚、意大利、奥地利、俄罗斯、法国、英国、埃及、斯里兰卡等"一带一路"沿线国家为主的40余个国家的70多位外方电影节主席、影视机构负责人、译制专家、学者共同参会。6月18日，在上海班结业仪式暨成果发布会上，国家新闻出版广电总局负责人透露：国家新闻出版广电总局实施的重大影视"走出去"工程已把近1 600部中国优秀影视剧译配成36种语言，在全球100多个国家和地区播出。4月21日，在北京班结业仪式上，还举行了中国文化译研网（CCTSS）入网仪式，埃及环球时代公司、澳大利亚SBS电视台、坦桑尼亚桑给巴尔国际电影节、中加电影节等机构与中国签署了合作项目。

中外影视译制合作与交流是沟通"一带一路"民心的重要桥梁，能以喜闻乐见的形式促进外国民众了解中国文化、中国理念和中国道路。"研修班"立足于将真实、全面、立体的中国通过优秀影视作品展现在"一带一路"沿线国家面前，培养能推动中外影视译制领域务实合作的专门人才。自2015年至今，共有来自60多个国家的200多位专家和140多家中外影视机构参加了研修班，800多部中国影视作品借助该渠道实现了多语言译制和合作推广，中国影视作品在很多国家，尤其是"一带一路"国家实现了"零播映"的突破，并普遍受到欢迎。

"以影视为媒，促民心相通。""研修班"平台促进了中外影视产业、中外政府机构之间的有效合作。"一带一路"沿线国家因为与中国在很多领域都是基础性合作，影视合作方面也是如此，因此，开拓中国与沿线国家的影视合作，不但可以丰富沿线国家的语言文化生活，为中国在本地参与的基础设施铺设文化轨道，而且可以促使沿线国家文化的多元化，在通过中国影视作品加深对中国了解的同时，也进一步提高沿线国家的开放意识，借力中国发展，实现本民族影视作品在中国和世界其他国家的交流传播。

除此之外，中国影视界还充分利用各种中外合作渠道推出中国影视作品，如"中外合拍电影展"，中外电影人紧密合作，建立和挖掘更多社会资源，共同探索文化融合的创新合作模式，为中国影视作品走出去创造了新契机。《狼图腾》《滚蛋吧！肿瘤君》《喊山》《重返20岁》《捉妖记》《长城》《七月与安生》《喜欢你》《明月几时有》《侠盗联盟》《功夫瑜珈》《健忘村》《拆弹专家》《大唐玄奘》《山河故人》《有一个地方只有我们知道》等优秀合拍影片都分别参加了展映。

四、中华图书特殊贡献奖

"中华图书特殊贡献奖"是中国出版业面向海外的最高奖项，设立于2005年，授予在海外介绍中国、推广中华文化和中国出版物等方面做出突出贡献的外籍及外裔作家、翻译家和出版家，迄今已成功举办了12届，共奖励了英国、法国、俄罗斯、德国、美国等44个国家的108位作家、翻译家和出版家，已成为推动中华文化走向世界的重要品牌❶。"一带一路"倡议提出以来，此奖的基本情况是：

1. 2014年"第八届中华图书特殊贡献奖"

10位外国（外裔）翻译家、出版家和作家获奖，分别是：法国作家贝尔纳·布里塞（Bernard Brizay），意大利汉学家费德里克·马西尼（Federico Masini），英国企鹅出版集团北亚地区总经理周海伦（Jo Lusby），土耳其新生出版社社长吉姆·克齐泽（Cem Kizilcec），日本东方书店社长山田真史，塞尔维亚贝尔格莱德地缘政治出版社社长弗拉蒂斯拉夫·巴亚茨（Vladislav Bajac），美国汉学家康达维（David R.Knechtges），墨西哥汉学家、翻译家丽莉亚娜·阿尔索夫斯卡（Liliana Arsovska），印度汉学家墨普德（Priyadarsi Mukherji），美裔中国籍汉学家沙博理（Sidney Shapiro）。

2. 2015年"第九届中华图书特殊贡献奖"

15位外国（外裔）翻译家、出版家和作家获奖，分别是：澳大利亚汉学家、作家马克林（Colin Patrick Mackerras），澳大利亚翻译家梅约翰（John Makeham），加拿大著名旅华作家李莎·卡尔杜齐（Lisa Carducci），法籍华裔翻译家程抱一（Francois Cheng），法国汉学家白乐桑（Joël Bellassen），德国汉学家施寒微（Helwig Schmidt-Glintzer），荷兰翻译家伊维德（Wilt Idema），老挝作家西昆·本伟莱，蒙古翻译家其米德策耶（Menerel Chimedtseye），波兰出版家阿达姆·马尔沙维克（Adam Marszalek），俄罗斯翻译家列·谢·彼列洛莫夫（Ли Се Пеломомов），斯洛伐克翻译家黑山（Marina arnogurská），西班牙凯伊拉斯出版社社长安赫尔·费尔南德斯·菲尔默塞耶（Angel Fernandez Fillersey），美国纽约大学出版中心主任罗伯特·巴恩施（Robert Baensch），美国汉学家艾恺（Guy

---

❶ https://mp.weixin.qq.com/s/kTKQNhleclnucwzBK9TBVg

Salvatore Alitto）。

获得青年成就奖的5人是：埃及青年出版家[1]白鑫（Ahmed Elsaid），缅甸籍华裔青年翻译家光民，匈牙利青年翻译家克拉拉·宗博莉（Klára Zombory），约旦青年作家萨米尔·艾哈迈德（Samir Ahmed），美国青年翻译家陶建/艾瑞克·阿布汉森（Eric Abrahamsen）。

3. 2016年"第十届中华图书特殊贡献奖"

14位外国（外裔）翻译家、出版家和作家获奖，分别是：法国汉学家汪德迈（Léon Vandermeersch），拉脱维亚汉学家贝德高（Pēteris Pildegovičs），瑞典汉学家、作家林西莉（Cecilia Lindqvist），尼日利亚作家奥努奈朱·查尔斯（Onunaiju Charles），荷兰汉学家包乐史（Johan Leonard Blussé van Oud Alblas），加拿大出版家帕奇·亚当娜（Patricia Aldana），西班牙出版家梅赛德斯·卡勒罗·巴雷阿尔（Mercedes Calero Barreal），美国出版家白素贞（Suzanne BeDell），罗马尼亚出版家康斯坦丁·鲁博安（Constantin Lupeanu），越南翻译家阮荣光（Nguyen Vinh Quang），秘鲁汉学家、翻译家吉叶墨·达尼诺·里瓦托（Guillermo Dańino Ribatto），韩国翻译家金泰成，缅甸翻译家通丁，新西兰翻译家邓肯·坎贝尔（Duncan M. Campbell）。

获得青年成就奖的5人是：埃及青年翻译家哈赛宁（Hassanein Fahmy Hussein）、土耳其青年翻译家吉来（Giray Fidan）、沙特青年作家阿里·穆特拉菲（Ali Almatrafy）、格鲁吉亚青年汉学家玛琳娜·吉布拉泽（Marine Jibladze）、捷克青年翻译家李素（Zuzana Li）。

4. 2017年"第十一届中华图书特殊贡献奖"

20位外国（外裔）翻译家、出版家和作家获奖，分别是：阿尔巴尼亚翻译家依利亚兹·斯巴修（Iljaz Spahiu）、澳大利亚出版人魏华德（Harold Weldon）、奥

---

[1] 2012年，白鑫在埃及成立了"新丝路"公司。

地利作家卡明斯基（Gerd Kaminski）、保加利亚出版人柳本·科扎雷夫（Lyuben Iliev Kozarev）、捷克翻译家王和达（奥德日赫·克拉尔，Oldřich Král）、法国翻译家黑米·马修（Rémi Mathieu）、德国翻译家文树德（Paul U. Unschuld）、匈牙利作家拉斯洛·巴尔迪（László Bárdi）、印度作家邵葆丽（Sabaree Mitra）、日本出版家三好敏、新西兰出版家费·罗德·哈罗德（Rod Fee）、罗马尼亚作家萨安娜（Anna Budura）、西班牙翻译家雷林科（Alicia Relinque）、英国出版家理查德·蔡金（Richard Charkin）、英国翻译家保罗·怀特（Paul White）、美国作家史景迁（Jonathan D. Spence）。

获得青年成就奖的4位是：保加利亚青年翻译家韩裴（Petko Hinov）、黎巴嫩青年出版家穆罕默德·哈提卜（Mohamad El Khatib）、波兰青年出版家约安娜·马尔沙维克·卡瓦（Joanna Marszałek–Kawa）、乌克兰青年作家维克多·基克坚科（Viktor Kiktenko）。

5. 2018年"第十二届中华图书特殊贡献奖"

12位外国（外裔）翻译家、出版家和作家获奖，分别是：阿尔巴尼亚出版家布雅尔·胡泽里（Bujar Hudhri）、法国作家玛丽安娜·巴斯蒂·布吕吉埃（Marianne Bastid-Bruguière）、匈牙利翻译家姑兰（Kalmár Éva）、日本作家荒川清秀、吉尔吉斯斯坦作家库勒塔耶娃·乌木特（Kultaeva Umut Baimuratovna）、拉脱维亚翻译家史莲娜（Staburova Jelena）、摩洛哥作家法塔拉·瓦拉卢（Fathallah Oualalou）、尼泊尔翻译家孙达尔·纳特·巴特拉伊（Sundar Nath Bhattarai）、波兰出版家安杰伊·卡茨佩尔斯基（Andrzej Kacperski）、罗马尼亚翻译家白罗米（Balan Luminita）、俄罗斯出版家季马林·奥·亚（Zimarin Oleg）和乌兹别克斯坦翻译家卡尔什波夫·穆尔塔扎（Karshiboev Murtaza）。

获得青年成就奖的3位是：柬埔寨青年作家谢莫尼勒（Chea Munyrith）、伊朗青年作家孟娜（Elham Sadat Mirzania）和英国青年翻译家米欧敏（Oliver Sacks）。

当然，中国政府支持中国当代文学走出去的方式不拘一格。2015年5月，《蔡天新诗选》西班牙语版由五洲传播出版社出版后,国务院订购了500册,赠送给中国驻各个西班牙语国家的使领馆,以及西班牙语国家驻华使馆和领事馆。❶

从2015年起,吉林省作家协会主办的《作家》杂志开设了专栏"中国作家作品在国外",介绍中国作家作品在国外的译介情况,已陆续介绍了吉狄马加、欧阳江河、西川、翟永明、蔡天新等作家及其译作。

中国各级地方政府也以各种方式积极支持中国当代文学与"一带一路"相结合。2018年5月26日—28日,联合国教科文组织、江苏省委宣传部、南京市人民政府在南京六朝博物馆主办了"南京历史文化名城博览会",其中专设"文学出版"版块,主题论坛就设定为"'一带一路'国际文学暨青年创意与遗产论坛",出席论坛的有来自印度、英国、美国等国的13位汉学家和35国青年代表。论坛上发布了"新世纪中国当代作家作品海外传播数据库"和南京文学作品翻译资助计划暨成果。"数据库"是由中国文化对外翻译与传播研究中心暨中国文化译研网联合中国作家协会的《小说选刊》杂志社共同发起的文学翻译项目,第一批共选择了100位中国当代优秀作家的作品,分别译成英、法、德、俄、泰、阿拉伯、西班牙、匈牙利、土耳其、罗马尼亚语10种语言,向全球推介。"数据库"未来将持续扩充,以期在海外形成中国作家名片,吸引国外读者,助推越来越多的中国文学作品走向世界,被世界所理解。

此外,论坛上还同时发布了南京文学作品翻译资助计划,首批入选作品皆以南京为主题:一是叶兆言的散文随笔《南京人》,二是根据大报恩寺塔演绎的畅销小说《琉璃世·琉璃塔》,都已翻译完成。

---

❶ http://www.poemlife.com/newshow-9316.htm

第二十章 "造船"与"借船"皆为出海

与中国古典文学走出去的"静待花开"方式不同,在"一带一路"倡议的主动规划和推动大框架下,中国文学与沿线国家的结合显得更主动,主导色彩明显。尤其是中国当代文学,在走出去的道路上越来越快,越来越主动发挥自身的海外推介主体性作用,从而加快了中国文学所代表的东方民族精神的韵律更快更好地跨越语言障碍,在世界不同文化语境中获得了前所未有的场域,扩大了中国文学的"朋友"圈和国际影响力。

传播手段事关中国当代文学的传播范围和影响深度。目前,中国当代文学主要仍是通过传统媒介(报纸、期刊、图书、会议、论坛等)以及网络等新媒介进行海外传播,国内外相关机构或组织应积极探索媒体与中国当代文学国际传播的合作模式,促使媒体更加有意识地根据不同受众选择介绍中国当代文学,并发挥媒体的传播速度优势,根据不断变化的传播和接受态势及时调整、突破自身的局限,更加有效传播中国当代文学,并借助中国当代文学的影响力提升媒体的国际影响力,形成文学与媒体相互支撑、相互提升的双赢局面,最终提升中国当代文学国际传播的力度和效度。

文学具有情感的普适性,即真善美。但语言之隔限制了不同文化族群的心灵相通,这也是热心文学的人群和媒体所致力于突破的阻隔。近年来,随着中国文学的国际化之路越来越宽,越来越长,国外期刊、译者等也逐渐将中国作家的作品纳入关注的视域,成为中国文学海外推介的引路人。

第一节 中外期刊译介

改革开放以来,中国文学光谱发生重要变化,世界对中国文学的兴趣空前浓厚。在国外,有不少大学、版权代理公司、学者、译者等出于对中国当代文学的兴趣和世界一体化的信任，自发创办期刊、网站等，以不同风格、不同方式翻译介绍演绎优秀的中国当代文学作品。

中国作家在国际文学大奖聚光灯下、国际书展上的频频亮相，加速了中国当代文学在世界传播的速度和广度，涌现出《今日中国文学》《路灯》《天南》等介绍中国当代文学的期刊，几乎涵盖所有中国当代作家的优秀作品，成为中国当代文学国际传播的前沿阵地，推动了中国当代文学在世界文学长廊呈现出多维立体、五彩斑斓的画面，成为海外学者研究中国当代文学的案头读物。

一、外国媒介积极推动

1. "纸托邦"（Paper Republic）

2007年，"纸托邦"以网络论坛的身份问世。其得名，源于网站所有资源均免费为用户提供：作者免费提供作品版权、译者免费翻译、读者免费阅读，颇有乌托邦之神韵。

当前，"纸托邦"已成为向英语世界推介中国文学作品、促进中国文学作品与英语世界文学界交流与出版的重要平台，使中国文学作品在英语世界摆脱"小语种"的身份是其使命之一。

"纸托邦"的创立者艾瑞克（Eric Abrahamsen）2001年定居中国，2006年开始从事中国文学翻译，2007年创立"纸托邦"的前身——译者们借以讨论翻译问题、作品、翻译基金、会议、工作坊、书展以及中国文学活动的信息交流博客。现在，"纸托邦"已经完成了从兴趣博客网站向非营利运营项目的转变。

为提高中国文学作品在英语世界的接受度，"纸托邦"处处体现出以用户为中心的原则，如基于作者、译者、出版商和作品名分类检索，也可以按书名、出版社所在国家或地区、文类、装帧形式、出版日期等关键词检索。此外，还可为数据库添加中文原创作品或英文译作的相关信息并发布。

2016年开始，"纸托邦"与北京国际图书博览会和自媒体"做书"（Bookcraft）

平台合作，举办一年一度的"出版交流周"活动，迄今已连续举办了两届。

2016年7月和2017年6月，"纸托邦"分别邀请了10位来自8个国家和地区（阿根廷、荷兰、美国、波兰、英国、韩国、法国、中国台湾地区）、9位来自8个国家（巴西、法国、美国、芬兰、以色列、西班牙、德国、西班牙）的出版人、资深编辑、版权代理人、书探等来到北京，访问中国出版机构、了解中国文学和出版界。主办方通过组织公共讲座、开设模拟书展工作坊、书目点评等多种方式同中国作家、编辑、出版人展开互动，就文学作品选题、实现版权贸易的奥秘、出版、打造畅销书的推广和营销路径等话题进行专业交流。活动旨在提升国内出版人在版权洽谈中的业务水平，同时为中国出版人进入国外图书出版界的"意见领袖"（即文学杂志或出版社的编辑、文学代理人等）人际网络牵线搭桥，与"影响那些影响读者的人"共同化外力驱动为内因驱动，促使英语世界有导向力量的出版人喜爱上中国文学并愿意出版中国文学作品。

2. "利兹大学当代华语文学研究中心"（The Leeds Centre for New Chinese Writing）

研究中心成立于2018年7月16日，总部设在英国利兹大学，是英国艺术与人文科学研究理事会（AHRC）通过白玫瑰东亚中心（WREAC）资助的"Writing Chinese：Authors，authority and authorship"研究项目，旨在汇聚英国在当代中国文学领域工作的作家、翻译家、出版商、文学代理人和学者，促进更紧密的联系和对话，推动英国中国当代文学、文化研究的发展。

目前，研究中心与"纸托邦"、伦敦大学教育研究院孔子学院和"企鹅中国"等多家机构建立了合作伙伴关系，共同开发资源，努力为读者提供华语文学作品，其中尤其关注学龄儿童文学作品。研究中心举办了系列讲座、读书会、工作坊、座谈会及其他活动。其中，读书会每月都会特邀一位作家开设中国文学培训课程并举行汉英文学翻译比赛，在网站上刊登中国当代文学作品，定期组织博客活动，与作家、译者及相关领域的学人围绕中国当代文学展开讨论，并以互动的方式征求意见和建议。如：2019年9月18—19日，路也、李元胜、娜夜、王家新、杨碧薇、杨克等当代诗人受利兹大学诗歌中心等部门邀请赴利兹大学参加主题"诗"（"Poetry, A Conversation: China & the UK"）的中英诗人对话活动。

此外，利兹大学的 *Stand* 杂志刊登了不少英译中国诗歌、小说等。以第15卷第1期（总第213期）❶为例，刊登了：颜歌诗1首、王小妮诗2首、吴亿伟诗1首、谢晓虹诗1首、池凌云诗1首、秦晓宇诗1首、徐乡愁诗1首、慕容雪村诗1首、李静睿诗1首、王友轩诗1首等。

研究中心目前已经成为英国中国当代文学译介的风向标。

3. 法语网站："亚洲之声"（Jentayu: Nouvelles voix d'Asie）

由法国的中国台湾文化中心支持建设的线上网站，主要推出中国大陆和台湾地区的文学作品，每期一个主题，已出版10期，2015年第1期主题为"Jeunesse et Identité（s）"，2015年第2期主题为"Villes et Violence"，2016年第3期主题为"Dieux et Démons"，2016年第4期主题为"Cartes et Territoires"，2017年第5期主题为"Woks et Marmites"，2017年第6期主题为"Amours et Sensualités"，2018年第7期主题为"Histoire et Mémoire"，2018年第8期主题为"Animal"，分别刊登了吴明益的《天桥上的魔术师》、朱天文的短篇小说《世纪末的华丽》、刘克襄的《山黄麻家书》、郭松棻的《月亮下的危机》、中国香港诗人梁秉钧（笔名也斯）的3首诗、次仁罗布的《杀手》、苏童的《河岸》、冯骥才的《母亲百岁记》、张悦然的《冻雨》、曹寇的《彭飞和王爱书》、贾平凹的《废都》（部分）、冯唐《三天，四夜》（部分）、任晓雯的《谭惠英》、须一瓜的《毛毛虫》等。

2019年第9期主题为"Exil"，刊登中国台湾越南华裔作家尹玲"Les herbes folles"，中国台湾作家高翊峰的《幻舱》（*L'asile des illusions*）、白刃的《南洋漂流记》（*Errance dans les mers du Sud*）等。2019年第10期主题为"未来"（*L'Avenir*），

---

❶ http://www.standmagazine.org/archive/stand-213-151/52

刊登中国台湾作家张惠菁的《玻璃杯戏法》(*La ville de verre*)、中国台湾作家罗青的诗歌《不明飞行物来了》(*L'ascension de la tour de guet du continent U/Bonus de lecture*；*Un OVNI est arrivé/Le navire déserté dérive à sa guise/Après l'arrivée des sociétés post-industrielles/Le monde de l'Internet*) 等诗作，张辛欣的《IT84》(*IT84*)、科幻作家潘海天的《我们脚下的土地》(*La terre sous nos pieds*)、科幻作家糖匪的《自由之路》(*La voie de la liberté*)、科幻作家夏笳《龙马夜行》(*La marche nocturne du cheval-dragon*) 等作品或对作品的介绍。

4. 法语网站："当代华文中短篇小说"（La Nouvelle dans la Litéerature Chinoise Contemporaine）

这是一个兼具介绍当代中国作家、作品和书评双重功能的法文网站。"一带一路"倡议实施以来，先后刊登的中国当代作家作品主要有曹寇的《彭飞和王爱书》（2016年10月30日），贾平凹的《武松杀嫂》（2016年12月30日），鲍尔吉·原野的《月光手帕》（2017年1月19日），蔡楠的《行走在岸上的鱼》（2017年1月31日），北北短篇小说集《请你表扬》（2017年7月29日），林希的《相士无非子》（2017年7月29日），盛可以的《道德颂》节选（2017年12月16日），格非的《人面桃花》（2018年6月17日）等。

5. 西班牙语网站："释读和试读中国"（China Traducida y por Traducir）

该网站不仅刊登中国传统文学作品和近、现、当代中国作家作品，而且对已经翻译成西班牙语和待译的中国文学作品也进行了梳理分类，不仅收录小说、戏剧、散文和诗歌作品，而且包括相关评论，旨在为中外作家、作品、译者和潜在读者梳理出清晰的中国文学作品西译脉络，也是在为译者与作品对接提供丰富的空间体验，以助力中国文学作品在西语世界的传播。目前，该网站已经翻译至西语世界的中国当代作家作品主要有：迟子建、阿来、艾米、王安忆、蔡天新、刘庆邦、徐星、莫言、阎连科、铁凝、曹文轩、余华、谢晓虹、棉棉、卫慧、余华、顾城、海子、戈麦、骆一禾、慕容雪村、刘震云、刘以鬯、朱文、韩东、狗子、路内、魏巍、鲁敏、盛可以、曹寇、阿乙、曹冠龙、韩少功、张悦然、麦家、毕飞宇、刘慈欣、严歌苓、贾平凹、王朔、虹影、张辛欣、格非、周大新、张贤亮、苏童、西川、吉狄马加、于坚、陈楸帆、夏笳、马伯庸、郝景芳、糖匪、程靖波、冯骥才、蒋韵、晓航、王十月、池莉、李敬泽、毕淑敏、陈染、史铁生、王蒙、张抗抗、方方等。

6. 英文网站："武侠世界"（Wuxia World）

中国武侠小说作为雅俗共赏的文学形式，在海内外赢得了广泛关注和译介。"武侠世界"作为国外最大的中国网络小说网站，为英语读者翻译、提供了在中国具有悠久传统的武侠、玄幻、仙侠类作品，为中华文化海外传播开了一条新通道。迄今网站刊出的主要相关作品有半醉游子的《陨神记》，蚕茧里的牛的《武极天下》，辰东的《完美世界》，耳根的《我欲封天》，古龙的《七杀手》《七星龙王》《英雄无泪》《天涯明月刀》等。

7. 中英文网刊："穿山甲之屋"（Pangolin House）

2012年底创办于美国和中国香港，是中英双语文学网刊，旨在译介当代汉语和英语文学，每期重点介绍三位作家的作品，其中关于中国作家作品的有：创刊号（2012—2013冬季刊）刊登了蓝蓝和梁秉钧的个人介绍及译作；2013春季刊为黄灿然和王家新；2013夏秋季刊为王小妮和曹疏影；2013—2014冬季刊为孙文波和杜家祁；2014春季刊为鲁西西和陈灭；2014夏秋季刊为多多和饮江；2014—2015冬季刊为胡燕青和翟永明；2015春季刊为韩东和西西；2015夏秋季刊为寒烟和何福仁；2015—2016冬季刊为廖伟棠和张曙光；2016春季刊为树才和王良和；2016—2017冬季刊为池凌云和钟国强；2017—2018冬季刊为陈育虹和杨键。

8. 埃及《文学报》

2019年3月31日,埃及《文学报》"文学新闻"封面人物推出熊育群专辑。栏目以"接近熊育群"为主题,围绕埃及汉学家、翻译家米拉(Mira Ahmed)对熊育群的访谈、莫言的评论、熊育群谈散文及散文《哀伤的瞬间》和诗作《那个词语》等展开了7个版面的介绍。4月17日,"文学新闻"介绍魏薇及其作品。8月23日,"文学新闻"介绍了一批中国当代作家,如杨克、臧棣、安琪、魏薇等。

二、中国期刊积极译介

中国期刊发挥主导优势,围绕"一带一路"的中国文学世界之旅,积极呐喊助威。

1.《路灯》(*Pathlight*)

为扩大中国文学在西方特别是英语世界的影响,2011年12月起,《人民文学》杂志社正式推出了《人民文学》英文版 *Pathlight*(《路灯》),每年4期。英文版试刊号卷首语称:"它的名字叫 *Pathlight*,我们希望它像一盏灯,在中国文学走出去的路上提供光亮。"首期试刊共分五个栏目:第一个栏目是"重点推荐",介绍了第八届茅盾文学奖的情况,包括张炜、刘醒龙、莫言、毕飞宇、刘震云的访谈、自述和作品片段;第二个栏目介绍了蒋一谈、七格、笛安、向祚铁、李娟等5位新锐作家的短篇小说和非虚构作品;第三个栏目是"作家新作",包括作家侯马、西川、雷平阳、宇向、孙磊等人的文学作品;第四个栏目是"压卷小说",发表了实力派小说家李洱的短篇小说《斯蒂芬来了》;最后是"新书介绍",介绍了格非的《春尽江南》、王安忆的《天香》、贾平凹的《古炉》等8部长篇小说。

《路灯》的内容按照文学活动或文学性主题策划编排,围绕主题精选作品,不忘兼顾受众的阅读期待。如:茅盾文学奖专刊、鲁迅文学奖专刊、伦敦书展专刊、美国书展专刊、伊斯坦布尔书展专刊等；"科幻""丢失与找寻""中国民族文学""女性""80后""诗歌"等主题。杂志对中国当代文学不同领域的代表性作品秉承多维、立体择取的原则，力求读者能够从不同风格、题材、体裁、主题的作品中体会到中国文学的世界气质和对人类共同话题的关照。如：2012年第1辑集中介绍了伦敦书展上受邀的中国作家及作品，2013年春季号的专题是"未来"，2015年着重介绍了美国BEA书展等。

《路灯》将中国当代文学作品分制成不同主题、富含东方元素的中国名片，搭起了中国文学国际传播的桥梁，其传播当代文学的作用堪比中国作家协会当年的英文刊物《中国文学》（2001年停刊）。

《路灯》的出版，是为了满足欧美国家读者对中国当代文学的兴趣，增加海外读者了解中国文学的渠道。《路灯》创刊号推出后，在西方国家陆续获得了一些读者的好评，于是再接再厉，从2015年4月起，《路灯》陆续推出法语版《希望文学》（*Promesses Littéraires*）、德语版《光的轨迹》（*Leuchtspur*，这也是中国当代文学史上第一本集中向德语世界推荐当代作家作品的杂志）、俄语版（*Светильник*）、日语版《灯火》、阿拉伯语版《丝路之灯》、韩语版《灯光》（등불）、意大利语版《字》（*Caratteri*）和西班牙语、瑞典语、匈牙利语等10个语种的版本。

除此之外，《路灯》还积极推动杂志的落地出版，即在相应语言的所在国出版发行，让中国当代文学通过国内外优秀译者和汉学家尽快译介到不同国家，从而全面向海外展示中国当代作家的当下写作，目前在美国、澳大利亚都已经实现了落地出版，还有多个语种版本正在筹备中。

《路灯》的出版，不仅推动了中国文学在沿线国家的传播，更推动了中国文学与外国文学的对等交流。《路灯》强调随着中国当代文学和时代的发展而发展，不仅涵盖中国当下文学作品的方方面面，而且拓宽传播路径，推动与沿线国家的文学对等交流，努力成为一座坚固、有担当、能担当的中国文学外译之桥。目前，《路灯》英文版可通过"纸托邦"网站直接下载，可在亚马逊网站订购Kindle版，也可通过Facebook、Twitter和Tumblr博客网站阅读。《路灯》抢占先机，能在10余个沿线国家落地,既有中外资源优势,也占有传播优势,线上线下、自媒官媒珠联璧合。

2. 中国文化译研网(CCTSS)

中国文化译研网是中外文化互译合作平台,是CCTSS联合中国作家协会《小说选刊》杂志社所启动的"新世纪中国当代作家、作品海外传播数据库"项目,旨在将100位中国当代优秀作家的简介、代表作品、作家风采翻译成10种沿线国家语言并制成视频短片,形成1 000张"中国当代作家名片",以集体出海模式,向世界鲜明展示中国当代文学品牌,给世界读者提供中国当代文学阅读的最佳体验形式。被推介的作家有:蔡骏、东西、樊健军、范小青、葛亮、海男、黄蓓佳、雷平阳、商震、邵丽、苏童、素素、冉冉、刘醒龙、梁晓声、刘庆邦、鲁敏、陈应松、毕淑敏、马金莲、阿乙、冯骥才、王跃文、徐则臣、吉狄马加、张抗抗、周大新、盛可以、贾平凹、张炜、王蒙、迟子建、方方、李佩甫、刘震云、柳建伟、铁凝、尤凤伟、毕飞宇、须一瓜等。

3.《今日中国文学》(*Chinese Literature Today*)

2010年,在孔子学院总部/国家汉办的资助下,北京师范大学文学院与美国俄克拉荷马大学文理学院合作创办《今日中国文学》杂志,每期都和《当代世界文学》一起面向全球发行,至今已推出7卷12期。杂志紧跟新时代中国特色社会主义步伐,内容博现纳今,节奏张弛有度,主题呼应时代特色、切中肯綮。杂志的内容包括中国当代文学研究,如在2017年第6卷第2期为德国汉学家顾彬开设了专栏,同时还刊登了顾彬的文章 *Poetry as Express Mail*:*Toward the Situation of Poetry Today*,丰富了国外的中国当代文学研究。杂志同时还重点推出中国当代重要作家,如杨炼、张枣、王家新、食指、翟永明、西川、车前子、于坚、池凌云、吉狄马加等,助推这些作家在英语出版界引起广泛的关注。此外,《今日中国文学》在俄克拉荷马大学还有专人负责收集英语世界对该杂志的反应,反馈到编辑部以便及时调整编辑方案,从而精准选择更适合海外读者需要的中国文学作品。

《今日中国文学》的诞生，是中美高校的真诚合作以及大学、作家、文学界及出版界多方协作结出的一张中国文学作品在英语世界的传播之网。

《今日中国文学》收录作品的作者身份多元：既有当代中国主流作家，也有海外华文作家；栏目设置不拘一格：既有学者专栏，也有学术访谈和对中国文论的翻译；重点突出：既推出新人，也潜心打造自己的读者群。此外，"诗歌特刊"则凸显中国当代诗歌的时代意义，为中国诗人登上国际诗歌舞台搭建扶梯，引起英语出版界的注意，弥补了中国诗歌在世界上未受到应有重视这一遗憾；"科幻特刊"则紧跟时代，把握中国当代文学的脉动。正所谓"海纳百川，不拒细流"。《今日中国文学》杂志力图沿着历史的轨迹拓宽中国文学研究的领域、挖掘学术探讨的深度，既保留中国文学的基因，又照顾受众文化的审美习惯，兼顾中国文学国际传播的诠释方法和接受效果，以展现中国当代文学的广阔前景，助力中国文学在世界文学格局中的勇于担当和有所作为。

当前，《今日中国文学》杂志将关注重点逐步向中国文学的海外译介和传播转移，并出版了"今日中国文学英译丛书"，迄今已经出版了吉狄马加的《黑色狂想曲：吉狄马加诗选》和食指的《冬日的阳光》两部诗集。

4.《天南》(*Chutzpah!*)

《天南》杂志创刊于2011年，2014年终刊，共出了16期，现代传播集团旗下的文学双月刊，线上与线下同步发行，外观设计与作品定位都打破常规：纸质版拒绝为读者提供快餐式的阅读体验，而是努力提供一种深度阅读的范式，重塑文学阅读体验，这正是杂志取名Chutzpah！（源自意第绪语，原意"放肆、拒绝墨守陈规"）的初衷。杂志的线上网站则追求时效性，对国内外文学事件、新闻等快速作出反应并搭建编者、作者和读者之间的无障碍交流线上平台。

《天南》每期都有一个特别策划的主题（例如"亚细亚故乡""诗歌地图"等），发表中外作家的翻译作品。特定主题并不拘泥于某一类型作家的作品（如"亚细亚故乡"主题的文学作品既可以是科幻，也可以是乡土文学），而是追求更广泛地反映文学界的图景。这使得每一期《天南》的阅读体验都犹如开启一程文学空间旅行。

除去特别策划的主题，杂志自由组稿部分既有大众、主流、吸睛的小说，也有小众、偏锋、同样博人眼球的诗歌；既有永远抹不去的记忆，又有超现实的玄幻；既有情感和梦境的捉摸不透，也不乏理智与现实的复杂纠结。

《天南》随刊发行精选英文版刊中刊 *Peregrine*（"游隼"），亦被称为 *Parasite*（"寄生"），因版面稍小而得名，每期均为 50 页左右的夹刊，译者轮流编辑，此亦为首创。

《天南》在封面上将作者与译者的中文及拼音名并列印出，表明译者与作者地位相当，平分秋色，立场旗帜鲜明。

不变一定是末路，求变未必是坦途。作为一本纯文学杂志，《天南》因精美的设计和装帧、文学上的探索获得读者好评，却叫好不叫座，没能换来商业上的成功。2014 年，杂志因人力物力匮乏而停刊，寿命仅为 3 年 10 个月。《天南》的存亡之路告诉我们：文学杂志生命的延续既要恪守文学传播的基本原则，又要具有圆融的商业张力，二者无痕结合方能为文学杂志之帆的远航保驾护航。

5.《国际汉语诗歌》

创刊于 2013 年 11 月，由屠岸任名誉主编，北京师范大学中国当代新诗研究中心主任谭五昌任主编，众多作家、诗评家担任编委。谭五昌在创刊号卷首语中说："《国际汉语诗歌》是为海内外广大的有抱负的现代汉语作家努力搭建一个良好的文学与学术平台，努力呈现国际范围内用现代汉语创作的作家们的集体形象与个性风采，一改往昔现代汉语作家们面对西方文化艺术输入的被动接受局面与依赖心态，转而重点输出现代汉语作家们的文学文化与艺术产品，以利于汉语作家与外国作家之间的良性互动交流。"全书栏目分为"汉诗外译""外国文学""海外诗坛""汉诗方阵""新锐平台""网络文学""散文诗页""中外文学论坛""汉语作家研究""少数民族文学""文学访谈""留学生诗苑""汉语诗学著作评介"等内容。"汉诗方阵"（主持：北塔、张智、李笠）栏刊登了 10 位作家的英译诗作，分别是：吉狄马加长诗一首（节选）、李小雨诗二首、梁平诗二首、商震诗二首、安琪诗二首、阎志诗二首、谢克强诗一首、李孟伦诗二首、金所军诗二首、龙泉诗二首。

2014年、2018年，《国际汉语诗歌》又先后出版了第二卷、第三卷（2015—2017年卷）。

6.《中华人文》（*Chinese Arts and Letters*）

《中华人文》杂志是由江苏省对外文化交流协会、江苏省作协、南京师范大学与凤凰出版传媒集团联合创办的全英文期刊，面向英语世界翻译推介中国当代文学与中国当代艺术优秀作品，促进中华文化交流。期刊每年2辑，立足江苏，面向全国，辐射海外。

2014年4月8日，创刊辑在伦敦书展上首发，伦敦书展总监Jacks Thomas、英国文化协会文学总监Cortina Butler、前任BBC中国局长兼著名作家Humphrey Hawksley、英国著名传记作家Hilary Spurling作了演讲，英国青年女演员Sarah Sharp朗读了毕飞宇作品《相爱的日子》。江苏作家周梅森、鲁敏以及部分期刊编辑也出席了活动。

创刊以来，《中华人文》陆续刊登了周梅森、叶弥、毕飞宇、叶兆言、赵翼如、车前子等作家的作品，以及贺绍俊、舒晋瑜、张学昕、金莹等人的评论，成为江苏文学界的一张海外名片。

第二节　中外文学会议、文学节助波造势

"一带一路"倡议提出以来，以中国当代文学为主题的会议和文化活动越来越受到国内外关注，也使文学从"象牙塔"走进更广泛的民间，成为大众生活的一部

分,积极推动了中国当代文学走出去。

一、青海湖国际诗歌节

青海湖国际诗歌节是中国诗歌学会与青海省人民政府共同打造的一个文化品牌,创办于 2007 年,第一届在西宁市举办,邀请了 100 位左右国内外著名诗人参加,每两年举办一次,迄今已连续举办了五届,已有来自世界五大洲的 800 多位著名诗人参加了诗歌节。

青海湖国际诗歌节以"人与自然,和谐世界"为主题,以诗歌表现人类历史文化积淀,使诗歌与人民结合,丰富人类的精神文化生活。首届诗歌节发布了"青海湖诗歌宣言",建成了"青海湖诗歌广场",设立了"金藏羚羊国际诗歌奖",来自中国、叙利亚、美国、尼日利亚、法国、罗马尼亚等国家的诗人先后获得该奖。

青海湖国际诗歌节已成为中国诗坛对外开放最重要的窗口,影响力日益扩大,在国内外享有极高的声誉。目前,继波兰华沙之秋国际诗歌节、马其顿斯特鲁加国际诗歌节、荷兰阿姆斯特丹国际诗歌节、德国柏林诗歌节、意大利圣马力诺国际诗歌节、哥伦比亚麦德林国际诗歌节之后,青海湖国际诗歌节位列当今世界最具影响力的七大国际诗歌节之一。

青海湖国际诗歌节借中国新诗筑起中国与"一带一路"沿线国家和地区的诗歌交流、互鉴之桥。不仅邀请了在世界诗坛享有盛誉的叙利亚诗人阿多尼斯,而且还有许多重量级诗人莅临诗歌节,其中有艾略特诗歌奖和前进诗歌奖得主、英国诗人肖恩·奥布莱恩,墨西哥博普若尔奖等多个诗歌大奖的得主智利诗人维克托·罗德里格斯·努涅斯,印度诗人、印文学院学院奖得主拉蒂·萨克希娜,艾略特诗歌奖得主大卫·哈森,丹麦诗人亨里克·诺德布兰德,西班牙诗人海蒙·罗萨,日本诗人高桥睦郎,斯洛文尼亚诗人阿莱士·施蒂格,世界数码文学和电脑诗歌的开创性诗人凯喆安,荷兰诗歌节主席巴斯·夸克曼,爱尔兰诗人帕特里克·考特,法国诗人菲利普·汤司林、让-皮埃尔·西蒙安,法籍华裔诗人张如凌,阿根廷诗人格拉谢拉·阿劳斯，比利时诗人杰曼·卓根布鲁特，匈牙利诗人伊什特万·凯梅尼，新加坡诗人许福吉。中国著名诗人则有吉狄马加、舒婷、杨炼、翟永明、欧阳江河、杨克、张烨、田原、吴思敬、姜涛、陈先发、臧棣、陈东东、缪克构以及中国台湾诗人郑愁予和颜艾琳，"一带一路"色彩鲜明。

二、上海国际文学周

上海国际文学周是上海书展暨"书香中国"上海周活动的重要品牌活动，是中外作家开展对话、中国文学与世界文学互鉴的大型国际性文学交流活动，在全球文学领域的知名度和影响力逐年提升。

2014年8月，上海国际文学周主题为"文学与翻译：在另一种语言中"。此次活动的主要内容包括：主论坛、文学对谈、名家新作讲坛、诗歌之夜、文学讲演、萌芽文学营、品读交流会、尚读会及新书发布暨名家签售等近40场活动。

嘉宾阵容星光熠熠，分别是：维·苏·奈保尔（英国作家，诺贝尔文学奖得主）、罗伯特·哈斯（美国，桂冠诗人、翻译家）、罗伯特·奥伦·巴特勒（美国，普利策小说奖获得者）、布伦达·希尔曼（美国）、尤兰达·卡斯塔诺（西班牙）、艾斯特哈兹·彼得（匈牙利）、帕斯卡尔·德尔佩什（法国，翻译家）、马克·李维（法国）、皮埃尔·阿苏里（法国）、马振骋、周克希、孙颙、叶兆言、刘醒龙、黄运特、余中先、袁筱一、戴从容、翟永明、欧阳江河、王家新、陈黎、艾曼纽·朗贝尔（法国传记作家）、迪迪埃·贝萨斯（法国导演）、小宝（评论家）、小白、江晓原（学者）、刘国枝、刘楠祺、王寅、狄菲菲、陈少泽（表演艺术家、国家一级演员）、曹元勇、黄昱宁、冯涛、于是、周嘉宁、俞冰夏、btr（自由撰稿人、书评人、专栏作家）、何家炜、金雯（学者）、陈丹燕、张晓晗、王若虚、毛尖（学者）、孙孟晋、吴亮（评论家）、埃莱娜·邦贝尔吉（法国摄影师）、马鸣谦、蔡海燕、小白、陈东东、韩国强、施茂盛、徐沪生、孙孟晋、楚尘、韩博、陈陌、胡桑、董强、何言宏、魏心宏、吴雅凌、顾文豪、孙颙、孙甘露等翻译家、作家、诗人、评论家、自由撰稿人、导演、摄影师和学者等。

2015年8月,上海国际文学周主题为"在东方"。主要活动内容为主论坛、作家对谈、诗歌之夜、第二届爱尔兰文学翻译奖、上海—台北两岸文学营,及新书发布暨名家签售等近40场活动。

活动迎来了30多位海内外著名作家、学者、诗人、翻译家等出席,主要有:任璧莲(美国华裔作家)、穆赫塔尔·夏汉诺夫(哈萨克斯坦诗人、作家)、米歇尔·康·阿克曼(德国汉学家)、马海默、西蒙·范·布伊(英国)、艾伦·李(文学插画家)、西娅·莱纳尔杜齐(《泰晤士报文学增刊》诗歌编辑和博客编辑)、格兰特·考德威尔(澳洲诗人、小说家)、弗朗西斯卡·赖泽赫(英国威尔士作家)、陈思和(学者)、刘庆邦、李洱、金宇澄、孙惠芬、李娟、滕肖澜、路内、沈苇、陈丹青、薛舒、哈依夏·塔巴热克(新疆哈萨克族作家、翻译家)、童伟格、刘梓洁、金衡山(学者)、应雁(学者)、成硕济(韩国)、李承雨(韩国)、喜多川泰、何向阳(评论家、诗人)、陈子善(学者)、孙甘露、顾文豪(评论家)、何言宏(评论家)、陶立夏、喜多川泰(日本作家)、王若虚、恩里克·比拉-马塔斯(西班牙)、金雯(学者)、周嘉宁、东西、小白和王宏图等。

2016年8月,上海国际文学周主题为"莎士比亚的遗产"。主要活动内容为:主论坛、诗歌之夜、世界诗歌论坛、文学对话、作品研讨、文学演讲、新书首发等。

活动邀请了40多位海内外著名作家、诗人、翻译家、学者。参与活动的嘉宾主要包括斯维特兰娜·阿列克谢耶维奇(白俄罗斯作家、2015诺贝尔文学奖得主)、肖恩·奥布莱恩(英国诗人、前进诗歌奖和T·S·艾略特诗歌奖得主)、朱诺·迪亚斯(美国当代作家、普利策奖得主),莎朗·奥兹(美国诗人、T·S·艾略特奖和普利策诗歌奖得主)、德拉格耶洛维奇(塞尔维亚诗人)、米哈伊尔·波波夫(俄罗斯散文家、诗人)、杨·瓦格纳(德国诗人),及周功鑫、阿来、陈晓明、詹宏志、严歌苓、赵丽宏、吴亮、陈丹燕、btr等。

2017年8月,上海国际文学周主题为"地图与疆域:科幻文学的秘境"。2017年8月8日到14日,世界科幻大会在芬兰赫尔辛基举行;8月15日,2017年上海国际文学周拉开帷幕，主要活动内容包括主论坛、诗歌之夜（主题："诗意的苍穹"）、文学对谈、文学讲坛、新书首发暨签售会、读者见面会等近50场形式多样的文学活动。活动邀请了30多位海内外著名科幻作家、诗人、翻译家、学者。主要包括叶辛、弗拉基米尔·博亚利诺夫（俄罗斯诗人）、保罗·J·麦考利（英国科幻作家）、马丁·卡帕罗斯（阿根廷作家）、陈致宇（美国华裔科幻作家）、理查德·摩根（英国科幻作家）、陈楸帆、冯唐、高翊峰（中国台湾作家）、韩博、林真理子（日本作家）、托比·利希蒂希（英国文学评论家）、李宏伟、林白、裘山山、唐颖、瑞萨·沃克（美国科幻作家）、汪剑钊、徐则臣、杨庆祥（评论家）、弋舟、伊格言（中国台湾作家）、张冉、李敬泽、孙甘露、王侃瑜、平野启一郎（日本作家）、马伯庸、王晋康、小白、迈克·雷斯尼克（美国科幻作家）、张新颖等。

2018年8月，上海国际文学周主题为"旅行的意义"，从文学的角度阐发国家"一带一路"倡议的意义。主要活动内容包括：主论坛、文学对谈、诗歌之夜等多场文学活动和新书首发暨签售等40余场活动等。

活动邀请到包括瑞典文学院院士、瑞典文学院前常任秘书皮特·恩格伦在内的30余位海内外作家、翻译家、评论家，主要有：阿尔瓦罗·恩里克（墨西哥）、何建明、米亚·科托、李陀、陈福民、陈丹燕、陈迈平、梁鸿、伊莎贝拉·卡鲁塔、凯瑟琳·莫里斯、田原（旅日作家）、张定浩、黄德海、卡特琳·普兰、姚鄂梅、黄昱宁、伊萨姆巴尔德·威尔金森、吉井忍（日本）、任晓雯、倪湛舸、孟繁华、许子东、小白、何芷嫣、李敬泽、阎晶明、叶兆言、许子东、保丽娜·弗洛雷斯、刘梓洁、李黎、杨扬、汤惟杰、来颖燕等。

三、国际诗人工作坊

2017年11月5—13日，中国人民大学组办了国际诗人工作坊，邀请了来自欧洲、美国、中国台湾、中国香港、中国大陆多位诗人和翻译家参加，举办了研讨、讲座、朗诵等系列诗歌活动。与会诗人和翻译家包括：顾彬（德国）、尼古拉·马兹洛夫（马其顿）、朱西（意大利）、索菲娅（乌克兰）、尤佳（波兰）、罗伯特·察杜梁（亚美尼亚）、陈育虹（中国台湾）、张曙光（哈尔滨）、胡桑（上海）、多多（北京）、王家新（北京）、西渡（北京）、胡续冬（北京）、戴潍娜（北京）、李莎（北京）等，与会诗人就当代诗歌创作和翻译问题进行对话交流，推动了中外当代诗歌的对话，也为中外诗歌交流开创了一种新模式。

2018年5月，借助诗歌的文化引擎作用，海南举办了"21世纪海上丝绸之路国际诗歌临高峰会"，由《诗刊》杂志与海南省临高县委宣传部联合主办。来自法国、俄罗斯、澳大利亚、韩国、意大利、捷克、丹麦、智利、越南、阿根廷等"一带一路"沿线10多个国家多种文化背景的60多位诗人❶共襄诗歌盛会，产生了广泛的国际影响。

四、中国诗歌春晚

2015年2月11日，首届中国诗歌春节联欢晚会在北京举行。余光中任总顾问并为晚会题词。海峡两岸诗人席慕蓉、李小雨、汪国真、郑愁予、洛夫等担纲文学顾问。

2016年1月30日，第二届中国诗歌春晚开幕，从这一届开始，越来越多的"丝路"色彩出现在晚会现场。第二届诗歌春晚有来自中国各地及美国、古巴和巴拿马等国的近500名诗人和诗歌爱好者参加，北京主会场外，台北、上海、广州、杭州、云南、西安、天津、武汉等地开设了分会场，诗歌春晚年度最佳诗人获得三张船票，以开启"新丝路·新诗路"海上丝绸之路诗歌之旅，以诗歌解读"一带一路"倡议。晚会上，中国诗歌春晚组委会宣布成立国际丝路诗社、中国诗歌旅游联盟，还举行了"新丝路·新诗路"暨嘉华海上国际诗歌游轮启动仪式。

2017年1月14日，第三届中国诗歌春晚在北京开幕，并在南京、西安、开

---

❶ http://hi.people.com.cn/GB/n2/2018/0519/c231190-31600711.html

封、沈阳设置了分会场，通过新华网直播。晚会主题是"诗颂中华，凤鸣天下"，晚会用诗歌歌颂中国梦想、文化自信、"一带一路"，向世界展示了中华文化魅力。

2018年2月4日，第四届中国诗歌春晚在北京开幕，并在中国诸多大中城市和维也纳、洛杉矶设分会场，主题是"新丝路，新诗路，文化自信铸脊梁"。新华网全球直播。

2019年1月24日，第五届中国诗歌春晚在北京开幕，并在上海、深圳、西安等中国城市以及纽约、东京、伦敦、鹿特丹、多伦多、墨尔本等国内外近40个城市设立分会场。同年12月22日，上海分会场率先开幕，并以中英双语诗歌彰显国际特色。

以春晚形式搭建中外诗歌交流的舞台，凸显了诗歌无国界的特色，让人们重又听到古代丝绸之路上的古道驼铃，马蹄声响。

五、国际书展

优秀的中国文学作品既能直击人性的重大关切，又能展现中华民族独特的审美品格，然而只有优秀的主题和内容远不足以为作品开启异域之旅，抵达沿线国家读者的视野，还需要立体、多元、全面的海外出版、发行、宣传、营销策略和渠道，国际书展为中、外多元文学作品的对话、交流与合作提供了重要平台。

国际书展是国际出版界的交流盛会，中国出版界携中国图书参展，为中国文学作品进入沿线国家图书出版市场寻找契机。"一带一路"倡议提出以来，国内出版社大力拓展与"一带一路"沿线国家出版界的合作，探索中国文学作品国际出版的多元途径。随着中国各大出版社在沿线国家的业务拓展、版权输出、译介推广和影响力不断扩大，中国文学作品出版的国际品牌日益形成。

1. 北京国际图书博览会（BIBF）

北京国际图书博览会（Beijing International Book Fair，BIBF）由国家新闻出

版署、科技部、中国出版协会、中国作家协会主办，中国图书进出口（集团）总公司承办。自1986年创办至今，已成功举办26届，海外参展机构数量保持持续增长态势。2019年8月，第26届北京国际图书博览会参展国家和地区达到95个，展商总数2 600多家，展出新近出版图书30多万种，举办各类出版和文化活动1 000多场。据悉，参加此次北京国际图书博览会的国际出版机构达1 600多家，占总量的60%以上，其中亚洲展商900余家，哈萨克斯坦首次参展。随着其规模、质量、知名度和国际影响力的日益提升，目前北京国际图书博览会已成为世界第二大国际书展。

"图博会"期间，在官方与民间的合力作用下，"文学沙龙"已逐渐形成风格鲜明、内容丰富、影响力大、好评多的文学品牌活动，为国内外读者献上文学的饕餮盛宴。王蒙、贾平凹、余华、麦家、刘震云、马伯庸、刘慈欣、曹文轩等作家分别以开讲、对话汉学家、与翻译家深度交流等缤纷多彩的行业专业交流方式与国际文学界和出版界人士共同建立和经营国际合作关系，推动图博会进入务实、高效的中国图书版权走出去历史新阶段。

2018年8月，第25届"图博会"参展国家和地区93个，展商总数2 500多家，举办各类出版和文化活动近1 000场。首次设立北京国际童书展；邀请来自10余个国家的40多位作家、译者、文化界和出版界人士参加文学沙龙系列活动。

2017年8月，第24届"图博会"参展国家和地区89个，其中的"一带一路"沿线及周边国家总数近30个。展商总数2 500家，举办各类出版和文化活动近1 000场。此次书展期间，首次举办"翻译咖啡馆"系列活动，为来自不同国度的国外翻译资助机构、翻译家、汉学家、作家举办主题各异、形式多元的文学活动搭建良好的互动平台，成为此次图博会的亮点之一。此外，"作家馆"各项活动如期如约开展。

2016年8月，第23届"图博会"参展国家和地区86个，展商2 400余家，其中海外机构近1 400家；达成中外版权贸易协议5 801项。

2015年8月，第22届"图博会"参展国家和地区82个，展商2 300余家，其中海外机构1 300余家；达成中外版权贸易协议4 721项，其中版权输出协议2 791项、合作出版协议96项，引进与输出比为1∶1.57。

2014年8月，第21届"图博会"参展国家和地区78个，展商2 100多家，其中海外展商1 200多家；达成版权协议4 346项，其中输出2 594项，版权输出比2013年图博会有大幅增长，引进版权与输出版权比为1∶1.48。

2. 阿联酋沙迦国际书展

2014年11月，阿联酋第34届沙迦国际书展期间，五洲传播出版社与多家当地出版机构达成了版权合作、翻译出版、数字传播等方面的合作意向，签订了刘震云的《手机》和《我不是潘金莲》阿拉伯语版权输出协议。

2017年11月，第36届沙迦国际书展期间，人民文学出版社与黎巴嫩文学出版社、黎巴嫩雪松出版社等机构签订了9部中国文学作品的阿拉伯语版出版合同，分别是：《废都》《带灯》《古船》《独药师》《隐身衣》《石榴树上结樱桃》《少年巴比伦》《奔月》《七根孔雀羽毛》。

3. 印度新德里国际书展

2016年1月，第24届印度新德里国际书展开幕。曹文轩、刘震云、麦家、舒婷、西川等9位中国知名作家应邀赴新德里和加尔各答两地参加"中印作家交流座谈会""中印文学翻译研讨会""中国与印度当代诗歌"等多场文学交流活动。

4. 阿布扎比国际书展

2017年4月至5月，中国应邀作为第27届阿布扎比国际书展主宾国参加书展，这是中国出版在阿拉伯国家的集体首秀，对于中阿出版文化交流具有重大而深远的里程碑意义。中国近百家出版单位参展，当代著名作家余华、曹文轩、刘震云、麦家、徐则臣等应邀赴展举办多场文学活动❶。人民文学出版社向黎巴嫩文学出

---

❶ http：//www.sohu.com/a/136593749_182649

版社输出版权，签订了《下面我该干些什么》及《羽蛇》的出版合约。

5. 克罗地亚国际书展

2017年11月，中国图书进出口（集团）总公司参加在克罗地亚首都萨格勒布举行的第40届克罗地亚国际图书与教育展。这是东南欧地区规模最大的书展。作为中国唯一参展商，中国图书进出口（集团）总公司携中国当代文学类英文书籍亮相书展。

6. 德国法兰克福国际书展

德国法兰克福书展是全球最大的国际图书博览会，近年来已逐渐成为中国出版走出去、提升和展示中国文化软实力的重要平台，参展的中国图书品种和质量不断优化。中国曾于2009年担任主宾国。

2017年10月11日至15日，在第69届书展上，中国书展代表团携约2 000种图书参展，聚焦当代中国发展的图书是重点，文化类的图书包括了"一带一路"的系列图书，共9个语种。

2018年10月9日，在第70届书展上亮相的中国元素较以往更加多元，中国文学成亮点。10月10日，"麦家之夜"主题活动举行，吸引了来自美国、法国、意大利等20多个国家的近百位出版人、翻译家和代理商，《风声》的英语、意大利语、葡萄牙语、土耳其语和芬兰语等版权均在此次活动中名花有主，德语、西班牙语、法语、罗马尼亚语等10余个语种均达成意向。这是法兰克福书展第一次举办中国作家个人主题活动。

10月13日，刘慈欣也亮相书展，并受邀出席多场关于《三体》的对话和论坛活动。

7. 古巴哈瓦那国际书展

2018年2月，中国应邀作为第27届古巴哈瓦那国际书展主宾国参展，这是中国出版在拉美国家首次举办的大型国际出版交流盛会，对于中古文学作品出版交流与互鉴具有重要意义。中国60余家出版单位参加，当代著名作家阿来、麦家、余华、赵丽宏、李敬泽、刘震云、徐则臣等携作品参展并参加多场文学交流活动。

更引人瞩目的是，此次书展签约了多项文学作品出版合作项目，包括：五洲传播出版社和古巴艺术与文学出版社签订"中国当代文学精选战略合作协议"；新世界出版社和古巴艺术与文学出版社签订"中国文学"丛书出版协议；江苏凤凰文艺出版社与古巴南方出版社、古巴作家与艺术家协会合作签署"中国—古巴文学作品翻译出版工程"战略合作协议；中译出版社与古巴哈瓦那大学出版社、哈瓦那大学孔子学院签署成立国际编辑部协议及版权授权协议等。

书展上，新世界出版社"中国文学"丛书向古巴输出了古巴地区西班牙语版版权。丛书分3辑，收录了中国当代作家创作的中短篇小说14篇：第1辑收录了范小青的《我们都在服务区》、铁凝的《伊琳娜的礼帽》、韩少功的《第四十三页》、潘向黎的《白水青菜》、张翎的《空巢》；第2辑收录了苏童的《茨菰》、次仁罗布的《放生羊》、陈染的《离异的人》、徐坤的《厨房》和宗丽华《天黑请闭眼》；第3辑收录了王安忆的《发廊情话》、王祥夫的《上边》、聂鑫森的《生死之交》和迟子建的《鬼魅丹青》等作品，反映了近十年中国社会的发展变化历程。丛书目前已完成印地语版、阿语版、奥地利地区德语版、英语版、美国地区西语版的版权输出。除此之外，出版社还将推出王蒙的作品《这边风景》的土耳其语版、阿拉伯语版和韩语版。

中国人民大学出版社积极探索与沿线国家出版机构的合作，此前已取得多项成果。在这次书展上，该社与古巴何塞·马蒂（José Martí）出版社在中国主宾国活动区签署了张炜《古船》的西班牙语版权转让协议、与古巴艺术与文学出版社签署了劳马《一个人的聚会》的西班牙语版出版协议。

江苏凤凰文艺出版社与古巴南方出版社合作"中国—古巴文学作品翻译出版工程"项目完成签约。

华东师范大学出版社与古巴南方出版社、墨西哥二十一世纪出版社就方方的两部中篇小说签订了版权输出协议。这是方方中篇小说代表作"命运三部曲"《落日》《奔跑的火光》和《闭上眼睛就是天黑》中的后两部。

浙江出版集团与古巴哈瓦那大学孔子学院达成战略合作框架协议，计划推出西语版《中国文学经典》图书。浙江出版集团依托全球孔子学院的资源开拓沿线国家图书市场，与内罗毕大学、喀麦隆大学等孔子学院建立合作关系，将中国文学作品推向10多个沿线国家。

五洲传播出版社作为出版西班牙语图书最多、与古巴合作项目最多的中国出版社，此次书展上合作交流成果丰硕。

五洲传播出版社与古巴艺术与文学出版社合作"中古经典互译"项目已久，在此基础上，五洲出版社适时地将业务拓展到现当代中国文学领域：《手机》《中国当代中篇小说选》和《血之罪》已在古巴出版，西语版《手机》也借此良机再版。

书展期间，五洲传播出版社还成功签署了"中古当代文学精选合作协议"和"关于中国当代文学西文版出版战略合作协议"，更全面、系统地在古巴出版"中国当代文学精选丛书"，为中古出版界、中古作家及作家与读者间的文学交流搭建新平台、创造新契机。

五洲传播出版社还举行了多场国际研讨会、中拉作家文学交流会、中国文学讲座等宣传推广该系列丛书，并已向西班牙、墨西哥、阿根廷等西语国家输出版权20多项。《解密》《手机》《中国当代短篇小说选》等在诸落地国读者中激起热烈反响。

西班牙语是"世界第二大国际语言"，西班牙语出版业作为全球最大的翻译图书出版市场，拥有4亿多潜在读者，覆盖欧、非、拉三大洲20多个国家和地区。五洲传播出版社有序、密集地推出中国当代文学作品西班牙语版的这6年，恰恰是"一带一路"倡议在西语国家备受关注的6年，是中拉关系突飞猛进的6年。"中国当代文学精选丛书"正是"中国当代作家及文学作品海外推广（西班牙语地区）"项目结出的累累硕果。该项目得到财政部文化产业发展专项资金的资助，旨在依托国内优秀、丰富的出版资源，向西班牙语国家和地区系统、持续性地推广中国当代作家的优秀文学作品。

8. 黑山国际书展

2018年5月,中国国家新闻出版署(国家版权局)主办的为期4天的中国图书展亮相黑山国际书展,展出了兼具思想性和艺术性的当代文学作品以及优秀图画书和儿童文学作品。

第二十一章 "自力"与"合力":皆能助力

中国当代文学走出去的最终目标是像空气一样融入沿线国家的文化精神之中，隐于无形并无处不在，因此，最适合走出去的中国当代文学作品应该是那些包含着源于中华文化传统的中国元素，且能与沿线国家有机共享的作品。也只有这样的作品，才更易于与沿线国家的文学找到契合点，与异域文化深度融合，并推动译入语国家的民族文学与中国当代文学中的文化元素相结合，最终实现中外文学深度融合，无缝衔接。

然而，相对于中国综合国力的提升，中国当代文学在沿线国家的影响广度和深度都还相对有限。

"锲而不舍，金石可镂。"立足中国当代文学走出去的当下局限性，着眼于中国文学在海外的可持续发展的未来，我们应深刻认识和准确把握中国当代文学世界担当的时代内涵，铸牢中国当代文学走出去的根基，从顶层规划设计，树起新时代中国当代文学走出去的风向标，直面问题，持续用力、久久为攻，充分发挥中国当代文学在"一带一路"民心相通方面的融合功能和融化作用。

随着"一带一路"倡议影响日增，中国当代文学在沿线国家和地区传播的主动性越来越明显，中国当代作家海外推介的主体性发挥得越来越充分，如越来越主动参加国际性的文学创作合作活动，或主动参与文学译介，或主动联系海外翻译家和出版机构、出版人，从而形成了中国当代文学走出去的个人性与时代性日益趋于融合的特点。

"一带一路"倡议提出以来，中国当代文学在沿线国家的出版数量无疑是喜人的，不但语种多，国家或地区分布广，而且数量大，文学种类多。但与中国作为文化大国的地位相比，中国当代文学的国际性影响仍是弱的、小的。从文学走出去的角度看，"一带一路"无疑提供了中国文学走出去的多种途径和合作方式。因此，有必要认真总结"一带一路"倡议实施以来中国当代文学在沿线国家的传播经验，从传播方式、传播手段和传播机制等方面多角度观照世界文学版图中的中国当代文学地位，从文学本身的世界性和民族性、中外文化的异同性、接受语境和社会环境等方面，细致对焦文学的翻译和传播路径，找到问题，推动中国当代文学在沿线国家和全世界更科学、更有效地传播。

近几年,中国当代文学海外译介呈快速发展趋势,这与中国的大国崛起的进程是一致的。

瓜儿离不开秧,独木不成林。中国当代作家在世界上的成功绝非运气或偶然,而是中国文学传统的"精气神"在新时代的重新张扬,是中国文化土壤孕育、培育的一株鲜艳花朵。从20世纪50年代至今,中国当代文学一直是时代潮头的一朵浪花,歌咏时代,抒情言志。改革开放以后,中国当代文学也进入了新时代。随着中国综合国力的不断提升,中国文学的主题、形式和内容方面都推陈出新,尤其是与世界文学的发展越来越同步,与世界文学的交流也越来越频繁,出现了大批基于民族特性、同时具有世界视野的优秀作家。

优秀的作家都是民族的触角,优秀的文学都能见证一个时代和社会的变化,在精神和思想上具有超越地域性和民族性的特点,从而具有全人类意义。中国当代文学见证了当代中国的繁荣与发展,不仅肩负着讲好真实、鲜活的中国故事的历史使命,而且应服务于中华文化走出去的国家战略,使中华文化主动走向世界,成为世界文化大格局中一个生动、有力、敢担当、能担当的有机组成部分,推动中国与世界各国人民互联互通、心灵相通。

文学具有时代敏感性,其触角触及社会生活和个人情感的每个毛细血管,因此,走出去的中国文学,其主题更具时代感和世界性,也更容易引起世界认同。"一带一路"是中国智慧影响世界进程之路,因此,反映中国道路、中国经验、中国智慧、中国梦主题的文学作品在沿线国家相对容易得到翻译介绍,不但有效带动了中国文学国际地位的提升,而且也推动了沿线国家文学和生活的变化,影响了沿线国家对自然、对世界、对历史、对未来的看法,尤其是加深了对中国的了解和理解。

"顺水好行舟",值此世界"中华文化热"良机,我们要充分利用和发挥国内外各种传播途径的主动性,有选择、有步骤地根据不同国家的民族文学特点,选择既能更有效地体现中国当代精神,又能与所在国文学精神相通相融的中国文学,采取适当的传播途径，拓宽夯实中国文学的国际化途径，让中国文学精神成为所在国文学精神的有机组成部分。

纵观和综观中国当代文学的"一带一路"之路，喜悦与遗憾兼而有之，经验与教训不分伯仲。但总体而言，"一带一路"为一直在探索走出去之路的中国当代文学提供了靠岸的港口，心灵的港湾，精神的栖息地。

第一节　国外媒体与中国作家有效互动

新时代中国当代文学的国际化需求及沿线国家对中国当代文学的新期待，都要求中国作家不仅要养好气血——以中华文化精髓融于作品，更要开沟凿渠，为沿线国家的读者认知优秀中国文学作品疏通经络，打通作品走进读者的"最后一公里"。气血不足，文学作品难以成为经典；经络不通，文学作品难以得到国外读者的关注和欣赏；走不出去，则如养在深闺人不识的杨家之女，因为酒香也怕巷子深。

在传播时代，每个人都是传播者也是被传播者，都是信息的载体和源头。中国当代文学作品要成功译介到海外市场，也离不开作家的积极参与宣传。作家应主动走向国外市场、参与海外推广的文学交流活动，沿线国家图书节、读书会、研讨会、媒体专访类节目等都有利于海外读者了解中国文学作品，有利于作家及其作品的传播。只有有效利用新媒体的传播优势和受众优势，顺应自媒体时代大众读者的文学需求，才能加快推动海外读者阅读、了解、欣赏并感知中国当代文学作品的精髓。

当前的传播媒介发生了根本性变化，纸媒传播与互联网传播已经日益结合，且新媒体逐渐成为媒介传播的主流渠道。中国文学借力纸媒与互联网，传播广度和深度都获得了新的提升。实际上，中国当代作家已经在这方面有所起步。

如作家王家新，国外媒体对其进行了多次访谈。2016年6月13日，俄罗斯先锋文学网站刊发了题为《王家新访谈与诗》的访谈，访谈者邓月娘（Yulia Dreyzis）。2017年7月11日，俄罗斯卫星网刊发了题为《王家新：俄罗斯文学对中国作家具有特殊意义》的文章。2017年9月13日，韩国联合新闻社发表了由姜敏智对王家新所做的采访《参加韩中日作家庆典的王家新》。2017年10月20日，克罗地亚萨格勒布Express文化周刊发表了Sanja Baković对王家新的访谈《中国作家谈内在与外部的写作自由》。除此之外，蔡天新也先后多次受邀在国外做巡回演讲和主题讲座：2014年受邀做客伊拉克首都巴格达"阿拉伯文化周"并做个人诗作推介；2016年受邀在位于秘鲁首都利马的里卡多·帕尔马大学（Ricardo Palma Universidad）做文学主题讲座，同年，受邀在美国休斯顿和洛杉矶两所著名高校做文学巡讲；2017年，参加埃塞俄比亚规模最大的综合性大学亚的斯亚贝巴大学（University of Addis Ababa）的阅读讲座，并做文学专题讲座；2018年，赴法国巴黎做文学主题讲座。

劳马的小说在蒙古、格鲁吉亚、阿塞拜疆、亚美尼亚等沿线国家的出版，几乎是开创了中国当代小说在这些国家出版的先河。2014年，劳马的蒙古语版小说集《劳马幽锐小说精选》和《劳马荒诞幽默小说》在蒙古国举行发布会，劳马受邀参加，并被蒙古国作家联盟授予蒙古国最高文学奖。蒙古国记者在蒙古知名的《世纪新闻报》（2014年9月4日）发表了对劳马的特别专访。此外，蒙古国的《国家真理报》第172期也对劳马本人进行了专访。2018年5月，劳马应邀在罗马尼亚出席翻译作品研讨会、布加勒斯特大学中文系交流活动并接受了罗马尼亚国家广播电台的采访。这些采访对劳马在这些国家的知名度和影响力，无疑是积极有效的。

目前，越来越多的中国当代作家开始主动积极地接受国内外官方和民间的采访、宣传、报道。

2016年3月22日，希腊《中希时报》报道，吉狄马加与希腊文学界的诸多名流出席了在雅典大音乐厅举办的"中国作家吉狄马加文学诵读交流会"；2016年8月，残雪受邀前往爱丁堡国际图书节参加文学作品推介活动；2016年10月，格非应邀参加在美国哥伦比亚大学东亚中心、布鲁克林的 Community Bookstore 和纽约 China Institute 等地举行的文学研讨会和沙龙对谈等活动，为期一周；2016 年 10 月，刘慈欣受邀到苏格兰的 Glasgow 参加科幻系列文学作品推广活动，之后前往伦敦接受《卫报》《欧洲时报》《现代科幻》、*SFX*、*Starburst and List* 等报刊、杂志的采访等。2018 年 3 月，苏童应邀参加第 22 届牛津文学节期间举办的中国作家专场活动，并接受了牛津国际出版中心主任费安格（Angus Phillips）的采访，等等。

不会传播自己的作家，可能会写出优秀的作品，但不会得到应有的广泛关注和认可，成为世界性的作家就会增加很多困难。作家只生活在自己的内心世界的时代已经过去了，虽然每个时代都有自己的优秀作家标准。

目前，随着中国国际影响力的提升，国外相关机构也越来越积极主动邀请中国当代作家参与国外的中国文学推广活动，尤其是"一带一路"沿线国家举行的中外文学活动。吉狄马加就曾多次率中国作家代表团和中国青年代表团参加国际文化活动。其他中国当代作家的名字也频繁出现在国外的各种报刊、文学节、读书活动上，中国作家的身影也不再让所在国的读者感到陌生。

2014 年 10 月，据法国报纸和网站综合报道，于坚应法国文学节邀请，用近一个月的时间在法国巴黎、奥尔良、蒙特利埃、昂热、南特、克里松、雷纳等地举行了 8 场文学朗诵会。《法国中部共和国报》对于坚的法国之行这样评论：于坚已经在他的祖国播下了肥沃的灵感种子，现在他在扩大他文学的边界。法国著名电子刊物 *Apostrophe45* 以"根深蒂固的作家于坚"为题，发表了对于坚的专访。

2015 年，澳门文学节及中葡作家对话的策划者姚风应邀参加美国"爱荷华国际写作计划"。他是《中西文学》的创办者之一，曾获葡萄牙总统颁授"圣地亚哥宝剑勋章"。

2015 年 2 月，欧阳江河、西川、翟永明、周瓒等也受邀参加美国圣约翰大教堂举行的中美文学朗诵会。

2015 年 4 月，伦敦大学孔子学院举办了中国著名先锋派作家、散文家、小说家韩东作品翻译研讨会，韩东和其文学作品的译者、英国著名翻译家韩斌等受邀出席了此次研讨活动。

2016年3月，作家柏桦应"法国作家之春"主办方及巴黎第七大学之邀，作为中国作家代表参加了为期一周的"法国作家之春"文学活动。同年3月15日，柏桦出席了法国巴黎第七大学举办的以"二十世纪中文文学与世界"为主题的文学朗诵会。会上，柏桦向法国作家和读者介绍了他与法国文学的渊源及当代中国文学的状况。3月17日，柏桦再次受邀赴法国雷恩市参加文学朗诵会。3月22日，柏桦参加了在巴黎凤凰书店举行的柏桦法文诗集《在清朝》出版暨读者见面会。

2017年4月，《杨克诗选》日语版由日本思潮社出版，并在日本东京大学首发。日本现代作家会、日本作家俱乐部、土曜美术社于同月16日在早稻田大学举行"第3回现代诗研究会"，邀请杨克做文学方面的演讲。18日晚，十余位日本学者、作家等在日本东京大学文学部3号馆举行了《杨克诗选》讨论会。日本评论家也撰写了一系列关于杨克日文诗集的评论文章。

2017年5—6月，阿乙赴西班牙、法国、瑞典参加书展及新书发布活动。

2017年9月初，毕飞宇、格非等作家赴瑞典参加首届"中瑞文学研讨会"，与瑞典作家及文学爱好者交流；同月，余华应邀到荷兰莱顿大学孔子学院参加"翻译工作坊"活动，参加了多次学术对话和翻译交流等活动。9月中旬，余华赴意大利，参加在米兰比克卡大学和都灵中央图书馆举办的文学论坛；10月10—13日，曹文轩到德国，参加在慕尼黑、法兰克福书展和海德堡举办的青少年文学论坛；10月24—27日，冯唐赴意大利，参加在米兰国立大学、威尼斯大学举办的数场文学交流与对话活动。

2017年9月，韩国平昌举行"韩中日诗人庆典"，中国当代诗人胡桑、王家新、舒婷、黄亚洲、北塔、卢文丽、潇潇、冯晏、苇鸣、舒羽、戴潍娜、池凌云、蓝蓝、唐晓渡等15人应邀出席，占了与会诗人的四分之一。其中部分诗人做了主题演讲及在分会场发言，吕进则代表中国与会诗人签署了《韩中日诗人和平宣言》。

2018年7月，第28届德国麦德林国际诗歌节拉开序幕，来自37个国家的100

多位诗人和艺术家应邀出席。在孔子学院拉丁美洲中心、哥伦比亚麦德林孔子学院的组织下，中国诗人赵丽宏参加了本届诗歌节。赵丽宏在麦德林市的图书馆、博物馆、剧院等地用中文为当地听众带去近十场朗诵。

2018年7月11日，罗马尼亚第22届"卡提德阿尔杰什诗歌之夜"国际诗歌节举办。共有30个国家的诗人出席，杨克应邀出席。在开幕式上，还举办了杨克诗集罗马尼亚语版《杨克消息》和保加利亚女诗人斯坦卡《天上的闺楼》的首发仪式，杨克朗读了诗歌《人民》和《逆光中的那一棵木棉》，诗歌节主席、曾担任过罗马尼亚作协主席的国际著名诗人卡罗丽娜·伊莉卡（Carolina Ilica）和翻译苏燕为杨克朗诵了英语、罗马尼亚语译作。诗歌节还出版了与会46位外国诗人的诗歌节诗选，每人两首，均译成英文和罗马尼亚文。杨克入选的是《人民》《地球苹果的两半》。

2018年8月，欧阳江河应邀参加在美国尤伦斯当代艺术中心（Ullens Center for Contemporary Art）报告厅举办的《凤凰》文学朗诵会，并与馆长田霏宇展开文学对谈。

2018年10月7日下午，英国伦敦南岸艺术中心（Southbank Centre）举办了主题为"中国科幻"的论坛，对谈嘉宾为中国科幻作家夏笳和陈楸帆，主持人为翻译家韩斌。这是南岸中心当年China Changing Festival的一部分。10月16日，法国中国文化中心阅读俱乐部邀请莫言及其作品《白狗秋千架》和《蛙》的法语译者尚德兰参加俱乐部的读书活动。此外，还于2018年12月4日邀请刘心武及其作品《蓝夜叉》和《尘与汗》的法语译者Roger Darrobers，2019年1月邀请贾平凹及其作品《古炉》的译者安博兰和作品《五魁》的多位法语译者，迟子建及其作品《世界上所有的夜晚》《晚安玫瑰》《额尔古纳河右岸》的合作译者伊冯娜·安德烈和斯特凡·勒维克，王蒙及其作品《跳舞》《新疆下放故事》《智者的笑容》的法语译者傅玉霜共同出席读书活动。

中国当代作家积极参与多种国际会议和文学峰会，是中国当代文学走出去的生动体现，是文化自信的有力表现，既为中外作家交流创造了宝贵机会，也增进了中外作家的友谊，提高了中国当代作家的世界担当意识和能力，最终将助推中国当代文学涵养"一带一路"精神，并借力"一带一路"走向世界。

高校作为中国当代文学的研究中心，对推动中国当代文学的海外之旅也提供了很多智力和人力、翻译与研究方面的支持。2015年，复旦大学外文学院联合中文系、历史系、新闻系与科廷大学共同在复旦创立了"中澳创意写作中心"，随后在澳洲珀斯和上海两地举办了三届国际创意写作年会，就创意写作及学术研究多元化推进两校交流合作。2018年4月，借在上海举办第四届中澳创意写作国际年会之际，中澳两所大学共同发起当代中澳文学译介计划"归巢与启程"，遴选了一批活跃在当代中澳诗坛的作家与译者，包括40位中国当代作家和40位澳大利亚当代作家的作品，并组建了中澳作家合作翻译团队9人，最终在中国和澳大利亚以中英双语对照的形式出版两部诗集《归巢与启程——中澳当代诗选》。

积极角逐国际文学奖项也是中国当代作家海外之旅的目的之一。国际文学奖项虽然有自身的局限性，但毕竟代表了某种文学评价标准的最高成就，国际影响大，而且影响到大众。近年来，中国当代文学冲破语言的藩篱，积极主动参与各类国际文学评奖，在国外屡屡斩获大奖。这不仅代表了世界对中国文学艺术水平和中国文化内涵的认可，更为中国文学的未来发展积累了文化资本。

与此同时，中国当代文学的海外翻译家很多也借助文学翻译获奖，这为译者带来了象征性资本，也能提升译者的国内外知名度，为译入语文学提供获奖主题和文本，进而为中国当代文学融入译入语文学发挥更大的作用，这是中国文学在沿线国家国际传播的最高目标。

教育是文学落地的最佳途径。中国当代文学作品充满"仁爱"思想，鲜活的中国优秀文化元素，越来越国际化的表达方式，推动了中国当代文学作品开始越来越积极融入所在国教育体系，逐步走进"一带一路"沿线国家的教材、课堂、必选书目和经典文库。2014年，张炜的法语版《古船》入选法国教育部高等教育推荐教材，成为法国大学生研究中国当代文学的经典教材之一。同年，麦家的英语版《解密》被收进英国"企鹅经典"文库，是继鲁迅、钱钟书、张爱玲后唯一入选该文库的中国当代作家。余华的罗马尼亚语版《活着》的译者是罗马尼亚布加勒斯特大学教师木国烈，为了更好地帮助罗马尼亚学生理解中国文学作品中的内容，他在上课时播放电影《活着》以配合对小说的讲解，学生反映很好。劳马的罗马尼亚语版短篇小说精选集《一个人的聚会》则入选罗马尼亚布加勒斯特孔子学院翻译课教材。

中国当代文学走进沿线国家经典文库、教材、课堂，说明了中国当代文学作品开始国际化、经典化，也是中国文学影响世界的明确标志。

第二节　借力国外翻译家、评论家"接生"

国外的汉学家、翻译家是中国文学的海外接生婆，中国当代文学能在海外呱呱坠地，他们有首接之功。他们对中国当代文学的翻译和介绍，可以说就是中国当代文学在当地的第一声啼哭，嘹亮与否，也与他们提供的奶粉和生长环境息息相关。虽然中国当代作家在不同的国度的影响力不同，但他们走到海外的第一步，都基本相似。

文学作品的译者是人类优秀文化的传播者，是世界精神力量的接力者，是作品获得新生的创造者。不同国家的民族文学各自有独特的书写经验，文学审美的差异会阻碍阅读带来的美感，只有"中国通"译者、汉学家和翻译家们能够做到有机缩小翻译中的文学、文化差异，协调作家与译入语读者的文学经验适配关系，处理好不同语言的容纳能力差异导致的言语张力问题。

中国文学作品的译者队伍阵营强大，既有著作等身的功勋翻译家，也有才华出众的年轻译者，有学院派译者，也有创新派译者，他们进取心强、才华横溢，为中国文学作品走出国门、走进沿线国家读者的视野立下了汗马功劳。

作家王家新的海外之路就是这一现象的准确写照，他的文学就是因为德国汉学家和美国著名作家的青睐和推介，才逐渐获得世界认知和欣赏的。

王家新的德国"接生婆"是顾彬。自1998年起，他发表了6篇翻译王家新诗作和介绍文章，并于2011年和2017年翻译出版了2部王家新的诗集。王家新的美国"接生婆"则是著名作家罗伯特·哈斯（Robert Hass），他在《美国诗歌评论》(*The American Poetry Review*) 2015年第3期，5—6月号上对《王家新诗歌专辑："反向及其他诗作"》[*Wang Jiaxin: Reversal and other Poems*，译者为史春波和乔治·欧康奈尔（George O'Connell）] 所做的评论《王家新和冬天的精神》(*Wang Jiaxin and Winter's Disposition*)，对提高美国乃至英语世界对王家新其人其诗的认知度产生了重要推动效果。顾彬和罗伯特·哈斯均为文学界"大咖"，经由他们将王家新文学翻译介绍到德语世界和英语世界，所产生的影响是不言而喻的。王家新诗作的异域之旅之所以相对平坦并能唤起不同国度的学者和作家心灵上的共鸣，与此关系密切。

2016年，中国作家、翻译家明迪和阿里·卡德隆（Alí Calderón）共同编选了《中国新诗百年孤独 1916—2016》，由墨西哥 Valparaíso 出版社出版，共有15位西班牙语作家合作翻译，收录了65位作家的102首诗，明迪作序。明迪编选的《无限伸展的翅膀：中国当代诗》于2016年11月在布宜诺斯艾利斯出版，主要收录了10位中国当代作家的作品。

在某种程度上，译者直接决定着中国当代文学海外传播的成功与否，当然，也并不是所有的译者都能成功地将中国当代文学推介到自己的国土。只有具有深厚的汉语与中华文化修养，了解中国历史和当代国情的译者，才能有针对性地研究不同语言文化背景下中国当代文学国际传播的方法和手段，采取差别化传播手段，以"和而不同"为宗旨，根据不同国家、不同民族、不同宗教信仰、不同地区受众的特点和不同时期对中国当代文学的需求，用当地受众听得进、看得懂、感兴趣，且不失文学精髓的本土化语言和文学形式，传播中国文学蕴含的中华优秀文化内涵和精髓。

第三节　中外出版机构搭桥通车

出版机构是文学走出去的桥梁，从职业和行业角度看，出版机构对海外市场需求具有特殊的感知力和敏锐的判断力。在助力中国当代文学"海外行"工作中，中国的出版社积极与国外出版机构合作，付出了极大努力，发挥了重要作用，也取得了明显成效。

集中、有效向海外推介中国当代文学的代表之一是五洲传播出版社。自1994年正式运营以来，五洲传播出版社一直致力于向世界传播中华优秀文化，尤其是在向西班牙语国家和地区推广传播中国文学方面发挥了重要作用。自2004年出版第1本西语出版物到2014年，五洲传播出版社10年间共出版了100多种西语版中国主题图书，其中包括约20本中国当代小说，输出了70多项图书版权，成为中国图书、中国文学开拓西班牙语市场的中坚力量，已成为西语地区中国当代文学第二大图书出版商。

"一带一路"倡议实施以来，五洲传播出版社加大加快在沿线国家推介中国当代文学，并凭借小语种出版形成了"一带一路"国家出版优势，先后将莫言、刘震云、麦家、周大新、迟子建等十几位茅盾文学奖得主的作品翻译并出版了32种西语版，并于2014年出版了第一本中国当代诗作《顾城诗选》西语版；2015年出版了两部中国诗歌集《卡塔出它的石头：于坚诗选》和《蔡天新诗选》的西语版。

2017年1月4日，五洲传播出版社官网发布消息：该社"中国当代作家及作品对外推广（西班牙语地区）"项目入选国家首批35个新闻出版产业示范项目，该项目共包括了32部中国当代文学作品。在中宣部、国家新闻出版广电总局、中国作家协会等机构的帮助和指导下，五洲传播出版社一方面联系国内作家，整合其代表作的西语版权，在国内翻译出版这些诗作的西语版，另一方面积极在拉美地区和西班牙推广这些作品，打造出"中国当代文学精选"（"Joyas de Literatura Contemporánea China"）品牌，在所在地形成了一定的规模和影响。

"中国当代文学精选丛书"是五洲传播出版社自2013年至今精心打造的西班牙语版系列丛书，已在西语世界成功树立起中国文学西译品牌，包括32部文学作品，其中诗选3部、小说26部、中短篇小说选集3部。如：刘震云的《温故1942》《手机》，张悦然的《十爱》，刘庆邦的《黄花绣》，麦家的《暗算》《解密》，蒋韵、晓航、王十月编《中国当代中篇小说选》；入选的3部中篇小说为蒋韵的《心爱的树》、晓航《师兄的透镜》、王十月的《国家订单》，均为2007年第四届鲁迅文学奖获奖作品；山西省作家协会编《陕西作家短篇小说选》，收录了陈忠实、贾平凹、路遥、叶广芩等20位陕西作家的短篇小说；王安忆的西班牙语版小说3部，即《小城之恋》《荒山之恋》《锦绣谷之恋》，徐则臣的《跑步穿过中关村》；王蒙、毕飞宇、苏童、张抗抗、阿来等人的《中国当代短篇小说集》，迟子建的《额尔古纳河右岸》，史铁生的《我与地坛》，《顾城诗选》，毕飞宇的《青衣》，韩少功的《爸爸爸》，周大新的《安魂》《银饰》，刘震云的《我不是潘金莲》，莫言的《师傅越来越幽默》，于坚的《卡塔出他的石头》，蔡天新的《蔡天新诗选》，张炜的《古船》等。

西班牙语出版界是世界第二大出版市场，是全世界最大的翻译图书出版市场。五洲传播出版社在以拉美为主的欧、非、拉3大洲20多个国家和地区对中国文学的译介、推广和传播方面立下了赫赫之功。

"中国当代作家及作品海外推广（西语地区）"项目还包括推动中国作家的海外交流活动。为此，五洲传播出版社与西语最大的出版集团——普拉内塔出版集团、墨西哥国立自治大学孔子学院合作开展了"中国作家拉美行"系列活动，先后邀请刘震云、麦家、何家弘、周大新、徐则臣等作家，在西班牙、墨西哥、古巴、阿根廷、智利、哥伦比亚、哥斯达黎加等国，通过新书发布、与作家对谈、朗诵会、文学讲座等多种形式开展讲座及交流活动，与当地读者、作家、文学评论家及研究者进行深入交流，充分发挥了文学沟通心灵的强大媒介功能，有力促进了中国当代作家作品在西语地区的传播，成为较受拉美读者、汉学界和出版界欢迎的中国文学盛事。

2016年，外语教学与研究出版社与罗马尼亚欧洲思想文化出版社合作推出吉狄马加的罗马尼亚语版诗集《天堂的色彩》，诗集以独特的中华民族视角、用文学的方式向罗马尼亚读者倾诉中华文化，其卓越的文学写作技巧和杰出的文学贡献赢得了罗马尼亚读者的青睐，获得了罗马尼亚《当代人》杂志"卓越诗人奖"和布加勒斯特作家协会"诗歌创作奖"。这是继吉狄马加诗集《火焰与词语》和演讲集《为土地和生命而写作》后双方共同出版的第三部作品。同年11月16日，中国首次以主宾国身份参加在布加勒斯特国际展览中心举办的第23届罗马尼亚高迪亚姆斯国际书展，书展始办于1994年，由罗马尼亚国家广播电台主办，是罗马尼亚规模最大的书展，在中东欧地区极具影响力。两家出版社共同在中国主宾国展台举行吉狄马加罗马尼亚语版诗集新书发布会，其中包括新书《天堂的色彩》《我，雪豹》《致马雅可夫斯基》等经典代表诗作。经由外语教学与研究出版社努力，2013年至2016年，吉狄马加诗集、演讲集实现了多语种输出，与海外近40家出版机构签署了授权协议，包括西班牙语等25个语种。

中国文学的成就也引起了国外出版社的关注，并主动进行推介。如法国文字出版社从2004年起就开始陆续推出中国当代作家 Collection: Planètes 个人诗集13部，包括翟永明的《最委婉的词》（2014）、于坚的《被暗示的玫瑰》（2014）、欧阳江河的《谁去谁留》（2015）、王寅的《说多了就是威胁》（2015）、柏桦的《在清朝》（2016）、西川的《巨兽》（2016）、多多的《追问》（2016）、宇向的《其他的事情》（2016）、张枣的《鹤之眼》（2016）、韩东的《黝黑的太阳》（2016）。此外，还出版了王寅摄影诗集《无声的城市》（2014）。

法国MEET出版社也出版了不少中国文学作品，如：2008年出版多多的法语版诗集《桑那在尔的诗》，2015年出版王寅的法语版诗集《因为》。澳大利亚的Vagabond出版社则推出了《虹影、翟永明和杨炼诗精选集》，及姚风、臧棣和零雨等当代作家的诗集。

吉狄马加受到诸多海外著名出版社的青睐。2013年、2014年，哥伦比亚Corporation of Art and Poetry Prometeo出版社出版了吉狄马加诗集和演讲集各1部。

2014 年，南非乌卢鲁设计出版公司出版了吉狄马加诗集和演讲集各 1 部。2014 年、2015 年，加拿大 Memoire D'encrier Inc. 出版社出版了吉狄马加诗集和演讲集各 1 部。2015 年，奥地利 L'cker Verlag 出版社出版吉狄马加诗集和演讲集各 1 部。2014 年、2017 年，俄罗斯联合人文出版社各出版吉狄马加诗集 1 部。

总之，中国当代优秀文学之所以能在国外得到关注，甚至产生积极影响，感染了国外读者，一方面因为中国当代文学的世界性主题传达出了具有人类普遍性的价值观，另一方面是因为中外译者、出版机构、海外版权代理机构等多方的精细化合作，从而减弱了中外文化差异的影响，增强了主流渠道的认可度和主流受众的认知度，从而形成了中国当代文学走出去的组合拳。

第四节　网站和网上书城无碍阅读

在互联网全球化的今天，关于中国文学作品外译的信息在互联网上堪称铺天盖地，但要追踪信息来源、甄别其可靠性却并非易事。得到准确的出版新闻发布网站的信息也远比想象的难，即便追踪到了发布出版信息的官网，有价值的线索也可能很有限。中国相关网站上的信息，外国受众也很难浏览。

如何建设方便易用的中国当代文学译介信息网站，中国人民大学出版社官网的"海外合作"专栏值得借鉴。其网页详细公布了该社与"一带一路"沿线国家出版社的合作出版信息，包括：作者，书籍的中、外译名，书号，出版日期，出版社名称，作者简介，内容简介，及获得何种国家项目资助等信息。此外，网页还开辟专栏设置出版社在天猫商城的旗舰店链接。当然，网页也有待改进的空间，如外译书籍网页中没有清晰注明译者信息；没有外语网页；点开天猫商城的旗舰店链接后，用户体验也不是非常理想。

"一带一路"沿线国家以发展中国家居多，且多有被西方列强殖民的历史，不少国家获得中国文学作品还以英语的转译本为主要途径。由西方资本主导的世界文化格局导致出现了东弱西强的文化传播失衡局面，曾被殖民的沿线国家接触到的从其他语种（如英语等）转译的中国文学作品已经经历了西方话语体系的浸染和过滤，这种交流严重阻碍沿线国家读者对中国文化精髓和优秀文学作品的认识和理解，无论西方译本是对中国文学信息的放大、缩小抑或痕迹的擦除，都是伪交流。

沿线发展中国家经济多欠发达，图书市场小，读者消费水平低，文化差异大，出版机构发行中国文学作品难以盈利。中国政府出台的外译资助政策和启动的相关计划、项目，主要是为了资助中国文学作品在"一带一路"沿线非通用语种国家出版和推广，对不同语种的选择可谓用心良苦。资助不但解决了沿线国家出版机构的成本问题，降低了相关出版机构的商业风险，提高了所在国引进中国文学作品版权的积极性。更重要的是，经资助出版的中国文学作品向沿线国家的读者打开了了解中国发展现状的文学之窗，对沿线国家民众重新认识中国及消除国际文学作品传播的不平衡现象也十分重要。

然而，这些源自不同渠道得到中国资助出版的中国当代文学作品，在海外的销售却遇到了信息不畅的问题。目前相关出版信息的发布并不及时，且多以单打独斗为主，中外出版社合作出版的文学作品很多只出现在首发式的新闻里，在国内出版社网站上所能搜索到的外译作品的信息可谓一鳞半爪，若要购得译作则更是困难重重。即使是相关新闻，新闻发布方为了凸显自己的贡献，内容常多强调和渲染该出版社为版权的输出和最终的出版做出了怎样的努力，很少谈到文学作品受到中国政府的资助，明确提到受资助项目名称的报道十分少见，对出版作品的介绍也是惜字如金。而很多可以在国外出版社官网查询到的已出版的中国文学作品，在国外的主流图书网上商城却难觅踪迹。

单丝不成线，独木不成林。为了集中展现"一带一路"倡议提出以来中国政府启动的各项对外翻译资助项目已有成果，提高作品的使用率，发挥和延续翻译出版作品的引领作用，推出更多具有代表性的中国当代文学作品，展示中外文学交流互鉴的成果，为沿线国家读者全面了解当代中国的最新发展方向提供一个全新的文学视角，目前亟需中外合力建设一个"一带一路"中国政府资助外译作品网上书城。

网上书城可聚集中国政府资助项目开发出的中外优势出版资源，展示中外出版成果，搭建资源共享交流平台，分享内容生产、传播渠道建设、文学资源开发等各个环节的经验。同时也为中国出版机构的国际合作提供参照，助力中外双方查漏补缺，使中国文学作品以后的外译出版工作更加有效，有针对性。网上书城也有助于中外出版社弃"独善其身"姿态，持"兼济天下"情怀。

网上书城可借助于数字化出版提高信息共享的效率。数字出版融合并超越了传统的纸媒出版，相较于传统出版的优越性已日益明显。网上书城可针对数字出版的传播规律和读者特点，同步开发和传播中国文学作品数字图书内容，即中国文学作品译本的 Kindle edition 和 Ebook 应尽力保持与纸质书籍同时发行，满足沿线国家青睐数字图书的读者便捷获取中国文学作品。

网上书城是中国与沿线国家文学交流互鉴成果的平台，代表着中国政府资助的文学作品外译项目取得的阶段性成果，记录着中外出版人共绘中国文学走出去美好蓝图的足迹，也是中国与沿线国家文化交流日益密切的有力例证。

第二十二章 书媒与心桥：
建立中外出版社合作机制

出版行业对引领和促使中国优秀文学作品规模化进入落地国市场有巨大的推动力。

"国之贫于师者远输，远输则百姓贫。"中国当代文学作品在海外的落地出版需紧密依托"一带一路"沿线国家出版业实体，充分利用海外出版社、出版人在当地图书市场及社会的传播力、公信力和影响力，引导和塑造沿线国家读者的中国文学审美和认知，提升出版中国文学作品的价值回报，借以反哺海外出版业对中国文学作品出版的信心。

但实际情况是，目前与中方合作的沿线国家出版社也是鱼龙混杂，并非都是所谓的"知名出版社"，有些系刚刚建成，若出版社的知名度不高，所出版图书的信息就难以出现在主流网上书城，读者也就很难获取销售信息。中国当代文学作品即使在这样的出版社出版，也难以得到有效的传播。鉴于此，中方出版社在与沿线国家出版社合作出版中国当代文学作品时，应充分做好前期调研和相关准备工作，了解对方的出版资历、出版规模及知名度，避免误导中方对中国当代文学在沿线国家出版、发行和传播情况做出不实判断。

为了建立、完善并逐步深化中国与沿线国家出版社合作机制，首先要中外双方合作摸清中国当代文学在沿线国家的出版、发行信息，在此基础上，研究推动建设中国与所在国出版业良性合作体系，为中国当代文学在所在国落地探路搭桥、铺平道路。

"一带一路"倡议提出以来，中外出版社实际上已经敏锐地抓住了这一历史机遇并采取了积极行动。2018年8月23日，"中国—中东欧国家出版联盟（16+1出版联盟）"在北京启动，就是中国与中东欧国家出版机构的一次成功合作，联盟首批成员单位包括：外语教学与研究出版社、中国出版集团、五洲传播出版社、安徽出版集团、浙江出版联合集团、山东教育出版社、南京大学出版社、中国文化译研网等中方出版和文化机构，以及阿尔巴尼亚奥努弗里出版社、保加利亚东西方出版社、波黑读书俱乐部出版社、克罗地亚桑多夫出版社、拉脱维亚詹尼斯·洛奇出版社、匈牙利科苏特出版集团、罗马尼亚利博思出版社、马其顿文学出版社、波兰时代马尔沙维克出版集团、塞尔维亚德拉斯拉出版社、斯洛文尼亚索多诺斯特国际出版公司等中东欧国家的出版机构。出版联盟是在中国—中东欧国家合作框架下,以落实《中国—中东欧国家合作布达佩斯纲要》和《中国—中东欧国家合作索菲亚纲要》精神为宗旨,由中国和中东欧国家的相关出版机构和文化机构共同推动成立的,目的是推动中国与中东欧国家出版文化机构之间的双向交流、资源共享、互学互鉴、互利共赢,并在版权贸易、图书营销、翻译人才培养等方面建立沟通协调机制,增进彼此之间的人文交流,最终推动实现"一带一路"民心相通目标,繁荣世界文化,构建文化多样性生态环境。

中国与沿线国家出版社一定要以共赢心态和实际行为为双方出版业提供服务,共同发挥中国与沿线国家出版合作优势,形成"一带一路"出版集群,把中国当代文学作品的海外出版工作做好、做异、做细,同时促进沿线国家出版业多层次、全方位、有深度地参与中国当代文学的海外推广过程,实现出版信息互联互通,打造"差异化读者需求分析—优秀中国当代文学的选择—中国文学作品国外出版质量标准的制定—本土化营销策略规划—出版流程优化"全生命周期的出版生态链,使沿线国家出版业成为推动中国当代文学走出去的新增长点。

第一节 中国出版社当仁不让

"一带一路"倡议为中国出版社的体制改革和国际拓展提供了新的机遇,中国当代文学与出版社的合作也借以获得新的发展空间和上升空间,双方因"一带一路"倡议的顺利实施加快了双向互动,实现了双赢。

1. 北京出版集团

要健全文学互译与出版的合作机制，首先要有优秀的原创文学作品，其次是要建立确实行之有效的翻译和传播机制，另外还需要沟通中外信息渠道，确保海外译者和出版机构能尽快获知中国当代作家作品信息。目前，致力于推动中国文学外译的北京出版集团在这些方面做出了有益的尝试。

北京出版集团已有70年的历史，迄今已发展成为一个拥有8家专业出版社、5家杂志社和15家子公司的综合型文化企业。近几年，该集团加大中国优秀原创文学作品的翻译、推介和输出渠道疏通力度，加强了与国外出版业同行的交流与合作，并以其深厚的文化积淀和丰富的出版资源在中国原创文学作品的版权输出和对外合作出版领域成果颇丰。主要有：

张翎的英文版《金山》已由加拿大企鹅出版社旗下的Viking出版，意大利语版已由意大利Edizioni Piemme出版社出版，法语版已由法国Place des éditeurs出版社出版，西班牙语版已由西班牙Ediciones Destino，S.A出版社出版；迟子建的英语版《额尔古纳河右岸》已由英国Vintage旗下的Harvill Secker出版社出版；徐则成《跑步穿过中关村》英语版已由美国Two Lines Press出版社出版，德语版已由德国Bvt Berliner Taschenbuch Verlags Gmbh出版社出版，意大利语版已由意大利塞莱里奥出版社出版，法语版已由法国菲利普·雷出版社出版，荷兰语版已由荷兰德盖斯特出版社出版。

2. 人民文学出版社

人民文学出版社在2009年成立了对外合作部，并成功输出了一些中国当代作家作品的海外版权。主要包括：艾米的《山楂树之恋》输出18个语种，格非的《隐身衣》输出到英、法、西知名文学出版社，铁凝的《永远有多远》输出到泰国，阿乙的《鸟，看见我了》《下面，我该干些什么》等作品输出到英语、西班牙语、瑞典语、意大利语、韩语、阿拉伯语世界等。

3. 上海世纪出版集团

2008年，隶属于上海世纪出版集团的"文化中国"工作室与美国《读者文摘》合作，联合推出了英文版"Stories by Contemporary Writers from Shanghai"系列文学作品，延续至今，相继推出的作品主要有：

① 2010年5部：王晓玉的《正宫娘娘》、赵长天的《再见许鹄》、李潇的《民歌》和《大象》、王小鹰的《一路风尘》。

② 2013年1部：陈丹燕的《上海的红颜知己》。

③ 2014年8部：王小鹰的《假面吟》、张怡微的《旧时迷宫》、苏德的《没有如果的事》、彭瑞高的《叫魂》、朱晓琳的《白金护照》、小白的《局点》、潘向黎的《缅桂花》、王周生的《生死遗忘》。

④ 2015年7部：马原的《西海无帆船》、朱立群纸艺馆编《手工时光：纸浮雕》、沈善增的《正常人》、殷慧芬的《屋檐下的河流》、姚鄂梅的《白话雾落》、孙未的《熊的自白书》、陈丹燕的《和平饭店》。

⑤ 2016年5部：路内的《少年巴比伦》、阮海彪的《沉香阁》、金宇澄的《轻寒》、孙甘露的《呼吸》、秦文君的《小香草》。

⑥ 2017年2部：那多的《一路去死》、赵丽宏诗集《疼痛》。

4. 外文出版社

外文出版社始终将把中国文学介绍到海外作为主要工作之一。2007年，鉴于海外了解中国当代文学的需求加大，而国内面对海外读者的中国当代文学的选题不多，外文出版社策划了"21世纪中国当代文学书库"系列，"总序"由王蒙撰写。2008年完成了丛书第一辑中的三卷本：《化妆》(城市卷)、《永远有多远》(女性卷)、《梅雨》(青春卷)；2009年完成第一辑中的五卷本：《俗世奇人》(民俗卷)、《一片落叶》(微型小说卷)、《到城里去》(乡土卷)、《淡绿色的月亮》(情感卷)、《一双泥靴的婚礼》，此后文库一直延续至今。

文库所收录作品都与中国社会发展紧密相联，能反映当下中国民众的日常生活与情感，可帮助海外读者了解真实的中国，当下中国人的真实状况。作者则多为活跃于中国当代文坛的知名作家，如王蒙、蒋子龙、铁凝、迟子建、冯骥才、王安忆、池莉、方方、苏童、贾平凹、张炜、麦家、李敬泽、周大新、安妮宝贝、格非、阿乙、邓一光、晓航、王手、韩松、张怡微、徐则臣、陈谦、毕飞宇、蒋韵、李浩、阿乙、任晓雯、路内、鲁敏、阿来等。而每卷主编也都是国内主流文学刊物的主编、文学评论家、知名作家和资深图书策划人，如李敬泽、何向阳、谢有顺、张颐武等。

丛书集中反映了中国当代文学的群像，具有动态性、生动性、时代敏锐性，是中国当代新思想、新作家与新作品的集大成。

5. 新世界出版社

新世界出版社是"一带一路"图书出版的先行者，该社出版的《中国关键词："一带一路"篇》以英、法、俄、西、阿、德、葡、意、日、韩、越南、印尼、土耳其、哈萨克斯坦语等多语种形式对外发布，中国外文局、中国翻译研究院、中国翻译协会共同编撰、编译，向世界准确描绘了"一带一路"全景，主导了对"一带一路"倡议的对外定义权和解释权。

新世界出版社积极参加国内、国际主要图书展览会，如北京国际图书博览会、法兰克福书展、新加坡书展等，并与海外出版公司、版权代理机构开展版权贸易和合作出版业务，通过版权贸易方式将很多优秀图书传播到沿线国家（地区）。"一带一路"倡议提出以来，出版社积极拓展沿线国家和地区的图书市场，与印度 GBD 图书公司和埃及日出出版社分别在印度和阿拉伯国家成立了中国图书编辑部，围绕"一带一路"共同策划、编辑、翻译、印刷、发行、推广宣传相关图书。

中国当代文学走出去是新世界出版社的重点工作之一，其中的代表，是 2016 年出版的《中国文学》(陕西卷，上、下) 4 个语种版本，即英语版、俄语版、法语版和西班牙语版。陕西作家协会精选了陕西籍和长期在陕西生活、工作的作家在 1954—2014 年间创作的 13 部短篇和 3 部中篇小说，主要反映了新中国成立后各时期中国普通百姓的故事，包括路遥的《姐姐》、陈忠实的《信任》、贾平凹的《满月儿》、叶广芩的《本是同根生》、红柯的《美丽奴羊》、京夫的《手杖》、吴克敬的《油菜地》、邹志安的《支书下台唱大戏》、杨争光的《公羊串门》、程海的《三颗枸杞豆》、黄建国的《较劲》、阎道勇的《银子放光的故事》、和军校的《卖羊》、柳青的《狠透铁》、高建群的《遥远的白房子》、张虹的《小芹的郎河》等。

6. 中国人民大学出版社

中国人民大学出版社一直致力于搭建国际文学文化交流平台。迄今为止，已经与 30 多个国家和地区的百余家出版机构建立了相对稳定的合作伙伴关系，成为中国国际出版的一张名片。

2014 年至 2018 年，中国人民大学出版社与"一带一路"沿线国家 20 多家出版社合作出版了中国当代文学作品 28 部，分别是：

① 2014 年 2 部：韩语版《格萨尔王》和《十三世达赖喇嘛》。

② 2015 年 4 部：劳马的俄语版和英语版《巴赫金的狂欢：劳马剧作三种》；莫言的英语版《白狗秋千架》；梁衡的英语版《觅渡》。

③ 2016 年 11 部：安妮宝贝的日语版《蔷薇岛屿》；劳马的瑞典语《巴赫金的狂欢》；莫言的英语版《师傅越来越幽默》和《生死疲劳》；劳马的日语版、格鲁吉亚语版、阿塞拜疆语版、亚美尼亚语版《一个人的聚会》；劳马的韩语版和俄语版《非常采访》；丰子恺的日语版散文集《华瞻的日记》。

④ 2017 年 7 部：劳马的乌兹别克语版《巴赫金的狂欢：劳马剧作三种》、英语版《非常采访》、英语版和罗马尼亚语版《一个人的聚会》；何家弘的英语版《性之罪》和《X 之罪》；梁衡的韩语版《觅渡》。

⑤ 2018 年 4 部：劳马的吉尔吉斯语版《巴赫金的狂欢：劳马剧作三种》；缅甸

语版、波兰语版和西班牙语版《一个人的聚会》。

7. 中译出版社

中译出版社原名中国对外翻译出版公司，一直秉承"跨越语言障碍，讲述中国故事"的宗旨，已成为中国出版行业中中国文化走出去的重要品牌力量，其策划的"外国人写作中国计划""中国少数民族作家海外推广计划""中国百年儿童文学精品外译书系"等项目，很多成果已经实现了多语种落地，语种涵盖英、印地、俄、西班牙、德、日、法、印度尼西亚和阿拉伯语等。"一带一路"倡议提出以来，该出版社先后与沿线国家重要出版社合作签约成立了16家中国主题国际编辑部，聚集海内外翻译家、汉学家集中向海外输出中国优秀文学作品，得到沿线国家读者的普遍认可。

中译出版社在推进中国多民族文学走出去方面已形成了特色，其中"阅读中国·五彩丛书"英文版为"一带一路"沿线国家了解中国少数民族的历史与风情提供了一个全新的视角，包括：朝鲜族作家金仁顺《僧舞》(2015)、满族诗人娜夜的诗集《睡前书》(2016)、哈萨克族女作家叶尔克西·胡尔曼别克的《永生羊》(2016)、土家族作家叶梅的短篇小说集《歌棒》(2016)、藏族作家丹增的《小沙弥》(2017)、彝族诗人吉狄马加的诗集《身份》(2017)、胡东林的《狐狸的微笑》(2017)、云南普米族作家鲁若迪基的《没有比泪水更干净的水》(2017)、张碧竹的《最后的土司》(2017)、满族作家赵玫的《叙述者说》(2017)。

除此之外，中译出版社还推出了英语版"中国当代经典系列"丛书，主要包括：阿来的《空山》(第一部)(2017)、李佩甫的《生命册》(2017)、刘醒龙的《天行者》(2017)、张悦然的《誓鸟》(2017)、周大新的《湖光山色》(2017)。

第二节　沿线国家出版社遥相呼应

"一带一路"倡议虽由中国主导，但属于世界，且给沿线国家带去了实实在在的益处，也逐步得到沿线国家的深度认可和支持。

图书出版作为"一带一路"沟通的桥梁和媒介，目前成为中国和沿线国家文化交流的主要形式。目前，中国每年向国外输出中国主题的图书大约 8 000 种，但受限于语言障碍，这些图书大多需要翻译成落地国语言才能发挥更好的作用，但"一带一路"沿线国家语言多属于小语种，翻译出版人才极其匮乏。要有效推动中国和沿线国家的文化互译和双边出版交流，目前中外出版社应加强合作，既各自为主，凝聚并培养这方面的专业人才，更要加强合作，"遥相呼应"，加强加快优秀资源的整合和互动，从现有资源中挖潜，提高现有资源的使用效率，多元立体开展翻译出版、媒体合作、版权贸易合作，不断增进感情，促进互利共赢，传承中华优秀文化，提升文化交流质量，弘扬"一带一路"友好合作精神。

"一带一路"沿线国家出版社与中国出版社围绕中华文化走出去，形成了迄今为止从未有过的中外出版合作的默契。

1. 澳大利亚出版社

（1）澳大利亚企鹅出版社（Penguin Books Australia）

该出版社出版了近百本"Penguin Specials"系列丛书，其中的"中国主题"（"China Specials"）子系列约占 80 本，选题全部和"中国题材"相关，一部分是外国作家写的有关中国的作品，还有一部分是中国作家作品的英文译本，主要有：盛可以的《白草地》（2014）、何家弘的《亡者归来：刑事司法十大误区》（2014）、阎连科的《耙耧天歌》（2016）、格非的《褐色鸟群》（2016）、莫言的《透明的红萝卜》（2016）、苏童的《红粉》（2018）。

2017 年，该子系列丛书还出版了一套"中国香港系列"（"The Hong Kong

Series"），主要包括董启章的《梦华录选编：二十五个城市片段》等。

（2）澳大利亚 Text Publishing 出版社

该出版社出版了阎连科的 7 部作品：《为人民服务》(2007)、《丁庄梦》(2011)、《受活》(2012)、《四书》(2015)、《炸裂志》(2016)、《年月日》(2017)、《日熄》(2018)。

除此之外，还出版了余华的《第七天》(2015)、苏童的《碧奴》(2008)、王维克的《来电》(2018)等。

2. 波兰出版社

波兰时代马尔沙维克出版集团（Time Marszałek Group）是安徽出版集团在波兰设立的出版机构，由波兰青年出版家约安娜·马尔沙维克·卡瓦（Joanna Marszałek–Kawa）领衔，是中国出版开辟东欧及国际市场的向导，与中国人民大学出版社、外语教学与研究出版社等中国多家出版单位保持着合作关系，与时代出版传媒股份有限公司签署了共建"一带一路"国际出版联盟战略合作协议，另外还协助中国出版机构在波兰开设分支机构。主要出版波兰语版的文化、教育、哲学、社会科学等"中国主题"方面的图书，其中"丝绸之路"是重点。

莫言的"波兰热"与该出版集团的努力密不可分，其已经出版了莫言的《酒国》《丰乳肥臀》等小说 8 部。此外，还有劳马的《一个人的聚会》、史铁生的《命若琴弦》等。

3. 德国出版社

（1）慕尼黑 Wilhelm Heyne Verlag 出版社

已出版了德语版刘慈欣作品 6 部，是刘慈欣"德国热"的炭火。

（2）S. Fischer、Klette-Cotta、Btb 出版公司

余华在德国出版的 6 部作品的 8 个版本中，有 4 本由 S. Fischer 出版公司发行，2 本由 Klette-Cott 出版发行，2 本由 Btb 出版发行。

（3）Ostasien Verlag 出版社

该出版社的 *Reihe Phönixfeder* 系列主要出版亚洲文学作品。其中德语版中国当代文学作品有：王朔的《我是你爸爸》(2012)、杨绛的《我们仨》(2012)、王刚的《英格力士》(2014)、沈起风的《谐铎》(2015)等。

4. 俄罗斯出版社

新时代的中俄文化交流特色明显，日益丰富，双方的相互需求和支持明显增大，两国政府顺势而为，积极推动。2013年5月，中国国家新闻出版广电总局和俄罗斯联邦出版与大众传媒署签署了《"中俄经典与现当代文学作品互译出版项目"合作备忘录》，实施"中俄文库"项目，即中国出版50种俄罗斯文学作品，俄罗斯出版50种中国文学作品，其中重点翻译出版各国的现当代文学作品，书目由俄罗斯著名汉学家组织审定，积极参与出版工作的俄罗斯出版社有东方文学出版社（莫斯科）、海波龙出版社（圣彼得堡）、科学出版社（圣彼得堡）、彼得堡东方学出版社（圣彼得堡）、课文出版社（莫斯科）、双耳罐出版社（莫斯科）等，并且组织了当代俄罗斯优秀翻译家来翻译中国现当代作家的作品。

2014年，俄罗斯出版了第一批图书，其中中国当代文学作品有铁凝的《笨花》、何建明的《落泪是金》、王蒙的《活动变人形》、莫言的《生死疲劳》以及《张贤亮作品选》；2015年又出版了冯骥才的《一百个人的十年》、麦家的《暗算》、余华的《兄弟》、盛可以的《北妹》；2016年出版了王安忆的《长恨歌》等。这些图书现在已经是俄罗斯出版社和舆论界的宠儿，销量高，影响大。

2015年6月，在圣彼得堡俄中媒体论坛上，中国国家新闻出版广电总局与俄罗斯联邦出版与大众传媒署签署了《"中俄经典与现当代文学作品互译出版项目"合作备忘录》补充议定书，计划将中俄互译书目扩容一倍，并围绕书目遴选组织了中俄作家论坛，在北京和莫斯科轮流举办，两国代表围绕当代文学的社会价值和全球化背景下的命运，探讨当代文学中的民族性和道德根源、文学中的生态意识等问题。

乘此东风，俄罗斯的出版社也八仙过海，各自发力，致力于将高质量的中国当代文学作品推介给俄语世界的读者。据悉，截至 2019 年 8 月，俄方翻译出版"中国文库"系列作品 38 部，主要包括：俄罗斯 Гиперион 出版社出版中国当代文学作品 20 余部，主要包括《时间》《张贤亮作品选》《我不是潘金莲》《北妹》《推拿》《暗算》《手机》《一句顶一万句》《我叫刘跃进》《古船》《二十至二十一世纪中国戏剧选》《爸爸爸中国当代故事》等。此外，该出版社的"新世纪中国文学"（"Новый век китайской литературы"）系列包括《篡改的命》《天等山》《没有语言的生活：广西作家散文集》《广西现代诗选》《黑白之间：广东作家散文与诗歌集》《时代与风俗：广东作家散文集》等。俄罗斯 Эксмо 出版社出版《变》及《三体》系列作品等共四部。俄罗斯东方文学出版社（Издательство восточной литературы）的"中国文学"（"Библиотека китайской литературы"）俄语版系列包括当代文学作品《笨花》《活动变人形》《棋王 树王 孩子王》《我要做好孩子》《落泪是金》《一个人的一百年》《长恨歌》《秦腔》《风景》等，及古典文学名著《聊斋志异》《红楼梦》《水浒传》《三国演义》《儒林外史》《论语 孟子》《老残游记》和现代文学作品《家》《子夜》《猫城记》《围城》《干校六记》《二十世纪中期中国女作家作品选》等。俄罗斯 Текст 出版社出版《活着》《兄弟》《许三观卖血记》。

中俄两个文学大国，借"一带一路"，重新实现了交汇互动互通。

5. 法国出版社

"一带一路"倡议提出以来，法国从反应平淡到逐渐对接，中法文化交流围绕"一带一路"合作的深入而不断扩大。2017 年 9 月，巴黎博鳌亚洲论坛主题定为"一带一路：亚欧战略对接"，马克龙表态积极参与"一带一路"建设。2017 年 11 月 29 日，中国驻法国大使馆和法国国际关系与战略研究院联合举办了"一带一路"巴黎论坛首届会议，建立了中国驻外使领馆和欧洲一流智库联合以"一带一路"为主题的合作交流机制，推进了法国社会各界对"一带一路"的广泛关注。2018 年 1 月 8 日至 10 日，马克龙访华，表示法国支持"一带一路"，《费加罗报》《世界报》

《观点》杂志等主流媒体开始正面报道"一带一路",法国社会对"一带一路"的认知开始主动、积极。出版社围绕"一带一路"对中国当代文学作品的翻译出版,也基本上围绕法国对"一带一路"态度的变化而经历了从平淡到热情的过程。

(1)伽利玛出版社(Éditions Gallimard)

作为法国最大的文学类出版社,伽利玛出版社主要出版文学艺术、人文社科等方面的图书和期刊,在全世界都有巨大影响。该出版社多年来一直在陆续出版中国当代作家作品,迄今约有 50 余部,主要包括:王蒙 1 部、苏童 1 部、格非 1 部、刘庆邦 1 部、周梅森 1 部、北北 1 部、黄春明 1 部、于坚 1 部、刘心武 3 部、韩寒 2 部、慕容雪村 2 部、刘震云 4 部等。

隶属于伽利玛出版社的"中国蓝"(Bleu de Chine)出版社所出版的中国当代文学作品在法国引人注目。"中国蓝"出版社是由法国女汉学家、翻译家安博兰(Geneviève Imbot-Bichet)与当时在巴黎高等社会科学院师从米兰·昆德拉攻读博士学位的董强共同于 1994 年创建的一个小型独立出版社,后来由安博兰独自承办,并于 2010 年加入伽利玛出版社。"中国蓝"的译者队伍中很多是法国著名汉学家,保证了翻译质量。

"中国蓝"出版社出的第一本书是王蒙的中短篇小说,现在对中国当代著名作家的代表作品均有涉猎,以小说居多。安博兰与贾平凹、刘震云、刘心武等都有稳定的联系,同时也很关注中国文学界的新生力量,对石舒清、李进祥为代表的回族作家群也很关注,并推动将二人的作品翻译成法语出版。

"一带一路"倡议提出以来,"中国蓝"出版社出版的中国当代作家作品主要有慕容雪村的《红尘颠倒》(2013)、《中国,少了一味药》(2015),小说选集《风筝飘带》(2014),曹寇的《挖下去就是美国》(2015),周梅森的《中国制造》(2016),和刘震云的作品 4 部:《一句顶一万句》(2013)、《温故一九四二》(2013)、《我不是潘金莲》(2015)、《手机》(2017)等。经安博兰之手,一部部中国作家的作品,在法国泛出"中国蓝光"。

（2）瑟伊出版社（Éditions du Seuil）

该出版社是法国著名的文学出版社，自1950年以来共出版中国文学作品47部（不含儿童文学作品及对中国作家、作品的评论），其中2013年以来出版的中国当代作家作品主要包括莫言的《爆炸》（2013）、《红高粱家族》（2014）、《食草家族》（2016）、《战友重逢》（2017）、《白狗秋千架》（2018）等；以及张炜的《古船》（2014）、苏童的《黄雀记》（2016）等。

（3）南方文献出版社（Actes Sud）

作为一家法国大型综合出版社，该出版社长期重视对中国当代文学作品的出版，包括出版"中国文学丛书"（"Collection：Lettres chinoises"）系列，陆续把王小波的《未来世界》（2013），余华的《第七天》（2014）、《一个地主的死》（2018）以及张辛欣、莫言、池莉、毕飞宇、马建、李昂、黄春明、扎西达娃等十几位作家的50部作品带入法国读者的视野，促进了中国当代文学在法国的传播，也因此使出版社跻身法语世界出版中国文学的重要出版社之列。

（4）菲利普·毕基耶出版社（Philippe Picquier）

该出版社是法国最有影响的中国文学作品的法语出版社之一，已经成为中国文学走向世界的桥头堡，它选择中国当代文学作品的眼光和水准已是公认，当之无愧是法语世界翻译中国当代文学作品市场中的领跑者，中国文学走向法语世界的加速器。目前，该社已出版了近30位中国作家的70余部作品的100多个版本，很多中国当代重要作家，如莫言、王安忆、苏童、阎连科、迟子建、李洱、毕飞宇、欣然的代表作几乎都经该社进入法国，随后即有德语和英语世界的多语种版本出版，极大提升了中国当代文学作品在沿线国家文学市场的影响力。

（5）巴黎友丰出版社（Éditions You Feng de Paris）

该社以出版中国新武侠小说闻名，包括金庸作品：《神雕侠侣1、2》（2013）、《神雕侠侣3、4》（2014）、《天龙八部1》（2016）、《侠客行（2卷本）》（2017）、《天龙八部2》（2017）、《天龙八部3》（2018）等。古龙作品：《大沙漠2》（2010）、《画眉鸟3》（2013）等。

6. 罗马尼亚出版社

罗马尼亚出版数量最大的是文学和翻译作品，但图书印刷质量不高。关于中国的翻译作品基本转译自法国、英国，如《道家学说》《中国智慧》等。

"一带一路"给罗马尼亚出版业带去了繁荣。2015 年，中罗两国签署了"一带一路"建设谅解备忘录，罗马尼亚出版业搭上"一带一路"快车，与中国的出版社合作出版了一系列中国当代文学作品，如莫言的小说《生死疲劳》《红高粱家族》《蛙》和《酒国》的罗马尼亚语版。2016 年 5 月，中国—罗马尼亚学术出版合作中心在位于布加勒斯特的罗马尼亚文化院总部挂牌，双方出版业合作有了机制保证。2016 年 11 月，中国作为主宾国参加了罗马尼亚高迪亚姆斯国际图书与教育展，并共同举办了"中罗出版发展高峰论坛"，主题是"16+1"合作与中罗出版发展新蓝图，强化了中罗两国以出版促进人文交流机制，罗马尼亚出版业开始生机勃勃，展露出巨大的潜力，成为"民心相通"的"软基础设施"。

Editura Humanitas 出版社是罗马尼亚出版中国当代文学的代表性机构，2013 年以来，该社出版的罗马尼亚语版中国当代作家作品主要有莫言的《天堂蒜薹之歌》（2013）、《酒国》（2014）等，苏童的《米》（2015），余华的《活着》（2016）、《许三观卖血记》（2017）、《十个词汇里的中国》（2018），阿城的《棋王　树王　孩子王》（2018）等。

7. 墨西哥出版社

二十一世纪出版社（Siglo XXI Editores）在墨西哥颇有影响，主要出版社科、人文和文化图书，"一带一路"倡议提出以来，该社与中国出版机构合作，服务中国"一带一路"倡议，利用自身的翻译出版优势，陆续出版了一系列中国当代著名作家的小说，实现了双方共同发展和互利共赢。主要有刘震云的《我叫刘跃进》（2017）和《一句顶一万句》（2017）等。

8. 西班牙出版社

拉丁美洲是 21 世纪海上丝绸之路的自然延伸，"一带一路"建设的重要参与方。2013 年"一带一路"倡议一提出便引起西班牙的关注，2015 年，西班牙理论界开始系统研究"新丝绸之路"为西班牙各界释疑解惑；6 月，西班牙国王费利佩六世（Felipe Juan Pablo Alfonso）在阿斯塔纳与习近平总书记会见，明确肯定西班牙积极参与共建"一带一路"，使西班牙国内掀起"'一带一路'热"。

贸易、旅游与人文交流、基础设施是西班牙对"一带一路"建设的三种主要诉求，中西两国在文化领域的合作也不断增进，已形成互惠互利战略伙伴关系，西班牙出版业也借东风，将越来越多的中国当代文学作品介绍给对中国充满热情的西班牙民众。

在出版中国当代文学图书方面，西班牙出版社在整个西语地区都名列前茅，而若论出版中国当代文学作品西语版的经验，凯伊拉斯（Kailas Editorial，S.L.）出版社排名第一，但丰富性不够，只出版了莫言、王安忆和韩少功三位作家的作品，其中几乎出版了莫言的所有作品：《师傅越来越幽默》（2013）、《生死疲劳》（2013）、《天堂蒜薹之歌》（2013）、《丰乳肥臀》（2013）、《四十一炮》（2013）、《蛙》（2013）、《酒国》（2013）、《檀香刑》（2014）、《十三步》（2015）、《红树林》（2016）、《红高粱》（2016）、《透明的胡萝卜》（2017）、《藏宝图》（2017）、《食草家族》（2018）等。

9. 英国出版社

在西方大国中，英国是当之无愧的"一带一路"建设方的"领头羊"，英国政府多次明确表示支持"一带一路"建设，英国首相特雷莎·梅积极推动英中"一带一路"合作，肯定"一带一路"倡议对世界具有深远的积极影响，英国知名学府和高端智库已将"一带一路"研究作为重要课题，弗兰科潘（Peter Frankopan）2015 年的著作《丝绸之路：一部全新的世界史》已成畅销书，越来越多的英国企业从"一带一路"中开拓着商机：2018 年 9 月 10 日，英国议会跨党派"一带一路"和中巴经济走廊小组正式成立，目的之一，就是为英国企业界提供平台，积极寻求机会，包括英国的出版业。

（1）宙斯之首出版社（Head of Zeus）

该出版社以出版中国当代科幻文学作品为主，包括刘宇昆主编的中国科幻作品选《看不见的星球》(2016，2017)，许知远的《纸老虎》(2015)，刘慈欣的《三体》(2015)、《三体Ⅱ：黑暗森林》(2015)、《三体Ⅲ：死神永生》(2016)、《地球往事》(科幻小说集，2017)、《流浪地球》(2017)、《球状闪电》(2017)，周浩晖的《死亡通知单》(第1部)(2018)，宝树的《时间之墟》(2019)等。另外还在2018年法兰克福国际书展上竞得麦家第三部长篇小说《风声》的英译版发行权。

（2）查斯（亚洲）出版有限公司（Alain Charles Asia）

该出版公司致力于出版优秀的中国文学作品，以增进英国读者对中国文学的了解，促进中英文化沟通。近2年出版了宗璞的《野葫芦引》(2017)、张雅文的《与魔鬼博弈》(2018)、王宏甲的《宋慈大传》第1卷（2017）和第2卷（2018）、谢文纬的《那年那月人马情》(2018)、周尔鎏的《我的七爸周恩来》(2018)、杨志军的《藏獒》(2018)、马平来的《满树榆钱儿》(2018)、李国文的《冬天里的春天》(第一卷)等中国文学作品。

10. 瑞典出版社

瑞典政府和社会对"一带一路"反应不一，政府高度重视，民众意见分歧，但瑞典出版机构对中国当代文学的翻译出版却一直在持续。

（1）万之书屋（Bokförlaget Wanzhi）

创始人为旅居瑞典的华人翻译家陈迈平，笔名万之，妻子为译者陈安娜。万之书屋自2014年开始用瑞典语翻译出版中国文学作品，2015年4月，瑞典学院授予陈迈平"翻译奖"。迄今为止，万之书屋翻译的中国当代文学作品有：刘震云的《我不是潘金莲》(2014)、《一句顶一万句》(2015)、《温故一九四二》(2017)、《吃瓜时代的儿女们》(2019)，贾平凹的《高兴》(2014)、《秦腔》(2017)，任晓雯的《岛上》(2015)，苏童的《米》(2016)，劳马的《巴赫金的狂欢》(2016)，余华的《兄弟》(2016)、《第七天》(2017)、《在细雨中呼喊》(2017)，鄂温克族作家芭拉杰依·柯拉丹姆的《驯鹿角的彩带》(2017)，凡一平的《上岭村的谋杀案》(2017)，杨炼的诗集《同心圆》(2018)，盛可以的《死亡赋格》(2019)，文盲的《人类末日来临》(2019)，杨志鹏的《世事天机》(2019)，阎连科的《发现小说》待出版。

(11) Chin Lit 出版社

瑞典翻译家伊爱娃（Eva Ekeroth）创办，她曾任瑞典驻华文化参赞，热爱中国文化和艺术，长期从事瑞典与中国的文化交流工作，也是一位优秀的儿童文学作家。

Chin Lit 出版社致力于将优秀的中国当代文学作品带到瑞典语世界的读者面前，丰富瑞典读者对中国当代文学的认知。从 2015 年开始，该出版社开始出版瑞典语版中国当代小说和儿童文学作品，如阿乙、韩松、任晓雯、苏童、曹寇、林白、郝景芳的作品，目前已经成为中国文学作品走入瑞典出版市场一道靓丽的风景。

第三节　中外出版社精诚合作

"一带一路"倡议提出以来，从发挥中国当代文学沟通民心、增进理解的作用出发，中国出版机构和沿线国家诸多出版社就选题策划、翻译出版、版权共享、宣传推介、可持续合作等方面深入交流，合作范围不断扩大，共赢机制不断深入，达成很多共识，合作亮点频现，惊喜不断。中方出版社加强主题和内容引导，与外国出版社务实高效地翻译出版了很多优秀中国文学作品，为中国与沿线国家文学交流的长期、良性发展营造了友好的氛围，有力地推动了中国文学走出去工作迈上新台阶。

1. 北京出版集团与巴黎友丰等出版社

北京出版集团与多家海外出版社合作，大力向海外推介中国当代文学。截至2017年9月，该社出版的周梅森的反腐题材小说《人民的名义》已向法国、西班牙、日本、韩国、俄罗斯、黎巴嫩、越南、马来西亚、吉尔吉斯斯坦、哈萨克斯坦、土耳其等国家和地区的出版机构输出了版权，助推了中国当代文学在沿线国家出版市场的强势发展。

2. 陕西翻译协会与英国峡谷出版社

2017年，陕西翻译协会与英国峡谷出版社合作推出了3部英语版陕西籍作家作品：《老旦是一棵树》《山地故事》《土门》等。另外还陆续推出红柯的中篇小说《故乡》、长篇小说《百鸟朝凤》和《西去的骑手》，吴克敬作品选《血太阳》，方英文作品选《太阳语》和叶广芩作品《太阳宫》等，推动了陕西作家作品集体走出去。

3. 译林出版社与土耳其出版社

译林出版社搭上"一带一路"倡议的高铁，深挖"一带一路"沿线国家的出版资源，将输出语种向阿语、土耳其语、塞尔维亚语等市场转向，开辟了埃及、塞尔维亚、土耳其等多个版权输出市场。

2016年8月，译林出版社向土耳其卡努特（Canut Publishers）出版社输出了4位中国当代作家的8部作品版权，包括余华的《在细雨中呼喊》，叶兆言的《花影》《别人的爱情》《我们的心多么顽固》，苏童的《另一种妇女生活》，鲁敏的《六人晚餐》《此情无法投递》《墙上的父亲》。目前已出版余华的《在细雨中呼喊》（2018）。此前，该出版社曾出版铁凝作品《永远有多远》。

4. 人民文学出版社与尼泊尔白莲花等出版社

2016年，人民文学出版社与尼泊尔白莲花出版社签约，合作出版劳马的小说《非常采访》、"爱智书系"等多部当代中国文学作品。"爱智书系"是一套自称"愚蠢的哲学家"写给聪明的孩子看的哲学书，包括朱正琳的《哲学就是爱智慧》、周国平的《精神的故乡》和《我们对世界的认识》、何光沪的《信仰之问》。

2017年以来，人民文学出版社与韩国The BOM出版社合作出版"中国文学丛书"系列，整体介绍中国优秀当代文学，主要出版茅盾文学奖获奖作家的作品。目前，该系列已出版3部作品：苏童的《黄雀记》(2018)、格非的《望春风》(2018)和冯骥才的《三寸金莲》(2018)。还将继续推出王旭烽的《茶人三部曲》、贾平凹的《秦腔》和格非的《江南三部曲》等作品。

2017年开始，人民文学出版社与韩国书坛子出版社合作出版"猫步说林"系列，聚焦中国当代年轻作家的小说作品。目前，该系列已出版3部作品：麦家的《解密》(2017)、路内的《慈悲》(2017)、阿乙的《下面，我该干些什么》(2018)。还将陆续出版张悦然的《茧》、冯唐的《十八岁给我一个姑娘》和苗炜的《面包会有的》等作品。

2017年4月，人民文学出版社与英国查思出版（亚洲）有限公司签约合作出版的宗璞四卷本长篇小说《野葫芦引》的第1卷《南渡记》英文版亮相伦敦书展，其余3卷的英译工作正在进行。2018年4月，在第47届伦敦书展期间，双方又签署了贾平凹新作《山本》、苏童《黄雀记》的英语版合约。

2017年11月，人民文学出版社与黎巴嫩文学出版社、黎巴嫩雪松出版社等机构签订了出版阿拉伯语版《废都》《带灯》《古船》《独药师》《隐身衣》《石榴树上结樱桃》《少年巴比伦》《奔月》《七根孔雀羽毛》等9部作品的合同。

另外，人民文学出版社还与黎巴嫩文学出版社合作出版阿拉伯语作品：阿乙的《下面，我该干些什么》及徐小斌的《羽蛇》，并将与黎巴嫩雪松出版社合作出版阿拉伯语作品：铁凝的《永远有多远》、路内的《慈悲》、阿乙的《五百万汉字》。

2018年8月，双方签署了贾平凹《老生》的阿拉伯语版的版权输出协议。黎巴嫩雪松出版社国际化程度高，从诸多国际知名出版机构引进畅销书的版权，在阿拉伯世界图书市场有很强的文学影响力。

第四节　建构版权经纪人、文学代理人和编辑的沟通机制

"一带一路"沿线国家的中国当代文学作品版权代理人一般掌握国际出版潮流，是中国当代文学国外出版的加速器，能帮助中国作家寻找在海外出版作品的机会，包括寻找出版商、出版合约谈判、市场推广安排等工作，成为中国作家、译者与出版商之间的润滑剂，可提高中国当代文学在国外市场的能见度。另外，在版权经纪人的帮助下，作家也能获得高额版税收入，利益回报实现最大化。

中国台湾的文学代理人谭光磊就走出了一条独具个性的版权运营之路。他于2008年成立了"光磊国际版权经济有限公司"，对欧美文化差异、语言问题、出版社规模、读者口味等做了细致深入的调查工作，发掘出了有巨大市场潜力的作者及作品资源，先后将中国台湾作家三毛的《撒哈拉的故事》、中国香港作家陈浩基的《1367》、中国台湾作家吴明益的《复眼人》、华裔作家张翎的《金山》等成功卖出海外版权。此外，谭光磊作为麦家作品的海外代理人，是《风声》英语版进入美国出版界至关重要的引路人，他从2009年开始向海外推介《解密》，已向20多个国家输出了版权。

作家贝拉与葛浩文合作，也得益于出版人安波舜的牵线搭桥。安波舜向葛浩文推荐了《魔咒钢琴》，并不遗余力地推动该书的翻译，并接洽好莱坞制片人促成小说拍摄成电影。

法国出版人何碧玉则亲自翻译或组织杰出的中国文学作品翻译团队，亲自校对

译本，撰写图书介绍和广告传单等，用敬业的态度、高水准的译文和务实高效的宣传手段服务中国文学作品在法国的传播。

但是，与版权制度比较成熟的国家相比，中国的版权交易体系还不成熟，版权经纪人的优势并没有被中国当代作家充分挖掘和享有。中国当代作家在文学创作过程中仍需与出版社交涉繁冗的事务，自然影响专心创作。随着中国图书市场逐步国际化，中国相关机构也认识到了版权经纪人对中国当代文学走出去的重要价值，如北京国际图书博览会（BIBF）每年8月都举办"中外版权经理人沙龙""中外出版人10+10圆桌会议"等活动，为中外出版界的版权贸易提供平台。

近年来，中外出版行业呈现融合发展的大趋势，出版机构之间、出版人之间虽然存在着竞争关系，但总体上能做到互相扶持，共同热情奉献于中国当代文学外译工作，推动中国当代文学一次又一次踏上域外之旅。为了给版权经纪人创造更便利的工作环境，中外相关机构需要加大宣传，加强协作，为中国作家与沿线国家版权经纪人的结缘创造更多的机会，搭建更宽的平台，推动越来越多的中外版权经纪人从幕后走向前台，在异域搭台同唱中国当代文学这部大戏。

"一带一路"沿线国家引进中国当代文学作品的出版机构是中国当代文学在沿线国家传播的基础力量、中坚力量，当地出版机构具有天然的增信释疑功能，是为中国作家与所在国读者牵线搭桥的跨国红娘，位居传播中国当代文学作品与创新中国当代文学出版运作机制的关键环节，堪称中国当代文学译作所在国"身份证"的签发人和守护者，中国应主动与沿线国家出版社建立共赢共生机制。具体工作是：

（1）调研分析沿线国家出版机构对出版中国当代作家作品译本的热衷度和源动力。对那些具有出版和推广宣传中国当代文学作品历史和经验的出版机构，要积极主动与对方建立长效合作机制，即时告知并解读中国政府针对中国文学作品外译实施的利好政策、各资助项目具体内容及申请流程，及时跟进出版动态，了解出版过程中遇到的问题，积极协调并提供力所能及的帮助和服务。

（2）"以我为主"与"以我为从"兼顾并进。在任何情况下，中国都应掌握出版中国当代文学作品的主动权，但"以我为主"不是"唯我独尊"，必须兼顾他人，急人所急，帮人所需，用人所长，"到什么山上唱什么歌"，适当改变中国传统的出版理念和思维方式，用对话代替独白。

沿线国家出版业总体并不发达，需要中国的财力、智慧支持，但支持若要真正有效，就必须通过内因起作用，决不能拍脑袋、想当然地选择要输出的中国当代文学作品，而是要主动创新中国文学作品走出去的思想观念和思维方式，基于对各国受众不同阅读需求、不同社会环境的分析向沿线国家译介中国当代文学作品，否则必将发生供需矛盾和不对称现象，造成资源浪费，丧失传播良机。

（3）与所在国中国当代文学代理人建立并维持良好的合作关系。中国作品以"陌生人"身份进入异域文化环境，必然需要介绍人和引路人以适应当地图书市场，代理人往往具有一定的市场适应能力和驾驭能力，只要中国出版机构和作家与代理人达成默契，共商、共享"权、利"资源，就能更快、更好地促使中国优秀作品走进译入语读者的视野，不留遗珠之憾。

（4）客观调研译入语国家读者对中国当代文学作家的认知度、对中国当代文学主题、内容、文学审美等维度的认可度，促使中国当代文学走出去的路径创新有据可依。同时，掌握不同国家出版市场对翻译文学的接受度，动态监测中国当代文学作品在出版市场的饱和度占比，作为判断中国当代文学在落地国的生存能力和生存现状的重要指征。另外，还要注重海外销售导流，为译本的不同装帧类型匹配不同消费层次和文学修养的读者，力争满足每个国家受众的不同文学偏好。

（5）与所在国文学评论家建立通畅合作关系。当地文学评论家也是中国当代文学作品落地的接生婆，尤其是所在国的主流评论家，他们对中国当代文学作品的立场和态度会直接影响译入语国家的大众读者，甚至决定了接受导向。中国与海外文学评论界应就中国当代文学作品的译介进行充分交流并赢得认可，这对化解海外舆论对中国政府主导的中国当代文学作品的外译的主观误读，客观认知所在国对中国文学作品的客观需求，具有直接的引导作用。

（6）分析所在国媒体与官方聚焦中国当代文学作品的互动频率，判断两者就推动介绍中国当代文学方面的协同效果，为动态调整传播策略提供依据。

中国当代文学走出去的效果具有不确定性、反复性，评估标准不易量化，难以形成广泛认同的统一标准。但只要妥善调研分析中国当代文学走出去的显性特征和隐性效果，客观认识中国当代文学在所在国传播的广度和深度，我们就能在一定程度上计算出中国当代文学与所在国读者的融合度与分离度，为进一步优选最适宜所在国读者需要的中国当代文学作品提供分析参数。

第二十三章　自拍与合拍：构建影视国际合作共同体

近年来,中国与"一带一路"沿线国家合拍影视作品渐渐成为中国文化走出去的主要渠道之一,也为中国和沿线国家的文化资源共享、跨文化创意共享和影视资源共享搭建了多维度、多层次的交流平台。

中国和"一带一路"沿线国家合作构建影视合作机制有利于增强中国文化的传播力,拉近与沿线国家民众的心理距离。目前,随着"一带一路"文化合作的日渐深入拓展,中国和沿线国家合拍影视作品已经逐渐从"送出去"到"卖出去",正在逐步"融进去",已经形成了具有一定经济效益的文化市场,沿线国家对蓬勃的中国电影市场和中国观众强大消费力的了解越深入,也就越有信心。

作为"一带一路"倡议的产物,中国与沿线国家的影视合作应该凸显"一带一路"特色,形成"一带一路"影视国际合作共同体,中外同讲"一带一路"故事,形成影视制作联盟,在组织团队、共建项目、共享频道、节目合播、统一传播、风险分担、利益共享等方面扎实推进,夯实民意基础,凸显"一带一路"中外影视合作的强大活力。

构建"一带一路"影视国际合作共同体可以树立新的中外文化合作规范,体现以共享发展成果为导向的"一带一路"总原则,在推动中外合拍影视作品机制日趋正规化、机制化、市场化、多元化的同时,推动实现中外文化交流运行机制更加有效,中外文化交流更加和谐顺畅,而这对中国影视作品走出去、中国影视文化产业独立于世界,也必能提供立体全方位的支持。

第一节 "丝路"题材纪录片:精神源头

以纪录片的形式还原丝绸之路的历史沧桑,一直是中外影视界关注的焦点之一,尤其是历史上的丝绸之路途经国家或地区。如 20 世纪 80 年代中日合拍的《丝绸之路》，至今仍在产生着影响，并且成为许多新的"丝路"纪录片和"一带一路"专题片的素材。丝绸之路题材纪录片是"一带一路"沿线国家了解中国历史、古丝绸之路理念和精神的重要形态，可为沿线国家展现立体、多维、全景式的中国开辟丝绸之路的动因和历史，具有强大的文化感召力和穿透力，是当代中国影视作品的有效、必要补充。积极探索并创新丝路题材纪录片的合拍之路，强力提升中国文化在沿线国家的生命力，是纪录片获得生命力和市场的新途径。

以广东为例，作为古代海上丝绸之路的重要出发点，广东非常重视以"一带一路"为发展对外交流的新契机，也选择以纪录片的形式传承历史，继往开来。如从2015年到2017年，在沿线国家的支持下，广东广播电视台先后拍出了《丝路：沙与海的交响》《一个美国制片人眼里的海上丝绸之路》和《海丝寻梦录》"一带一路"题材纪录片，内容涉及古代海上丝绸之路所涉及的东南亚、南亚、中亚、欧洲和非洲很多国家，其中大多也是"一带一路"的重要合作国家，从而为古代丝绸之路与"一带一路"中国与沿线国家的合作历史与未来，进行了基于历史的崭新展望，影响深远。

除此之外，"一带一路"也为中外合拍纪录片提供了新的合作契机。

2016年1月至2月，中英剧组（30多名成员中，80％都是英国人）经过深入调查，跨越了中国10个省市合拍了专题纪录片《中国新年——全球最大的盛会》，专题片分三集，分别纪录了五位英国主持人在中国新年里的特殊体验，讲述了中国广袤土地上发生的春节故事和春节习俗。英国BBC2频道在2016年2月14日至16日播出后在英国引起了轰动。3月12—14日，该纪录片在中国中央电视台播出，好评如潮。这部纪录片由中国国务院新闻办公室监制，五洲传播中心与英国雄狮电视公司（Lion TV）联合制作，是迄今为止国外媒体对中国春节文化最大规模、最有特色的一次纪录。

2013年9月，由中国中央电视台、英国雄狮公司、中国国际电视总公司和中国山东大众报业集团联合拍摄的纪录片《孔子》开机，这也是迄今为止中外合拍的首部以孔子为题材的纪录片，分国内版6集和国际版2集，摄制团队足迹遍布英、美、中三国多地。2015年10月22日，2集国际版在全球正式上线，英、法、美、澳、德、日等国电视机构播出；2015年12月7日，在"2015中国（广州）国际纪录片节"现场首映；2015年12月28日，首播新闻发布会在北京举行；2016年1月1日，在中央电视台科教频道首播，1月2日重播。《孔子》将中国的"圣人"置于国际时空，实际上也是以国际视角观照中国文化元素，既为中外观众奉献了中国文化的历史记忆，也成为中英合拍历史题材纪录片的新模式。

纪录片以其特有的画面感和详实史料，为"丝路"精神的传承铺设了心灵之桥，也会为"一带一路"留下一个个必将成为历史经典的细节。中外合作拍摄相关纪录片，则是推动"一带一路"成为文化交流之路的有效形式之一。

第二节 "一带一路"助力建设影视"华莱坞"

中外合拍电影是电影合作制片的一种方式，一般由中外两个或两个以上电影制片机构共同投资拍摄，同时共享影视作品的著作权及收益。

根据2004年8月10日起实施的《中外合作摄制电影片管理规定》和中国相关法律，中外联合拍摄的电影可以作为国产影片在内地发行，其他形式的中外合拍影视作品，如协拍片、委托摄制的影片都只能视为进口电影，在中国国内发行就有了配额限制。所以，中外合拍影视作品是中国改革开放的产物，也是中国综合实力发展的一面镜子：国强，意味着国内的消费群体大，市场大，中外合拍片就多。而有了中国强大经济实力作为后盾，影视这种高风险的文化产业，也因为中国的加入而稀释了风险，使外方投资者少了一些顾虑，多了一些希望。

中外合拍影视并非没有先例，如1987年中外合拍的电影《末代皇帝》等，但这些合拍作品都不是靠市场机制，而是依赖于政府特批，非双方共同认可的合作机制。中国和"一带一路"沿线国家共同构建"一带一路"影视国际合作共同体，可以加快推动中国影视业国际化、机制化。在这种合作框架下，中外合拍影视佳作迭出，《孔子》《改变世界的战争》《地球宝藏》等都实现了多国平台联合播出，更多的作品正在拍摄制作过程中。

制度就是生产力，政府主导逐渐让步于市场主导、政策支持，新的中外合作方式使"一带一路"影视合作焕发出勃勃生机，中外合拍影视作品的数量和质量都得以提升。如中外合拍《我看今日丝路》系列节目就以中外合组拍摄团队的方式，让外国朋友亲历"一带一路"沿线城市，以第一人称、第一视角记录、讲述所历所感丝路的历史印记和当代实貌，用异域之心，感悟文化之同，探索丝路文化的深深印记和真谛。

中外合拍影视作品具有政治、经济、文化交流的综合优势，也是中外文化合作共赢的最佳试验田，在世界甚至中国仍以好莱坞、欧洲及香港影视为主流的背景下，中国影视制作应致力于发展成长为可与好莱坞、宝莱坞比肩的"华莱坞"，让中国影视产业能以原创者的角色进入国际影视世界，为世界影视行业贡献中国智慧、中国创意、中国方案，发出中国声音，而"一带一路"提供的中外影视合作契机则能加快实现这一目标。

第三节　国际范与制度化：中外合拍影视作品日渐规范

目前，中国和沿线国家在影视作品方面的合作越来越多，也越来越制度化、规范化，在促进民心相通、深化文化合作方面发挥着积极作用。如何用落地国观众熟悉的语言和审美方式表达中国故事，成为"一带一路"背景下中外影视合作的核心，为此，将中外合拍影视剧纳入国际规范并予以制度化管理，就成为必需。

截至目前，中国国家新闻出版广电总局已与21个国家签署了政府间的电影合拍协议，分别是：加拿大（1987）、意大利（2004）、澳大利亚（2007）、法国（2010）、新西兰（2010）、新加坡（2010）、比利时（法语区）（2012）、英国（2014）、韩国（2014）、印度（2014）、西班牙（2014）、马耳他（2015）、荷兰（2015）、爱沙尼亚（2016）、丹麦（2017）、希腊（2017）、哈萨克斯坦（2017）、俄罗斯（2017）、巴西（2017）、卢森堡（2017）、日本（2018）。

自1987年与加拿大签署第一个合拍电影协议至2012年的25年间，中国共与7个国家签订了协议。而自"一带一路"倡议提出以来的5年间，中国就已与14个国家签订了合拍协议。

近几年，中国启动了中外合拍电影项目的立项工作，立项情况大致如下：2014年，立项77部，通过审查43部；2015年，立项94部，通过审查60部；2016年，立项96部，通过审查71部；2017年，立项84部，通过审查60部。

依托项目支持，中国国家新闻出版广电总局与"一带一路"沿线国家影视机构合作推出了一批响应国家重要外交活动和"一带一路"倡议的影视作品，充分体现了中国电影人的时代担当，对中国与"一带一路"沿线国家的文化交流，提供了经验和借鉴。

据不完全统计，2017年，中国与巴西、俄罗斯、印度、南非、美国、澳大利亚、英国、英属开曼群岛、英属维京群岛、新西兰、哈萨克斯坦、法国、马来西亚、比利时、西班牙、意大利、日本、塞尔维亚等21个国家和地区合作拍摄的影视作品新作迭出。而联合制片模式也吸引了国外合作机构纷纷来中国取景、了解中国文化，同时促使中国电影人向国外学习先进的制片技术，为影视技术创新和主题创新理念注入活力，实现了中华文化传播"走出去"与"请进来"的双向交流。2017年，中外合拍影视作品数量和规模均达到历史峰值。

"一带一路"倡议为中国日渐壮大的电影产业提供了日益广阔的国际市场，同时也通过与沿线国家的电影合作，增进了彼此了解，促进了人文交流和民心相通。

第四节　中国的国际电影节

电影作品用光影与观众交流情感，关注不同时空背景下普通人的生存状态、人与人的关系、人与环境的关系，塑造复杂现实社会中种种价值观念的碰撞折射出的人性的鲜活特点，能够触摸到时代的温度。

国际电影节是世界各国电影艺术和技术的"炫酷会"，电影节的国际化、地域化、多样化特点为中国电影产业的发展创设场域，已成为中国电影人讲述中国故事、唤起沿线各国观众情感共鸣的新契机。在电影节上，世界最新电影技术和成果都会在展览会上争奇斗艳，既展内容之美，也秀"技术"之强。通过世界各国影视界人士相互交流、学习，不但能促进各国电影业的发展，而且会整体推动世界影视业的发展。因此，能不能参加电影节，有没有具有民族品牌的电影节，都是一国电影水平是否得到世界认可的标志。

随着中国电影业的发展，中国也逐渐成为国际电影界的一员，发挥着越来越大的影响，而且也形成了具有一定国际影响力的国际电影节，目前中国的三大国际电影节，即北京国际电影节、上海国际电影节和丝绸之路国际电影节已跻身国际化电影节行列。三大国际电影节是开展中国与沿线国家人民人文交流、推动深入合作、促进民心相通、深化务实合作、营造和平友好人文环境的纽带。

1. 北京国际电影节

北京国际电影节创办于2011年，前身为北京国际电影季，2012年2月更名为北京国际电影节，是由中国国家新闻出版广电总局、北京市人民政府主办，国家新闻出版广电总局电影局、北京国际影视交流促进中心承办的大型电影活动。电影节以"共享资源、共赢未来"为宗旨，以国际性、专业性、创新性为目标，以高端化和市场化为标志，以中国人的热情，致力于"融汇中国国内与国际电影资源，搭建展示交流与交易平台"，为世界电影打造一个交流、交易、合作、发展的平台。目前已成为亚洲最大的国际电影交易市场，交易额紧追戛纳电影节。

2018年4月15日，第八届北京国际电影节开展，展映了近500部中外佳作，并推出了改革开放40周年特展。电影节特设了"电影论坛"版块，这是主办方特别为专业电影人准备的世界电影交流的盛宴，主题包括总结合拍电影成功案例的经验与教训供电影人借鉴，探讨国际合作制片机制，聚焦融合光影技术与美学品格，如何发挥电影的社会功能，影片国际发行的热点话题，如何做有历史责任感的电影人等，志在推动中国电影向一流的国际制作标准迈进。

2. 上海国际电影节

上海国际电影节创办于1993年10月，1994年获得国际电影制片人协会承认，是中国第一个获得认可的全球15个国际A类电影节之一，每年6月上旬举行，每两年一届，从第5届（2001年）起改为每年举办一届。上海电影节的宗旨是：增进各国、各地区电影界人士之间的相互了解和友谊，促进世界电影艺术的繁荣。

上海国际电影节是华语电影的一次集结，也是中国电影走向世界的前台。不但能向世界集中展示华语影坛的最新发展成果，而且成为不同国家的电影向世界推广的机会。其国际影展目前是亚洲规模最大、最多元的电影展映活动，数百部世界优秀影片为观众提供了观影嘉年华。

2018年6月16日至25日，第21届上海国际电影节如约举行，来自全球29个国家的31个电影节机构代表共同签署了"关于建立'一带一路'电影节联盟的备忘录"，合作各方就通过建立信息共享机制推进电影合拍项目达成一致。电影节还举行了"一带一路"电影周活动，与沿线多个国家签订了合作协议和备忘录，签约的合作方包括：白俄罗斯的明斯克国际电影节、保加利亚的索菲亚国际电影节、加拿大的温哥华国际电影节、埃及的开罗国际电影节、爱沙尼亚的塔林黑夜电影节、格鲁吉亚国家电影中心、希腊塞萨洛尼基国际电影节、匈牙利米什科尔茨国际电影节、印度的孟买电影节、印度尼西亚国家电影局、爱尔兰丝绸之路国际电影节、意大利国家电影音像和多媒体工业协会、哈萨克斯坦的欧亚国际电影节和国家电影集团、拉脱维亚国家电影中心、黎巴嫩的 NDU 国际电影节、立陶宛的维尔纽斯国际电影节、马来西亚国际电影节、尼泊尔国际电影节、荷兰的 EYE 电影博物馆、新西兰电影委员会、菲律宾的奎松城国际电影节、波兰电影协会和华沙电影节、罗马尼亚的特兰西瓦尼亚国际电影节、俄罗斯的莫斯科国际电影节、泰国国家电影协会、土耳其的伊斯坦布尔电影节、乌克兰电影协会和美国纽约亚洲电影节。这对创新中外电影合作机制和联合推广模式,为"一带一路"电影节联盟成员国电影人探索多样合作模式提供了新思路,联盟化的聚合效应必将显现,并得到持续性显现。

上海国际电影节从创办之初就在世界电影产业大背景下积极寻找中国电影的世界之路,迄今已成为助推中国影片走向世界的港口。现在,以这个平台为基础,中外电影界共同发力"一带一路"电影合作,一定在助推"一带一路"文化交流的同时,使各国电影业获得进一步发展的各种良机。

3. 丝绸之路国际电影节

丝绸之路国际电影节是为贯彻落实"一带一路"倡议的国际构想,由中国国家新闻出版广电总局和福建省人民政府、陕西省人民政府联合举办的电影节,受到中国和沿线国家政府的高度重视。电影节以沿线国家为主体,旨在以电影为纽带,促进沿线各国文化交流与合作,传承丝路精神,弘扬丝路文化,为"一带一路"建设创造良好的人文条件。

丝绸之路国际电影节是"丝绸之路影视桥工程"的重点项目。"丝绸之路影视桥工程"由国家新闻出版广电总局主办,于 2014 年 3 月启动,目的是通过与沿线国家合作拍摄并发行"一带一路"题材的电影、电视剧和纪录片等影视项目,推动提升沿线各国影视行业的国际竞争力,成为连接中国与沿线各国人文交流的精神纽带。目前,中国已经与沿线国家合拍了紧扣"一带一路"时代主题和丝路特色的纪录片《丝绸之路经济带》《海上丝绸之路》《亚洲的亚马逊——阿穆尔河》,中塞纪录片《70 号》,以及影片《大唐玄奘》《功夫瑜伽》等。

丝绸之路国际电影节在西安和福州两地轮流举办，设置了开幕式、主宾国活动、电影展映、电影论坛、电影评审、全民电影嘉年华、闭幕式暨颁奖典礼等主题单元。

2014年10月，首届在西安举办，共征集到来自24个国家、17个语种的144部影片，其中31部外语影片和10部华语影片入围。

2015年9月，在福州举办第二届。共征集到70个"一带一路"沿线国家（地区）的495部外语影片和155部华语影片，遴选出56部影片入围展映单元。

2016年9月，在西安举办第三届。共征集到印度、俄罗斯、法国、日本、德国、韩国、英国等35个国家和地区的676部参评影片，从中筛选出244部参赛影片，评选出26部入围影片。

2017年11—12月，在福州举办第四届。共征集到日本、俄罗斯、意大利、法国等67个"一带一路"沿线国家（地区）的588部外语影片和416部华语影片，最终确定70部外语影片和30部华语影片进入展映单元。此次电影节上，中方电影人与来自"一带一路"沿线国家的19位电影人代表签署了19部电影合拍协议，包括中法合拍项目《奇遇之城》、中印（尼）合拍项目《蜡染》、中希（腊）合拍项目《夺宝大师》等，成果丰硕。

2018年10月8日至13日，在西安举行第五届。本届电影节以"新时代、新丝路、新视界"为主题，来自68个国家的565部中外优秀影片参展，伊朗、土耳其、俄罗斯等60余个"一带一路"沿线国家（地区）的电影制作人、专家学者参与活动。这次电影节"一带一路"色彩浓厚，多元、包容、开放，尽情彰显"一带一路"精神。

10月8日，第五届丝绸之路国际电影节（福州）"一带一路"电影事业联盟圆桌会议在福州举行。福建省委文化产业处、文艺处、中国电影合作制片公司、南非、塞尔维亚、土耳其、突尼斯、马来西亚、格鲁吉亚、巴基斯坦、印度、加拿大以及德国的电影人、专家学者共同探讨"一带一路"背景下中外电影产业如何在政策、经济、文化等方面实现对接。

电影节为中国电影产业的发展提供了宏阔的资源，创设了一个沿线国家影视同行关注中国电影艺术、研讨中国影视产业发展的场域，为提升中国电影业的国际化程度集结资本、技术、人才、人脉、经验、关注等一切要素，缔造中国电影在沿线国家更好传播的新时代契机。

光影作品是穿越时空、跨越语言障碍、增进中国与沿线国家人民交流的文化纽带，此次签约的合拍项目为中国与沿线国家文明互鉴、文化交流和繁荣再立新功。

国际电影节是风，在中国电影之舟扬帆远航之时，助中国电影乘风破浪。

第五节 "中国剧场"

影视剧走出去的重点和难点都是翻译质量。为实施中国与"一带一路"沿线国家影视合作翻译和配音工程，中国目前已将300多部优秀影视剧译配成了20多个语种，设立了"中国剧场""中国时间""中国频道""中国农场"等多样化主题播映平台，在老挝、越南、印度尼西亚、捷克、柬埔寨、尼泊尔、罗马尼亚、乌克兰、南非、埃及、塞尔维亚等70多个沿线国家推广。

"中国剧场"是中国国家新闻出版广电总局和中国国际广播电台着力打造的中国影视剧播出平台。以"中国剧场"为例，中方通过与沿线国家主流电视媒体在影视译制方面合作，签署"中国剧场"播出合作协议，在固定时段播出中方译制、本土化配音的中国优秀影视作品，着力打造中国影视剧播出平台，为沿线国家观众打开了一扇扇了解当代中国的影视之窗，是中国与沿线国家民众民心相通的重要纽带。"中国剧场"目前已在柬埔寨、老挝、埃及、新西兰、肯尼亚、尼泊尔、蒙古、印度尼西亚、菲律宾、阿联酋等多个国家开设，成为传播新时代中国精神的"荧屏使者"。

2014年8月，广西人民广播电台与柬埔寨国家电视台签署"中国剧场"合作协议。10月，柬语配音版中国动画片《猫眼小子包达达》开播，后又陆续播出了《三国演义》、动画片《西游记》等。

2014年11月，广西人民广播电台与老挝国家电视台签署"中国剧场"合作协议。2015年4月，双方联合译制的老挝语配音版中国现代都市情感电视剧《野鸭子》开播，之后，陆续播出了青春励志电视剧《时尚女编辑》、动画片《西游记》及多部中国优秀电影。

2015年9月，中国国际广播电台与埃及广播电视联盟签署"中国剧场"栏目合作协议。2016年5月，习近平总书记出访埃及期间，阿拉伯语版《父母爱情》在埃及国家电视台第2频道播出，并创下收视纪录。该台之前已播出《金太郎的幸福生活》《媳妇的美好时代》等电视剧。该剧阿拉伯语版由中国国际广播电台译制中心联合国际O2公司译制完成，剧本由中埃两国阿拉伯语、汉语专家联手翻译。埃及其他电视台近年来陆续播出了《医者仁心》《北京青年》《辣妈正传》等中国电视剧，动画片《小鲤鱼历险记》及电影《逃出生天》《杜拉拉升职记》等。埃及播映的中国影视剧多是反映中国家庭和当代中国社会的作品，说明埃及人渴望了解中国的日常生活和当下发展。

2017年2月，中国国际广播电台与新西兰电视台37频道签署了"中国剧场"播出合作协议。英语配音版《父母爱情》随即播出。

2017年3月，中国国际广播电台与肯尼亚滨海电视台（Pwani TV）签署"中国剧场"合作协议。肯尼亚滨海电视台是一家全斯瓦希里语电视台，由中国国际台译制的斯语配音版电视剧《媳妇的美好时代》《金太狼的幸福生活》《老妈的花样年华》《老爸的心愿》都是在该台陆续播出的。

2017年3月，中国国际广播电台与尼泊尔国家电视台合作开办的"中国剧场"栏目举行首播仪式。尼泊尔语配音版中国纪录片《西藏故事》播出。

2017年7月，中国国际广播电台与蒙古国家公共广播电视台签署"中国剧场"播出合作协议。两台合作译制完成的蒙古语版中国电视剧《生活启示录》《何以笙箫默》《良心》和电影《狄仁杰之通天帝国》在蒙古国播出。2018年6月，都市情感剧《小别离》在蒙古教育电视台热播。

2018年6月，中央广播电视总台与印度尼西亚国家电视台签署"中国剧场"播出合作协议。由中央广播电视总台译制的印尼语版中国电视剧《鸡毛飞上天》和动画片《中国熊猫》在印尼国家电视台播出。

2018年6月，中国国家广播电视总局、中央广播电视总台与菲律宾国家电视台举行"中国剧场"开播仪式。菲律宾语配音版中国电视剧《鸡毛飞上天》、动画片《大侠山猫和吉咪》、电影《北京爱情故事》等4部作品陆续播出，这是中国影视节目首次译配成菲律宾语与当地观众见面。

2018年7月，中国中央广播电视总台与阿联酋中阿卫视签署"中国剧场"合作协议并举办影视剧开播仪式。由中央广播电视总台译制的阿拉伯语配音版中国电视剧《欢乐颂》《北京青年》和当代都市喜剧《金太狼的幸福生活》在中阿卫视播出。

"一带一路"是新时代中国最具有活力和系统性的世界之路，中国文化也迎来了成为"主角"的机会。中国应主导推动中国影视界与沿线国家影视行业在主题选择、运行机制、市场分析方面深度合作，以"美美与共""美味共享"的原则，引领中外影视合作的创新路径和运行机制建设，找到中外影视合作的普遍性困境和解决办法，为未来中外合拍影视作品找到发展方向，同时也为"一带一路"建设争取到更多的优势资源，民意资源、在助推"一带一路"倡议顺利实施的同时，让"一带一路"沿线国家观赏到更多更优秀的影视作品，形成中国影视作品的"一带一路"特色。

第二十四章　借地与开窗：
　　　　　当下途径与未来方法

文学是作家个体生命的折射，但当文学跨越时空进入异域文化空间，与陌生的心灵产生共鸣时，文学的个人性就具有了世界性，陌生人的阅读赋予了文学新的个人性，并丰富了文学的世界性。这是文学国际传播最迷人之处，也是最困难之事。鉴于不同语言和文化所孕育的文学的特殊性，中国当代文学的国际传播之路也必然具有特殊性，而面对的传播对象却又千差万别。为此，应该基于中国文学传统和当代文学的特殊性，在研究不同对象国的人文环境基础上，逐步形成具有一定普遍性的中国当代文学国际传播的"中国模式"，形成具有普遍适用价值的传播机制，从而提高传播的效率、效能和质量。

　　"一带一路"倡议提出以来，不同视角的国际社会利益群体的接受范围和程度迥异，建立中国当代文学在"一带一路"沿线国家的传播体系有助于改变这种不平衡的现状，主动营造和培植利于中国当代文学走出去的舆论环境和土壤，细致区分中国当代文学走出去的对象，基于对沿线国家的国情、舆情、民情的详细了解和把握，针对不同国家的文学生态体系、不同民族的文学趣味和审美特点制定差别化传播方案，设置科学的传播路径、方法、质量评估和保障体系等衡量维度，这样既能表明中国文学作品走出去的精诚态度，又能实现中外文学交流的精准对接，在保证中国当代文学在沿线国家的传播效果的同时，舒缓对"一带一路"的一些负面舆情。

第一节　科学设定融入路径、阶段和阶段性目标

　　中国当代文学融入沿线国家，并非以挤占对方的人文环境和社会资源空间为目的，而是要为沿线国家的文学创作和文化生活注入中国优质资源，实现中外精神文明的相互融合，共同发展，相互优化，资源共享，拓宽文学的生存空间和交流渠

道，形成完善的新型文学交流结构体系。

为了保证中国当代文学在沿线国家的传播效果，就需要充分了解沿线各国的文学生态系统，科学制定中国文学作品在所在国传播的历史阶段、阶段性目标、融入路径、传播方法，并动态监测传播效果，以便及时调整和创新传播方法，做到"一国一策"精准传播，最终实现从"我们给"到"我们给的就是对方要的"，再到"对方主动要的就是我们想给的"这一文化传播的最高阶段转变。

"一带一路"沿线国家发展状态和水平不一，对中国的诉求和期待不同，对中国当代文学的观察和接受角度也不同。相对发达国家希望中国提供文学转换货币的市场，发展中国家需要中国智慧、中国故事和中国经验，第三世界国家欢迎中国的援助。处于不同发展阶段的沿线国家对"一带一路"倡议的兴趣点和接受程度存在明显差异，中国当代文学在不同发展水平的沿线国家采取的传播策略也应有所区别，以国别论，可将文学传播的对象国粗略分为7个类别：

① 以西欧为代表的传统经济强国。

② 以金砖国家成员国为代表的新兴经济体。

③ 与中国文化相近的东亚文化圈各国。

④ G20成员国。

⑤ 上合组织成员国。

⑥ 印度尼西亚、孟加拉国、尼日利亚等体量较大的发展中国家。

⑦ 其他"一带一路"沿线国家和地区等。

"一带一路"背景下中国当代文学的传播，犹如荒山探险，夜路寻径，风险多，变数大，很难事先预设路径，更不能一条路走到底，必须一时一地一设，因地制宜，动态调整，以实效为原则，科学设定融入路径，在传播过程中形成文学动态发展资源，惠泽中外文学。

融入路径的设定要切中新时代中国当代文学走出去的脉搏，以创新中国与沿线国家文学双边合作机制为宗旨，通过作品内容宣传精细化、与目标读者互动化、传播形式多媒化、传统运营机制创新化、营销模式用户友好化、社交媒体运营专业化、自媒体与小说作品出版高度融合化等多个领域的创新，引领中国与沿线国家文学创作和交流关系的转型。目前，中国在这些领域已经进行了很多有效的尝试，建立了良好的"端口"。以古巴的文学市场为例，由于在古巴上网不便，目前，古巴普通民众能接触的网络资源有限，使用既有网络资源的用户也要受到严格的控制。因此，传统的纸媒、报刊、电视等媒介资源就体现出极高的优越性，成为中国文学在古巴的重要传播手段。一方面，中国文学作品通过由古巴政府负责管理的报刊、电台等渠道进行介绍；另一方面，中国当代作家经常亲赴古巴与出版人及读者举行文学对谈、文学讲座等活动，在古巴掀起一波波中国文学作品的阅读潮，引起强烈反响，受到广泛好评。智者，善借力发力，变不利为有利。

中国正积极建立差别化的中国文学海外交流机制，动态推动现有中外双边文化合作机制进一步优化，成熟一个，发展一个；启动一个，成功一个。如中国目前与沿线国家合作举办的"中国文化年"活动，就是成功案例，其中所包含的内容丰富的文学交流活动，也为沿线国家读者带去了独特的文学视觉体验。

第二节 共建文学信息共享走廊

"交得其道，千里同好，固于胶漆，坚于金石。""一带一路"倡议之所以得到沿线国家的积极响应并快速发展，关键在于中国同沿线国家找准了合作之道。合作即对话，"一带一路"就是中外对话的国际信息走廊，也是中国与沿线国家可以共建"一带一路"中国当代文学作品走廊的跨疆域信息共享走廊，也是中外文学交汇、相互借力搭建繁荣共生的信息共享走廊，各国文学也都能在这个信息走廊各自言说、相互交流、美美与共。

中外共建"一带一路"中国当代文学作品信息走廊，作为中国与沿线国家文学合作发展的中国方案，能够掌握中国当代文学在沿线国家走出去的主动权，获得先机。同时，信息走廊的建设能够促成中国与世界各国、世界各国之间文学作品的新型合作关系，可以加速中国与沿线国家优秀文学作品共享，提供平台和源流，使中外各国能充分相互汲取彼此文化的精髓以丰富和完善各自文化，定期、不定期地开展中外文学交流活动，增进民心相通和人文交流，进而推动中、外文学关系朝着互鉴、平衡、共生的方向发展。

信息共享走廊主要建设内容是：

第一，中国与沿线国家共建中国当代文学作品信息走廊，促进民心相通。

文学作品最动人的魅力在于文学之光感召和照耀人性的能力。共建中国当代文学作品信息走廊，最核心的问题是如何以已出版和规划出版的作品为基础，努力从沿线各国的文学作品中找到与中国当代文学元素相契合的作品，以唤起沿线国家读者内心深处最柔软的情感和共鸣的文化元素，实现以文学情感沟通人类情感。

第二，加强"中国智慧"共享共用，推动实现民心相通。

"一带一路"沿线国家的文学文化发展与其经济状况相仿，而中国优秀文学作品则承继了千年的大浪淘沙始见金，对沿线国家的文学具有一定的借鉴价值，中国文化的世界胸怀和大国担当也是自古就有的优秀传统。中国文学走出去的动因与世界上任何优秀文学一样，既是自身发展的内需，也契合了沿线各国对中国文学的需求。

文学多元为百花齐放的壮美奇观和民心相通的众望所归提供了可能。中国当代文学的走出去并非以世界文学的统一性、同一性和单一性为目的，而是希望通过与沿线国家分享中国当代文学的成果，有机推动沿线国家民族文学的自觉和发展，使其明确自身的丰富思想和内涵，优化其文学生态，更好地实现中外小说共生。

中国智慧已经广泛应用于中国社会生活的各个领域，中国方案的提出旨在加强与沿线国家的人文交流，向世界讲述中国故事，传播中国价值理念和文化精髓，彰显中国文化魅力，赢得沿线国家最大限度的信任，共同打造中国当代文学融入沿线国家民族文学的信息服务平台，促进优秀文化和中国智慧的共享共用。

第三节　品牌效应的态度与温度

中国文学作品走进沿线国家并树立"中国"品牌,要依托所在国的本土政治、文化、社会环境等提供必要的生存资源,如物理环境等有形条件,并以与沿线国家的相关机构友好合作为平台,共同营造利于中国文学作品传播的无形条件,推动实现中国文学作品与所在国文学作品的和谐共生。

中国当代文学作品因为体现出了中国文化的态度和温度,才逐渐融入沿线各国民族的内心,也因此形成了中国当代文学的品牌效应。

中国当代文学能走出去,首先是基于中国当代文学与沿线国家民族文学的差异性,但更是因为本质上的一致性。优秀的文学都是相通的,优秀的文学作品都源于生活并高于生活,都聚焦人性的真善美,批判世间的假恶丑,挖掘人间真情的温度,并思考人类和世界的未来。

但总的来看,中国当代文学中的东方智慧与沿线国家的不同民族智慧的对接过程,是雷电交加、火花四溅的过程,各种噪声杂音暗影不断,历时共时时常交错难解,这使得中国当代文学落地和再生产过程充满复杂性、多变性和不确定性。

中国当代文学走出去已经成为国家战略的一部分,沿线国家原有的中文翻译市场的默契和平衡已被打破,能量并不守恒,这甚至导致沿线国家民族文学在世界文学生态中的生存角逐更加激烈,始终处于动态博弈与强弱转化过程中,中国文学强势明显。在此背景下,根据不同沿线国家的实际人文环境,形成风格明确的中国作家群体,绘制层次分明的中国文学图谱已是当务之急,只有这样,才能让沿线国家认清中国文学的真正意图,消除误会,形成合力。

中国当代文学在沿线国家稳妥落地的第一步,是树立自身有态度、有温度的整体形象,"金杯银杯不如老百姓的口碑",中国当代文学要精耕细作,形成口碑、传播口碑。首先优选合适的文学作品,通过负责任的译者和出版社,采取恰当的营销模式,树立中国当代文学品牌,借力"众口"以"铸"中国当代文学的"金"字招牌，最终使沿线国家读者一想到中国当代文学，脑海中浮现的就是人性的温暖与大国的担当和胸怀；一谈及中国当代文学，言语中流露的是热血沸腾，使看似遥远的文化，暖润如身边的空气；一评论中国当代文学，评论家的笔触就饱蘸情感，力透纸背所寻找的只是中国当代文学中隽永丰盈的情味，理性中蘸满对人性温暖的思考和诠释。

"一带一路"的推进过程，也是各国文化碰撞挤压、跌宕起伏的过程，此消彼长，但这种状态恰是机遇潜存的时代，因为正是在旧的规则被打破、新的规则还未建立起来的时候，世界文学处于无名的"战国"语境，中国当代文学才更有机会建立独立的话语体系，只要把握好机遇，科学决策，坦诚合作，相互尊重，就有机会获得世界范围内的阐释话语权，借力"一带一路"，实现中国当代文学的世界话语权。

以中国影视产业为例。影视产业是一国综合实力的体现，也是一国价值观的直观呈现。一个好莱坞的世界化，足以让美国文化影响一个又一个国家，一代又一代外国人接受并喜爱美国文化。也就是说，影视产业的品牌效应就是文化效应，也是国家形象的体现。在当前经济全球化、生活信息化、信息数据化的时代，思想和文化日趋产业化，影视产业与文化话语权的关系也越来越密切，各国也越来越重视借力民族影视作品传播本国价值观，影视品牌之争，实际上也就是"话语权"之争。

影视文化产业因其行业的特殊性而呈现出更复杂的矛盾性和芜杂性，因此，在推动中国影视产业围绕"一带一路"建设而形成自己特色、构建独特的中国影视品牌战略体系的过程中，首先应秉持"百花齐放，百家争鸣"的多元化方针，推动中国与沿线国家文化之间相互包容、相互支撑，形成不同文化"兼容并包"的格局；其次应充分尊重不同文化之间的差异，在内容选择、主题互认、趣味兼顾、营销整合、利益均衡、人才培养等方面形成共识，形成合力，全面提升影视产业在经济、文化、人才等领域对中国和沿线国家的推动作用，为中外影视的可持续性发展奠定坚实根基。

影视与文学不分家，文学是影视的母体，影视则是文学的催化剂。自中国电影诞生，文学改编电影就是一个重要的文艺现象。电影作为一种大众媒介，其对文学作品的改编直接提升了文学作品所表达的价值观的社会影响力。借力影视传播文学，也是文学与电影结合肇始的初衷和实际效果。

不仅中国如此，国外也是如此。莎士比亚、简·奥斯汀、雨果、小仲马、狄更斯、海明威、托尔斯泰、川端康成、歌德等作家的作品一次次被改编成影视作品，启迪了一代又一代世界人。而经典文学作品，也在一代又一代观众和读者的再欣赏中获得新的时代价值。

中国当代文学与影视制作的结合更主动，莫言、苏童、余华、刘恒、叶兆言、刘震云、王安忆等先锋作家的作品因改编成影视作品而从鲜花之巅走到市井民间，而影视作品也往往同期推出文学读本，文学与影视成为并蒂莲。

"一带一路"提供了中国文学与电影结合的新路径，越来越多的中国文学作品改编的影视剧借力"一带一路"走到外国读者、观众面前，将中国的历史和当代呈现给世界。毕飞宇的《推拿》（2014）、余华的《许三观卖血记》（2014）、严歌苓的《陆犯焉识》改编成的《归来》（2014）等，都是文学作品改编而成。

近年来，中国当代作家也主动参与到影视剧的海外宣介活动之中"现身说法"，与海外出版商、翻译家、文学批评家、读者等交流，接受媒体的采访，与观众面对面谈自己的文学作品、谈自己的作品改编成的影视剧。

第四节 形成中国主题出版国际面貌

"一带一路"倡议提出以来，中国不断摸索创新中国当代文学与沿线国家人文环境的有机结合方式，逐渐确立了基于沿线国家的不同国情、舆情、民情，以中国文学作品为母体的一体二元的文化叙事格局，并在文学交流中明确"以我为主"的叙事主体自觉，确立讲述中国故事的主体地位，兼收并蓄、动态建构，实现中国文化与所在国文化之间的叙事平衡。基于此，中国与沿线国家不断创新中国当代文学走出去的协作形式，打开了一道道人文交流之门、一扇扇文明互鉴之窗，形式多样的"中国馆"、"中国书架"、"中国图书"编辑部、"中国主题图书"编辑部、"中国图书中心"、"中文书店"、"中国主题图书翻译出版中心"、"中国主题"编辑部、"中国国际出版中心"等机构也就如雨后春笋般应运而生。

一、中国馆

"中国馆"是中国国务院新闻办公室与沿线国家合作建设的对外介绍中国、促进中外文化交流的品牌项目，通常设在对象国国家图书馆或知名学府图书馆等地，旨在以优秀图书为媒，向落地国展示中国文化等各领域发展现状，借力"中国馆"平台激发落地国读者对中国文化的感知，推动促进中外文化交流。

"中国馆"依据与落地国合作共建原则，已陆续在日本（位于日本创价大学，2012）等地开设了16个"中国馆"，并于2018年成功签署古巴和塞内加尔"中国馆"合作建设备忘录，分别位于古巴哈瓦那大学孔子学院和塞内加尔国家行政学院。其他"中国馆"分别是坦桑尼亚（位于坦桑尼亚国家图书馆，2012）、刚果（布）（位于恩古瓦比大学，2013）、尼日利亚（位于尼日利亚中国文化中心，2013）、乌兹别克斯坦（位于首都塔什干的乌兹别克斯坦世界经济与外交大学，2013）、比利时（位于布鲁日的欧洲学院，2014）、缅甸（位于缅甸仰光大学，2014）、澳大利亚（位于澳大利亚悉尼国际大学，2014）、俄罗斯（位于俄罗斯圣彼得堡国立经济大学，2015）、老挝（位于老挝国家行政学院，2016）、印尼（位于首都雅加达的阿拉扎大学，2016）、秘鲁（位于秘鲁国家工程大学，2016）、哈萨克斯坦（位于最大城市阿拉木图的哈萨克斯坦国家图书馆，2016）、土耳其（位于土耳其加齐大学，2017）、墨西哥（位于首都墨西哥城的墨西哥阿纳瓦克大学中国馆，2017）、吉尔吉斯斯坦（位于吉尔吉斯斯坦比什凯克人文大学，2017）。

二、中国书架

从 2018 年 1 月起,由国家新闻出版署主办、中国图书进出口(集团)总公司承办的"中国书架"在沿线国家陆续落地,用于长期展销中国图书。目前已在阿根廷首都布宜诺斯艾利斯(2018 年 1 月)、古巴哈瓦那法亚德·哈米斯书店(2018 年 2 月)、法国尼斯索邦书店(2018 年 5 月)、泰国曼谷(2018 年 7 月)落地。

三、中国图书编辑部

2017 年 8 月,五洲传播出版社与墨西哥二十一世纪出版社就合作共建"中国图书编辑部"项目签署了战略合作协议。双方商定持续合作出版中国经典图书,将中国古典文学作品翻译成西班牙语在拉美地区图书市场出版发行。

除此之外,新世界出版社近几年也加快了海外市场拓展步伐,已经在印度、埃及、美国、土耳其、韩国、英国、波兰等地成立了海外"中国图书编辑部"。

四、中国主题图书编辑部

2018 年 6 月,中国山东教育出版社与罗马尼亚欧洲思想文化出版社共建的"中国主题图书"编辑部在布加勒斯特揭牌落地。

五、中国图书中心

在中外文化交流中,中国图书已成为外方近距离观察中国、感知中国文化的重要窗口。鉴于此,在中国国务院新闻办公室的指导下,中国外文局负责与国外相关机构合作建立中国图书中心,首次都赠送 200 余本中国主题图书,使落地国各界读者更便捷地阅读中国图书,更好地感知中国文学、关注中国发展,加深对中国的理解打开一扇窗口,并能够进一步推动双方中外互译图书出版领域合作。

中国图书中心目前已在全球建立了6家:①波兰"中国图书中心",2016年6月在华沙社会学与人文科学大学东亚研究中心揭幕,为全球第一个中国图书中心。②泰国中国图书中心,2016年9月在泰国曼谷大学揭幕,为亚洲首个中国图书中心。③秘鲁中国图书中心,2016年11月在利马的秘鲁国家图书馆揭幕,为南美洲首个中国图书中心。④尼泊尔中国图书中心,2016年12月在尼泊尔中国研究中心揭幕,为南亚首个中国图书中心。⑤瑞士中国图书中心,2017年1月在苏黎世大学揭幕,为瑞士首个中国图书中心。⑥古巴中国图书中心,2018年2月在古巴何塞·马蒂国家图书馆揭幕。

除此之外,中国外文局正与克罗地亚、冰岛、柬埔寨等国家就建立中国图书中心积极协商。

六、中文书店

2016年7月,浙江出版联合集团在"一带一路"沿线国家的首个墨香充盈的"中文书店"——尚斯博库书店(Shans-Bookuu Bookstore)在莫斯科开业,主要销售中文图书和中国主题的俄文图书,兼具举办文化沙龙、讲座、报告会、新书发布会、作者或译者与读者见面会等功能,这是中俄两国出版界友好合作的成果❶,也为俄罗斯读者"浸入式"感知中国文学魅力提供优质资源,具有拓荒的历史意义。

七、中国主题图书翻译出版中心

2016年10月,中国人民大学出版社与蒙古国立师范大学共同设立了"中国主题图书翻译出版中心"。

---

❶ http://www.doc88.com/p-6761552041982.html

八、中国主题编辑部

"中国主题编辑部"是中国国家新闻出版广电总局"丝路书香"工程的子项目，也是外语教学与研究出版社在"一带一路"沿线国家建立的第一个分支机构，欲借助这一平台，深入挖掘优秀的中国文学作品资源并翻译推介，努力成为中国与沿线国家文学交流的纽带，促进中外出版机构交流和国与国的"民心相通"。目前已经建有保加利亚"中国主题编辑部"（2017年3月）、波兰"中国主题编辑部"（2018年4月）、匈牙利科苏特出版集团（Kossuth Publishing Corporation）"中国主题编辑部"（2018年4月）、法国映象文库出版社（Bibliothèque de l'Image）"中国主题编辑部"（2018年4月）。

九、中国国际出版中心

2018年4月，中国青年出版社和英国布卢姆斯伯利出版公司（Bloomsbury Publishing PLC）合作共建的"中国国际出版中心"在伦敦揭牌。

第五节 智库联盟预测与预警

"你有一种思想，我有一种思想，彼此交换，各自就会得到两种思想。"（萧伯纳）智库具有天然的人文交流特性，是人文交流的重要载体。

2015年4月，中共中央对外联络部、联合国务院发展研究中心、中国社会科学院、中国国际经济交流中心、复旦大学共同成立了"一带一路"国际智库合作联盟，汇集了"一带一路"沿线国家137家高水平的研究机构和高校及112家主流智库。

目前,"一带一路"的朋友圈越来越大,而名单越长意味着中国文学走出去的任务越重。为了保证传播的效率和效果,中外相关机构可以参照复旦大学智库联盟模式,以"传承中华优秀文化、服务一带一路国家"为宗旨,成立"一带一路"中国当代文学走出去智库联盟,以便运筹帷幄,使朋友圈大而有序,多而不乱。

智库联盟应站在文学作品翻译出版政策研究的前沿,集中外智慧精准理解和阐释中外相关理念的丰富内涵和外延,设计并推动"一国一策"的中国文学走出去规划及实施方案。

智库联盟应敏锐捕捉目前中国文学作品在沿线国家传播的现状和问题,深入细致展开分析、论证和充分评估,前瞻性地提供解决方案,预测发展趋势,提出具有真知灼见的对策及建设性的思想。

智库联盟应从各自的角度捕捉中国文学作品在不同国家传播中出现的新趋势,多维、立体地剖析新迹象,百家争鸣,为中国文学走出去决策部门提供参考依据。

智库联盟是一个人脉网,每个人都兼汇中外资源,应利用自身的影响力广泛调动社会资源,加强中国与沿线国家同行的专业交流和互鉴,借助各类国际舞台,深入沿线国家的文化肌理,拓宽中国文学国际融入路径,提升中国文学作品的国际话语权。

全球化是未来不可逆转的历史趋势。中国综合国力的提升和"一带一路"倡议的提出,表明中国正在融入新一轮的全球化进程并局部产生了引导作用。在智库联盟中,中国也应主导围绕中国当代文学在沿线国家传播的路径和效果开展战略性研究和判断,就中外文学作品翻译政策、中国文学作品外译资助项目评估等工作开展前瞻预警、政策咨询研究,推动中国与沿线国家更科学地制定中国文学作品外译出版政策,密切出版市场贸易合作,共同发展。

成立智库联盟也是中国在沿线欠发达国家的"软基础设施"投资,可提升相关国家的人文交流能力,培养沿线国家的智库研究人才,使中外双方围绕中国当代文学的翻译、出版和研究水平,同步提升到更高的水平。

第六节　创新中国当代文学翻译机制

"文学是为全世界创造美的艺术",翻译是文学精神互通的桥梁,中国当代文学只有通过翻译才能消除语言、文化上的障碍,实现中国当代文学的内在民族精神与其他民族文学的内在民族精神之间的相互沟通和理解。当然,中诗英译的审美功能能否实现取决于译者及其选择的翻译策略。在可能的条件下,应尽量推动作家翻译,这样能在一定程度上弥补翻译之失,并在翻译过程中注重"文化异化,语言归化"二者的辩证统一。

中国传统文学重视真情所致、自然流露,中国当代文学则在此基础上更重视社会责任、世界担当,因此更能体现中国当代的世界观、价值观。中国当代文学在激发受众欣赏文学之美的基础上,可进而提升读者的审美意识和鉴赏能力,从而对自身民族文化的独特之美加深认知,更好地借助中国智慧发展本民族文化,这又进而可提升受众了解中国文化的积极性,加深对中国文学内涵的体悟和深度理解。

一、科学规划文学翻译传播工作

翻译是中国文化在"一带一路"沿线国家传播的媒介和载体,是推动中华文化润濡世界的坚实路基。中国当代文学以"一带一路"沿线国家为对象国所进行的翻译工作应以翻译传播实态调查为基础,以翻译传播战略设计为导向,以翻译传播规划为手段,建立合理的翻译传播规划体系,提出切实可行的翻译传播规划建议,即顶层设计、国家布局、有序输出、差别化推送、分阶段实施和分目标完成。

翻译传播实态调查首先是要清楚调研分析、全面客观了解中国当代文学的发展状况以及对象国的人文生态环境、民众教育情况、文学发展现状,并据以制定针对某一对象国的中国当代文学翻译计划,形成翻译传播规划体系,做到有序传播,即:以外交关系为标准,选择友好国家为切入点,其中优先选择与中国有一定的文化交流基础，但尚未充分开展文化合作的国家，推动实现双向交流；在此基础上，再优先选择意识形态色彩较弱，能表现人类共同价值追求，隐含中华民族对自然认知的文学作为对外译介的对象，这样才容易唤起受众的心灵共鸣，产生情感激荡，促发文化相互认同。

其次，应按主题和类别对中国主动要输出的当代文学进行细致分类。具体包括：基于对象国的文化和文学语境，结合翻译目的，分析并确定哪些中国当代作家的哪些作品符合外译需求，哪些暂时不适合外译，哪些坚决不能外译等，使外译工作有序展开、推进。

再次，应差别化外译中国当代文学。即从外交和文化关系角度分析对象国与中国关系的疏密度，及对中国当代文学的诉求，做到"一国一方案"，精准对焦。

优秀的文学既具有民族性，也具有世界性，虽然不同沿线国家对中国当代文学的需求不同，但只要我们对中国当代文学现状和对象国需求准确了解和把握，就能实现中国文学如春雨化物，融入对象国文化和民众生活之中。

二、建立交互翻译机制

文学无国界，文化传播归根结底要为国家服务，而翻译则是保持和传播本民族优秀文化和塑造国家国际形象的重要手段，也是文学能否顺利走出去的关键基础。为此，当我们主动或合作外译中国当代文学作品时，尤其是当对象国是对中国缺乏认知或认知不全面的国家时，我们要借助中国文学的情感互通优势，选择翻译短小精悍、朗朗上口，却能表现人类最普通情感，如爱、家庭、婚姻、社会责任、公平、正义、和平、发展、民主、自由等主题的文学，以共同的人类情感实现民心相知相通，从而唤起这些国家对中国的客观了解和理解，为两国外交工作提供温暖的软环境。

文学翻译应秉持文学互鉴观，中国可主动搭建文学交互平台，主动与对象国合作，采取中外"一对一、多对多"交换互译方式，在推动中国当代文学外译的同时，主动把对象国的文学也译入中国，达成中外文学的互动、平衡和对等交流，实现中外文学平行共时交流。

外译不能是单一的翻译行为，而是相互的，即通过中国当代文学的世界化，吸引世界更多关注中国当代文学，也让世界不同民族的文学得到中国更多的关注，进而推动中外文学的交流与合作。也就是说，我们要通过中国当代文学走出去，吸引外国优秀文学走进来，只有这样，才能通过中国当代文学走出去推动世界文化和谐，发挥中华文化在构建人类命运共同体中的积极作用。

合作翻译绝不是纯粹的译作拼凑，而是要"1+1＞2"，通过翻译实现再创作，再丰富。中外译者应坦诚面对并主动消除文化差异，建立动态、高效的协商关系并按照统一的翻译质量标准，保证合译质量。

英国汉学家、译者霍布恩（Holton Brian）认为："要想提高汉英文学翻译的质量，唯有依靠英汉本族语译者之间的小范围合作。汉语不是我的母语，我永远无法彻底理解汉语文本的微妙与深奥；反之，非英语本族语的译者，要想将此类内涵丰富的文本翻译成富有文学价值的英语，且达到惟妙惟肖的程度，绝非是一件容易的事。可一旦同心协力，何患而不成？"[1]

中外译者合作翻译，可以从一开始就共同商定翻译对象，然后由外国翻译家翻译初稿，中国翻译家和作家即时审校，或者中国翻译家翻译初稿，外国翻译家和作家即时审校，保证中外译者、中外作者第一时间共同合作，充分沟通，合作双方不断共同研究改正翻译中的问题，最终获得最佳译本。这样的翻译作品会更符合原作初衷和跨文化转换规律，充分考虑到接受国的语言和文化习惯，相对精准地用"国际表达"向读者表述中外智慧、双方都认同的立场和价值观，并且有助于在翻译过程中丰富被翻译作品的内涵和情感层次，使翻译不再是译者机械的语言转化过程，而是中外语言文化通过碰撞交流而获得一种既不失去原文意蕴而又更适合读者阅读的创造性译本，这样可以尽量减少语言转化过程中的文化隔膜，使译本更容易为外

---

[1] 霍布恩：驶向天堂的码头——杨炼长诗《同心圆》译后记，海岸选编，《中西文学翻译百年论集》，上海：上海外语教育出版社，2007年，第638页。

国译者所在国的读者接受，也更容易产生影响。

海外汉学家、尤其是华侨华人翻译家是中国文学走出去的重要桥梁。在推动中国当代文学走出去战略设计和具体实施过程中如何发挥汉学家和海外华侨华人翻译家的作用，并以此为基础和借鉴，逐步培养国内文学翻译人才，将直接决定着中国当代文学走出去的现在与未来。

三、有机融合翻译生态场域

翻译中国当代文学的最佳译者应是精通汉语、热爱中华文化、了解中国的海外汉学家、优秀的翻译家、出色的作家译者及外国母语译者等。

以莱顿大学孔子学院组织翻译余华小说为例。在与余华合作前，莱顿大学孔子学院已组织翻译了苏童、毕飞宇、徐则臣等中国当代作家的作品。在与出版社确定翻译余华小说集后，莱顿大学孔子学院自2017年9月起就举办了多次翻译和学术交流，研讨作品翻译中的细节，并与荷兰翻译家林恪进行对话。此外，翻译团队还邀请余华到访莱顿大学孔子学院谈自己对"中国文学走出去"的思考，这些翻译准备和共同研讨活动不但保证了小说翻译的准确性，也未雨绸缪，"未见其人，先闻其声"，先期吸引了荷兰读者的关注，为将要出版的译作做了很好的宣传。

顺畅的沟通在翻译中的作用举足轻重。若优秀译者/翻译家与中国当代作家有长期的沟通合作，译者对作家的语言风格、思想内涵、行文方式就会有充分、准确的把握，译作就更容易符合目的语受众的阅读趣味和期待，成为更容易接受和理解的一种异态语言和文化。

美国译者柯夏智有丰富的翻译中国文学的经验和独到的见解。他翻译过多位中国当代作家的作品，包括欧阳江河、芒克、灰娃、西川、许立志、零雨、清平、李白、陈东东等，同时还在多种刊物上发表过对多位中国作家文学作品的评论，包括食指、韩东、翟永明、杨炼、寒山、西川、芒克、卞之琳等。此外，他还曾担任2011年、2013年、2015年和2017年"中国香港国际文学之夜"活动文学作品集的编委。他笔耕不辍,堪称译作等身的年轻译者。

柯夏智长期与西川、芒克等作家合作。2009年以来他已在各类刊物发表所翻译的西川诗作17次;2011年翻译并在美国出版了西川的两部诗集《墙角之歌》和《小老儿及其他诗篇》;2012年翻译的西川诗集《蚊子志:西川诗选》于2013年获美国最佳翻译图书奖提名,并获2013年卢西恩·斯泰克亚洲翻译奖。

中国作家史春波与美国翻译家乔治·欧康奈尔自2006年以来就合作翻译中国当代文学作品。他们共同编辑美国《亚特兰大评论》(*Atlantic Review*)的2008年中国文学专刊,合译王家新诗选,6次翻译王家新组诗并在美国及加拿大多种诗刊发表,合译阿芒诗集《渡·中国香港当代作家十家》(2017),其中收录中国香港作家梁秉钧、曹疏影、陈灭、钟国强、黄灿然、饮江、廖伟棠、杜家祁、王良和、胡燕青等10位作家的诗作;编译蓝蓝诗集《从这里,到这里》等。

作家译诗,常常是保证文学翻译质量的重要前提。旅居中国的美国作家、翻译家梅丹理(Denis Mair)是《当代中文文学选》(上海文艺出版社)的主要译者。他英译严力诗选《才华的可能性》(2013)、孟浪诗选《教育诗篇二十五首》(2014)以及吉狄马加诗集和演讲集5部,此外还是杨克诗选《地球,苹果的两半》(2017)的合作译者。法国文字出版社发行的13部中国当代作家的个人诗集,译者均为莫言的法文译者——法国女作家、翻译家尚德兰。她还法译了顾城、杨炼、韩东、王寅等人的诗集。2014—2015年,吉狄马加法语版、西班牙语版诗集和演讲集共4个版本经由加拿大籍墨西哥女作家弗朗索瓦丝·罗伊翻译出版。罗伊本人精通法语和西班牙语等多种语言,曾获1997年墨西哥艺术学院颁发的国家文学翻译奖。

富有经验的翻译家,常常可以避免很多翻译过程中的常识性错误,保证中国当代文学外译具有较高质量。美国翻译家柏艾格英译于坚的诗,美国女翻译家凌静怡英译翟永明、吉狄马加、海子、王寅的译作,都普遍受到好评,没有出现翻译的"硬伤"。

汉学家也是中国当代文学翻译的主力。荷兰汉学家柯雷翻译了王家新、西川、多多等人的诗作;英国汉学家霍布恩翻译了杨炼、芒克、多多、顾城、海子、张枣、翟永明、柏桦、欧阳江河、于坚、西川等人的诗；阿根廷著名汉学家明雷翻译了西川、于坚的诗等；德国汉学家顾彬翻译了王家新、欧阳江河的诗等。他们都以严谨的态度和出色的翻译，推动了中国当代文学在世界上的传播。

值得欣喜的是，在中国文化世界化的大背景下，不但外国译者翻译中国文学的广度与力度都普遍提升，很多中国译者也开始积极主动翻译中国文学，从而打破了以往西方译者"风景这边独好"的翻译格局。无论是译出语译者、亦或译入语译者，只要翻译的作品能为译入语读者喜爱并接受，有益于实现中国当代文学走出去，就是好的翻译，其中的代表者如明迪、孙新堂、钱坤强、李英男、李雅兰等，不但不断推出中国当代文学的外译版本，而且还积极翻译外国作家作品，实现了双向互动交流。

中国当代文学翻译队伍的壮大和翻译质量的不断提升，使组建中外文学翻译家协会成为可能。若能得到中国和沿线国家政府的支持，中外翻译家可以组成文学翻译家协会，以保障文学翻译更具靶向性，也更接地气。文学翻译家协会可推动中外文学翻译由自发变成自主，中外合力，共同推动中国文学翻译，加快中国文学走出去的步伐。

总之，文学代表强大的文化软实力，中国文学的国际传播能够代表和塑造中国形象，我们要坚持传播承载中华文化理论创新、中华文化自信和观念开放的中国文学。同时，要贯彻文明互鉴观，努力做到中外文学之间的纵深交流互动，实现中国文学海外传播和中国理念国际认同的有机统一。

第二十五章　感性与理性：
　　　　体系创新与质量优先

中国当代优秀文学作品走出去既有向外推广中国文学、汲取他国优秀文学因子、不断提升中国文学的国际地位、向世界贡献中国智慧的内需，又有促进优秀文学能量互动交流、改善沿线国家文学生态环境的外在需求。然而，世界文学交流史告诉我们，任何国家的优秀文学作品走出去都不会一帆风顺，非预知、非预设的矛盾、冲突、误解和质疑反而是常态。为了避免或减少不必要的误读误解，就需要建立一个科学、完整的文学作品传播体系，从"始"至"终"，即从作品的选择到翻译到出版到评估，形成一个系统的工程，犹如放风筝，风筝线要始终握在手里。在此基础上，基于传播大数据分析和建立传播协同机制，始终将走出去的文学作品的传播过程纳入可见的视域、可控的范围之内，这样才能相对有效地避免文学作品走入误区，有助于扩大优秀的民族文学在世界文学空间场域中的量的占比和质的提升。

目前，世界文学的国际传播体系仍由英语世界主导，中国当代文学作品在世界舞台上的地位与中国的经济发展、综合国力和国际影响力的不断提升还不相称。但也应该看到，当前世界文学市场的传播体系正在悄然发生结构性变化，尤其是"一带一路"倡议的提出，使中国当代文学扬帆出海有了自己可控的起航港口，并且获得了很多海外停泊的口岸。因为有了诸多国际平台，中国当代文学在沿线国家正逐步从文学走出去体系的融入者、参与者向深度合作者、推动者和重塑者身份转变，也推动了沿线国家更加积极参与到中国当代文学作品走出去传播体系的创建之中。虽然这项工作面对的问题新、杂音多，但事业大，影响广。中国主导建立的"一带一路"中国当代文学走出去传播体系已初现雏形，正逐步得到沿线国家的广泛认同。

历史证明，相对比较成熟的西方文学传播体系指导不了中国当代文学走出去的特殊实践，只有"自力更生"，创建具有中国特色、基于中国经验的中国当代文学走出去传播体系，形成中国当代文学在沿线国家传播体系的"自主创新"，才能保证中国当代文学国际传播具有清晰可辨的未来。

新型中国当代文学传播体系坚持共商、共建、共享、共赏和共生原则，以人类共同人性和对幸福生活的向往为基本标准，打通中外心灵的隔阂，摒弃西方凭借强大硬实力支撑建立的文学霸权传播体系，实现中国和沿线国家文学高度依存、和谐共生的关系。

第一节　继承与创新中国古典文学的当代价值

中国当代文学的发展离不开对中国伟大的古典文学传统的继承与发扬，而中国当代文学的海外热度高低，与世界各国对中国古典文学的关注热情高低密切相关。

中国古典文学在世界各国的译介与传播史可追溯到公元 7 世纪：日本遣唐使拉开了翻译中国古典文学的序幕，至 18 世纪英国人詹尼尔（Soame Jenyne）将《唐诗三百首》译成英文，期间起起伏伏，但绵延不绝，源远流长。"熟读唐诗三百首，不会作诗也会吟。"《唐诗三百首》的译介在世界各国产生的文学和文化影响最广泛、最深远。以《唐诗三百首》为代表的中国古典、经典文学对世界各国的文化发展产生了直接的滋养作用，国外出版社对唐诗等中国古典文学的翻译出版几乎从没有间断过，尤以英、法、美等经济大国为主。

中国被誉为"诗的国度"，其中唐诗作为中国诗歌美学的集大成者，现在已得到西方世界的认知和接受，并能与西方文化平等对话，实现了中西文化互补共鉴，证明了多元文化可以相容共生。以美国为例，中国古典文学在美国的译介对美国文坛产生过重要的文学和文化影响。美国学者能够从无比深厚的中华文化历史底蕴中撷取精髓，汲取精神营养，并促其在美国文化中获得深沉持久的力量，推动中华优秀传统文化与美国文化相适应，进而产生世界价值和永恒价值。这是中华优秀文化的根基，也是中国古典文学的当代价值。据不完全统计，仅 2011 年以来美国就推出了 24 部不同版本的唐诗选集。

1884年，中国"东学西渐"第一人陈季同在《中国人自画像》一书中把李白、杜甫、孟浩然、白居易等作家的诗译成法语介绍给欧洲读者，由巴黎Calmann-lévy出版社出版，后来又由多家出版社多次出版，包括英语版，在欧美国家盛行不衰，对中华传统文化的海外传播和延续产生了直接的推动作用。

一国文学的国际传播频率和效果与一国的经济发达水平息息相关。"仓廪实而知礼节，衣食足而知荣辱"，美国、德国、法国等国家曾凭借强大的综合国力、发达的经济水平、先进的技术传播手段和多元的文化传播交流途径，在促进本国文化繁荣的同时，自身也发展成国际文学交流活动最频繁、最发达的地理空间，梳理和研究欧美国家文学世界化的进程，对中国当代文学的国际化之路可提供镜像。

历史证明，文学在低语境文化国家和语境文化高低程度接近的国家更易于传播。比如，英语国家及大部分北欧文化国家属于"低语境"文化范畴，文化传播对语境的依赖程度较低。"低语境"能够为异域文学作品的国际传播提供天然的生存土壤和发展、创新空间。❶正因如此，中国文学在英国、美国和澳大利亚三者中的任何一个国家的主流出版社出版后，通常都会在其他两个国家出版译者相同、内容几乎相同、封面设计略有不同或差异较大的译本。此外，中国文学的译本在英语国家出版后，进入德国、法国、西班牙等欧洲国家文学市场的脚步也就明显加快。

在新的中国当代文学海外传播热潮越来越近的时期，中国古典文学在美国等国家的传播经验可以提供有益的参照。我们应该深入挖掘中国古典文学的当代价值，处理好中国当代文学与中国古典文学的传承与发扬的关系，将中国古典文学中蕴含的优秀传统文化和东方美学有机融入当代文学创作，并与新时代中国精神有效结合，进而积累传统、创新传统、沉淀新的优秀传统，借力中国古典文学的国际化经验和"一带一路"所铺设的文化交流之路，推动中国当代文学在沿线国家的传播之路变成与各国文学的融合之路。

---

❶ 美国学者爱德华·霍尔（Edward Twitchell Hall Jr.）提出高、低语境传播概念。高语境传播（HC）指在传播时绝大部分信息或存于物质语境中，或内化在个人身上，极少存在于编码清晰的被传递的讯息中，重视间接交流，强调接受者的敏感性与领会话外音的能力以及理解隐含意义的能力变得尤为关键；低语境（LC）与之相反。

第二节 爱、美与光明：文学应关注人类共同的命运
——以吉狄马加为例

彝族作家吉狄马加的诗歌在某种程度上可以说代表了中国当代文学走出去的最高水准和最好水平，在把中国文学提升到世界级水平并推广到世界各国等方面发挥了举足轻重的作用。

吉狄马加的诗歌目前已有不同语种的多种译本。他的诗歌翻译范围大、语种多，迄今已被翻译成20多种文字，在近30个国家或地区以53个不同的版本出版发行，成为中国当代诗歌的海外代言人，如《我，雪豹……》《从雪豹到马雅可夫斯基》《我们的父亲——献给纳尔逊·曼德拉》等诗集的国际版权已成为国际出版界争相订购的对象。

"一带一路"倡议提出以来，中国诗人更加主动与海外媒体合作，主动推介自己的作品，但事实上，中国当代诗歌的海外译介和传播仍主要集中于英语世界和德语世界，其中以欧阳江河、杨炼、翟永明、于坚、多多等作家为代表。而据不完全统计，吉狄马加的诗集和演讲集在沿线国家已由29个出版社出版了37个版本。与其他中国当代作家相比，吉狄马加的诗歌与"一带一路"倡议能有如此之高的结合度，显然值得中国骄傲，也值得深入研究。

吉狄马加的诗歌创作被称为"世界创作"。他是中国当代著名少数民族代表性诗人，同时也是一位具有广泛影响力的国际性诗人，其诗歌曾获中国第三届诗歌奖、中国四川省文学奖、郭沫若文学奖荣誉奖、庄重文文学奖、肖洛霍夫文学纪念奖、柔刚诗歌成就奖、国际华人诗人笔会"中国诗魂奖"等。

吉狄马加诗歌海外译介和传播的成功，取决于各种因素，最主要的原因是其诗歌关注人类共同的命运，这一主题符合海外受众对中国诗歌的阅读期待。从艺术上讲，则源于其诗歌独具的文化传统与创新的诗性结合，源于他以诗歌咏爱与光明，并身体力行在社会生活中实践对美与爱的追求，将对人类尊严的理想和对诗的理想

完美交汇。为了实现自己诗歌的理想，吉狄马加还成为出色的文化活动家，他积极举办国际性的文化艺术活动，如他主导创办了青海湖国际诗歌节、青海国际诗人帐篷圆桌会议、2016西昌邛海"丝绸之路"国际诗歌周、成都国际诗歌周、达基沙洛国际诗人之家写作计划、诺苏艺术馆暨国际诗人写作中心对话会议、三江源国际摄影节、世界山地纪录片节等大型文化交流活动，中外诗人在这些平台上朗诵诗歌，相互交流，共同在中国的田野民间采风，中国诗歌借以走进了世界，世界诗歌也借以来到了中国。在很多国家的读者眼中，吉狄马加已成为中国民族文化的象征之一，也是中国当代文学的代表人物之一。

吉狄马加既将当代世界的诗歌带到中国最偏远的边境，也致力于将当代中国的诗歌带到世界的各个角落。这是他作为民族诗人的理想，也是他成为世界诗人的梦想。为此，他主动与国际著名的文化机构、出版社、著名汉学家、翻译家和诗人译者合作，推动世界优秀诗歌之间的交流互动。这些出版社都有成熟的营销渠道和策略，而其诗歌的译者则多为所在国的著名汉学家或诗人，如吉狄马加的罗马尼亚语版诗集《天堂的色彩》由罗马尼亚著名汉学家鲁博安翻译；其俄语版诗集《黑色狂想曲》则由中国和俄罗斯文学翻译名家李英男、李雅兰姐妹翻译，"东欧文学三驾马车"之一的立陶宛著名诗人、学者和翻译家托马斯·温茨洛瓦（Tomas Venclova）作序，出版社则是俄罗斯联合人文出版社，其总编辑是著名诗人阿梅林（Максим Альбертович Амелин）。这种阵容的影响力，恰如吉狄马加在2014年8月27该书的首发仪式上所作的书面致辞中所说："就书的出版而言，它已经构成了一个最基本的事实，是若干位杰出的翻译家以及俄罗斯当代最重要的几位诗人的参与，我的诗才变成另一种文字，并近乎神奇地进入了另一个语言的世界，毫无疑问，这是我莫大的荣誉，因为这个语言与伟大的诗人普希金、帕斯捷尔纳克、曼德斯尔塔姆、阿赫玛托娃、茨维塔耶娃、布罗茨基的名字联系在了一起，这个语言所构筑起来的诗歌圣殿，无疑是这个地球上最令人肃然起敬的精神高地之一。"

作为当代中国诗坛最有影响力的诗人之一，吉狄马加备受国际诗坛关注。吉狄马加的诗歌以世界性实现其思想的张力，既充满中国智慧，又关注人类命运，为人类提供具有中国色彩的普遍性的价值观。俄罗斯诗人叶夫图申科（Евгений Александрович Евтушенко）说，吉狄马加的诗歌是"拥抱一切的诗歌"。如《土墙》描写了以色列的西墙，呈现出诗歌的世界性和空间性，关于和平、隔阂和种族的思考显示出世界诗人的胸怀。《我，雪豹……》集中体现了其诗歌的世界性与生态主义向度。托马斯·温茨洛瓦称吉狄马加是"民族之子，世界公民"。美国当代生态作家、两次获得国家图书奖的巴里·洛佩兹（Barry Lopez）于 2016 年 4 月 15 日在纽约获得终身成就奖，他在自己的致答词中全文朗诵了吉狄马加的诗作《我，雪豹……》。法国诗人达拉斯在文章中称吉狄马加为"一个行动的诗人"，因为他努力推动中外诗歌交流。诗人西川评价吉狄马加："世界政治、文化、历史视野，在整个当代中国诗歌界都是罕见的。"

全球化正在改变当今世界的一切，吉狄马加对此的态度是：诗人要成为所处的无时不在变化的时代见证者。在资源损耗、环境污染、宗教冲突、恐怖主义以及核战争等人类面临的严峻问题面前，诗人不能缺席，而是要用诗歌义无反顾地见证这个时代，站在人类道德和良心的高地记录当下人类生活。

中国诗歌的历史使命之一是助推中国文化精神在沿线国家找到落地生根之地并茁壮成长，在异域的文化土壤上找到知音，与不同国家、不同民族的心灵共鸣。真诚的诗歌都是从心灵中流淌出来的，具有超越一切藩篱的生命力量，是心灵沟通的鹊桥。这是吉狄马加创作诗歌的动力，也是其诗歌的力量。吉狄马加自觉立足于彝族文化的生存状态，从文化细节着眼，表达对历史的尊重、对世界上其他民族，乃至对全人类命运的关切。其诗歌题材丰富、视野宽广、思想深邃，因此赢得了世界上越来越多的关注和肯定。中国当代诗歌走出去的形态和方式及效果千差万别，可是吉狄马加诗歌以逐步深化的人文情怀和世界主题赢得诸多国家受众的欢迎，这与"一带一路"致力于推动民心真诚相通的目标是一致的。

把心拿给世界看，世界也把心给你看。吉狄马加的真心换来了世界范围内广泛的肯定与赞赏。他的诗被译成了多个语种，也赢得了各种世界大奖。2014 年，南非给吉狄马加颁发了年度"姆基瓦人道主义奖"，这是非洲颁发的一项具有广泛世界影响的大奖，也是亚洲人第一次获得该奖。该奖是为了纪念南非著名的人权领袖、反种族隔离和殖民统治的斗士理查德·姆基瓦而设立的，旨在表彰以积极眼光与最广大人民广泛接触的领导人和文化名人。该奖项自 1999 年设立以来，先后授予南非前总统纳尔逊·曼德拉、古巴前国务委员会主席菲德尔·卡斯特罗、加纳前总统杰里·罗林斯、非盟前秘书长艾哈迈德·萨利姆等国际政要和世界著名演员肯·甘普、Gift of Givers 基金会主席伊姆提阿兹·苏里曼等社会活动家及文化知名人士。2015 年，吉狄马加又获得第十六届国际华人诗人笔会"诗魂金奖"；2016 年，吉狄马加收获了"2016 年度欧洲诗歌与艺术荷马奖"。荷马是欧洲文化和世界文化的重要开拓者之一，以这位诗歌巨匠命名的"欧洲诗歌与艺术荷马奖"旨在表彰世界各国作家、艺术家们在文艺创作方面的卓越成就。该奖的评选机构设在欧盟总部所在地布鲁塞尔，评委由来自美国、比利时、德国、波兰、意大利、法国、保加利亚、巴西和摩洛哥等国的近 20 位作家、艺术家们构成，作品的艺术水准与传播范围是决定能否入选的最重要的参考因素；同年，吉狄马加还获得了罗马尼亚《当代人》杂志"卓越诗人奖"和罗马尼亚布加勒斯特作家协会"诗歌奖"。2017 年，吉狄马加获罗马尼亚"布加勒斯特城市诗歌奖"；同年，又获波兰"雅尼茨基文学奖"和英国剑桥大学国王学院徐志摩诗歌节"银柳叶诗歌终身成就奖"等。一系列世界性的诗歌奖项的获得，证明了吉狄马加的诗歌已经超越民族性、地域性，其饱含世界情怀的诗歌唤起了世界上愈来愈多国家和地区人民的心灵共振，也表明中国当代诗歌已经具备走出去的素质和能力，在某些方面可以与世界上任何国家的诗歌进行平等对话了。

第三节 外译质量评估体系是依据

"一带一路"倡议提出以来，在国家政策支持下，经政府机构、民间力量、作家、译者、文学代理人及出版机构等多方竭诚合作，中国当代文学在沿线国家的传播呈现出前所未有的繁盛，建立中国当代文学沿线国家传播质量评估体系工作也就顺理成章，成为必要工作之一。中国当代文学在沿线国家的传播是一项复杂、繁重的事业，绝非一蹴而就的，只有建立了质量评估体系，才能保证这项工作长期稳定发展。

为了保证中国当代文学落地后的有机生长，质量评估体系必须接地气，即要具有一定的精准度和科学性，为此就需建立相应的质量评估指标体系。质量评估指标的设定应基于对所在国历史、文学、文化样态的充分、全面调研，经过细致的数据分析，做出合理的推理和判断。同时应调动中国和沿线国家一切相关机构的积极主动性，对中国当代文学在落地国传播的隐形现象和隐性数据搜集、分析并论证，因为只有当显性和隐性评估手段协同发挥作用，才能有效确定和精准把握中国当代文学的传播已经处于哪个阶段、是否处于预期阶段，及实现或未能实现预期目标背后的促成因素或阻碍有哪些，从而保证中国当代文学在落地国的传播实现预期效果。

具体参考指标可包括：

（1）中国当代文学译本在所在国的馆藏数量，在当地书店的上架品种、类型、数量等。以法国为例，池莉的小说《云破处》和余华的《兄弟》在法国图书市场销售比较成功，具体累计销量数据可以通过出版统计网站 EDISTAT 查询。

（2）中国当代文学译本在所在国的发行情况，可以判断出所在国对中国当代文学的需求，以及中国当代文学与所在国文学共生环境的生态样貌。具体指标包括：出版机构数量与规模、出版社的知名度与影响力、运行机制、宣传推介的范围与活动形式、出版经费来源、销量、再版情况等。

（3）中国当代作家受邀参加所在国文学活动的人数、次数、效果，文学活动的形式与传播效果的正反比关系等。

（4）建立以所在国语种翻译中国当代文学作品的译者档案，包括：数量、身份、译者本人知名度和社会影响力、译作市场认可度等，以及从中文直接翻译为译入语或从其他语种转译为译入语的情况。

（5）与沿线国家出版社或相关机构合作调研沿线国家图书市场的规模、畅销书类型、定价策略、发行渠道、读者阅读偏好、数字化市场规模等。

第四节 外译质量监管机制是保障

中国当代作家作为中国优秀文化的传承者和当代中国的解说人，与"一带一路"沿线国家的译者、文学代理人、出版人等一道，正合力推动中国当代文学惠泽和润儒不同国家民众，推动中国当代文学与世界不同国家文学互鉴、共进，彼此融合、繁荣共生，最终形成和谐的中外文学生态。

媒体时代，信息无国界，也导致中国当代文学作品外译近几年出现了一个独特又普遍的现象，即针对不同语种国家发行的文学作品很多是"一作多译"，几乎同步在世界多地出版发行。换言之，即一部中国当代文学作品几乎同时被译成不同语种的版本在多个国家和地区出版发行。从影响角度看，不同语种译本密集出版可以造成群帆竞渡、八方呼应之势，对中国当代文学在所在国和地区的规模传播效应大有裨益，效率高、传播快、影响大。但这种传播方式也容易造成"虚假繁荣"现象，容易导致"高产"却不"高质"，或只重产量不重质量。短时间内密集出版同一作品的不同译本，客观上充实了中国当代文学作品走出去的数据，但也会导致对译本质量的淡化和弱化，更会影响中国当代文学译本在海外的有机协调发展，甚至会在一定程度上消解中国文学海外形象的正面建构，影响中国文学海外生长的健康环境。

目前，中国当代文学走出去还属于"贸易逆差"阶段，追求数量是当然之意，但要逐步从追求"数量"到追求"质量"，为此，中国相关机构一定要清醒地认识到这个转变的阶段性和特点，逐步推动实现这个转变，而不是迷醉于实际上是原地打转转的数字增加。换句话说，中国虽然目前主要依赖国外出版社、出版人、译本实现中国当代文学海外传播，但决不能认为形式上走出去就完事大吉了，而是必须从始至终掌握主导整个走出去的过程，坚持质量优先原则，宁可不出去，也不能走出去有损中国形象、中国尊严，否则，非但不能消除反而会加深国外读者对中国文学、文化的误解、误读。

以《为人民服务》为例。目前，这部作品在海外已有很多译本，但从封面和插图来看，很多版本都存在着主观或客观的误读和误解，造成阅读上的误导，影响中国正面形象，主要包括：法国菲利普·毕基耶出版社于 2006 年、2009 年（口袋书）出版的 2 个版本的 *Servir Le Peuple* 的 2 个封面；英国 Little，Brown Book Group 旗下的 Constable & Robinson 2007 年出版的英语版 *Serve the People* 的封面；澳大利亚墨尔本 Text Publishing Company 2007 年出版的英语版的封面；美国格罗夫出版社旗下的 Black Cat 分社 2008 年出版的英语版的封面；西班牙马德里 Ediciones Maeva 出版社 2008 年出版的西班牙语版 *Servir Al Pueblo* 的封面；德国 Ullstein Verlag 出版社 2007 年出版的德语版 *Dem Volke Dienen* 的封面；荷兰舞台社（Uitgeverij Podium）2007 年出版的荷兰语版 *dien het volk* 的封面；法国 Éditions Sarbacane 出版社 2018 年出版的绘本 *Servir Le Peuple* 第 84—85 页的插图等，均传达出对中国军人甚至国家领袖尊严的不同程度的损毁。

不同国家和地区、不同文化背景的读者对中国文学作品内容的理解和文化理解有异，这是客观事实，所以我们并不反对文学作品的不同译本在封面设计、插图等方面呈现所在国的美学趣味，对文学主题做进一步阐释，但这不等于可以以牺牲中国形象和尊严为代价、为迎合低级趣味而主动降低作品的文学品位，一旦出现这种与中国文学作品走出去的初衷相悖现象，相关责任方就要高度重视并主动作为，及时避免或消除相关负面影响，而文学作品的"直系亲属们"更不能装聋作哑，视而不见，充耳不闻。

中国当代作家作品译到海外市场，呈现在国外读者面前的就不仅仅是作家的名片，而是中国文学的名片，更是中国的名片，也理应要在坚持"方向正确"的基础上做到精致、典雅、温和、脱俗，这首先要求作家本人充分发挥主体责任意识，对本人海外出版的译本的封面设计、插图、内容等全程参与，正确选择，充分发挥中国当代作家的主导意识，主动、自觉地承担起传播优秀中华文化的历史使命，批判性地接受海外出版社提出的图书市场营销策略，不为追求海外吸睛度而降低对译本质量的要求，而是应通过翻译进一步优化而非低俗化本人文学作品，不允许译本含有伤风败俗的文化元素，不允许出现有损中国国家形象的粗鄙元素，更不允许对中国政治、社会秩序持批判、背离甚至敌对态度的宣传画、封面、插图、语言和内容现身国外图书市场。虽然市场决定译本的生命，但文化精髓内核决定着译本的寿命，在关注译本销量的同时，更要关注如何促进译本走在正确的道路上，呼吸清新的空气，畅饮清澈的溪水，汲取正能量，在原则问题上决不能妥协和退让。这是中国文学作品在中外文学交流中获得世界价值和永恒价值的根基。

为提高中国当代文学作品面向"一带一路"沿线国家传播的质量，提升传播效果，中国可主导建立一个严格的质量监管体系，科学设计、确立海外出版的中国当代文学作品译本的封面、插图和翻译流程、质量审核等监管制度，保证中国文学作品海外译本翻译质量审核和出版统一标准规范，严把译作审核关，同时针对不同国家的出版发行政策法规做出外外有别的系统规划和差别化设计，对海外出版方兼具约束力和参考价值，只有这样，才能促使中国当代文学作品在海外市场获得持续性发展动力，发挥持续性影响，从而确保向"一带一路"沿线国家读者输出能反映真实中国时代特征的积极、正面的当代优秀文学作品译本。

第五节　建立效果动态跟踪监测机制与大数据库

中国当代文学在沿线国家的传播过程是动态持续的。传播效果弹性空间大、影响因素广，一旦文学作品走出去，就要极力避免"石沉大海"，而是要捕捉石头入水所泛涟漪的频率和幅度，即积极进行动态跟踪监测，掌握作品落地后的各种变化，分析其中的原因，从而扬长避短，及时调整传播策略、保障传播节奏和质量。

动态跟踪监测机制要与中国领导人出访、中外领导人互访、会晤、沿线国家"中国文化年"等相关活动的举办、中国出版机构参加国际书展的规模、中国作为主宾国身份参加国际书展的情况、中外图书博览会的参展情况、中国文学走出去的相关资助政策和项目立项结果等诸多影响元素紧密结合，确保中国当代文学的走出去之路道道车辙，部部作品有迹可循，有史可溯，抓铁有痕。

动态跟踪监测数据要与所在国相关机构合理分享，旨在均衡、合理、科学、有序、有效地传播中国当代文学作品的同时，使所在国认识到中国当代文学作品在其国内的传播处于双方的可控范围，帮助对方认识到接受中国当代文学作品的有利无害性，消除所在国的顾虑，自觉地与中国协同传播中国当代文学。

"一带一路"沿线国家对中国当代文学的关切差异性大，为了实现中国当代文学与"一带一路"沿线国家读者审美习惯精准对焦，应充分利用大数据做系统分析，渐进有序地建立"一带一路"与中国当代文学走出去数据库，包括：沿线国家汉学家和中国文学翻译家数据库、中国文学作品出版社和出版家数据库、中外出版社合作签署备忘录数据库等。同时做好国别研究工作，力争全面掌握"一带一路"倡议实施以来沿线每个国家中国当代文学的销售情况、畅销作品、读者消费趋向、主题偏好、评论反馈等数据。

基于大数据，我们可精准把握沿线各国读者的阅读趣味，指导设计和制定基于"一国一策"的中国当代文学走出去路径、方法、保障手段等，比如，同属东亚文化圈，在朝鲜、韩国、日本和越南等国，中国当代文学作品占有的出版市场份额和产生的影响力并不一致，总体也不理想。在韩国最大的电子书商场 Ridibooks 上，截至 2018 年 7 月，以"모옌、莫言、管谟业"为关键词，仅搜到莫言 2012 年以前出版的 5 部韩语版作品；刘慈欣及《三体》系列在韩国相对更受欢迎；泰国读者更推崇中国侦探推理小说；越南读者则对中国经典作品《红楼梦》《西游记》《三国演义》《孙子兵法》等及古龙、金庸的武侠作品比较熟悉，但目前莫言、刘震云、邱

华栋、安妮宝贝、韩寒等的作品也已在越南与读者见面;日本文学界对中国作家的关注聚焦莫言、阎连科和残雪等。

在欧洲、美洲,情况也类似。法国多家出版商已翻译了莫言作品20多部,西班牙的出版社几乎出版了莫言的所有作品,在波兰最大的电子书商城Empik.com网站上也能搜到莫言、余华、刘慈欣等几位当代作家的作品。裘小龙的侦探推理小说在西班牙、泰国、美国、英国、法国、意大利均同步被翻译出版,发行时间与在中国的出版时间几乎保持一致。余华作品在不同国家的接受情况都不一样:"在法国和德国,最受欢迎的是《兄弟》,在韩国是《许三观卖血记》,在美国就是《活着》。其作品的葡萄牙语版则是先在巴西出版的。"

差异是客观的,一致是罕见的。建立中国当代文学在沿线国家的传播数据库必须基于差异性发现具体差异,针对不同国家的出版市场环境、阅读习惯、审美传统等方面的差异,首先初步搜集整理中外出版家及出版社合作情况、译者及译作信息,然后分类梳理,统计分析,总结译介经验,检验传播效果,具体问题具体分析,边破边立,探索创新传播路径之道。

附录一　部分译者中外文名字对照表

1. 阿根廷

明雷（Miguel Ángel Petrecca）

2. 阿尔巴尼亚

依利亚兹·斯巴修（Iljaz Spahiu）

3. 埃及

（1）阿齐兹（Abd Elaziz Hamdi）
（2）哈赛宁·法赫米·侯赛因（Hassanein Fahmy Hussein）

4. 澳大利亚

西敏（Simon Patton）

5. 保加利亚

韩裴（Petko Todorov Hinov）

6. 比利时

麦约翰（Jan De Meyer）

7. 波兰

（1）卡塔知娜·邵赖克（Katarzyna Sarek）
（2）李周（Małgorzata Religa）

8. 德国

（1）高立希（Ulrich Kautz）
（2）顾彬（Wolfgang Kubin）

9. 俄罗斯

罗子毅（Р.Г.Шапиро/Roman Shapiro）

10. 法国

（1）阿莱克西·布罗索莱（Alexis Brossollet）
（2）安博兰（Bernard Bourrit）
（3）安必诺（Angel Pino）
（4）杜碧姬（Brigitte Duzan）
（5）杜特莱夫妇（Noël et Liliane Durait）
（6）菲奥娜·施·罗琳（Fiona Sze-Lorrain）
（7）傅玉霜（Françoise Naour）
（8）关首奇（Gwennaël Gaffric）
（9）何碧玉（Isabelle Rabut）
（10）黄晓敏（Xiaomin Giafferri — Huang）
（11）金卉（Brigitte Guilbaud）
（12）卡特琳·沙尔芒 (Catherine Charmant)
（13）克洛德·巴彦 (Claude Payen)
（14）柯梅燕（Myriam Kryger）
（15）雷米·马修（Rémi Mathieu）
（16）丽兹·普事隆（Lise Pouchelon）
（17）林雅翎 (Sylvie Gentil)

（18）罗兰（Laurent Chircop-Reyes）

（19）罗玛丽（Marie Laureillard）

（20）玛蒂娜·瓦莱特 - 埃梅里（Martine Vallette-Hémery）

（21）尼考勒·塔农（Nicole Tagnon）

（22）帕斯卡尔·魏古诺（Pascale Wei-Guinot）

（23）热纳耶芙·安博兰（Geneviève Imbot-Bichet）

（24）尚德兰（Chantal Chen-Andro）

（25）邵宝庆（Shao Baoqing）

（26）斯特凡·勒维克（Stéphane Lévêque）

（27）雅克·班巴诺（Jacques Pimpaneau）

（28）伊冯娜·安德烈（Yvonne André）

11. 韩国

（1）崔容晚（최용만）

（2）金泰成（김태성）

（3）全京业（전경업）

（4）沈惠英（심혜영）

12. 荷兰

（1）施露（Annelous Stiggelbout）

（2）哥舒玺思（Anne Sytske Keijser）

（3）林恪（Mark Leenhouts）

（4）郭玫媞（Mathilda Banfield）

（5）马苏菲（Silvia Marijnissen）

13. 加拿大

（1）卡米亚·陈·奥鲁塔德（Karmia Chan Olutade）

（2）石岱仑（达雷尔·斯特尔克，Darryl Sterk）

14. 罗马尼亚

（1）白罗米（Luminiţa Bǎlan）

（2）迪努·路加（Dinu Luca）

（3）鲁贝安（Adrian Lupeanu）

（4）鲁博安（Constantin Lupeanu）

15. 美国

（1）安道（Andrew Jones）

（2）安敏轩（Nick Admussen）

（3）白睿文（Michael Berry）

（4）白雪丽（Shelly Bryant）

（5）白亚仁（Alian H. Barr）

（6）柏艾格 (Steve Bradbury)

（7）何恷（布兰登·欧凯恩，Brendan O'Kane）

（8）葛浩文（Howard Goldblatt）

（9）葛凯伦 (Karen Gernant)

（10）顾爱玲 (Eleanor Goodman)

（11）莫楷 (Canaan Morse)

（12）韩南（Patrick Hanan）

（13）韩依薇（Ari Larissa Heinrich）

（14）何季轩（扎克·哈卢扎，Zac Haluza）

（15）柯夏智（Lucas Klein）

（16）理查德·特诺勒（Richard Tornello）

（17）凌静怡（Andrea Lingenfelter）

（18）罗伯特·哈斯（Robert Hass）

（19）罗鹏（卡洛斯·罗杰斯，Carlos Rojas）

（20）梅丹理（Denis Mair）

（21）乔治·欧康奈尔（George O'Connell）

（22）石江山（Jonathan Stalling）

（23）陶建（艾瑞克·阿布汉森，Eric Abrahamsen）

（24）陶忘机（John Balcom）

（25）温侯廷 (Austin Woener)

（26）奚密（Michelle Yeh）

（27）许博理（Bonnie Huie）

（28）徐穆实（Bruce Humes）

（29）詹姆斯·谢里（James Sherry）

（30）周成荫（Eileen Cheng-yin Chow）

16. 墨西哥

丽莉亚娜·阿尔索夫斯卡（Liliana Arsovska）

17. 日本

（1）吉田富夫（Yoshida Tomio）

（2）谷川毅（Yakawa ishi）

（3）饭塚容（Iizuka Yutori）

18. 瑞典

（1）陈安娜（Anna Gustafsson Chen）

（2）郝玉青（安娜·霍姆伍德，Anna Holmwood）

（3）秦碧达（Britta Kinnemark）

（4）伊爱娃·艾科罗斯（Eva Ekeroth）

19. 塞尔维亚

（1）佐兰（Zoran Skrobanović）

（2）德拉甘·米兰科维奇（Dragan Milenkovic）

20. 泰国

泰国公主诗琳通（Maha Chakri Sirindhorn）

21. 西班牙

（1）阿尔贝托·彭博（Alberto Pombo）

（2）安娜·艾莱纳·苏亚雷斯·吉拉德（Anne-Hélène Suárez Girard）

（3）达西安娜·菲萨克（Ticiana Fisac）

（4）董琳娜（Irene Tor Carroggio）

（5）孔德（Claudia Conde）

（6）罗豹鹿（Pablo Rodríguez Durán）

（7）罗德里格斯（Rodríguez）

（8）左迪·多协（Jordi Doce）

22. 匈牙利

（1）芭尔涛·艾丽卡（Yu-Barta Erika）

（2）陈国（Csongor Barnabás）

（3）姑兰（Kalmár Éva）

（4）拉茨·彼得（Rácz Péter）

（5）苏契·盖佐（Szőcs Géza）

（6）克拉拉·宗博莉（Klára Zombory）

23. 意大利

（1）傅雪莲（Silvia Pozzi）

（2）卡特琳娜（Caterina Viglione）

（3）乐洋（Barbara Lonesi）

（4）李莎（帕特里齐亚·里贝拉蒂，Patrizia Liberati）

（5）米塔/玛利亚·丽塔·马西（Maria Rita Masci）

（6）裴尼柯（Nicoletta Pesaro）

（7）雪莲（费沃里·皮克，Fiori Picco）

24. 印度

（1）茅笃亮（Madhurendra Jha）

（2）普什佩什·潘特（Pushpesh Pant）

25. 英国

（1）狄敏霞（Michelle Deeter）

（2）弗洛拉·德鲁（Flora Drew）

（3）韩斌（尼基·哈尔曼，Nicky Harman）

（4）蓝诗玲（朱丽亚·拉佛尔，Julia Lovell）

（5）罗宾·吉尔班克（Robin Gilbank）

（6）米欧敏（Olivia Miburn）

（7）穆荻（Luisetta Mudie）

327

（8）庞夔夫（克里斯托夫·佩内，Christopher Payne）

（9）蒲华杰（James Trapp）

（10）陶丽萍（Poppy Toland）

（11）托尼·布里森（Tony Blishen）

（12）汪海岚（Helen Wang）

26. 越南

阮丽芝（Nguyễbn Le Chi）

附录二　部分中外合拍影视作品（2013—2018）

1. 中澳合拍电影：《奇妙小镇》，2014；《澳囧奇缘》《最长一枪》，2017；《谜巢》，2018。

2. 中法合拍动画片：《狼图腾》《夜莺》，2014；《雾光巴黎》《昆虫总动员2：来自远方的后援军》《夜孔雀》《勇士之门》，2016；《画框里的女人》，2017；《王子与108煞》，2018。

3. 中韩合拍电影：《分手合约》，2013；《我的早更女友》，2014；《重返20岁》《我是证人》，2015；《功夫机器人》《美好人生》《非常父子档》《舞醒狮》《我的新野蛮女友》，2016；《惊天大逆转》，2017；等等。

4. 中伊（朗）合拍电影：《少林梦》，2015；等等。

5. 中美合拍电影：《太极侠》，2013；《道士下山》《命中注定》《钟馗伏魔：雪妖魔灵》《横冲直撞好莱坞》，2015；《寄居者》《情迷曼哈顿》《疯狂拉力赛》《龙震四海》《蝴蝶效应之重新启动》《来路不明》《醉侠苏乞儿》《擎天无影脚黄麒英》《科学小子席德之博物馆奇幻记》《绝地逃亡》《功夫熊猫3》《摇滚藏獒》《长城》，2016；《英伦对决》《敢问路在何方》《金刚：骷髅岛》，2017；《环太平洋2：雷霆再起》《巨齿鲨》，2018；等等。

6. 中日合拍电影：《101次求婚》，2013；《妖猫传》，2017；等等。

7. 中印合拍电影：《动物也疯狂2》《大唐玄奘》，2016；《功夫瑜伽》《大闹天竺》，2017；等等。

8. 中英合拍电影：《孔子》《三国之最后的勇士》《帽子王》《不速之客》《绝迹》，2016；《地球：神奇的一天》《地球2》《英伦对决》，2017；《赤血伦敦1894》，2018。

9. 中哈（萨克斯坦）合拍电影：《音乐家》，2017。

10. 中意合拍电影：《永恒的瞬间》，2016；《和慧，来自丝绸之路的女高音歌唱家》，2017；等等。

11. 中塞（尔维亚）合拍电影：《萨瓦流淌的方向》，2018。

12. 中捷合拍动画片：《熊猫和小鼹鼠》，2016。

13. 中南（非）合拍电影：《24小时：末路重生》，2018。

14. 中新（西兰）合拍电影：《魔象传说》，2016。

15. 中新（加坡）合拍电影：《戏曲总动员》，2016。

16. 中西合拍电影：《守龙者》和《自行车总动员》，待上映。

17. 中俄合拍电影：《功夫鸭侠》，2016。

18. 中德合拍电影：《萌宠敢死队》，2016。

19. 中加合拍电影：《美猴王：混沌石》，2016。

20. 中沙（特阿拉伯）首部合拍动画片：《孔小西与哈基姆》，2017。

21. 金砖五国合拍电影：《时间去哪儿了》（2017），汇集了巴西《颤抖的大地》、印度《孟买迷雾》、俄罗斯《呼吸》、中国《逢春》和南非《重生》5个真人小故事。

22. 中、美、俄合拍3D动画电影：《超能太阳鸭》，2016。

23. 中、法、德合拍电影：《拉贝日记》，2009。

24. 中、法、日合拍电影：《江湖儿女》，2017。

25. 中、英、新（西兰）合拍电影：《奇迹：追逐彩虹》，2015。

附录三 中国当代小说获奖情况（2013—2018）

1. 白先勇

2017 年，获第 14 届马来西亚"花踪世界华文文学奖"❶。

2. 毕飞宇

2016 年，获"埃及文化最高荣誉奖"。中国作家第一次获得该奖项。

2017 年，获摩洛哥"国家文化最高荣誉奖"。中国作家第一次获得该奖项。

2017 年，获"法兰西文学艺术骑士勋章"。

3. 残雪

2015 年，获"美国纽斯塔特文学奖"提名。

2015 年，《最后的情人》获第 8 届"美国最佳翻译图书奖"，安纳莉丝·芬尼根·瓦斯曼（Annelise Finegan Wasmoen）翻译。中国作家第一次获得该奖项。

2015 年，《最后的情人》入围英国伦敦"独立报外国小说奖"长名单。

4. 郝景芳

2016 年，《北京折叠》获第 74 届"雨果奖"最佳中短篇小说。

5. 劳马

2014 年，获"蒙古国最高文学奖"。中国作家第一次获得该奖项。

---

❶ "花踪世界华文文学奖"有马来西亚最高华人文学奖的美誉。

6. 刘慈欣

2014年，《三体》获美国科幻奇幻协会"星云奖"提名。

2015年，《三体》获第73届"雨果奖"最佳长篇故事奖。中国作家第一次获得该奖项，也是亚洲人首次获得该奖。

2015年，获第六届"全球华语科幻文学最高成就奖"，并被授予特级华语科幻星云勋章。

2016年，《三体》获西班牙语世界第二大幻想文学奖项"凯文奖"最佳国际科幻小说奖。

2017年，《三体》获"伊格诺特斯奖"最佳国外长篇小说奖。

2017年，《三体III：死神永生》获美国"轨迹奖"最佳长篇科幻小说奖、"雨果奖"提名。

2018年，获年度美国"克拉克想象力服务社会奖"，表彰其在科幻小说创作领域做出的贡献。

7. 刘庆

2018年，《唇典》获第7届"红楼梦奖"（"世界华文长篇小说奖"）。

8. 刘震云

2016年，获"埃及文化最高荣誉奖"。
2017年，获摩洛哥"国家文化最高荣誉奖"。
2018年，获"法兰西文学艺术骑士勋章"。

9. 麦家

《解密》英语版成为"企鹅经典"文库收录的第一位也是唯一一位中国当代作家。

2014年,《解密》被英国的《经济学人》杂志评为"全球年度十佳小说"。

2015年,《解密》获美国华人图书馆员协会(CALA)最佳图书奖。

2017年,《解密》被英国《每日电讯报》评为"全球史上最佳20部间谍小说"。

10. 王安忆

2013年,获"法兰西文学艺术骑士勋章"。

2017年,获美国"纽曼华语文学奖"。

11. 吴明益

2018年,《单车失窃记》入围"曼布克国际文学奖"长名单。

12. 徐小斌

2014年,《炼狱之花》获第2届加拿大"国际大雅风华语文学奖"小说奖首奖。

2016年,《水晶婚》获美国奥本海默基金"新兴之声奖"提名。

13. 阎连科

2013年,获得第12届马来西亚"花踪世界华文文学奖";小说《丁庄梦》入围英国"独立报外国小说奖"短名单,入围"英仕曼亚洲文学奖"。

2013年,获"曼布克国际文学奖"提名,并且进入最终决选名单。

2014年,捷克语版的《四书》获"卡夫卡文学奖"。

2015年,《受活》日文版获日本"国际推特(Twitter)文学奖"首奖❶。亚洲作家首获该奖项。

2016年,《四书》入围英国"独立报外国小说奖"短名单,入围"曼布克国际

---

❶ Twitter文学奖是日本民间发起的文学奖,其特别之处在于,作家和文学评论家不能参加投票,投票的都是文学爱好者。

文学奖"短名单；《日熄》获中国香港第 5 届"红楼梦奖"首奖。

2016 年，《四书》获美国奥本海默基金"新兴之声奖"提名。

2017 年，小说《炸裂志》入围英国"独立报外国小说奖"长名单。

2017 年，英文版《炸裂志》第三次获"曼布克国际文学奖"提名。

14. 余华

2014 年，获意大利"朱塞佩·阿切尔比国际文学奖"。

2016 年，《第七天》获美国奥本海默基金"新兴之声奖"提名。

2018 年，《第七天》获意大利"Bottari Lattes"文学奖。

15. 朱天文

2014 年，获第 4 届美国"纽曼华语文学奖"。

附录四　版权输出的中国当代文学作品（2014—2018）

一、中国当代诗歌

2014 年

杨若鹏《生之瞭望》(*The Outlook of Life*)、赵兴中《花动摇》(*The Flower Swaying*) 和紫影（原名陈尧英）《藏香》(*Tibetan Incense*)，均为中国香港环球文化出版社出版的汉英对照版诗集，译者苏菲。

2015 年

1. 黄亚洲、子午、杨克、唐毅、野鬼、王小敏、马启代、二月蓝、赖廷阶、何兆轮等：中、英、俄语对照版《中国当代十家诗人诗选》(*Anthology of Top Ten Poets in Contemporary China /Антология Десяти Выдающихся Современных Поэтов Китая*)，中国香港环球文化出版社出版，中国翻译家张智中等英译，俄罗斯当代著名诗人、翻译家阿道夫·斯维德柴可夫（Adolf P. Shvedchikov）俄译。该诗选收录了10位颇具影响力和实力的诗人诗作。

2. 绿袖子：汉英对照诗集《异调》(*Different Tunes*)，中国香港环球文化出版社出版，译者苏菲。

3. 杨昊成主编：英语版杂志《中华人文》(*Chinese Arts & Letters*)，南京师范大学出版社出版。

① 2015 年第 2 卷第 1 期收录韩东《诗十首》(*Ten Poems*)，包括《起雾了》(*The Mist Has Risen*)、《顺着枯草中的马粪》(*Horse Dung in a Tuft of Dry Grass*)、《分割之诗》(*A Poem of Splitting*)、《皓月》(*Bright Moon*)、《一只脚》(*A Foot*)、《今春》(*This Spring*)、《烧纸的老太》(*The Old Lady Burning Paper*)、《晦涩》(*A Puzzle*)、《音乐》(*Music*) 和《善始善终》(*A Good Beginning, a Good Ending*)，译者韩斌。

② 2015 年第 2 卷第 2 期收录黄凡《诗十首》(Ten Poems)，包括《词汇表》《秋天让人静》《蝙蝠》《中年》《祖国》《记忆》《城市之歌》《郊游》《家乡》《简体与繁体》，译者石峻山（Josh Stenberg）。

4. 施战军主编：《人民文学》杂志英语版《路灯》(Pathlight: New Chinese Writing) 于 2015 春季版刊登多位诗人作品，外文出版社出版。此处仅列举少量诗作：

① 海子诗作 4 首：《秋》(Autumn)、《大草原，大雪封山》(On the Great Plain a Great Snow Seals Off the Mountain)、《天鹅》(Swan) 和《葡萄园之西的话语》(Words West of the Vineyard)，译者顾爱玲。

② 骆一禾诗作 4 首：《下雪和下雪》(Snowing and Snowing)、《月亮》(The Moon)、《白虎》(White Tiger) 和《大河》(The Great River)，译者 Karmia Olutade。

2016 年

1. 杨昊成主编：英语版杂志《中华人文》(Chinese Arts & Letters) 于 2016 年第 3 卷（全 1 卷）收录张羊羊《诗九首》(Nine Poems)，南京师范大学出版社出版。

2. 张智与赖廷阶联袂主编：英语版《世界诗歌年鉴 2015》(World Poetry Yearbook 2015)，中国香港环球文化出版社出版，译审为张智中和美国诗人 Aaron Anthony Vessup。共收录来自 101 个国家和地区的 221 位知名诗人与实力诗人的诗作，收录曹谁、野鬼、二月蓝、黄明祥、简明、赖廷阶、黎启天、李尚朝、刘晓箫、马慧聪、马启代、南鸥、潇潇、徐春芳、之道等 15 位中国诗人的诗作。

2017 年

1. 梁秉钧、曹疏影、陈灭、钟国强、黄灿然、饮江、廖伟棠、杜家祁、王良和、胡燕青：中英双语版《渡·中国香港当代诗人十家》(Crossing the Harbour: Ten Contemporary Hong Kong Poets)，中国香港穿山甲之屋出版，美国诗人乔治·欧康纳尔和中国诗人史春波合译完成。诗选收录上述 10 位中国香港诗人诗作。

2. 杨昊成主编：英语版杂志《中华人文》(*Chinese Arts & Letters*)，南京师范大学出版社出版。

① 2017 年第 4 卷第 1 辑收录李朝润《诗三首》(*Three Poems*)。

② 2017 年第 4 卷第 2 辑收录车前子《诗八首》(*Eight Poems*)。

2018 年

1. 中国香港蔡丽双（又名丽莎）、二月蓝主编：混语版《世界诗人季刊》(*The World Poets Quarterly*) 于 2018 年 11 月总第 92 期刊登二月蓝《记住闪电》(外三首)、赖廷阶《我愿……》(外四首)、野鬼《鬼城镜像》(外一首)、新疆诗人秦川《平朔矿区的故事》、中国香港诗人蔡丽双《梦思》(组章)、闫丽欣《这个季节 打了个喷嚏》、崔荣德《两只蟋蟀》、艾蒿《烧鱼头》(外五首)、落葵《怪异之蓝》、徐春芳《疑问》(外一首)、梁积林《内心的敦煌》(组诗)、朱立坤《寓意》(外二首)、朱积《夕阳边》(外三首)、中国香港诗人秀实《坏人》、木兰《敦煌的月牙泉》、李志亮《吾乡》(组诗)、童天鉴日《然后呢?》、三色堇《大海，向东》、周毓明《壮怀曲》(诗剧，连载) 和涂拥《狮子》(外一首)，中国香港环球文化出版社出版。

2. 赖廷阶和张智联袂主编：英语版《当代国际诗坛（第一卷）》(*Contemporary International Poetry I*)，中国香港环球文化出版社出版，张智中译审。诗选共收录来自 29 个国家 36 位知名诗人与实力诗人的英文诗作，其中中国诗人的诗作有：野鬼诗 5 首，段广安诗 7 首，二月蓝诗 5 首，赖廷阶诗 8 首。

3. 杨昊成主编：英语版杂志《中华人文》(*Chinese Arts & Letters*)，译林出版社出版。

（1）2018 年第 5 卷第 1 辑收录叶弥、胡弦等诗人的诗作，主要包括：

叶弥：《明月寺》(*Bright Moon Temple*)，译者 Ella Schwalb；《雪花禅》(*Snowflake Meditation*) 和《香炉山》(*Mount Xianglu*)。

张学昕：对叶弥诗歌的评论 *The Enlightened Way of Fiction*。

金莹：对叶弥的访谈 *An Interview with Ye Mi*。

胡弦：《诗》(*Poems*)。

（2）2018年第5卷第2辑收录徐泽《诗九首》(*Nine Poems*)。

二、中国当代小说

2014年

1. 安蔚：英语版电子杂志《汉语世界》(*The World of Chinese*)于2018年10月14日刊登《灯塔》(*Lighthouse*)，商务印书馆《汉语世界》杂志社主办，译者梅皓(Moy Hau)。

2. 陈希我：英语版《冒犯书》(*The Book of Sins*)，中国香港Make-do Publishing出版，译者韩斌。

3. 迟子建：西班牙语版长篇小说《额尔古纳河右岸》(*A La Orilla Derecha Del Rio Argun*)，五洲传播出版社出版，译者Fernando Esteban Serna等。

4. 韩少功：繁体中文版《革命后记》，中国香港牛津大学出版社出版。

5. 何家弘：西班牙语版《血之罪》(*Crimen De Sangre*)，五洲传播出版社出版，译者罗德里格斯。

6. 麦家：2部作品均由五洲传播出版社出版。

① 西班牙语版《解密》(*El don*)，译者孔德。

② 西班牙语版《暗算》(*En La Oscuridad*)，译者刘建。

7. 莫言：

① 繁体中文版《檀香刑》《生死疲劳》和《蛙》，均由中国台湾麦田出版社出版。

② 繁体中文版《球状闪电》，中国台湾Catcher Press出版。

8. 荞麦：英语版电子杂志《汉语世界》(*The World of Chinese*)于2014年8月24日刊登《金鱼》(*The Goldfish*)，商务印书馆《汉语世界》杂志社主办，译者刘珏。

9. 史铁生：西班牙语版《我与地坛》(*El Templo De La Tierra Y Yo*)，五洲传播出版社出版，译者哈维尔和孙新堂。

10. 施战军主编：《人民文学》杂志英语版《路灯》(*Pathlight: New Chinese Writing*)于2014秋季版刊登阿来等作家作品，外文出版社出版。主要包括：

① 阿来：短篇小说《阿古顿巴》(*Aku Tonpa*)，译者Jim Weldon。

② 女作家陈谦：短篇小说《下楼》(*Coming Downstairs*)，译者罗福林。

③ 格非：短篇小说《凉州词》(*Song of Liangzhou*)，译者David Haysom。

④ 李敬泽：小说《赵氏孤儿》(节选)(*The Orphan of Zhao*)，译者莫楷。

⑤ 徐则臣：短篇小说《雪夜访戴》(*Visiting Dai on a Snowy Evening*)，译者陶建。

⑥ 张炜：短篇小说《王血》(*King's Blood*)，译者陶建。

11. 铁凝：英语版《麦秸垛》(*Haystacks*)，外文出版社出版，译者美国汉学家梅丹理(Denis Mair)。属于中国文学大家译丛系列丛书。

12. 王安忆：3部西班牙语版作品均由五洲传播出版社出版。

① 《小城之恋》(*Amor en un Pequeño Pueblo*)，译者桑迪。

② 《荒山之恋》(*Amor en una Colina Desnuda*)。

③ 《锦绣谷之恋》(*Amor en una Colina Desnuda*)。

13. 丽莉亚娜·阿索夫斯卡编：西班牙语版《中国当代短篇小说选》(*Vidas: Cuentos de China Contemporánea*)，五洲传播出版社出版。收录作家作品包括毕飞宇《哺乳期的女人》(*En la lactancia*)、毕淑敏《天衣无缝》(*El atuendo celestial sin costuras*)、陈冉《El joven y el perro》、陈彤《La prueba》、唐晓玲《Manita de gato》、蒋丽敏《Piedra azarosa》、乔叶《取暖》(*Por un poco de calor*)、苏童《拾婴记》(*Hija adoptiva*)和《已婚男人》(*Un hombre casado*)、王蒙《冬天的话题》(*La temática del invierno*)、张抗抗《富人阿金》(*A Jin, el magnate*)、阿来《月光下的银匠》(*El arcoíris o el halo de Buda*)、刘庆邦《城市生活》(*La vida en la ciudad*)和史铁生《命若琴弦》(*La vida en la cuerda*)。

14. 徐则臣：西班牙语版《跑步穿过中关村》(*Corriendo Por Beijing*)，五洲传播出版社出版，墨西哥译者乔维内（Maria Andrea Giovine）翻译。

15. 杨昊成主编：英语版杂志《中华人文》（Chinese Arts & Letters），南京师范大学出版社出版。

（1）2014年第1卷第1期收录毕飞宇等作家作品，主要包括：

① 毕飞宇：短篇小说《哺乳期的女人》（The Lactating Woman），译者陶建；《怀念妹妹小青》（My Sister Xiaoqing），译者 Kay McLeod；《相爱的日子》（Love Days），译者 Jesse Field。

② 苏童：短篇小说《拾婴记》（The Foundling），译者 Florence Woo；《上龙寺》（Rising Dragon Temple），译者 Kim Gordon。

③ 范小青：短篇小说《我们都在服务区》（We Are all in the Service Area），译者白雪丽；《梦幻快递》（The Hallucinated Courier），译者 Edward Allen。

④ 庞培：散文《童年的三种声音》（Childhood's Three Voices），译者白雪丽。

⑤ 舒晋瑜：对苏童的采访 A Screaming Child, An Enchantment: A Conversation with Su Tong，译者梅丹理。

⑥ 施战军：文章 Restrained but Passionate Narrative: A Study of Bi Feiyu，译者梅丹理。

⑦ 王彬彬：文章 Obsevations on Rhetorical Art in Bi Feiyu's Fiction，译者梅丹理。

（2）2014年第1卷第2期收录黄蓓佳等作家作品，主要包括：

① 黄蓓佳：长篇小说《家人们（节选）》[Family Members（Excerpts）]，译者石峻山（Josh Stenberg）。

② 晓华、汪政：对黄蓓佳作品的评论：《家人们：黄蓓佳小说论》（One Fabulous Family: On the Novels of Huang Beijia），译者方哲昇。

③ 舒晋瑜：对黄蓓佳的采访"After 40, Memory Is Still Engraved on My Heart"：Interview with Huang Beijia，译者方哲昇。

④ 葛浩文：文章 How Can Chinese Literature Reach a World Audience？。

⑤ 鲁敏：短篇小说《谢伯茂之死》(*Xie Bomao, R.I.P.*)，译者汪海岚。

⑥ 朱辉：短篇小说《郎情妾意》(*The Perfect Match*)，译者陶建。

⑦ 叶弥：短篇小说《亲人》(*Family*)，译者 Florence Woo。

⑧ 黑陶：散文《酒席》(*The Kitchen*)、《古龙窑》(*Ancient Dragon Kiln*) 和《瞬间》(*A Moment*)，译者均为白雪丽。

16. 扎西达娃等：英语版藏族作家短篇小说选《天堂的隔壁》(*Neighbor of the Paradise: Selected Short Stories by Tibetan Writers*)，五洲传播出版社出版。收录扎西达娃《西藏，系在皮绳结上的魂》(*Tibet-A Soul Tied on a Leather Knot*) 等 15 篇知名西藏作家的中、短篇小说代表作。

17. 朱岳：英语版电子杂志《汉语世界》(*The World of Chinese*) 于 2014 年 7 月 6 日刊登《说部之乱》(*Chaos of Fiction*)，商务印书馆《汉语世界》杂志社主办，译者刘珏。

18. 陕西省作家协会编：西班牙语版《陕西作家短篇小说选》(*Tierra Antigua Nuevas Historias: Los 20 Mejores Cuentos de los Escritores de Shaanxi*)，五洲传播出版社出版，墨西哥译者卢尔德斯翻译。小说选收录陈忠实、贾平凹、路遥、叶广岑等 20 位陕西作家短篇小说，属于"中国当代文学精选"丛书。

2015 年

1. 毕飞宇：西班牙语版《青衣》(*La Ópera De La Luna*)，五洲传播出版社出版，墨西哥译者赫尔南德斯（Demetrio Ibarra Hernández）翻译。

2. 曹保印：西班牙语版《快跑！妈妈牛》(*Corre, Vaquita Mamá*)，五洲传播出版社出版，译者徐颖丰。

3. 曹文轩：英语版《大王书：黄琉璃》(*Legends of the Dawang Tome: The Amber Tiles*)，天天出版社出版，译者 Nicholas Richards。

4. 存文学：西班牙语版《碧落雪山》(*Las Zarcas Nieves De Biluo*)，五洲传播出版社出版，译者 Tatiana Svákhína。

5. 韩少功：西班牙语版《爸爸爸》(*PA PA PA*)，五洲传播出版社出版，译者姚云青。

6. 何家弘：西班牙语版《人生黑洞》(*Crímenes Y Delitos En La Bolsa*)，五洲传播出版社出版，译者罗德里格斯。

7. 劳马：英语版《个别人》(*Individuals*)，中国香港 Make-do Publishing 出版，译者 Li Qisheng 和 Li Ping。

8. 刘震云：西班牙语版《我不是潘金莲》(*Yo no soy una mujerzuela*)，五洲传播出版社出版，译者墨西哥翻译家丽莉亚娜·阿索夫斯卡。是"中国当代文学精选"（西语版）系列丛书之一。

9. 莫言：西班牙语版《师傅越来越幽默》(*Shifu, Harías Cualquier Cosa por Divertirte*)，五洲传播出版社出版。

10. 慕容雪村：英语版《原谅我颠倒红尘》(*Dancing Through Red Dust*)，中国香港 Make-do Publishing 出版，译者 Harvey Thomlinson。

11. 施战军主编：《人民文学》杂志英语版《路灯》(*Pathlight: New Chinese Writing*) 于 2015 春季版刊登了多位作家短篇小说的英译本和对中国作家的采访，此处仅列举几位作家作品和访谈：

① 吴明益：短篇小说《死亡是一只桦斑蝶》(*Death is a Tiger Butterfly*)，译者达雷尔·斯特尔克（石岱仑）。

② 邓一光：短篇小说《狼行成双》(*Wolves Walk Atwain*)，译者 Cara Healey。

③ 孙一圣：短篇小说《猴者》(*Apery*)，译者韩斌。

④ 刘亮程：小说《一个人的村庄》(节选)(*A Village of One*)，译者 Joshua Dyer 等。

⑤ Jim Weldon：对作家刘亮程的采访 *Interview with Liu Liangcheng*，英译者 Roddy Flagg。

12. 王海：英语版《城市门》(*City Gates*)，五洲传播出版社出版，译者张同让。

13. 杨昊成主编：英语版杂志《中华人文》(Chinese Arts & Letters)，南京师范大学出版社出版。

（1）于2015年第2卷第1期收录叶兆言等作家作品，主要包括：

① 叶兆言：短篇小说《左轮三五七》(Police Python 357)，译者汪海岚；《作家林美女士》(The Writer Ms. Lin Mei)，译者Jesse Field；《凶杀之都》(Murder Capital)，译者Shelly Bryant。

② 阎晶明对叶兆言作品的评论《耐得住寂寞的叙述——我看叶兆言的小说》(Bear the Loneliness of a Narrator—On Reading Ye Zhaoyan's Fiction)。

③ 曹寇对叶兆言的采访《写作能给你带来快乐——对话叶兆言》(The Pleasure that Writing Brings Me. An Interview with Ye Zhaoyan)。

④ 丁捷：长篇小说《依偎（节选）》[Snuggling (excerpt)]，译者Fernando Arrieta和Shaomian Deng。

⑤ 徐则臣：短篇小说《镜与刀》(The Mirror and the Knife)，译者Florence Woo；短篇小说《九年》(Nine Years)，译者Florence Woo。

⑥ 庞余亮：短篇小说《洞穴》(The Crevice)，译者Kim Hunter Gordon。

⑦ 陶文瑜：散文《准备读点散文》(Preparing to Read Some Prose)、《回忆滋味》(The Flavor of Remembering) 和《四月十四日》(Four-Fourteen)，译者均为Shelly Bryant。

（2）2015年第2卷第2期收录范小青等作家作品，主要包括：

① 范小青：短篇小说《城乡简史》(City Living, Country Living)，译者Florence Woo；《鹰扬巷》(Ying Yang Alley)，译者汪海岚；《生于黄昏或清晨》(Born in an Unknown Hour)，译者白雪丽。

② 戴来：短篇小说《准备好了吗？》(Are You Ready)，译者Natascha Bruce。

③ 王大进：短篇小说《姑姑的背后》(My Auntie's Story)，译者Florence Woo。

④ 燕华君：短篇小说《音乐之缘》(Musical Destiny) 和《父亲的爱》(Most Beloved Father)，译者均为程异。

14. 叶多多：西班牙语版《澜沧拉祜女子日常生活》(*La vida cotidiana de las mujeres Lahu de Lancang*)，五洲传播出版社出版，墨西哥译者马安娜（Adriana Martínez González）翻译。

15. 周大新：

① 西班牙语版《安魂》(*Réquiem*)，五洲传播出版社出版，译者 Mónica Ching Hernández。

② 西班牙语版《银饰》(*Joyas de Plata*)，五洲传播出版社出版，译者 Teresa I. Tejeda Martín 和 Miguel Espigado。

16. 周嘉宁：英语版电子杂志《汉语世界》(*The World of Chinese*) 于 2015 年 2 月 23 日刊登《轻轻喘出一口气》(*Let It All Go*)，商务印书馆《汉语世界》杂志社主办。

2016 年

1. 杜文娟：英语版《阿里阿里》(*Tales from Tibet*)，中国出版集团中译出版社出版，译者 Sophie Murten。

2. 中国香港女作家韩丽珠：英语版小说《风筝家族》(*The Kite Family*)，中国香港瞄出版社出版，译者凌静怡。

3. 著名法学家何家弘：探案作品英语版 2 部，均由 Penguin Books China 出版。

①《血之罪》(*Hanging Devils*)，译者 Duncan Hewitt。2012 年初版、2016 年再版；

②《性之罪》(*Black Holes*)，译者钟佳莉。

4. 施战军主编：《人民文学》杂志英语版《路灯》(*Pathlight*: *New Chinese Writing*) 于 2016 夏季版刊登次仁罗布《绿度母》(*Green Tara*)，外文出版社出版。

5. 宋耕、杨庆祥编：中英双语版作品选《听盐生长的声音——八零后短篇小说集》(*The Sound of Salt Forming*: *Short Stories by the Post—80s Generation in China*)，外语教学与研究出版社出版。作品选收录 16 位 80 后知名作家的短篇小说，包括张悦然《家》(Home)，译者宋耕；笛安《塞纳河不结冰》(The River Seine Does Not Freeze)，译者 Eva Shan Chou；颜歌《悲剧剧场》(The Tragedy Theater)，译者 Darrell Dorrington 和 Binbin Fan；甫跃辉《巨象》(The Giant Elephant)，译者 Darrell Dorrington；周嘉宁《密斯特保罗》(Mr. Paolo)，译者 Andrew Chubb；马小淘《毛坯夫妻》(Roughcast Couple)，译者 Lillian Guth；苏瓷瓷《李丽妮，快跑！》(Run！Li Lini，Run！)，译者 Eva Shan Chou；手指《我们干点什么吧》(Let's Do Something！)，译者 Birgit Linder；苏德《戒·子》(Of Rings and Sons)，译者 Pamela Hunt；张怡微《最慢的是追忆》(Some Reluctant Recollections)，译者 Pei-yin Lin；王威廉《听盐生长的声音》(The Sound of Salt Forming)，译者 Steven Day；郑小驴《飞利浦牌剃须刀》(The Philips Electric Razor)，译者 Thomas Moran；殳俏《厚煎鸡蛋卷》(Thick Fried Omelette)，译者 Kyle Anderson；及飞氘、郝景芳和陈楸帆著的 3 篇科幻作品。

6. 王晓方：英语版《公务员笔记》(The Civil Servant's Notebook)，Penguin Books China 出版。

7. 吴明益：繁体中文版《复眼人》，中国台湾新经典图文传播有限公司出版。

8. 谢文纬：英语版《那年那月人马情》(A Man and His Horse)，中国新世界出版社出版。

9. 阎连科：英语版《耙耧天歌》(Marrow)，Penguin Books China 出版，译者罗鹏。系"Penguin Specials"系列作品。

10. 杨昊成主编：英语版杂志《中华人文》(Chinese Arts & Letters) 于 2016 年第 3 卷（全 1 卷）收录鲁敏等作家作品，南京师范大学出版社出版。主要包括：

① 鲁敏：《西天寺》(Paradise Temple)、《徐记鸭往事》(The Past of Xu's Duck) 和《大宴》(The Banquet)。

② 鲁敏：演讲稿《并非傲慢，或有偏见》(Neither Proud nor Prejudiced)。

③ 张莉：对鲁敏作品的评论《探取暗疾之景——鲁敏论》(Finding New Views on Unmentionable Diseases：On the Fiction of Lu Min)。

④ 刘庆邦：短篇小说《不是插曲》(Not Just a Little Ditty)。

⑤ 孙频：短篇小说《相生》(Shadow)。

⑥ 鲍尔吉·原野：散文《大姑姥爷》(My Great-Uncle)。

11. 张海迪：英语版《绝顶》(The Topmost)，五洲传播出版社出版。系中国当代文学作品精选。

12.《中国文学陕西卷》编委会编写：俄语版《中国文学陕西卷上、下》(Китайская литература：Шэньси ЧАсть I & II)，新世界出版社出版。

2017 年

1. 阿来：英语版《空山（第1部）》(Hollow Mountain (Part One))，中译出版社出版。

2. 铁头（原名刘帅）：英语版电子杂志《汉语世界》(The World of Chinese) 于2017年9月3日刊登《猪头小店》(The Pig Head Diner)，商务印书馆《汉语世界》杂志社主办，译者梅皓。

3. 杨昊成主编：英语版杂志《中华人文》(Chinese Arts & Letters)，南京师范大学出版社出版。

（1）2017年第4卷第1辑收录赵本夫等作家作品，主要包括：

① 赵本夫：《天下无贼》(A World without Thieves)、《鞋匠与市长》(The Cobbler and the Mayor) 和《临界》(On the Verge)。

② 吴秉杰：对赵本夫作品的评论 On Zhao Benfu。

③ 沙家强：对赵本夫的访谈 How Does Literature Present Memory—An Interview with Zhao Benfu。

④ 朱辉：短篇小说《要你好看》(Just You Wait)、《吐字表演》(Lip Service)。

⑤ 余一鸣：短篇小说《稻草人》(The Straw People)。

⑥ 徐风：散文《仕与途》和《想要的生活》(The Life I Want)。

（2）2017年第4卷第2辑收录周梅森等作家作品，主要包括：

① 周梅森：小说《人民的名义（节选）》(*In the Name of the People*) 和《向老巴尔扎克致敬》(*A Tribute to Balzac*)。

② 贺绍俊对周梅森小说的评论 *From New Historical Fiction to New Political Fiction—A Study Guide to Zhou Meisen*。

③ 舒晋瑜对周梅森的采访 *Zhou Meisen: One Step Closer to Balzac*。

④ 毕飞宇：短篇小说《男人还剩什么》(*Leftover Man*) 和《地球上的王家庄》(*Wang Family Village, the World*)。

⑤ 叶兆言：短篇小说《夜游者侯冰》(*The Nighthawk*) 和《紫霞湖》(*Purple Cloud Lake*)。

⑥ 赵翼如：散文《伸向夜空的小手》(*The Little Hand Reaching for the Night Sky*)。

4. 张炜：西班牙语版《古船》(*El Barco Antiguo*)，五洲传播出版社出版，译者卡多纳。

5. 周宏翔：英语版电子杂志《汉语世界》(*The World of Chinese*) 于2017年2月1日刊登《小姐，你要看个手相吗》(*Lady, Do You Want Your Palm Read？*)，商务印书馆《汉语世界》杂志社主办，译者梅皓。

6. 中国香港笔会文集（PEN Hong Kong）汇编：英语版《中国香港二十——反思回归来廿载》(*Hong Kong 20/20: Reflections on a borrowed place*)，收录中国香港作家的散文、诗歌、小说及书作，中国香港 Blacksmith Books 出版。

2018年

1. 包慧怡：英语版文学杂志 *Spittoon Literary Magazine* 于2018年夏季刊第4期刊登《地下室手记》(*Notes from the Underground*❶)，北京 Spittoon 出版，译者

---

❶ http://spittooncollective.com/magazine/

Feng Tianyi 和 David Huntington。

2. 中国香港作家董启章：英语版《天工开物·栩栩如真》（*The History of the Adventures of Vivi and Vera*），中国香港瞄出版社出版，译者邱伟平。

3. 姜子健：英语版电子杂志《汉语世界》（*The World of Chinese*），商务印书馆《汉语世界》杂志社主办。

① 2018 年 6 月 3 日刊登《我从未稳操胜券》（*I've Never Had a Winning Ticket*），译者梅皓。

② 2018 年 6 月 10 日刊登《鸽子与流浪汉》（*The Pigeon and the Bum*），译者梅皓。

4. 九丹：英语版《大使先生》（*The Embassy's China Bride*），香港 Yat Yuet Publication Company 出版，美国翻译家徐穆实翻译。

5. 李洱：英语版《1919 年的魔术师》（*The Magician of 1919*），中国香港 Make-do Publishing 出版，译者 Jane Weizhen Pan 和 Martin Merz。2012 年初版，此次为 Kindle Edition。

6. 夕人：英语版电子杂志《汉语世界》（*The World of Chinese*）于 2018 年 3 月 10 日刊登《教授之死》（*Death of A Professor*），商务印书馆《汉语世界》杂志社主办，译者梅皓。

7. 杨昊成主编：英语版杂志《中华人文》（*Chinese Arts & Letters*），译林出版社出版。

（1）2018 年第 5 卷第 1 辑收录庞羽、费振钟等作家作品，主要包括：

① 庞羽：《福禄寿》（*Wealth, Blessings and Longevity*）。

② 费振钟：散文《青石小街》（*Bluestone Alleys*）和《古村的雨》（*Rain in the Old Village*）。

（2）2018 年第 5 卷第 2 辑收录贾平凹等作家作品，主要包括：

① 贾平凹：《秋天》（*Autumn*）、《土炕》（*The Brick Bed*）和《制造声音》（*Trees Can Talk！*）。

② 杨乐生对贾平凹作品的评论 *A Fixed Star in the Literary Firmament*。

③ 舒晋瑜对贾平凹的访谈 *An Interview with Jia Pingwa*。

④ 姜琍敏：短篇小说《胥阿姨》(*Auntie Xu*)。

⑤ 胡学文：短篇小说《在高原》(*On the Plateau*)。

⑥ 葛水平：短篇小说《我望灯》(*I See the Light*)。

⑦ 塞壬：散文《声嚣》(*Clamour*)。

8. 伊北：英语版电子杂志《汉语世界》(*The World of Chinese*) 于2018年9月8日刊登《我爱蜘蛛侠》(*I Love Spider-Man*)，商务印书馆《汉语世界》杂志社主办，译者梅皓。

2019 年

1. 阿乙：英语版《早上九点叫醒我》，郝玉青翻译，待出版。

2. 迟子建：英语版《晚安玫瑰》(*Goodnight, Rose*)，Penguin Books China 出版，译者陶丽萍。

3. 贾平凹：英语版《老生》，英国译者庞夔夫翻译；英语版《秦腔》，正在翻译中。

4. 盛可以：英语版《野蛮生长》(*Wild Fruit*)，Penguin Books China 出版，译者白雪丽。

附录五　中国科幻文学在海外

在中国当代文学走出去的浩瀚星辰中，科幻文学是一颗耀眼的明珠。随着诸多中国科幻文学作家获得国际大奖，中国的科幻文学作品无疑已经成为了中国当代文学的新名片。

严锋认为，刘慈欣之所以能单枪匹马把中国科幻文学拉到世界高度，是因为他的作品中包含了中国人对现实危机的异质想象，并把这种想象推进到生存的高度。人类要想不被毁灭，只有在危机意识中不断进化，才能在不可预知的未来赢得新的生存空间。科幻文学在宏大的文学叙事背后，借力科学的实证功能满足人的精神需求，是人类敬畏和超越科学之后急切寻求的人文关怀。这是科幻文学的最大意义。

2014 年

1. 陈楸帆等：

① 日语版科幻杂志 *S-F マガジン* 于 2014 年 5 月号（第 55 卷 698 期）以"非英語圈 SF 特集"为主题刊登日语版《鼠年》(*鼠年*)，日本最大的科幻作品出版社早川书房（早川書房）出版。

② 英语版美国科幻奇幻杂志 *Lightspeed* 于 2014 年 3 月第 46 期刊登《猫的鬼魂》(*The Mao Ghost*)，美籍华裔英文科幻小说作家刘宇昆（Ken Liu）翻译；此外，刊登 Robyn Lupo 对陈楸帆的采访 *Author Spotlight: Chen Qiufan*。

③ 陈楸帆、夏笳：英语版科幻作品选 *Upgraded* 于 2014 年 9 月刊登陈楸帆《天使之油》(*Oil of Angels*) 和夏笳《童童的夏天》(*Tongtong's Summer*)，美国 Wyrm Publishing 出版，译者刘宇昆。

2. 程婧波：英语版美国科幻杂志 *Clarkesworld Magazine* 于 2014 年 1 月刊（第 88 期）刊登《萤火虫之墓》(*Grave of the Fireflies*)，美国 Wyrm Publishing 出版，并在同期博客（*Clarkesworld Magazine Podcast*）网页中提供数字音频（Digital

Audio）。

3. 韩松：日本中国现代文学翻译会（中国現代文学翻訳会）主编的日语版文学刊物《中国现代文学》(*中国現代文学*) 第 13 期收录《再生砖》(*再生レンガ*)，日本ひつじ書房出版。

4. 金涛：中英对照版《月光岛》(*Moonlight Island*)，科学普及出版社出版，译者温绍贤。系"中国科幻小说精选"系列作品之一。

5. 刘慈欣：

（1）波兰语版科幻作品选 *Kroki w nieznane：Almanach fantastyki 2014* 收录《流浪地球》(*Wędrująca Ziemia*)，波兰 Solaris Publishing 出版。

（2）西班牙语奇幻杂志 *Terra Nova 3：Antología de ciencia ficción contemporánea* 于 2014 年 11 月刊登《赡养上帝》(*Quién cuidará de los dioses？*)，企鹅兰登书屋旗下的西班牙 Fantascy 出版，译者 Javier Altayó。

（3）英语版

① 硬科幻作品选 *Carbide Tipped Pens：Seventeen Tales of Hard Science Fiction* 收录《圆》(*The Circle*)，美国 Tor Books 出版，译者刘宇昆。

② 美国科幻奇幻杂志 *Lightspeed* 于 2014 年 12 月第 54 期刊登《三体（节选）》(*The Three-Body Problem*)，译者刘宇昆。

③ 美国科幻奇幻杂志 *Locus* 于 2014 年 12 月 13 日刊登 Gary K. Wolfe 对刘慈欣的评论 *Gary K. Wolfe reviews Cixin Liu*。

6. 刘兴诗：中英对照版《新诺亚方舟》(*The New Noah's Ark*)，科学普及出版社出版，译者温绍贤。系"中国科幻小说精选"系列作品之一。

7. 糖匪：英语版美国科幻杂志 *Clarkesworld Magazine* 于 2014 年 6 月刊（第 93 期）刊登《蒲蒲》(*Pepe*)，美国 Wyrm Publishing 出版，并在同期博客网页中提供数字音频。

8. 童恩正：中英对照版《雪山魔笛》(*The Magic Flute of Tianjialin*)，科学普及出版社出版，译者温绍贤。系"中国科幻小说精选"系列作品之一。

9. 王侃瑜：英语版英国科幻杂志 *Vector* 于 2014/15 冬季刊第 278 期刊登 David Gullen 对王侃瑜的采访 *An Interview with Regina Kanyu Wang Talking about Chinese SF and Fandom*，英国科幻小说协会（British Science Fiction Association，简称 BSFA）出版。

10. 魏雅华：中英对照版《温柔之乡的梦》(*Dear Delusion*)，科学普及出版社出版，译者温绍贤。系"中国科幻小说精选"系列作品之一。

11. 夏笳：

① 短篇小说选《2044 年春节旧事》(*Spring Festival*)，意大利 Mincione Edizioni 出版，译者刘宇昆。收录《童童的夏天》(*Tongtong's Summer*)、《2044 年春节旧事》(*Spring Festival：Happiness，Anger，Love，Sorrow，Joy*)、《抓周》(*Zhuazhou*)、《大年夜》(*New Year's Eve*)、《相亲》(*Matchmaking*)、《同学会》(*Reunion*)、《祝寿》(*The Birthday*)、《百鬼夜行街》(*A Hundred Ghosts Parade Tonight*)，系"Future Fiction"系列英语版之 13，2015 年推出 Kindle 版。

② 英语版美国电子杂志 *Tor.com* 于 2014 年 7 月 22 日刊登夏笳文章《何谓"中国科幻"?》(*What Makes Chinese Science Fiction Chinese?*)，译者刘宇昆。

③ 英语版美国科幻杂志 *Clarkesworld Magazine* 于 2014 年 9 月刊（第 96 期）刊登《2044 年春节旧事》(*Spring Festival：Happiness，Anger，Love，Sorrow，Joy*)，美国 Wyrm Publishing 出版，并在同期博客网页中提供数字音频。

④ 英语版美国科幻杂志 *Clarkesworld Magazine* 于 2014 年 12 月刊（第 99 期）刊登《童童的夏天》(*Tongtong's Summer*)，美国 Wyrm Publishing 出版，并在同期博客网页中提供数字音频。

⑤ 英语版科幻作品选 *Clarkesworld：Year Six* 收录《百鬼夜行街》(*A Hundred Ghosts Parade Tonight*)，美国 Wyrm Publishing 出版。

12. 中国香港女作家谢晓虹：英文版短篇小说选《雪与影》(*Snow and Shadow*)，中国香港 East Slope Publishing 出版社出版，译者韩斌。收录《人鱼》(*Woman Fish*)、《叶子和刀的爱情》(*The Love between Leaf and Knife*)、《旅行之家》

（*The Traveling Family*）、《头》（*Head*）、《幸福身体》（*Blessed Bodies*）、《风中街道》（*A Street in the Wind*）、《黑猫城市》（*Black Cat City*）、《大厦》（*The Apartment Block*）、《月事》（*Monthly Matters*）、《床》（*Bed*）、《哑门》（*The Mute Door*）和《雪与影》（*Snow and Shadow*）等。

13. 赵海虹：英语版美国科幻奇幻杂志 *Lightspeed* 于 2014 年 1 月（第 44 期）刊登《蜕》（*Exuviation*）；同时，刊登 Patrick J. Stephens 对赵海虹的采访 *Author Spotlight: Zhao Haihong*。

2015 年

1. 阿缺：英语版美国科幻杂志 *Clarkesworld Magazine* 于 2015 年 5 月刊（第 104 期）刊登《格里芬太太准备自杀》（*Mrs. Griffin Prepares to Commit Suicide Tonight*），美国 Wyrm Publishing 出版。

2. 宝树等：

① 英语版美国科幻杂志 *Clarkesworld Magazine* 于 2015 年 9 月刊（第 108 期）刊登《留下她的记忆》（*Preserve Her Memory*），美国 Wyrm Publishing 出版。

② 宝树、刘慈欣：英语版美国科幻奇幻杂志 *The Magazine of Fantasy & Science Fiction* 于 2015 年 3—4 月刊（双月刊）收录宝树作品《大时代》（*What Has Passed Shall in Kinder Light Appear*）；此外，在 *Musing on Books* 专栏下刊登 Michelle West 对《三体》的书评 *Review: The Three-Body Problem*。

3. 陈楸帆等：

（1）法语版电子杂志 *Jentayu Nouvelles voix d'Asie* 于 2015 年 6 月第 2 期以 *Villes et violences* 为主题刊登《霾》（*Smog*），译者关首奇，法国 Éditions Jentayu 出版纸质版。

（2）陈楸帆、王侃瑜：芬兰语版科幻杂志 *Spin* 于 2015 年 2 月刊登作品《丽江的鱼儿们》（*Lijiangin kalat*）和王侃瑜文章《中国科幻小说》（*Tieteiskirjallisuus Kiinassa*），芬兰 Turun Science Fiction Seuran 出版。

（3）意大利语版

① 科幻作品选 *Nuovi incubi. I migliori racconti weird* 收录《鼠年》(*L'Anno del Ratto*)，意大利 Edizioni Hypnos 出版社出版。

② 意大利语版科幻作品选《无尽的告别》(*L'eterno addio*)，意大利罗马 Mincione Edizioni 出版社出版，译者 Alessandra Cristallini 和 Francesca Secci，系 "Future Fiction" 系列之 34。收录陈楸帆文章 *Uno sguardo alla Cina attraverso gli occhi della fantascienza* 及作品《开光》(*Buddhagram*)、《丽江的鱼儿们》(*I pesci di Lijiang*)、《沙嘴之花》(*Il fiore di Shazui*)、《动物观察者》(*Gli osservatori di animali*)、《霾》(*La società dello smog*)、《无尽的告别》(*L'eterno addio*)、《G 代表女神》(*Miss G*) 和《未来病史》(*Storia futura della malattia*)。2016 年推出 Kindle 版和 Ebook 版，2018 年推出纸质版。

（4）英语版

① 英语版美国科幻杂志 *Clarkesworld Magazine* 于 2015 年 3 月刊（第 102 期）刊登《开光》(*Coming of the Light*)；此外，刊登刘宇昆对陈楸帆的采访 *Staying Sensitive in the Crowd：A Conversation with Chen Qiufan*。美国 Wyrm Publishing 出版。

② 英语版美国科幻奇幻杂志 *Lightspeed* 于 2015 年 8 月 5 日第 63 期刊登《霾》(*The Smogy Society*)，译者刘宇昆和言一零（Carmen Yiling Yan）；此外，同期刊登 Jude Griffin 对陈楸帆的采访 *Author Spotlight：Chen Qiufan*。

③ 英语版科幻作品选 *Loosed Upon the World：The Saga Anthology of Climate Fiction* 收录《霾》(*The Smog Society*)，美国 Saga Press 出版。

4. 迟卉：英语版电子杂志《汉语世界》(*The World of Chinese*) 于 2015 年 1 月 16 日刊登《冷》(*The Cold*)，北京《汉语世界》杂志社有限责任公司负责，译者芮尼克（Nicolas Richards）。《汉语世界》旨在向西方推荐中国优秀小说作品。

5. 飞氘：英语版杂志《蚁山》(*The Anthill*) 于 2015 年刊登《讲故事的机器人》(*The Story-Telling Robot*) 和《一个末世的故事》(*An End of Days Story*)，译者 Alec Ash。

6. 韩松：

（1）瑞典语版科幻小说 *Ögon*，瑞典 Chin Lit 出版社出版，译者 Adam Sarac。

（2）英语版美国科幻杂志 *Clarkesworld Magazine* 于 2015 年 8 月刊（第 107 期）刊登《安检》（*Security Check*），美国 Wyrm Publishing 出版。

7. 郝景芳：

① 英语版美国电子科幻杂志 *Uncanny Magazine* 于 2015 年 1—2 月总第 2 期刊登《北京折叠》（*Folding Beijing*），译者刘宇昆。

② 英语版美国科幻杂志 *Clarkesworld Magazine* 于 2015 年 10 月刊（第 109 期）刊登《祖母家的夏天》（*Summer at Grandma's House*），美国 Wyrm Publishing 出版。

8. 中国台湾作家纪大伟：法语版《膜》（*Membrane*），法国 L'Asiathèque 出版，译者关首奇。系 "L'Asiathèque-Taiwan fiction" 系列作品之一。

9. 李敬泽、施战军主编：英文版科幻主题作品选《影族》（*Shadow People*），外文出版社出版，系 *21st Century Chinese Contemporary Literature* 作品之一。收录韩少功《末日》（*Doomsday*）、残雪《影族》（*Shadow People*）、王晋康《养蜂人》（*The Beekeeper*）、星河《去取一条胳膊》（*The Arms, the Arms*）、刘慈欣《2018 年 1 月 4 号》（*4/1/2018*）、陈楸帆《无尽的告别》（*The Endless Farewell*）、杨平《山民纪事》（*Chronicles of the Mountain Dwellers*）、凌晨《泰坦的故事》（*A Story of Titan*）、阿丁《人奶》（*Milk*）、郝景芳《最后一个勇敢的人》（*The Last Brave Man*）、冯唐《麻将》（*Mahjong*）和格非《蒙娜丽莎的微笑》（*Mona Lisa's Smile*）。

10. 李恬：

① 德语版杂志 *Spektrum der Wissenschaft* 于 2015 年 12 月刊登《水落石出》（*Schlechte Einschaltquoten für Kleopatra*），德国 Spektrum der Wissenschaft Verlag 出版。

② 在学术界享有盛誉的国际综合性科学周刊英国《自然》（*Nature*）杂志于 2015 年 5 月 7 日（第 521 卷 7550 期 118 页）*Futures* 专栏刊登英文版《水落石出》（*Tempus omnia revelat: A historical perspective*），Nature Publishing Group 出版。据悉，这是刊登在 *Nature* 杂志 *Futures* 栏目的首位中国籍作家的科幻作品。

11. 刘慈欣等：

（1）刘慈欣、陈楸帆、夏笳：捷克语版科幻杂志 *XB-1* 于 2015 年 11 月刊登刘慈欣《圆》(*Kruh*)，陈楸帆《鼠年》(*Rok krysy*) 和夏笳《童童的夏天》(*Tchung-tchungino léto*)，捷克 Časopis XB1 出版社出版。

（2）土耳其语版《三体》(*Üç Cisim Problemi*)，土耳其 Ithaki Yayinlari 出版社出版，译者 Zeynep Özmeral。

（3）英语版

① 《三体》(*The Three-Body Problem*)，译者刘宇昆；并附《〈三体〉英文版后记》[*Author's Postscript for the American Edition*（*The Three-Body Problem*）]，英国 Head of Zeus 出版社出版。

② 《黑暗森林》(*The Dark Forest*)，译者周华，英国 Head of Zeus 出版社出版。

③ 美国科幻杂志 Apex Magazine 于 2015 年 9 月刊（第 76 期）刊登《山》(*Mountain*)，美国 Apex Publications 出版，译者 Holger Nahm。

④ 美国科幻杂志 Clarkesworld Magazine 于 2015 年 12 月刊（第 111 期）刊登《圆圆的肥皂泡》(*Yuanyuan's Bubbles*)，美国 Wyrm Publishing 出版，译者言一零。

12. 刘宇昆：英语版美国科幻作品网站 io9 于 2015 年 4 月 10 日刊登探讨"豪杰译者"对中国经典科幻作品重译话题的文章 *The 'Heroic Translators. Who Reinvented Classic Science Fiction In China*。

13. 潘海天：英语版美国科幻杂志 *Clarkesworld Magazine* 于 2015 年 7 月刊（第 106 期）刊登《饿塔》(*Hunger Tower*)，译者 Nick Stember；同期刊登 Nick Stember 对潘海天的访谈 *Tripping the Light Fantastic*：*An Interview with Pan Haitian*。美国 Wyrm Publishing 出版。

14. 糖匪、张冉：

① 英语版美国科幻杂志 *Clarkesworld Magazine* 于 2015 年 1 月刊（第 100 期）刊登糖匪《完整的爱》(*A Universal Elegy*) 和张冉《以太》(*Ether*)；刊登刘宇昆对夏笳的采访 *Exploring the Frontier*：*A Conversation with Xia Jia*。美国 Wyrm

Publishing 出版。

② 英语版美国科幻杂志 Clarkesworld Magazine 于 2015 年 2 月刊（第 101 期）刊登刘宇昆对糖匪的采访 The Spurred Storyteller：A Conversation With Tang Fei。美国 Wyrm Publishing 出版。

15. 吴霜：英语版美国科幻杂志 Galaxy's Edge 于 2015 年 5 月第 16 期刊登《宇宙尽头的餐馆：腊八粥》(The Restaurant at the End of the Universe)，Arc Manor/Phoenix Pick 出版。

16. 夏笳等：

（1）意大利语版短篇小说选《2044 年春节旧事》(Festa di primavera)，意大利 Mincione Edizioni 出版，译者 Gabriella Goria。收录《童童的夏天》(L'estate di Tongtong)、《2044 年春节旧事》(Festa di primavera：felicita，rabbia，amore，sofferenza，gioia)、《抓周》(Zhuazhou)、《大年夜》(Capodanno)、《相亲》(Incontri combinati)、《同学会》(Rimpatriata)、《祝寿》(Il compleanno) 和《百鬼夜行街》(Stanotte sfilano cento fantasmi)。系 "Future Fiction" 系列之 22。

（2）英语版

① 文学杂志《路灯》(Pathlight：New Chinese Writing) 于 2015 年春季号刊登《热岛》(Heat Island)，外文出版社出版。

② 科幻作品选 The Long List Anthology：More Stories from the Hugo Awards Nomination List 刊登《2044 年春节旧事》(Spring Festival：Happiness，Anger，Love，Sorrow，Joy)，Diabolical Plots 出版。

③ 英国《自然》(Nature) 杂志于 2015 年 6 月 4 日（第 522 卷 7554 期 122 页）Futures 专栏刊登《让我们说说话》(Let's have a talk)，Nature Publishing Group 出版。

④ 网络杂志 Terraform 于 2015 年 2 月 9 日刊登《2044 年春节旧事·情人节》(Valentine's Day)。

⑤ 夏笳、刘慈欣：美国科幻杂志 Clarkesworld Magazine 于 2015 年 11 月刊（第 110 期）刊登《寒冬夜行人》(If on a Winter's Night a Traveler)，译者刘宇昆；此

外，刊登刘慈欣文章 Another Word：Chinese Science Fiction and Chinese Reality。美国 Wyrm Publishing 出版。

17. Jun Yi：英国科幻杂志 Daily Science Fiction 于 2015 年 5 月 1 日刊登《永远爱你》(Love you, Always)。

2016 年

1. 阿缺：美国科幻杂志 Clarkesworld Magazine 于 2016 年 7 月刊（第 118 期）刊登《逆流者》(Against the Dream)，美国 Wyrm Publishing 出版，译者 Nick Stember。

2. 宝树：

① 英语版美国科幻杂志 Clarkesworld Magazine 于 2016 年 1 月刊（第 112 期）刊登《人人都爱查尔斯》(Everybody Loves Charles)，美国 Wyrm Publishing 出版，译者刘宇昆。

② 英语版科幻作品选 The Year's Top Short SF Novels 6 收录《大时代》(What Has Passed Shall in Kinder Light Appear)，Infinivox 出版。

③ 英语版科幻作品选 The Year's Best Science Fiction & Fantasy Novellas：2016 收录《大时代》(What Has Passed Shall in Kinder Light Appear)，美国 Prime Books 出版。

3. 陈虹羽：美国科幻杂志 Clarkesworld Magazine 于 2016 年 11 月刊（第 122 期）刊登《西天》(Western Heaven)，美国 Wyrm Publishing 出版，译者 Andy Dudak。

4. 陈楸帆等：

（1）日语版文学刊物《中国现代文学》(中国現代文学) 第 16 期刊登上原香（上原かおり）对陈楸帆作品《荒潮》的简介，日本ひつじ書房出版。

（2）英语版

① 陈楸帆、Liu Chonghao：科幻作品选 Daily Science Fiction 于 2016 年 3 月

收录《荒潮（节选）》(*Let There Be Light*)，译者刘宇昆；Liu Chonghao《笼中地球》(*Caged Earth*)，Daily Science Fiction 出版。

② 陈楸帆、郝景芳：科幻作品选《年度最佳科幻小说集 第 1 集》(*The Best Science Fiction of the Year: Volume 1*) 收录陈楸帆《霾》(*The Smog Society*) 和郝景芳《北京折叠》(*Folding Beijing*)，美国 Skyhorse Publishing 旗下科幻作品出版商 Night Shade Books 出版。

③ 美国科幻杂志 *Clarkesworld Magazine* 于 2016 年 4 月刊（第 115 期）刊登《巴鳞》(*Balin*)，美国 Wyrm Publishing 出版，译者刘宇昆。

5. 程婧波、夏笳、糖匪：英文版科幻作品选 *Clarkesworld: Year Eight* 刊登程婧波《萤火虫之墓》(*Grave of the Fireflies*)、夏笳《2044 年春节旧事》(*Spring Festival: Happiness, Anger, Love, Sorrow, Joy*) 和糖匪《蒲蒲》(*Pepe*)，美国 Wyrm Publishing 出版。

6. 迟卉：

① 英语版美国科幻杂志 *Clarkesworld Magazine* 于 2016 年 10 月刊（第 121 期）刊登《伪人算法》(*The Calculations of Artificials*)，美国 Wyrm Publishing 出版，译者朱中宜（John Chu）。

② 英语版中国电子杂志《汉语世界》(*The World of Chinese*) 于 2016 年 5 月 6 日刊登《火焰风暴》(*Flame Storm*)，北京《汉语世界》杂志社有限责任公司负责，译者芮尼克。

7. 顾适：英语版美国科幻杂志 *Clarkesworld Magazine* 于 2016 年 3 月刊（第 114 期）刊登《嵌合体》(*Chimera*)，美国 Wyrm Publishing 出版，译者陆秋逸（S. Qiouyi Lu）和刘宇昆。

8. 韩松：

（1）法语版

① 法语版电子杂志 *Jentayu Nouvelles voix d'Asie* 于 2016 年第 4 期以 "Cartes et Territoires" 为主题刊登韩松《长城》(*Grandes Murailles*)，法国 Éditions Jentayu 出

版纸质版,译者罗宇翔(Loïc Aloisio)。

② 法语版文学网站《远东印象》(*Impressions d'Extrême-Orient*)于 2016 年 6 月刊登《我的祖国不做梦》(*Ma Patrie ne rêve pas*)和《宇宙墓碑》(*Les Pierres tombales cosmiques*),译者罗宇翔。

(2)英语版

① 科幻作品小说选 *The Big Book of Science Fiction*:*The Ultimate Collection* 收录《两只小鸟》(*Two Birds*),Vintage Crime/Black Lizard/Vintage Books 出版,译者朱中宜。

② 中英双语版科幻小说选《故事新编》(*Tales of Our Time*)收录韩松《塞林格与朝鲜人》(*Salinger and the Koreans*),The Robert H. N. Ho Family Foundation(Solomon R. Guggenheim Museum)出版,译者刘宇昆。

9. 郝景芳:

① 英语版美国电子科幻杂志 *Uncanny Magazine* 于 2016 年 11—12 月总第 13 期刊登文章《我想写一本〈不平等的历史〉》(*I Want to Write A History of Inequality*),译者刘宇昆。

② 英语版科幻作品选 *The Year's Best Science Fiction & Fantasy*:*2016* 收录《北京折叠》(*Folding Beijing*),美国 Prime Books 出版。

10. 刘慈欣:

(1)德语版《三体》(*Die drei Sonnen*),德国慕尼黑 Wilhelm Heyne Verlag 出版社出版,译者郝慕天(Martina Hasse);并附《〈三体〉后记》[*Anmerkungen*(*Die drei Sonnen*)]。

(2)法语版《三体》(*Le problème à trois corps*),法国 Actes Sud 出版,Epub 版同步发行,译者关首奇。

(3)韩语版《黑暗森林》(삼체.2: 암흑의숲),韩国단숨出版,译者허유영。同年该出版社推出 Ebook 版。此外,《三体》(삼체)于 2013 年该出版社出版纸质版及推出 Ebook 版,译者고호관。

（4）泰语版《三体》(*ดาวซานถี อุบัติการณ์สงครามล้างโลก เล่ม 1*)，泰国 Post Books 出版社出版，译者 **เรืองชัย รักศรีอักษร**。

（5）葡萄牙语版《三体》(*O Problema dos Três Corpos*)，巴西 Suma de Letras 出版社出版，译者 Leonardo Alves。

（6）西班牙语版《三体》(*El problema de los tres cuerpos*)，西班牙巴塞罗那 NB Nova 出版社出版，译者 Javier Altayó。

（7）匈牙利语版《三体》(*A Háromtest-probléma*)，匈牙利 Európa Kiadó 出版，译者 Pék Zoltán。

（8）意大利语版《圆圆的肥皂泡》(*Le bolle di Yuanyuan*)，意大利 Mincione Edizioni 出版，译者 Francesco Verso。系"Future Fiction"系列之 37，Chapbook。

（9）英语版

① 《人生》(*The Weight of Memories*)，美国 Tor Books 出版社出版，译者刘宇昆。

② 美国电子杂志 *Tor.com* 于 2016 年 8 月 17 日刊登《人生》(*The Weight of Memories*)，译者刘宇昆。

③ 英语版《三体》(*The Three-Body Problem*)，美国 Tor Books 出版社出版（2014 年初版、2016 年再版），译者刘宇昆；并附《〈三体〉英文版后记》[*Author's Postscript for the American Edition*（*The Three-Body Problem*）]。

④ 英语版《三体Ⅱ·黑暗森林》(*The Dark Forest*)，美国 Tor Books 出版社出版（2015 年初版、2016 年再版），译者周华。

⑤ 英语版《三体Ⅲ·死神永生》(*Death's End*)，英国 Head of Zeus 出版社出版，译者刘宇昆。

⑥ 个人小说选《流浪地球》(*The Wandering Earth*)，收录《山》(*Mountain*)、《白垩纪往事》(又名《当恐龙遇上蚂蚁》, *Of Ants and Dinosaurs*)、《赡养人类》(*The Wages of Humanity*)、《吞食者》(*Devourer*)、《赡养上帝》(*Taking Care of God*)、《地球大炮》(*The Longest Fall*)、《太原之恋》(*Curse 5.0*)、《中国太阳》(*Sun of China*)、

《流浪地球》(*The Wandering Earth*)、《带上她的眼睛》(*With Her Eyes*)和《微纪元》(*Micro-Era*),译者刘宇昆、Elizabeth Hanlon、美国译者何季轩、Adam Lanphier 和 Holger Nahm。英国 Head of Zeus 出版社出版,为 Ebook 版。

⑦ 美国国家公共电台网站 NPR 刊登《死神永生》的书评 *"Death's End" Brings an Epic Trilogy to a Satisfying Close*。

⑧ 科幻小说选 *The Big Book of Science Fiction*:*The Ultimate Collection* 收录《诗云》(*The Poetry Cloud*),Vintage Crime/Black Lizard/Vintage Books 出版,译者 Chi-yin Ip 和 Cheuk Wong。

11. 刘洋:英语版美国科幻杂志 *Clarkesworld Magazine* 于 2016 年 9 月刊(第 120 期)刊登《2.013》(*The Opposite and the Adjacent*),美国 Wyrm Publishing 出版,译者 Nick Stember。

12. 刘宇昆编译:英语版《看不见的星球》(*Invisible Planets*:*An Anthology of Contemporary Chinese SF in Translation*),美国 Macmillan Publishing Group, LLC. 旗下 Tor Books 出版,2018 年再版。该选集来自 7 位中国作家的 13 个短篇科幻小说和 3 篇文章构成:①短篇小说:陈楸帆《鼠年》(*The Year of the Rat*)、《丽江的鱼儿们》(*The Fish of Lijiang*)和《沙嘴之花》(*The Flower of Shazui*);夏笳《百鬼夜行街》(*A Hundred Ghosts Parade Tonight*)、《童童的夏天》(*Tongtong's Summer*)和《龙马夜行》(*Night Journey of the Dragon-Horse*);马伯庸《寂静之城》(*The City of Silence*);郝景芳《看不见的星球》(*Invisible Planets*)和《北京折叠》(*Folding Beijing*);糖匪《黄色故事》(*Call Girl*);程婧波《萤火虫之墓》(*Grave of the Fireflies*);刘慈欣《圆》(*The Circle*)和《赡养上帝》(*Taking Care of God*)。②文章:刘慈欣《最糟的宇宙,最好的地球》(*The Worst of All Possible Universes and the Best of All Possible Earths*);陈楸帆《撕裂的一代:转型文化中的中国科幻》(*The Torn Generation*:*Chinese Science Fiction in a Culture in Transition*);夏笳《何谓"中国科幻"?》(*What Makes Chinese Science Fiction Chinese?*)。

13. 罗隆祥:英语版美国科幻杂志 *Clarkesworld Magazine* 于 2016 年 5 月刊

（第 116 期）刊登《在他乡》（*Away from Home*），美国 Wyrm Publishing 出版，译者 Nick Stember。

14. 宋耕、杨庆祥编：作品选《听盐生长的声音——八零后短篇小说集》（*The Sound of Salt Forming: Short Stories by the Post-80s Generation in China*）的不同版本：

① 英语版，美国夏威夷大学出版社出版，Epub、Pdf、Cloth 和 Paperback 同时推出。

② 中英双语版，外语教学与研究出版社出版。作品选收录 16 位 80 后知名作家的短篇小说，其中，科幻作品包括飞氘《一个末世的故事》（*A Story of the End of the World*），译者 David N. C. Hull；郝景芳《看不见的星球》（*Invisible Planets*），译者那檀霭孙（Nathaniel Isaacson）；陈楸帆《G 代表女神》（*G Is for Goddess*），译者 Thomas Moran。

15. 糖匪：澳大利亚推理作品杂志 *SQ Mag* 于 2016 年 1 月第 24 版（Edition 24）刊登《碎星星》（*Broken Stars*），澳大利亚 IFWG Publishing Australia 出版，译者刘宇昆。

16. 王晋康：科幻小说《四级恐慌》（又名《十字》，*Pathological*），美国 AmazonCrossing 出版，译者程异（Jeremy Tiang）。

17. 王元：英语版美国科幻杂志 *Clarkesworld Magazine* 于 2016 年 12 月刊（第 123 期）刊登《绘星者》（*Painter of Stars*），美国 Wyrm Publishing 出版，译者 Andy Dudak。

18. 夏笳：

（1）法国电子杂志 *Jentayu Nouvelles voix d'Asie* 于 2015—2016 冬季号第 3 期（2016 年 1 月）以"Dieux et Démons"为主题刊登《百鬼夜行街》（*La parade nocturne des cent fantômes*），法国 Éditions Jentayu 出版纸质版，译者关首奇。

（2）日本科幻杂志 *SF* ファンジン于 2016 年 7 月第 60 期（复刊 6 号）刊登《关妖精的瓶子》（*瓶詰めの妖精*），日本 SF ファンジン出版。

（3）意大利语版科幻小说选《未来故事 2：2015 年最佳科幻小说》（*Storie dal*

domani 2: I migliori racconti Future Fiction 2015）收录夏笳《童童的夏天》（*L'estate di Tongtong*），意大利 Mincione Edizioni 出版，译者 Francesco Verso。系"Future Fiction"系列 Chapbook。

（4）英语版科幻作品期刊 *Asian Monsters* 收录夏笳《百鬼夜行街》（*A Hundred Ghosts Parade Tonight*），英国 Fox Spirit Books 出版，译者刘宇昆。

19. 张冉：

（1）意大利语版《以太》（*Etere*），意大利 Mincione Edizioni 出版，译者 Francesca Secci。系"Future Fiction"系列 Chapbook。

（2）英语版

① 推理作品选 *Watchlist: 32 Stories by Persons of Interest* 刊登《以太》（*Ether*），美国 Catapult 出版。

② 英语版美国科幻杂志 Clarkesworld Magazine 于 2016 年 6 月刊（第 117 期）刊登《晋阳三尺雪》（*The Snow of Jinyang*），美国 Wyrm Publishing 出版，译者刘宇昆和言一零。

2017 年

1. 阿缺：英语版美国科幻杂志 *Clarkesworld Magazine* 于 2017 年 6 月刊（第 129 期）刊登《云鲸记》（*An Account of the Sky Whales*），美国 Wyrm Publishing 出版，译者 Andy Dudak。

2. 宝树：日本科幻杂志 *SF* ファンジン于 2017 年 8 月第 61 期（復刊 7 号）刊登《时间之王》（*時間の王*），日本 SF ファンジン出版。

3. 陈楸帆：

（1）韩国网络科幻杂志《镜》（*Mirrorzine*）于 2017 年 9 月 30 日（第 171 期）刊登韩语版《G 代表女神》（인류의 여신 미스 G），译者이현아。系"中国科幻短篇小说"（"초청 중국 SF 단편"④）系列之 4。

（2）日语版文学杂志《灯火》（*灯火 2017 社会と人間*）收录《巴鳞》（*巴鱗*），

外文出版社出版。

（3）英语版

① 英语版美国科幻杂志 *Clarkesworld Magazine* 于 2017 年 8 月刊（第 131 期）刊登《过时的人》(*A Man Out of Fashion*)，美国 Wyrm Publishing 出版，译者刘宇昆。

② 英语版美国网络杂志 *Flight #008* 于 2017 年 6 月 28 日刊登《遗忘是一道记忆的折痕》(*Oblivion Is a Crease Left by Memory*)❶。

③ 英语版《蜗牛世代》(*The Snail Generation*)，XPRIZE Future of Housing Project 出版，译者刘宇昆。

④ 英语版中国现当代文学文化研究杂志《中国现代文学与文化》(*Modern Chinese Literature and Culture*) 于 2017 年秋季刊第 29 卷第 2 期刊登 Cara Healey 撰写文章 *Estranging Realism in Chinese Science Fiction: Hybridity and Environmentalism in Chen Qiufan's "The Waste Tide"*，美国 "Modern Chinese Literature and Culture" Resource Center, Ohio State University 出版。

4. 程婧波：日语版杂志聴く*中国語*于 2017 年 11 月号（第 191 期）刊登《白色恋歌》(*白い恋歌*)，日本 HSJ 株式会社出版。

5. 迟卉：

① 德语科幻杂志 *Kapsel* 于 2017 年 6 月（第 1 期）刊登中文版和德语版《虫巢》(*Das Insektennest*)；此外，刊登卢卡斯·杜博罗（Lukas Dubro）和 Chong Shen 对迟卉采访的德语版和中文版文章《网上聊天 Kapsel》(*Chat Kapsel*)，德国 Fruehwerk Verlag 出版。系 "Fantastische Geschichten aus China" 系列 1。

② 英语版美国科幻杂志 *Clarkesworld Magazine* 于 2017 年 2 月刊（第 125 期）刊登《雨船》(*Rain Ship*)，美国 Wyrm Publishing 出版。

6. 范轶伦：英文版作品选 *Sunvault: Stories of Solarpunk and Eco-Speculation* 收

---

❶ 这是 XPRIZE Future of Housing Project 与全日空合作发起名为 "Seat 14c" 的科幻征文活动的作品之一，是一个世界顶级科幻故事讲述者们想象的 008 航班乘客的故事，目的是在全球范围内征集 2037 年的想象图，挑选一位获奖者，进入 XPRIZE 科幻顾问委员会，规划未来几十年的世界。陈楸帆获得该席位。

录《云端的爱情》(*Speechless Love*)，美国 Upper Rubber Boot Books 出版，译者陆秋逸。

7. 飞氘：英语版美国科幻杂志 *Clarkesworld Magazine* 于 2017 年 4 月刊（第 127 期）刊登《爱吹牛的机器人》(*The Robot Who Liked to Tell Tall Tales*)，美国 Wyrm Publishing 出版，译者刘宇昆。

8. 顾适：

① 英语版美国科幻杂志 *Clarkesworld Magazine* 于 2017 年 9 月刊（第 132 期）刊登《莫比乌斯时空》(*Möbius Continuum*)，美国 Wyrm Publishing 出版。

② 英文版科幻作品选 *The Long List Anthology* 第 3 卷收录《嵌合体》(*Chimera*)，美国 Diabolical Plots 出版，陆秋逸和刘宇昆合译完成。

9. 韩松：

（1）法语版文学网站《远东印象》(*Impressions d'Extrême-Orient*) 于 2017 年 7 月刊登《噶赞寺的转经筒》(*Le Moulin à prières du Temple Gazan*) 和《美食乌托邦》(*Gastronotopia*)，译者罗宇翔。

（2）韩国网络科幻杂志《镜》(*Mirrorzine*) 于 2017 年 9 月 29 日（第 171 期）刊登韩语版《地铁惊变》(지하철 충격 사건)，译者이소정。系"中国科幻短篇小说"（"초청 중국 SF 단편"③）系列之 3。

（3）日语科幻杂志 *S-F* マガジン于 2017 年 2 月号第 58 卷 719 期刊登《安检》(セキュリティ・チェック)，日本早川书房出版，译者韩遥子（韓遙子）。

（4）英语版

① 韩松等：英语版短篇小说选 *Dawning in the East*，收录韩松《隐身权》(*The Right to Be Invisible*)、滕野《宇宙牌香烟》(*Universal Cigarettes*)、双翅目（Yuan Dip Terra）《回音壁》(*The Wall of Echoes*)、赵垒《如此包装》(*Shared Idol*)、朱昱锦《折光旅人》(*The Traveler Who Folds the Light*)、慕明《窑变》(*Kiln Transmutation*)、万象峰年《天空之眼》(*The Eyes of Heaven*)、糖匪《看见鲸鱼座的人》(*The Man Who Saw the Cetus*)、郝赫《葬礼》(*Funeral*)、孙望路《残缺真理》(*The Incomplete*

Truth）、王滕《夏日往事》(*Summer of the Spiral, Winter of the Poles*)，未来事务管理局（Future Affairs Administration）出版。

② 美国杂志 *Glossolalia* 于 2017 年 5 月刊登《隐身权》(*The Right to Be Invisible*)，译者刘宇昆。

10. 郝景芳：

（1）德语版《北京折叠》(*Peking falten: Erzählung*)，德国柏林 Elsinor Verlag 出版社出版，译者 Jakob Vandenberg。系"Future Fiction"系列 Chapbook。

（2）法语版

① 郝景芳、韩松、宋明炜、刘慈欣、罗宇翔等：法语版杂志《华语世界》(*Monde Chinois*) 于 2017 年第 51—52 期以"中国梦及其副本：华语世界科幻文学的面貌"(*Le «rêve chinois» et ses doubles: Aspects de la littérature de science-fiction dans le monde sinophone*) 为主题刊登韩松《安检》(*Contrôle de sécurité*)、宋明炜文章《刘慈欣的科幻小说》(*Les romans de science-fiction de Liu Cixin*)、刘慈欣《三体 II：黑暗森林》(*La Forêt Sombre*)、罗宇翔文章《韩松：让科幻回到人间》(*Han Song: pour un retour sur Terre de la science-fiction*)、Frederike Schneider-Vielsäcker 对郝景芳的采访 *An Ideal Chinese Society? Future China From the Perspective of Female Science Fiction Writer Hao Jingfang*，法国 Éditions Eska 出版。

② 法语版作品选 *Utopiales 2017* 收录《北京折叠》(*Pékin origami*)，法国 Éditions ActuSF 出版，译者 Michel Vallet。

（3）郝景芳、陈楸帆等：日语版科幻杂志 S-F マガジン 于 2017 年 6 月号第 58 卷 721 期刊登郝景芳《北京折叠》(*折りたたみ北京*)，译者大谷真弓；陈楸帆《丽江的鱼儿们》(*麗江の魚*)，译者中原尚哉；此外，还有立原透耶的评论文章《华语作家》(*躍進する中華圏作家*)，日本早川书房出版。

（4）意大利语版科幻杂志 *Robot-Rivista di Fantascienza* 于 2016 年冬季刊（总第 79 期）刊登《北京折叠》(*Pechino pieghevole*)，意大利 DelosBooks 出版。

11. 中国台湾科幻作家黄海（原名：黄炳煌）：日语版杂志 聴く中國語 于 2017

年 08 月号（第 188 期）刊登《阴阳震》(*陰陽震*)，日本 HSJ 株式会社出版。

12. 中国台湾作家纪大伟（Chi Ta-wei）：法语版《膜》(*Membrane*)，Le Livre de Poche 出版，译者关首奇。

13. 刘慈欣：

（1）波兰语版

①《三体》(*Problem trzech ciał*)，波兰 Dom Wydawniczy REBIS 出版社出版，译者 Andrzej Jankowski。2018 年再版。

②《三体 II：黑暗森林》(*Ciemny las*)，波兰 Dom Wydawniczy REBIS 出版社出版，译者 Andrzej Jankowski。2018 年再版。

（2）德语版小说选《镜子》(*Spiegel*) 收录《镜子》(*Spiegel*)、《三体》(*Die drei Sonnen*) 和《三体 II：黑暗森林》(*Der dunkle Wald*) 作品节选本，译者 Marc Hermann；Marc Hermann 的文章 *Anmerkungen*（*Spiegel*）和 Sebastian Pirling 的文章 *Nachwort*：*Die Kosmogonie des Cixin Liu*。德国 Wilhelm Heyne Verlag 出版社出版。

（3）俄语版

①《三体》(*Задача трёх тел*)，俄罗斯 Эксмо/Fanzon 出版社出版，译者 O. Браатхен（O. Braathen）。

②《三体 II：黑暗森林》(*Темный лес*)，俄罗斯 Эксмо/Fanzon 出版社出版，译者 Накамура Дмитрий。

（4）法语版

①《三体 II·黑暗森林》(*La forêt sombre*)，法国 Actes Sud 出版，译者关首奇。

② 法语版杂志 *Bifrost* 于 2017 年 7 月 6 日第 87 期刊登刘慈欣《带上她的眼睛》(*Avec ses yeux*)，Le Bélial 出版，译者关首奇。

③ 刘慈欣等：法国科幻杂志 *ReS Futurae* 于 2017 年 9 月以 *La science-fiction en Asie de l'Est* 为主题刊登关首奇文章《刘慈欣的〈三体〉三部曲以及科幻文学在现代中国的地位》(*La trilogie des Trois corps de Liu Cixin et le statut de la science-fiction en Chine contemporaine*) 和罗宇翔文章《中国"科学小说"：科幻小说工具化的起源》

(*Le 'roman scientifique, en Chine: prémices d'une science-fiction instrumentalisée*)。

（5）捷克语版：

①《三体》(*Problém tří těles*)，捷克 Host 出版社出版，译者 Aleš Drobek。

②《三体 II：黑暗森林》(*Temný les*)，捷克 Host 出版社出版，译者 Aleš Drobek。

（6）葡萄牙语版《三体 II：黑暗森林》(*A Floresta Sombria*)，巴西 Suma de Letras 出版社出版，译者 Leonardo Alves。

（7）罗马尼亚语版《三体》(*Problema celor trei corpuri*)，罗马尼亚 Editura Nemira 出版，译者 Nina Iordache。

（8）泰语版：

①《三体 II·黑暗森林》(**ดาวซานถี อุบัติการณ์สงครามล้างโลก เล่ม 2**)，泰国 Post Books 出版社出版，译者 **เรืองชัย รักศรีอักษร**。

②《三体 III·死神永生》(**ดาวซานถี อุบัติการณ์สงครามล้างโลก เล่ม 3**)，泰国 Post Books 出版社出版，译者 **เรืองชัย รักศรีอักษร**。

（9）乌克兰语版《三体》(*Проблема трьох тіл*)，乌克兰 BookChef 出版社出版，译者 Євген Ширинос（Yevguyen Shirinos）。

（10）西班牙语版《三体 II：黑暗森林》(*El bosque oscuro*)，西班牙巴塞罗那 B DE BOOKS 出版社出版，译者 Javier Altayó 和 Jiangguo Feng。

（11）希腊文版《三体》(*Το πρόβλημα των τριών σωμάτων*)，希腊 Ψύχαλος//SELINI 出版社出版，译者 Θωμά Μαστακούρη（Thoma Mastakore）。

（12）意大利语版

①《三体》(*Il problema dei tre corpi*)，意大利 Mondadori Group 出版，译者 Benedetta Tavani；

② 刘慈欣等：小说选《星云：中国当代科幻小说》(*Nebula: Fantascienza contemporanea cinese*)，刊登刘慈欣《圆圆的肥皂泡》(*Le bolle di Yuanyuan*)、陈楸帆《开光》(*Buddhagram*)、夏笳《童童的夏天》(*L'estate di Tongtong*)、吴岩《寻找

新世界》(*Stampare un mondo nuovo*)等作品，以人口老龄化、气候变化等话题为背景，触及大众教育和社交网络的影响等。意大利 Mincione Edizioni 出版，译者 Chiara Cigarini。系"Future Fiction"系列作品。

（13）英语版

① 个人小说选《流浪地球》(*The Wandering Earth*)，英国 Head of Zeus 出版社出版。收录《流浪地球》(*The Wandering Earth*)、《山》(*Mountain*)、《中国太阳》(*Sun of China*)、《赡养人类》(*For the Benefit of Mankind*)、《太原之恋》(*Curse 5.0*)、《微纪元》(*The Micro-Era*)、《吞食者》(*Devourer*)、《赡养上帝》(*Taking Care of God*)、《带上她的眼睛》(*With Her Eyes*)和《地球大炮》(*Cannonball*)，英国 Head of Zeus 出版社出版，精装本和平装本同时出版。

②《球状闪电》(*Ball Lightning*)，英国 Head of Zeus 出版社出版，译者周华。

③《三体Ⅲ·死神永生》(*Death's End*)，美国 Tor Books 出版社出版，译者刘宇昆。2016 年初版、2017 年再版。

④《地球往事》(*Remembrance of Earth's Past: The Three-Body Problem - The Dark Forest - Death's End*)，英国 Head of Zeus 出版社出版，附刘慈欣撰写的前言 *Preface to the Special Edition*。

⑤ 作品选 *Some of the Best from Tor.com: 2016 Edition* 收录刘慈欣《人生》(*The Weight of Memories*)，美国 Tor Books 出版。

14. 刘宇昆选编：西班牙语版科幻作品选《看不见的星球》(*Planetas invisibles: Antología de ciencia ficción china contemporánea*)，西班牙 Alianza Editorial（Runas）出版，译者 Manuel de los Reyes 和 David Tejera Expósito 从英语转译为西语。收录作品包括陈楸帆《鼠年》(*El año de la Rata*)、《丽江的鱼儿们》(*El pez de Lijiang*)、《沙嘴之花》(*La flor de Shazui*)；夏笳《百鬼夜行街》(*Cientos de fantasmas desfilan esta noche*)、《童童的夏天》(*El verano de Tongtong*)、《龙马夜行》(*El paseo nocturno del dragón equino*)；马伯庸《寂静之城》(*La ciudad del silencio*)；郝景芳《看不见的星球》(*Planetas invisibles*)、《北京折叠》(*Entre los pliegues de Pekín*)；糖匪《黄色故

事》（*Chica de compañía*）；程婧波《萤火虫之墓》（*La tumba de las luciérnagas*）；刘慈欣《圆》（*El círculo*）和《赡养上帝》（*Cuidando de Dios*）。此外，收录刘慈欣文章《最糟的宇宙，最好的地球》（*El peor de todos los universos posibles y la mejor de todas las tierras posibles：'El problema de los tres cuerpos' y la ciencia-ficción china*），陈楸帆文章《撕裂的一代：转型文化中的中国科幻》（*La generación dividida：la ciencia-ficción china en una cultura de transición*），夏笳文章《何谓"中国科幻"？》（*¿Qué hace que la ciencia-ficción china sea china？*）。

英语版《看不见的星球》（*Invisible Planets：13 Visions of the Future*），英国 Head of Zeus 出版社出版。该选集来自 7 位中国作家的 13 个短篇科幻小说和 3 篇文章构成。其中，短篇小说包括陈楸帆《鼠年》（*The Year of the Rat*）、《丽江的鱼儿们》（*The Fish of Lijiang*）和《沙嘴之花》（*The Flower of Shazui*）；夏笳《百鬼夜行街》（*A Hundred Ghosts Parade Tonight*）、《童童的夏天》（*Tongtong's Summer*）和《龙马夜行》（*Night Journey of the Dragon-Horse*）；马伯庸《寂静之城》（*The City of Silence*）；郝景芳《看不见的星球》（*Invisible Planets*）和《北京折叠》（*Folding Beijing*）；糖匪《黄色故事》（*Call Girl*）；程婧波《萤火虫之墓》（*Grave of the Fireflies*）；刘慈欣《圆》（*The Circle*）和《赡养上帝》（*Taking Care of God*）。文章包括刘慈欣《最糟的宇宙，最好的地球》（*The Worst of All Possible Universes and the Best of All Possible Earths：Three-Body and Chinese Science Fiction*）；陈楸帆《撕裂的一代：转型文化中的中国科幻》（*The Torn Generation：Chinese Science Fiction in a Culture in Transition*）；夏笳《何谓"中国科幻"？》（*What Makes Chinese Science Fiction Chinese?*）。

15. 罗宇翔：

① 法语版文学网站《远东印象》（*Impressions d'Extrême-Orient*）于 2018 年 12 月 29 日刊登法语科幻作品译者罗宇翔文章《论中国的科幻文学》（*La science-fiction chinoise*）。

② 法语版《千字亚洲》（*L'Asie en 1000 mots*）博客于 2017 年 9 月 18 日刊登文章《论中国的科幻文学》（*Pour une science-fiction chinoise*）。

16. 潘海天：

（1）韩国网络科幻杂志《镜》(Mirrorzine) 于 2017 年 7 月 31 日（第 169 期）刊登韩语版《饿塔》(기아의 탑)，译者 전정은。是未来事务管理局❶与韩国科幻杂志《镜》开启交流合作计划后在该平台刊登的第 1 部中国科幻短篇小说，系"中国科幻短篇小说"（"초청 중국 SF 단편"①）系列十二之一；合作项目的另一项重要内容是韩国科幻小说在中国新媒体《不存在日报》(Non-exist Daily) 上发表。

（2）英语版美国电子杂志 Los Angeles Review of Books China Channel 于 2017 年 9 月 27 日刊登作品《恶魔猎手鲁迅》(Lu Xun, Demon Hunter)，译者 Nick Stember。

17. 糖匪：

（1）韩国网络科幻杂志《镜》(Mirrorzine) 于 2017 年 8 月 30 日（第 170 期）刊登韩语版《看见鲸鱼座的人》(고래자리를 본 사람)，译者 이소정。系"中国科幻短篇小说"（"초청 중국 SF 단편"②）系列之 2。

（2）日语版杂志 聴く中国語 于 2017 年 10 月号（第 190 期）刊登《世间》(この世)，日本 HSJ 株式会社出版。

（3）英语版美国科幻杂志 Clarkesworld Magazine 于 2017 年 5 月刊（第 128 期）刊登《看见鲸鱼座的人》(The Person Who Saw Cetus)，美国 Wyrm Publishing 出版。

18. 腾野：韩语版网络科幻杂志《镜》(Mirrorzine) 于 2017 年 10 月 31 日（第 172 期）刊登韩语版《宇宙牌香烟》(우주표 담배)，译者 전정은。系"中国科幻短篇小说"（"초청 중국 SF 단편"⑤）系列之 5。

19. 王侃瑜等：

（1）芬兰语版论文集 Worldcon 75: Souvenir Book 收录文章 Chinese Fandom，为纪念 2017 年第 75 届世界科幻大会在芬兰赫尔辛基的成功举办，组委会将参会论文集结成册由 Worldcon 75 出版。

---

❶ 未来事务管理局是一个以"未来"为核心的科技文化品牌，致力于科幻文化传播与科幻生态搭建，创造中国科幻黄金时代。拥有新媒体平台《不存在日报》，科幻创作者培育品牌"未来科幻大师工作坊"等。

（2）加拿大科幻小说选 Where the Stars Rise: Asian Science Fiction & Fantasy 收录王侃瑜《重返弥安》(Back to Myan)，加拿大 Laksa Media Groups Inc. 出版。系"Laksa Anthology Series: Speculative Fiction"系列作品。

（3）王侃瑜、刘慈欣：美国艺术文化杂志 Mithila Review 于 2017 年 1—3 月刊第 7 期收入王侃瑜文章《中国科幻小说简介》(A Brief Introduction to Chinese Science Fiction) 和 Salik Shah 对刘慈欣的采访《刘慈欣：中国读者关心整个人类文明》(Cixin Liu: Chinese Cares and Concerns Are of All Humanity)，译者胡绍晏，美国旧金山 Patreon, Inc./Mithila Review 出版。

20. 夏笳：

① 英语版美国科幻杂志 Clarkesworld Magazine 于 2017 年 3 月刊（第 126 期）刊登《晚安，忧郁》(Goodnight, Melancholy)，美国 Wyrm Publishing 出版，译者刘宇昆。

② 英语版美国科幻杂志 Clarkesworld Magazine 于 2017 年 10 月刊（第 133 期）刊登《心理游戏》(The Psychology Game)，美国 Wyrm Publishing 出版，译者 Emily Jin 和刘宇昆。

③ 英文版科幻作品选 More Human Than Human: Stories of Androids, Robots, and Manufactured Humanity 收录《百鬼夜行街》(A Hundred Ghosts Parade Tonight)，美国 Skyhorse Publishing 旗下科幻作品出版商 Night Shade Books 出版。

④ 英文版科幻作品选《年度最佳科幻小说集 第 2 集》(The Best Science Fiction of the Year: Volume 2) 收录《龙马夜行》(Night Journey of the Dragon-Horse)（节选自《看不见的星球》(Invisible Planets)，美国 Skyhorse Publishing 旗下科幻作品出版商 Night Shade Books 出版，译者刘宇昆。

⑤ 夏笳、谢晓虹：美国科幻奇幻杂志 Anomaly 于 2017 年 9 月第 25 期刊登夏笳《2044 年春节旧事·情人节》(Valentine's Day)，译者刘宇昆；谢晓虹《鱼缸生物》(Fish Tank Creatures)，译者 Natascha Bruce 和韩斌，Anomalous Press 出版。

⑥ 夏笳：科幻作品选 Ex Libris: Stories of Librarians, Libraries & Lore 刊登《寒

冬夜行人》(*If on a Winter's Night a Traveler*)，美国 Prime Books 出版。

21. 张冉等：

（1）张冉、陈楸帆：意大利语版科幻杂志《未来故事3：2016年最佳科幻小说》(*Storie dal domani 3: I migliori racconti Future Fiction 2016*) 收录张冉的《以太》(*Etere*)和陈楸帆《无尽的告别》(*L'eterno addio*)，意大利 Mincione Edizioni 出版。系 "Future Fiction" 系列作品。

（2）英语版美国科幻杂志 Clarkesworld Magazine 于 2017 年 7 月刊（第 130 期）刊登《冰棺时代》(*An Age of Ice*)，美国 Wyrm Publishing 出版，译者 Andy Dudak。

22. 赵海虹：

（1）韩国网络科幻杂志《镜》(*Mirrorzine*) 于 2017 年 10 月 31 日（第 172 期）刊登韩语版《蜕》(탈피)，译者 전정은。系 "中国科幻短篇小说"（"초청 중국 SF 단편" ⑥）系列之 6。

（2）英语版美国杂志 *Lady Churchill's Rosebud Wristlet* 于 2017 年（Early Autumn，第 36 期）刊登《风马》(*Windhorse*)，美国 Small Beer Press 出版。

23. 杨威：法国科幻杂志 *ReS Futurae* 于 2017 年 9 月刊登文章《未来之旅：新千年中国科幻电影中的性别分析》(*Voyage au cœur d'un futur inconnu: analyse du genre dans le cinéma de science-fiction chinois du nouveau millénaire*)，译者 Alice Ray。

2018 年

1. 阿缺：

① 英语版美国科幻杂志 Clarkesworld Magazine 于 2018 年 2 月刊（第 137 期）刊登《停电了，我们去南方》(*The Power is Out*)，美国 Wyrm Publishing 出版，译者 Elizabeth Hanlon。

② 阿缺、王侃瑜：英语版美国科幻杂志 Clarkesworld Magazine 于 2018 年 5 月刊（第 140 期）刊登阿缺《再见哆啦A梦》(*Farewell, Doraemon*)，译者刘宇昆；此外，刊登王侃瑜文章《中国科幻翻译简史》(*Another Word: Chinese Science Fiction*

Going Abroad—A Brief History of Translation），美国 Wyrm Publishing 出版。

③ 阿缺、韩松：英语版科幻作品选 Clarkesworld: Year Nine（第 2 卷）于 2018 年 7 月收录阿缺《格里芬太太准备自杀》(Mrs. Griffin Prepares to Commit Suicide Tonight)、潘海天《饿塔》(The Hunger Tower) 和韩松《安检》(Security Check)，美国 Wyrm Publishing 出版。

2. 宝树：

（1）西班牙语版《三体 X：观想之宙》(La redención del tiempo)，西班牙 Nova 出版，译者 Agustín Alepuz Morales。

（2）宝树等：意大利语版《汉字文化圈：中国当代科幻小说选集》(Sinosfera: Fantascienza contemporanea cinese)，意大利 Mincione Edizioni 出版，译者 Chiara Cigarini, Davide Ghirelli, Giuseppina Nardi 和 Silvia Palumbo，系 "Future Fiction" 系列作品。其中，宋明炜撰写《引言》(Prefazione) 部分，收录作品包括宝树《留下她的记忆》(I Ricordi Nascosti)、韩松《安检》(Controlli Di Sicurezza)、范轶伦《云端的爱情》(Amore Che Non Può Parlare)、王晋康《转生的巨人》(Il Gigante Reincarnato) 和糖匪《看见鲸鱼座的人》(Colui Che Aveva Visto Cetus)。

（3）英语版

① 美国科幻杂志 Clarkesworld Magazine 于 2018 年 1 月刊（第 136 期）刊登《灯塔少女》(The Lighthouse Girl)，美国 Wyrm Publishing 出版，译者 Andy Dudak。

② 美国科技媒体 The Verge 于 2018 年 10 月 19 日刊登 Andrew Liptak 对宝树作品《三体 X：观想之宙》(The Redemption of Time) 新书封面发布介绍文章 How a Fan Fiction for Cixin Liu's Three-Body Problem Became an Official Novel。

3. 陈楸帆：

（1）西班牙科幻杂志 Mamut 于 2018 年 9 月第 6 期刊登《霾》(La Sociedad del Esmog)，Mamut 出版。

（2）英语版

① 科幻奇幻杂志 Apex Magazine 于 2018 年 1 月第 104 期刊登《星路》(The

Heaven-Moving Way），译者 Andy Dudak，美国 Apex Magazine 出版。

② 文学杂志《路灯》(*Pathlight*：*New Chinese Writing*)于 2016 年第 2 期刊登《未来病史》(*A History of Future Illnesses*)，外文出版社出版，译者刘宇昆。

③ 科幻作品选 The Apex Book of World SF：Volume 5 收录《伪人算法》(*The Calculations of Artificials*)，美国 Apex Publications 出版。

④ 杂志 MIT Technology Review 于 2018 年 12 月 16 日刊登《重逢》(*Reunion*)，译者 Emily Jin 和刘宇昆。

4. 迟卉：英语版加拿大科幻杂志 The Magazine of Fantasy & Science Fiction 于 2018 年 3—4 月刊刊登《深海鱼》(*Deep Sea Fish*)，加拿大 Spilogale, Inc. 出版，译者 Brian Bies。

5. 中国香港作家董启章：英文版《天工开物·栩栩如真》(*The History of the Adventures of Vivi and Vera*)，Hong Kong University Press 出版。

6. 笛安：推理作品杂志 Samovar 于 2018 年 6 月 25 日刊登中文和英语版《西出阳关》(*Beyond the Western Pass*)，Strange Horizons 出版，译者莫楷（迦南·莫尔斯，Canaan Morse）。

7. 飞氘：

（1）韩语版文学杂志《灯光》(등불)于 2018 年 9 月刊登《爱吹牛的机器人》，外文出版社出版。

（2）日语版文学刊物《中国现代文学》(*中国現代文学*)第 19 期刊登《巨人传》(*巨人伝*)，日本ひつじ書房出版，译者上原香。

（3）英语版杂志 Science Fiction Studies 于 2018 年 3 月（第 45 卷 134 期）刊登文章《偷魂沙：新纪元中的战争与时间》[*Soul-stealing Sand*：*War and Time in Xin jiyuan（The New Era）*]，那檀霭孙编译。

8. 韩松等：英文版期刊《今日中国文学》(*Chinese Literature Today*)的"中国科幻文学"("Chinese Science Fiction")专辑于 2018 年第 7 卷第 1 期刊登韩松作品、对其采访及评论：① 作品 3 篇：《长城》(*The Great Wall*)、《宇宙的本性》(*The

Fundamental Nature of the Universe)和《世界是平的》(*Earth is Flat*),译者均为那檀霓孙。② 彩云(Chiara Cigarini)对韩松的采访 1 篇《科幻小说与先锋精神:韩松访谈录》(*Scicence Fiction and the Avant-Garde Spirit: An Interview with Han Song*)。③ 对韩松作品评论 3 篇:王瑶(笔名:夏笳)《进化抑或轮回?——韩松科幻作品中的时空迷失》(*Evolution or Samsara? Spatio-Temporal Myth in Han Song's Science Fiction*),译者那檀霓孙;李广益《诡异的寓言/预言——韩松科幻小说评析》(*Eerie Parables and Prophecies: An Analysis of Han Song's Science Fiction*),译者那檀霓孙;罗鹏《韩松与理性之梦》(*Han Song and the Dream of Reason*)。④其他:吴岩和姚建彬《极简中国科幻史》(*A Very Brief History of Chinese Science Fiction*),任冬梅《从科幻现实主义角度解读〈北京折叠〉》(*Interpreting Folding Beijing through the Prism of Science Fiction Realism*)和贾立元(笔名:飞氘)《中国人不止生在世界上,也长在宇宙中——刘慈欣与中国的科幻》(*Chinese People Not Only Live in the World but Grow in the Universe: Liu Cixin and Chinese Science Fiction*)。

9. 郝赫:

① 韩国网络科幻杂志《镜》(*Mirrorzine*)于 2018 年 4 月 22 日刊登韩语版《警报解除》(*경보 해제*),译者。系"中国科幻短篇小说"("초청 중국 SF 단편"⑪)系列之 11。

② 美国科幻奇幻和恐怖杂志 *Apex Magazine* 于 2018 年 7 月第 110 期刊登《警报解除》(*All Clear*),Apex Publications 出版,译者 R. Orion Martin。

10. 郝景芳:

(1)德语版

①《北京折叠》(*Peking falten: Erzählung*),德国 Rowohlt Verlag 出版社出版,译者 Jakob Vandenberg。

②《流浪苍穹》(*Wandernde Himmel*),德国 Rowohlt Verlag 出版社出版,译者 Marc Hermann。

(2)法语版短篇小说选《孤独深处》(*L'insondable profondeur de la solitude*),

法国 Fleuve Éditions 出版，译者 Michel Vallet。收录文章 Introduction（*L'Insondable profondeur de la solitude*）；作品《北京折叠》（*Pékin origami*）、《繁华中央》（*Au centre de la prospérité*）、《弦歌》（*Le chant des cordes*）、《最后一个勇敢的人》（*Le dernier des braves*）、《宇宙剧场》（*Le théâtre de l'univers*）、《生死域》（*Question de vie ou de mort*）、《阿房宫》（*Le palais epang*）、《谷神的飞翔》（*L'envol de Ceres*）、《深山疗养院》（*La clinique dans la montagne*）、《孤单病房》（*La chambre des malades*）和《拖延症患者》（*Le procrastinateur*）。

（3）日语版作品选《北京折叠》（*折りたたみ北京 現代中国SFアンソロジー*），日本早川书房出版，译者牧野千穂（イラスト）、中原尚哉、大谷真弓、鳴庭真人和古沢嘉通。收录作品包括陈楸帆《鼠年》（*鼠年*）、《丽江的鱼儿们》（*麗江の魚*）和《沙嘴之花》（*沙嘴の花*），夏笳《百鬼夜行街》（*百鬼夜行街*）、《童童的夏天》（*童童の夏*）和《龙马夜行》（*龍馬夜行*），马伯庸《寂静之城》（*沈黙都市*），郝景芳《看不见的星球》（*見えない惑星*）和《北京折叠》（*折りたたみ北京*），糖匪《黄色故事》（*コールガール*），程婧波《萤火虫之墓》（*蛍火の墓*），刘慈欣《圆》（*円*）、《赡养上帝》（*神様の介護係*）；文章包括刘慈欣《最糟的宇宙，最好的地球》（*ありとあらゆる可能性の中で最悪の宇宙と最良の地球：三体と中国SF*），陈楸帆《撕裂的一代：转型文化中的中国科幻》（*引き裂かれた世代：移行期の文化における中国SF*）和夏笳《何谓"中国科幻"？》（*中国SFを中国たらしめているものは何か？*）。

（4）瑞典语版《北京折叠》（*Peking den hopfällbara staden*），瑞典 Chin Lit 出版社出版，译者 Mikael Wiberg。

（5）英语版美国科幻杂志 *Clarkesworld Magazine* 于 2018 年 8 月刊（第 143 期）刊登《孤单病房》（*The Loneliest Ward*），美国 Wyrm Publishing 出版，译者刘宇昆。

（6）繁体中文版《人之彼岸》，中国台湾远流出版社出版。

11. 江波：

（1）韩国网络科幻杂志《镜》（*Mirrorzine*）于 2018 年 4 月 8 日刊登韩语版《宇

宙尽头的书店》（우주 끝의 책방），译者전정은。系"中国科幻短篇小说"（"초청 중국 SF 단편"⑩）系列之 10。

（2）英语版美国科幻杂志 Clarkesworld Magazine 于 2018 年 4 月刊（第 139 期）刊登《地球的翅膀》（The Wings of Earth），美国 Wyrm Publishing 出版，译者 Andy Dudak。

12. 刘慈欣：

（1）波兰语版：《三体 III：死神永生》（Koniec śmierci），波兰 Dom Wydawniczy REBIS 出版社出版，译者 Andrzej Jankowski。

（2）德语版：

① 《三体 II：黑暗森林》（Der dunkle Wald），德国慕尼黑 Wilhelm Heyne Verlag 出版社推出，译者白嘉琳（Karin Betz）；并附德语版《〈三体 II：黑暗森林〉后记》[Anmerkungen（Der dunkle Wald）]。

② 德国《东亚文学杂志》（Hefte für ostasiatische Literatur）于 2018 年第 64 期刊登 Manfred W.Frühauf 所著评论《刘慈欣和他的〈三体〉》（Cixin Liu und seine Drei Sonnen）。

③ 刘慈欣、夏笳：以刘慈欣作品命名的德语版小说选《吞食者》（Weltenzerstörer）收录刘慈欣的《吞食者》（Weltenzerstörer）和《死神永生（节选）》（Jenseits der Zeit），译者 Marc Hermann；收录夏笳文章《何谓"中国科幻"?》（Was macht chinesische Science-Fiction chinesisch？），译者 Kristof Kurz，德国慕尼黑 Wilhelm Heyne Verlag 出版社出版。

（3）俄语版《三体 III：死神永生》（Вечная жизнь Смерти），俄罗斯 Эксмо/Fanzon 出版社出版，译者 Глушкова Ольга 和 Накамура Дмитрий。

（4）法语版

① 《三体 III·死神永生》（La Mort Immortelle），法国 Actes Sud 出版，译者关首奇。

② 《三体》（Le problème à trois corps），法国 Babel 出版，译者关首奇。

（5）韩国网络科幻杂志《镜》(*Mirrorzine*)于2018年5月6日刊登韩语版《圆圆的肥皂泡》(위안위안의 비눗방울)，译者이현아。系"中国科幻短篇小说"("초청 중국 SF 단편"⑫)系列之12。

（6）捷克文版《三体Ⅲ：死神永生》(*Vzpomínka na Zemi*)，捷克Host出版社出版，译者Aleš Drobek。

（7）罗马尼亚语《黑暗森林》(*Pădurea întunecată*)，罗马尼亚Editura Nemira出版，译者Nina Iordache。

（8）西班牙语版《三体Ⅲ·死神永生》(*El fin de la muerte*)，巴塞罗那Nova出版社出版，译者Agustín Alepuz Morales。

（9）意大利语版

①《黑暗森林》(*La materia del cosmo*)；

②《死神永生》(*Nella quarta dimensione*)。2部作品均由意大利Mondadori Group出版，译者同为Benedetta Tavani。

（10）英语版

① 英语版美国科幻杂志*Asimov's Science Fiction*于2018年1—2月刊刊登《梦之海》(*Sea of Dreams*)，Dell Magazines出版，译者朱中宜。

② 英语版美国杂志*Strange Horizons*于2018年6月4日刊登Jaymee Goh对刘慈欣作品《流浪地球》(*The Wandering Earth*)的评论*Review: The Wandering Earth*。

③ 英语版美国杂志*Strange Horizons*于2018年9月17日刊登Jerry Jose对刘慈欣作品《球状闪电》(*Ball Lightning*)的评论*Review: Ball Lightning*。

④ 英语版科幻作品选*Not One of Us: Stories of Aliens on Earth*于2018年11月收录作品《赡养上帝》(*Taking Care of God*)，美国Skyhorse Publishing旗下科幻作品出版商Night Shade Books出版。

⑤ 英文版4卷本译作*Cixin Liu Three-Body Problem Collection 4 Books Set*，英国Head of Zeus出版社出版。包括《三体》(*The Three-Body Problem*)、《黑暗森林》(*The Dark Forest*)、《死神永生》(*Death's End*)和《流浪地球》(*Wandering Earth*)4

部作品。

⑥ 英文版 4 卷本精装本译作 The Three-body Problem Cixin Liu Collection 4 Books Gift Wrapped Box Set，英国 Head of Zeus 出版社出版。包括《三体》(The Three-Body Problem)、《黑暗森林》(The Dark Forest)、《死神永生》(Death's End) 和《流浪地球》(Wandering Earth) 4 部作品。

⑦ 英语版短篇小说选 Twelve Tomorrows：MIT Technology Review 收录《黄金原野》(Fields of Gold)，The MIT Press 出版，译者刘宇昆。

⑧ 英语版《球状闪电》(Ball Lightning)，美国 Tor Books 出版，译者周华；并附《〈球状闪电〉后记》[Afterword (Ball Lightning)]。

⑨ 英语版《三体》(The Three-Body Problem)，英国 Head of Zeus 出版社再版，译者刘宇昆。

⑩ 美国科技媒体 The Verge 于 2018 年 9 月 15 日刊登 Andrew Liptak 对《球状闪电》(Ball Lightning) 的书评 Ball Lightning is a gripping tale of obsession from the biggest name in Chinese sci-fi。

⑪ 美国科技媒体 The Verge 于 2018 年 10 月 31 日刊登 Andrew Liptak 文章 The Wandering Earth could be China's breakout sci-fi blockbuster film：An adaptation of Cixin Liu's The Wandering Earth could be China's first breakout science fiction film，描述《流浪地球》这部影片对中国科幻影业可能产生的巨大影响，并表达了对刘慈欣作品改编电影的强烈期待。

13. 刘宇昆等：美国科技媒体 The Verge 于 2018 年 12 月 30 日刊登英语版专栏文章《2019 年最值得期待的科幻奇幻图书》(All the science fiction and fantasy books we're looking forward to in 2019)，包括刘宇昆主编的中国科幻选集《碎星星》(Broken Stars)、陈楸帆《荒潮》(Waste Tide) 和宝树《三体 X：观想之宙》(The Redemption of Time)。

14. 罗隆祥：英语版美国科幻杂志 Clarkesworld Magazine 于 2018 年 9 月刊（第 144 期）刊登《吃货联盟的恐龙牧场》(The Foodie Federation's Dinosaur Farm)，

美国 Wyrm Publishing 出版。

15. 彭思萌：英语版美国科幻杂志 *Clarkesworld Magazine* 于 2018 年 11 月刊（第 146 期）刊登《情书》（*The Love Letters*），美国 Wyrm Publishing 出版，译者陆秋逸。

16. 七月：英语版美国科幻杂志 *Clarkesworld Magazine* 于 2018 年 7 月刊（第 142 期）刊登《像堕天使一样飞翔》（*To Fly Like a Fallen Angel*），美国 Wyrm Publishing 出版，译者 Elizabeth Hanlon。

17. 宋明炜等：

① 宋明炜和胡志德（Theodore Huters）主编：英语版《转生的巨人：21 世纪中国科幻选集》（*The Reincarnated Giant: An Anthology of Twenty-First-Century Chinese Science Fiction*），收录宋明炜文章《导演：科幻小说是否会梦见中国新浪潮？》（*Introduction: Does Science Fiction Dream of a Chinese New Wave?*），及科幻作家作品包括韩松《再生砖》（*Regenerated Bricks*），译者胡志德；《乘客与创造者》（*The Passengers and the Creator*），译者那檀霭孙；刘慈欣《乡村教师》（*The Village Schoolteacher*），译者 Christopher Elford 和 Jiang Chenxin；《诗云》（*The Poetry Cloud*），译者 Chi-Yin Ip 和 Cheuk Wong；董启章的《时间繁史·哑瓷之光（节选）》[*Histories of Time: The Luster of Mute Porcelain*（*Excerpts*）]，译者罗鹏；中国台湾作家伊格言《噬梦人（5—7 章）》[*The Dream Devourer*（*Chapters 5-7*）]，译者 Cara Healey；夏笳《关妖精的瓶子》（*The Demon-Enslaving Flask*），译者 Linda Rui Feng；中国澳门作家骆以军《科幻小说》（'*Science Fiction': A Chapter of Daughter*），译者 Thomas Moran 和陈婧绫；陈楸帆《巴鳞》（*Balin*），译者刘宇昆；拉拉《永不消逝的电波》（*The Radio Waves that Never Die*），译者 Petula Parris-Huang；赵海虹《1923 年科幻故事》（*1923: A Fantasy*），译者韩斌和 Pang Zhaoxia；王晋康《转生的巨人》（*The Reincarnated Giant*），译者罗鹏；迟卉《雨林》（*The Rain Forest*），译者 Jie Li；飞氘《魔鬼的头颅》（*The Demon's Head*），译者 David Hull；宝树《古老的地球之歌》（*Songs of Ancient Earth*），译者 Adrian Thieret。美国哥伦比亚大学出版社出版，

系"Weatherhead Books on Asia"系列作品之一。

② 美国科技媒体 The Verge 于 2018 年 12 月 21 日刊登 Andrew Liptak 英语版文章《2018年最佳科幻奇幻图书》(Our favorite science fiction and fantasy books of 2018: Stories about interstellar colonization, magical civilizations, and alternate space races),包括宋明炜等主编《转生的巨人：21世纪中国科幻小说选集》(The Reincarnated Giant: An Anthology of Twenty-First-Century Chinese Science Fiction)和刘慈欣《球状闪电》(Ball Lightning)。

18. 索何夫（原名：李智宇）：英语版奇幻作品选 Alien Invasion Short Stories 刊登《盲跃》(Blind Jump),英国 Flame Tree Publishing 出版,系"Gothic Fantasy"系列作品。

19. 滕野：英语版中国科幻杂志《未来纪事》(FUTURE Science Fiction Digest)于 2018 年 5 月（Issue 0）刊登《宇宙牌香烟》(Universal Cigarettes),UFO Publishing 出版,译者 Yuzhi Yang。

20. 万象峰年：韩语版网络科幻杂志《镜》(Mirrorzine)于 2018 年 3 月 11 日刊登韩语版《后冰川时代纪事》(후빙하 시대 이야기),译者이소정。系"中国科幻短篇小说"("초청 중국 SF 단편" ⑨)系列之9。

21. 王晋康：韩语版网络科幻杂志《镜》(Mirrorzine)于 2018 年 1 月 8 日刊登韩语版《天火》(천화)(2018),译者이현아。系"中国科幻短篇小说"("초청 중국 SF 단편" ⑦)系列之7。

22. 王侃瑜：英语版美国科幻杂志 Galaxy's Edge 于 2018 年 3 月（第 31 期）刊登《礼物》(The Gift), Arc Manor/Phoenix Pick 出版。

23. 王啸寒：英语版中国电子杂志《汉语世界》(The World of Chinese)于 2018 年 4 月 3 日（第 2 期）刊登 A Grave Reckoning,并收录于纸质期刊,北京《汉语世界》杂志社有限责任公司出版,译者梅皓（Moy Hau）。

24. 吴霜：英语版美国科幻杂志 Clarkesworld Magazine 于 2018 年 10 月刊（第 145 期）刊登《捏脸师》(The Facecrafter),美国 Wyrm Publishing 出版,译者

Emily Jin。

25. 夏笳：

（1）德语版科幻杂志 *Kapsel* 于第 2 期刊登中文版和德语版《天上》（*In den Wolken*），德国 Fruehwerk Verlag 出版。系 "Fantastische Geschichten aus China" 系列 2。

（2）韩语版网络科幻杂志《镜》（*Mirrorzine*）于 2018 年 1 月 16 日刊登韩语版《百鬼夜行街》(백귀야행의 거리)，译者이소정。系 "中国科幻短篇小说"（"초청 중국 SF 단편" ⑧）系列之 8。

（3）英语版：

① 美国科幻奇幻杂志 *Lightspeed* 于 2018 年 5 月第 96 期刊登作品《龙马夜行》（*Night Journey of the Dragon-Horse*），美国 Lightspeed Magazine 出版，译者刘宇昆。

② 科幻作品选 *Future Fiction：New Dimensions in International Science Fiction* 收录《童童的夏天》（*Tongtong's Summer*），美国 Rosarium Publishing 出版。

26. 星河：英语版美国科幻杂志 *Clarkesworld Magazine* 于 2018 年 6 月刊（第 141 期）刊登《你形形色色的生活》（*Your Multicolored Life*），美国 Wyrm Publishing 出版，译者 Andy Dudak。

27. 修新羽：英语版美国科幻杂志 *Clarkesworld Magazine* 于 2018 年 3 月刊（第 138 期）刊登《告别亚当》（*Farewell, Adam*），美国 Wyrm Publishing 出版，译者 Blake Stone-Banks。

28. 张冉等：

① 英语版美国科幻杂志 *Clarkesworld Magazine* 于 2018 年 12 月刊（第 147 期）刊登《赵师傅》（*Master Zhao：The Tale of an Ordinary Time Traveler*），美国 Wyrm Publishing 出版，译者 Andy Dudak。

② 张冉、糖匪、陈楸帆：科幻作品选 *Clarkesworld：Year Nine*（第 1 卷）于 2018 年 4 月收录张冉《以太》（*Ether*）、糖匪《完整的爱》（*A Universal Elegy*）和《开光》（*Coming of the Light*），美国 Wyrm Publishing 出版。

29. Liang Ling：英语版中国科幻杂志《未来纪事》(*FUTURE Science Fiction Digest*) 于 2018 年 12 月（Issue 1）刊登 *Wordfall*，UFO Publishing 出版。

30. 英国中文媒体 *BBC 英伦网* 于 2019 年 1 月 13 日和 2018 年 12 月 3 日刊登汤姆·卡索沃斯（Tom Cassauwers）文章《〈流浪地球〉〈红星〉〈黑豹〉〈三体〉：科幻小说是怎么说我们的》和 *What Our Science Fiction Says about Us*。

31. 人民文学杂志社编：日语版科幻小说短篇选《中国 SF 作品集》，外文出版社出版，译者关久美子。收录 11 位作家的科幻作品，包括残雪《影族》(*影族*)、阿丁《人奶》(*母乳*)、刘宇昆的《人在旅途》(*旅の途中で*)、宝树《坠入黑暗》(*イントウ・ザ・ダークネス*)、陈楸帆《无尽的告别》(*果てしない別れ*)、韩少功《末日》(*最后の日*)、郝景芳《最后一个勇敢的人》(*最后の勇者*)、何夕《小雨》(*雨ちゃん*)、王晋康《养蜂人》(*养蜂家*)、夏笳《热岛》(*ヒートアイランド*) 和星河《去取一条胳膊》(*腕を取りに*)，系"21 世纪中国当代文学书库"丛书之一。

2019 年

1. 宝树：

① 英语版《三体 X：观想之宙》(*The Redemption of Time*)，英国 Head of Zeus 出版社出版，译者刘宇昆。

② 英语版《三体 X：观想之宙》(*The Redemption of Time*)，美国 Tor Books 出版社出版，译者刘宇昆。

2. 陈楸帆：

① 英语版《荒潮》(*Waste Tide*)，美国 Tor Books 出版社出版，译者刘宇昆。

② 英语版《荒潮》(*Waste Tide*)，英国 Head of Zeus 出版，译者刘宇昆。

③ 英语版《动物观察者》(*The Animal Observers*)，译者刘宇昆。待出版。

3. 顾适：《为了生命的诗与远方》(*Poems and Distant Lands*)，收录于 *Current Futures: A Sci-Fi Ocean Anthology*。

4. 刘慈欣：

（1）波兰语版《球状闪电》(*Piorun kulisty*)，波兰 Dom Wydawniczy REBIS 出版社出版，译者 Andrzej Jankowski。

（2）德语版：3 部德语译本均由德国慕尼黑 Wilhelm Heyne Verlag 出版社出版。

① 德语版《三体 III：死神永生》(*Jenseits der Zeit*)，译者 Karin Betz。

② 德语版《流浪地球》(*Die wandernde Erde*)，译者 Marc Hermann、Johannes Fiederling 和 Karin Betz。

③ 德语版小说选《流浪地球》(*Die wandernde Erde*)，收录《山》(*Der Berg*)、《白垩纪往事》(*Ameisen und Dinosaurier*)、《赡养人类》(*Der Lohn der Menschlichkeit*)、《吞食者》(*Weltenzerstörer*)、《赡养上帝》(*Um Götter muss man sich kümmern*)、《地球大炮》(*Der längste Fall*)、《太原之恋》(*Fluch 5.0*)、《中国太阳》(*Die Sonne Chinas*)、《流浪地球》(*Die wandernde Erde*)、《带上她的眼睛》(*Mit ihren Augen*)和《微纪元》(*Das Mikrozeitalter*)。

（3）罗马尼亚语《地球往事（1—2 卷）》[*Amintiri din trecutul Terrei*（*Pachet*)]，罗马尼亚 Editura Nemira 出版，译者 Nina Iordache。

（4）日语版《三体》(三体)，日本早川书房出版，译者大森望、光吉さくら和ワンチャイ。

（5）西里尔文版《三体》(*Гурбah Биет*)，蒙古国 GuangMing❶ 出版社出版，蒙古国著名翻译家宝力德巴特尔翻译。

（6）印度尼西亚语版《三体》(*Trisurya*：*The Three-body Problem*)，印度尼西亚 Kepustakaan Populer Gramedia 出版，译者 Javier Altayó。

（7）英语版

①《超新星纪元》(*Supernova Era*)，美国 Tor Books 出版社出版，译者周华。

②《超新星纪元》(*Supernova Era*)，英国 Head of Zeus 出版社出版，译者周华。

---

❶ 光明出版社由蒙古著名汉学家德·宝力德巴特尔先生创办，曾出版过《三国演义》《水浒传》《西游记》《狼图腾》等文学作品。

③ 英语版《三体》(*The Three-Body Problem*)和《黑暗森林》(*The Dark Forest*),签名限量版各 500 册,插画师 Marc Simonetti;精品礼盒装签名限量版各 26 册。美国 Subterranean Press 出版,译者分别为刘宇昆和周华。

④ 美国科技媒体 *The Verge* 于 2019 年 1 月 27 日刊登 Andrew Liptak 文章 *A new trailer for The Wandering Earth shows off a desperate plan to save the planet*。

5. 刘宇昆编选:英语版科幻小说选《碎星星》(*Broken Stars*:*Contemporary Chinese Science Fiction in Translation*),美国 Tor Books 出版。收录夏笳《晚安忧郁》(*Goodnight*,*Melancholy*)、张冉《晋阳三尺雪》(*The Snow of Jinyang*)、糖匪《碎星星》(*Broken Stars*)、韩松《潜艇》(*Submarines*)和《塞林格与朝鲜人》(*Salinger and the Koreans*)、程婧波《倒悬的天空》(*Under a Dangling Sky*)、宝树《大时代》(*What Has Passed Shall in Kinder Light Appear*)、郝景芳《回家专列》(*The New Year Train*)、飞氘《爱吹牛的机器人》(*The Robot Who Liked to Tell Tall Tales*)、刘慈欣《月夜》(*Moonlight*)、吴霜《宇宙尽头的餐馆:腊八粥》(*The Restaurant at the End of the Universe*:*Laba Porridge*)、马伯庸《始皇帝的游戏》(*The First Emperor's Games*)、顾适《倒影》(*Reflection*)、王侃瑜《脑匣》(*The Brain Box*)、陈楸帆《开光》(*Coming of the Light*)和《未来病史》(*A History of Future Illnesses*);此外,还刊登王侃瑜文章《中国科幻小说简介》(*A Brief Introduction to Chinese Science Fiction and Fandom*)、宋明炜《中国研究的新大陆:中国科幻小说研究》(*A New Continent for China Scholars*:*Chinese Science Fiction Studies*)和飞氘《科幻:一种被治愈的尴尬症》(*Science Fiction*:*Embarrassing No More*)。

6. 索何夫:科幻杂志 *Clarkesworld Magazine* 于 2019 年 1 月刊(第 149 期)刊登《新塔斯马尼亚的屠夫》(*The Butcher of New Tasmania*),美国 Wyrm Publishing 出版,译者 Andy Dudak。

7. 万象峰年:英语版《播种》(*Sowing*),译者刘宇昆。待刊。

8. 夏笳:

① 英语版短篇小说选《百鬼夜行街及其他》(*A Hundred Ghosts Parade Tonight*

and Other Stories），收录《百鬼夜行街》(*A Hundred Ghosts Parade Tonight*)、《热岛》(*Heat Island*)、《龙马夜行》(*Night Journey of the Dragon-Horse*)，译者刘宇昆；《滴答》(*Tick-Tock*)、《汨罗江上》(*On Miluo River*)、《遇见安娜》(*Meeting Anna*)、《天上》(*Up in the Air*)、《昔日光》(*Light of Their Days*)和《你需要的只是爱》(*All You Need Is Love*)，译者 Emily Jin；《关妖精的瓶子》(*The Demon-Enslaving Flask*)，译者 Linda Rui Feng；《心理游戏》(*The Psychology Game*)，译者 Emily Jin 和刘宇昆；《永夏之梦》(*Etenal Summer Dream*)和《你无法抵达的时间》(*A Time Beyond Your Reach*)，译者言一零。待出版。

② 英语版《涉江》(*Into the River*)和《铁月亮》(*Iron Moon*)，译者刘宇昆。待刊。

2020 年

郝景芳：英语版《流浪苍穹》(*Vagabonds*)，美国 Gallery/Saga Press 出版；英国 Head of Zeus 出版，译者刘宇昆。

后　　记

千年难遇龙花会，万年难遇谢交春！农历正月初一打春，叫龙花会；三十晚上打春，叫谢交春。

瑞雪还在融化，春天已在赶来，丰年新春，诸事顺遂。在这样的"交春"时刻，完成这本书的初稿，并期待着"一带一路"带来中国当代文学的世界之途越来越顺利，也是难得的机缘。辞旧迎新，日新日日新，犹如"一带一路"，犹如中国当代文学，犹如国运时运，一切都将更好。

"一生二，二生三，三生万物。""一带一路"中的两个"一"，都可视为"生万物"的基础，是中国走向世界的基础，是中国当代文学润泽世界的基础，只要我们夯实此基，运作好此势，就能把好运气孕出丰硕果实，供世界分享。

此书想法始于2017年初，但真正开始写作是从2018年初开始的，因为在准备材料的过程中，常常觉得漫然无边，涉及国别多，问题复杂，多头起步，都难以自圆己说。想说的太多，不得不说的也太多，处处想着手，却又似乎无从下手，就这样在犹犹豫豫中过了两个春节。直到2018年下半年，才形成了如今这样的思路，半年草成，漏洞百出，破绽处处，但我们之所以仍敢于拿出来见人，是因为我们的初心，本就是把这件似乎不可能的事先起个头，抛砖引玉，只要有棱有角，把想说的，能说的，都说出来，心愿既了，就无挂碍，若能引起二三同道中人进一步思考，已是意外之喜。

因能力所限，本书所论范围主要限于2014—2018年间，其余根据需要随时涉及。主体是在"一带一路"的大背景下，客观罗列一些具有代表性的沿线国家迄今所翻译介绍的中国当代文学作品，并据此对未来中国当代文学如何更好地在沿线国家进行翻译介绍做了一些预测和判断，但基本原则是让事实说话，不多做分析，因为目前中国当代文学的"一带一路"之途是国国有别，国国不同，且因为整体来看这一事业才刚刚起步，当前的数据材料，都不是定数，而是变数，并不能由此得出定论，只是后来研究的铺垫。

文学心情，总是与自然相通的。世界的文学，就是世界的心情。"一带一路"作为民心相通之路，与文学交流的目标是一致的。当文学交流与"一带一路"的交流交汇相融时，世界相知之道就更宽更坦了。如何借助文学实现"一带一路"民心相通，是一个现实且必要的课题，也是一个永恒的话题。相信会有越来越多的同道者关心这个话题，让这个问题渐渐明晰，从而使中国当代文学的走出去更精准，更节约，也更有效。

本书的写作与出版，得到了国家语言文字工作委员会、上海市教育委员会、同济大学的支持，谨致谢忱。

书中错漏，期待热心人随时补充，不胜感激。

作者

2019 年 2 月 5 日

己亥春节